VANESSA SANGUE

Cold Princess

Über die Autorin:
Vanessa Sangue hegt eine große Leidenschaft für Bücher, tätowierte Männer und Gefahr. Ihre Charaktere sind für sie wie eine zweite Familie, die sie langsam, aber sicher in den Wahnsinn treibt. Wenn sie gerade nicht schreib, spielt sie den Dosenöffner für ihre beiden Katzen, versinkt mit einer guten Tasse Tee in anderen Welten und versucht weder den Pizza- noch den Paketboten vor ihre Tür zu bestellen (leider ohne Erfolg!), Weitere Informationen unter www.vanessasangue.com

VANESSA SANGUE

COLD PRINCESS

Roman

LYX

LYX in der Bastei Lübbe AG
Dieser Titel ist auch als E-Book erschienen.

MIX
Papier aus verantwortungsvollen Quellen
FSC® C083411

Originalausgabe

Textredaktion: Ann-Kathrin Schwarz
Umschlaggestaltung: © Sandra Taufer, München unter Verwendung von Motiven von shutterstock (Catsence, asharkyu)
Satz: Greiner & Reichel, Köln
Gesetzt aus der Adobe Caslon
Druck und Einband: CPI books GmbH, Leck - Germany

ISBN 978-3-7363-0436-9

3 5 7 6 4

Sie finden uns im Internet unter: www.lyx-verlag.de
Bitte beachten Sie auch: www.luebbe.de und www.lesejury.de

Lasciate ogni speranza,
voi ch'entrate!

Lasst, die ihr eintretet, alle Hoffnung fahren!

Dante Alighieri, *Die Göttliche Komödie*

ANMERKUNG DER AUTORIN

Liebe Leserin, lieber Leser,

dies ist die erste und einzige Warnung für dich.

Cold Princess ist keine märchenhafte Liebesgeschichte, in welcher der Mann den heldenhaften Retter spielt. Es *ist* eine Liebesgeschichte, aber sie ist dunkel, gefährlich und nichts für schwache Nerven.

Madox ist dominant, mordlustig, und würdest du ihm nachts auf einer dunklen Straße begegnen, würde ich dir empfehlen die Straßenseite zu wechseln.

Der Sex schwebt an der Grenze zur Brutalität und überschreitet diese auch manchmal.

Wenn du also ein Problem mit der Darstellung von drastischen Szenen (Gewalt, Mord und kriminelle Geschäfte) und einvernehmlich nicht-einvernehmlichem Sex hast, dann solltest du dieses Buch jetzt besser zur Seite legen.

Wenn du dich aber auf diese düstere Reise begeben möchtest, dann wünsche ich dir ganz viel Spaß!

Kapitel 1

SAPHIRA

Die Tür zu ihrem Büro wurde so heftig geöffnet, dass der Griff gegen die Wand knallte. Sofort flog ihre Hand zu der Waffe, die auf ihrem Schreibtisch lag.

Eine hünenhafte Gestalt betrat ihr Büro. Blassblaue Augen hielten ihren Blick für einen winzigen Augenblick fest, und ihr Griff um die Waffe verstärkte sich. Der schwarze Anzug des Mannes umspannte beachtliche Muskeln. Unter dem Jackett zeichnete sich eine Waffe ab. Seine dunklen Haare waren kurz geschnitten. Er strahlte gleichermaßen Aggression und Autorität aus, und das schien jegliche Luft aus dem Raum zu saugen.

Madox *cerbero* Caruso.

Auftragskiller ihrer *famiglia,* auf dem besten Weg Teil ihrer Leibgarde zu werden. Und Fluch ihrer Existenz. Denn obwohl alles in ihr sich dagegen sträubte und etwas an ihm ihr sogar Angst einflößte, wurde ihr jedes Mal heiß, wenn sie in diese Augen sah.

Madox war gebaut wie ein Gladiator. Seine Gesichtszüge kantig und unnachgiebig, sein Blick raubte ihr den Atem. Durch den Anzug waren alle Tattoos auf seiner gebräunten Haut bedeckt, bis auf den Wolfskopf auf seinem rechten Handrücken. Wie Saphira bereits in einigen Meetings mitbekommen hatte, verfügte er über einen messerscharfen Verstand und war ein exzellenter Beobachter. Er zögerte niemals zu tun, was sie ihm sagte.

Ein gequältes Stöhnen drang an ihr Ohr, und erst in diesem Moment bemerkte sie den in sich zusammengesackten Körper, der nun von einem weiteren Mitglied ihrer *famiglia* in ihr Büro geschleift wurde.

Saphira lockerte den Griff um die Waffe und musterte die beiden Männer. Sie hatten sich links und rechts von ihrem Gefangenen positioniert und hielten ihn mit beinahe entspanntem Griff an den Schultern aufrecht.

»Was ist hier los?«, fragte sie mit gerunzelter Stirn.

Madox verzog keine Miene. »Wir haben diesen Mann gerade dabei erwischt, wie er versucht hat das Anwesen zu betreten.«

Langsam stand sie auf, den Blick dabei fest auf den Mann gerichtet. Es war deutlich, dass ihre *soldati* sich seiner bereits angenommen hatten, bevor sie zu ihr gekommen waren, und in seinem zerschundenen Gesicht stand die pure Angst.

»Wie lautet dein Name?«

Argwöhnisch sah der Mann sie an. »Samuele.«

»Also, Samuele. Wer hat dich zu mir geschickt?«

»Von mir wirst du nichts erfahren!«

Saphira lächelte und nickte Madox zu. Dieser holte aus, und in einer fließenden, beinahe anmutigen Bewegung schlug er Samuele von der Seite in die Magengrube. Der Mann beugte sich keuchend vor, und etwas Speichel tropfte auf ihren Teppich.

»Versuchen wir das noch einmal, Samuele. Wer hat dich zu mir geschickt? Und bevor du antwortest, möchte ich, dass du ganz genau über deine Worte nachdenkst. Denn siehst du diesen Mann hier?« Sie deutete auf Madox, der wie ein dunkler Ritter neben Samuele aufragte. »Er ist wirklich richtig gut darin anderen Leuten Schmerzen zuzufügen, und wenn du mir nicht antwortest oder mich anlügst, werde ich ihm freie Hand lassen.«

Sie sah, wie Madox grinste, und Samuele, der dies ebenfalls bemerkt zu haben schien, zuckte zusammen.

Sie verschränkte die Arme vor der Brust. »Also?«

Samuele sah erst sie an, dann Madox. Panik zeigte sich deutlich auf seinem Gesicht, und Saphira konnte seinen Schweiß riechen. Beinahe hätte sie angewidert das Gesicht verzogen.

Es war deutlich zu erkennen, dass er seine Möglichkeiten abwog und schließlich aufgab. »Guiseppe Varga«, sagte er und senkte bei diesen Worten den Kopf.

»Natürlich.« Saphira trat einen Schritt zurück. »Danke, dass du mir die Wahrheit gesagt hast. Dafür sollst du belohnt werden.«

Samuele sah auf und blickte ihr in die Augen, hoffnungsvoll zuerst, dann entsetzt. Denn sie packte die Waffe wieder fester und hob die Hand. Da war kein Zittern, kein Zögern, keine Unsicherheit. So etwas hatte sie lange abgelegt. Sie spannte den Hahn, ihr Finger bog sich um den Abzug. Das kühle Metall fühlte sich vertraut an.

Eigentlich kümmerte sich der *capo*, das Oberhaupt der *famiglia*, nicht um die Drecksarbeit. Aber sie war kein normaler *capo*. Sie war eine Frau, noch keine dreißig Jahre alt. Und sie sorgte lieber selbst dafür, dass die Dinge in ihrer *famiglia* so liefen, wie sie es wollte.

Der Mann vor ihr war so blass geworden, dass Saphira schon befürchtete, er würde jeden Moment in Ohnmacht fallen.

»Bitte. Ich habe Kinder«, flehte er.

»Deine Belohnung ist ein schneller Tod.«

Sie drückte ab.

Der Schallschutzdämpfer verhinderte einen lauten Knall, aber der Rückstoß vibrierte in ihrem Arm. Der Mann vor ihr starrte sie noch einen Moment lang fassungslos an. Aus dem Loch in seiner Stirn quoll ein dünnes Rinnsal Blut.

Sie legte die Waffe zurück auf ihren Schreibtisch. Keiner der Anwesenden hatte auch nur mit der Wimper gezuckt.

»Sorgt dafür, dass Guiseppe einen Beweis für seinen Tod erhält. Er soll wissen, dass er nicht so einfach damit durchkommt.«

Unbeteiligt sah sie sich den Toten an. Der Raum, dessen zurückhaltende Eleganz nicht vermuten ließ, welche Art von Meetings hier stattfanden, hatte hier und da ein paar Blutflecken abbekommen. Nicht schön, aber auch nichts, was man nicht beheben konnte.

Ein großer Schreibtisch aus hellem Holz dominierte das Zimmer. Der dunkle Parkettboden war teilweise von einem teuer anmutenden Teppich bedeckt, der jetzt ein paar rote Flecken hatte. Zu ihrer Rechten ließ ein Fenster das Sonnenlicht herein, zu ihrer Linken stand ein nur halb bestücktes Bücherregal, davor eine schokoladenbraune Couch, die zu den Besucherstühlen vor Saphiras Schreibtisch passte. Der Stoff ihres Kleides spannte etwas, als sie mit einem Schritt über die Leiche hinwegstieg, um den Raum zu verlassen.

»Und macht mein Büro wieder sauber.«

Sie war Saphira De Angelis. Familienoberhaupt der De Angelis. Und Mord gehörte zu ihrem Alltag.

Das Erste, was sie in der Ausbildung von ihrem Vater gelernt hatte, war, dass sie über den Tod eines Menschen entscheiden konnte. Das zweite war, dass sie *immer* die Kontrolle behalten musste.

In ihrer Heimatstadt gab es nämlich noch eine andere *famiglia,* die Vargas. Seit Jahrzehnten bekämpften sich die beiden Clans. Saphira hatte früh gelernt, dass jeder Varga ein Feind war und dass man ihnen niemals vertrauen konnte – so wie

Guiseppe Varga, der seinen *soldato* geschickt hatte, um sie zu überfallen. Deutlich hörte sie die Worte ihres Vaters in ihrem Kopf widerhallen.

Du bist ein Mädchen und irgendwann eine Frau, Saphira. Eine Frau in einer Welt, die von Männern beherrscht wird. Ein Lamm unter Wölfen. Deine einzige Chance zu überleben ist, dass du stärker wirst, unnachgiebig. Kalt. Gefühle sind eine Schwäche. Und Schwäche kannst du dir nicht erlauben. Lehre sie, dich zu fürchten.

Sie hatte diese Worte nie verstanden. Bis sie in einem zerquetschten Auto gefangen gewesen war, die winzige Hand ihres kleinen Bruders Pippo in ihrer, während sie hörte, wie ihre Eltern an ihrem eigenen Blut erstickten. Da war sie fünfzehn Jahre alt gewesen und hatte endlich verstanden, was ihr Vater damit gemeint hatte, dass Gefühle eine Schwäche waren. Denn der Schmerz über den Verlust der Menschen, die sie am meisten geliebt hatte, war ihr Schwachpunkt, er machte sie angreifbar. In diesem Moment hatte sie sich nichts sehnlicher gewünscht, als mit ihrer Familie zu sterben.

Die Ermordung ihrer Eltern und ihres Bruders hatte sie beinahe zerstört. Aber nachdem sie im Krankenhaus um ihr eigenes Leben gekämpft hatte, war es ihr gelungen, ihre Gefühle zu unterdrücken. Am Anfang hatte es sich angefühlt, als müsste sie jeden Morgen eine Maske anlegen. Inzwischen war es die Wahrheit.

Gefühle waren eine Schwäche, die sie sich nicht mehr leistete.

Saphira ließ ihr Büro hinter sich, während ihre *soldati* dafür sorgten, dass das Blut nicht in den Holzfußboden sickerte.

Auf dem Flur begegnete sie Rabia Fererra. Groß, schlank, blonde Haare und dunkelbraune Augen. Bis auf Augenfarbe und Größe hatten die beiden Frauen so gut wie nichts gemein. Rabia war gertenschlank, fast knabenhaft, während Saphiras Figur ausgeprägte weibliche Kurven besaß. Rabias Haare reichten ihr gerade bis zum Kinn, während Saphiras bis auf ihre Taille fielen. Rabia war ein wahrer Sonnenschein und konnte jedes noch so langweilige Treffen in eine Party verwandeln. Saphira hingegen brachte mit ihrer Anwesenheit einen ganzen Raum zum Schweigen. Und dennoch waren die beiden unterschiedlichen Frauen seit ihrer Kindheit beste Freundinnen.

Rabia Fererra war die Tochter eines Amerikaners und einer Italienerin. Sie lebten in Amerika und hatten ihre Tochter vor zwanzig Jahren nach Italien geschickt, da es in der amerikanischen Mafia für Frauen nur eine Option gab: verheiratet zu werden und fortan das brave Heimchen am Herd zu geben. Das hatten Rabias Eltern nicht für sie gewollt. Also war sie zu Saphiras Familie übergesiedelt, und die beiden Mädchen waren ab diesem Zeitpunkt unzertrennlich gewesen.

Saphiras Vater, das Oberhaupt des Clans, war mit einer Frau der 'Ndrangheta, der Mafia aus Süditalien, verheiratet. In der 'Ndrangheta standen oftmals die Frauen an der Spitze, und Saphiras Mutter, Viola De Angelis, hatte diese Tradition mit in die Cosa Nostra, die Mafia Siziliens, gebracht.

»Hey.« Rabia stieß sich von der Wand ab. Das enge gelbe Kleid, das sie trug, passte ihr wie eine zweite Haut. »Alles in Ordnung?«

Saphira erwiderte Rabias Grinsen nicht, sondern nickte nur. »Gerade wollte einer von Guiseppes Männern bei uns einbrechen. Aber wir haben uns darum gekümmert.«

»Nicht zu glauben, dass er sich so etwas traut.« Rabia hakte sich bei ihrer Freundin unter und stieß einen Fluch aus.

Saphira zuckte mit den Schultern. »Er wird eine unmissverständliche Nachricht erhalten, damit er so etwas besser nicht noch einmal versucht.«

Ihre Schritte wurden von dem dunklen Teppich unter ihren

Füßen gedämpft. Von draußen fiel Licht durch die transparenten Vorhänge und tauchte den Flur vor ihnen in sanftes Licht. Durch die gekippten Fenster drang die salzige Meeresluft ins Haus. Das Haus lag etwas abgelegen, direkt an der Küste, und war für eine alleinlebende Frau viel zu groß. Allerdings lebten auch einige Mitglieder ihrer *famiglia* und Rabia hier, und ein Teil ihrer Leibgarde hielt sich immer in Saphiras Nähe auf. Außerdem war es das Erbe ihres Vaters und mit seinen verwinkelten Gängen und den Geheimverstecken das perfekte Heim. Von dem langen Flur, in dem sie sich gerade befanden, waren zwei weitere Gänge erreichbar. Insgesamt war das Haus hell und freundlich. Niemand würde vermuten, dass hier regelmäßig Leute getötet oder die Pläne dafür geschmiedet wurden.

»Also, was hast du heute noch vor?«, fragte Rabia. »Lust auf Shopping?«

»Ich kann nicht.«

Rabia zog eine dramatische Schnute und machte sich von ihr los. »Wieso nicht?«

»Ich muss nachher noch ein wichtiges Telefongespräch mit Adrian führen.«

Die Freundin verschränkte die Arme vor der Brust. »Diesem Amerikaner?«

Saphira nickte.

»Was wollen wir noch mal von ihm?«, fragte Rabia.

»Er ist für den Waffendeal verantwortlich«, antwortete sie.

Adrian war der Sohn des *capo* einer amerikanischen *famiglia*, mit der sie den Deal durchziehen würden. Zehn Container voller Waffen, von denen Saphira einen Teil für ihre eigenen Zwecke nutzen und einen anderen Teil zu einer Menge Geld machen würde. Daran arbeitete sie seit Monaten, und Adrian begleitete das Geschäft. Sie hatten seit vielen Jahren eine Allianz mit seiner *famiglia* und waren dementsprechend vertraut miteinander. Das war einer der Gründe, warum Adrian in ein paar Tagen nach Palermo kommen und in ihrem Haus wohnen würde, bis der Deal über die Bühne gegangen war.

»Dieses ganze Drumherum nervt.« Rabia stöhnte unwillig. »Er soll einfach die Waffen zu uns rüberbringen und fertig.«

Saphira lächelte müde. »Du weißt, dass das so nicht funktioniert. Die Cosa Nostra funktioniert wie Politik. Es geht um Beziehungen und Macht.«

Rabia winkte ab. »Langweilig. Können wir denn nach deinem Telefonat shoppen gehen?«

Sie schüttelte den Kopf. »Danach habe ich Training.«

Wie aufs Stichwort trat der Chef ihrer Leibgarde aus dem anderen Flur und nickte, als er Saphira sah.

Rabia seufzte bei seinem Anblick. »Na schön, dann gehe ich eben alleine.«

»Du kannst mir ja heute Abend zeigen, was du gekauft hast«, sagte Saphira, um sie zu beschwichtigen.

Rabia lächelte sie an und umarmte sie. »Dann bis später.«

»Und nimm einen *guardia* mit!«, rief Saphira ihr hinterher. Sie hatte es lieber, wenn ihre beste Freundin nicht alleine unterwegs war.

Als Rabia verschwunden war, drehte Saphira sich zu Emilio um. »Unser Training ist doch erst später?«

Der Chef ihrer *guardie* war nur ein paar Jahre älter als sie, aber ebenfalls seit Kindertagen mit den Angelegenheiten der Cosa Nostra vertraut. Früher hatten sie zusammen gespielt, jetzt sorgte er dafür, dass niemand ihr zu nahe kam.

»Ich weiß«, sagte er. »Allerdings sollten wir den Plan etwas abändern, bevor du nachher mit Adrian telefonierst. Wir wissen nicht, ob der Spion bereits geplaudert hat, bevor wir ihn geschnappt haben.«

Sie unterdrückte einen Seufzer. »Noch einmal?«

Er nickte. Emilio war noch paranoider als sie, das brachte vermutlich sein Beruf mit sich.

»Na gut. Dann hol Leandro dazu. Ich möchte, dass er dabei ist.« Leandro war der Sohn ihres Onkels Vito, Vizerepräsentant der De Angelis und Rabias Verlobter.

Emilio nickte, blickte jedoch plötzlich an ihr vorbei auf etwas oder jemanden hinter ihr.

Ein Schauer rann ihr über den Rücken, sorgte dafür, dass sich die feinen Härchen in ihrem Nacken aufstellten, und Saphira wandte sich um.

Madox stand im Türrahmen zu ihrem Büro, und er starrte sie an. Hinter ihm hatte inzwischen ein weiteres Mitglied ihrer *famiglia* den Raum betreten und half bei der Säuberung.

Der eindringliche Blick ihres *soldato* glitt einmal über ihren Körper, bevor er ihr in die Augen sah.

»Geh und hol Leandro«, durchdrang Emilios Stimme die Stille. Madox zögerte nicht, sondern verschwand sofort.

Saphira versuchte, den eindringlichen Blick des *soldato* aus ihren Gedanken zu verbannen, aber ihre Haut prickelte noch immer an den Stellen, an denen er sie gestreift hatte.

Es gab nicht viele Regeln, an die Saphira sich hielt, aber die wenigen waren wie in Stein gemeißelt.

1. Zeige keine Gefühle.
2. Erlaube dir keinerlei Schwäche.
3. Töte alles, was eine Bedrohung darstellt.
4. Verliebe dich niemals.

Diese Regeln bestimmten jede ihrer Handlungen, und sollte sie jemals auch nur eine davon brechen, würde sie sich selbst ins Verderben stürzen.

Kapitel 2

❄

MADOX

Die Faust mit dem Wolfstattoo hatte nur zwei Mal das Holz berührt, bevor die Tür geöffnet wurde. Madox sah sich Leandro De Angelis gegenüber. Der Vizerepräsentant der *famiglia* fuhr sich mit einer Hand durch seine welligen, braunen Haare und grinste Madox an.

»Was gibt's?«, fragte Leandro.

»Saphira wünscht deine Anwesenheit bei einer Besprechung.«

»Klar.«

Der *soldato* wich einen Schritt zurück, als Leandro aus seinem Zimmer trat und die Tür hinter sich zuzog. Gemeinsam gingen sie in Richtung der Treppe, die hinauf in den ersten Stock und damit zum Besprechungsraum führte.

Madox mochte Leandro nicht. Er war ein verdammtes Weichei, hatte vermutlich noch nie jemanden umgebracht, während er selbst mit acht Jahren das erste Mal getötet hatte. Aber schließlich war Leandro auch der Vizerepräsentant einer italienischen Mafiafamilie. Er musste sich nicht selbst die Hände schmutzig machen. Für so etwas hatte er Leute wie Madox. Seit Kindheitstagen gedrillt, ausgebildet zum Killer.

Saphira aber war anders als ihr Cousin. Sie erledigte auch

die dreckige Arbeit gerne selbst. Jedenfalls hatte er diesen Eindruck gewonnen.

»Worum geht es?«

»Emilio möchte nach dem heutigen Vorfall den neuen Übergabeort besprechen.«

»Vorfall?«

Madox fiel ein, dass Leandro noch nichts davon wusste. »Einer von Vargas Leuten ist hier eingebrochen. Saphira hat ihn getötet«, erklärte er.

Leandro seufzte. »Dann lass uns gehen.«

Sie erreichten das Besprechungszimmer, und Madox öffnete die Tür für Leandro. Er trat hinter dem Vizechef ein und lehnte sich dann gegen die geschlossene Tür. Sofort fokussierte sich sein Blick auf die einzige Frau und gleichzeitig mächtigste Person im Raum. Saphira De Angelis.

Falls in diesem Augenblick jemand durch das große Fenster links von ihm sprang und eine Waffe auf sie richtete, würden sich alle drei Männer in diesem Raum in die Schussbahn werfen, um diese Frau zu beschützen.

Sie war alles. Sie war die *famiglia.*

Madox sah zu, wie sie ihren Cousin begrüßte, der sich in einem der Stühle vor dem Schreibtisch niederließ. Heute trug sie eines der engen schwarzen Kleider mit langen Ärmeln, das ihm so gut an ihr gefiel, die Haare hatte sie zu einem strengen Zopf zurückgebunden. Ihre dunkelroten Lippen verzogen sich zu einem leichten Lächeln, als Leandro etwas sagte, aber es erreichte ihre Augen nicht. Sowieso war in diesen dunkelbraunen Augen nie auch nur ein Hauch von Gefühlen zu erkennen.

Madox widerstand dem Drang, mit den Zähnen zu knirschen, als Saphira sich im Sitz nach vorne beugte und die Arme auf dem Schreibtisch verschränkte. Diese Position drückte ihre beachtliche Oberweite gegen den Stoff des Kleides. Schnell wandte er den Blick ab. Er atmete tief ein und rief sich sein Training in Erinnerung.

Sei kalt. Nichts darf zu dir durchdringen. Du bist ein Killer. Ein Monster. Du bist geboren worden, um zu töten.

Ein weiterer Atemzug, und er war wieder ganz ruhig. Selbst als ihr Blick zu ihm wanderte, blieb sein Blut kalt. Ihre Augen waren fast schwarz, da war kein Gefühl in ihrem Blick. Nur kalte Präzision. Und genau deswegen war Saphira De Angelis ein so gefürchteter *capo* der Cosa Nostra.

Jeder kannte die Geschichte der De Angelis, wusste, dass Saphira als Einzige den tödlichen Autounfall überlebt hatte. Die nächsten Jahre lagen jedoch im Dunkeln. Niemand wusste genau, was nach dem Unfall passiert war, aber als Saphira schließlich an die Spitze der *famiglia* trat, zog sie eine Spur aus Blut und Tod hinter sich her. Sie hatte das Gebiet ihrer *famiglia*, das seit dem Tod ihres Vaters von kleineren *famiglie* und anderen kriminellen Organisationen besetzt worden war, rasch zurückerobert. Nun war sie wieder eine der beiden mächtigsten Clans in Palermo.

Die Geschichten über ihre Taten waren damals sogar bis zu ihm nach Amerika durchgedrungen. Saphira war in die geheimen Verstecke ihrer Gegner eingedrungen und hatte eine einfache Frage gestellt. *Schließt ihr euch mir an?*

Diejenigen, die es nicht taten, starben. Und nicht wenige durch Saphiras eigene Hand. Es wurde gemunkelt, dass Palermo in Blut schwamm, als sie fertig war.

Danach wagte es kaum noch jemand, sich mit den De Angelis anzulegen.

Die Eiseskälte, die sie damals zur Schau gestellt hatte, haftete ihr bis heute an. Und Madox konnte in den Augen ihrer Leute erkennen, dass sie Saphira respektierten. Und als Auftragskiller wusste er ihre Effizienz ebenfalls zu schätzen.

»Was machen wir jetzt?«, fragte Riccardo in diesem Augenblick. Madox blinzelte und sah den Mann an, der neben Saphiras Schreibtisch stand. Er war so in Gedanken versunken gewesen, dass er gar nicht mitbekommen hatte, wie die Besprechung begonnen hatte. Längst hatte Saphira den Blick von ihm abgewendet.

»Ich werde den Polizeichef anrufen. Er soll seine Leute vom Hafen fernhalten.« In Saphiras Stimme schwang ein Hauch von Ungeduld mit. »Wir können den Treffpunkt nicht ändern. Es gibt nur einen Hafen, den wir kontrollieren, und ich vertraue niemandem genug, um meine Ware an eine fremde Anlegestelle liefern zu lassen.«

Emilio nickte. »Ich übernehme das.«

Saphira winkte ab. »Ich kümmere mich selbst darum.«

»Gut, dann kann ich mich ja jetzt anderen Dingen widmen«, schaltete sich Leandro ein. »Ich glaube, meine Verlobte wollte Unterwäsche einkaufen, da sollte ich dabei sein.« Er grinste und wollte sich aus dem Stuhl erheben.

Saphira wandte nur ganz leicht den Kopf, aber ein Blick von ihr, und Leandro ließ sich wieder auf seinen Platz sinken.

Diese Frau ließ niemanden jemals vergessen, dass sie die Macht besaß. Und Madox verspürte bei dieser offenen Zurschaustellung von Dominanz ein unbändiges Verlangen danach, sie zu unterwerfen.

Er stellte sich vor, wie sie vor ihm lag. Ihre zarte Haut gerötet, bedeckt von einem feinen Schweißfilm. Lederne Fesseln um ihre Handgelenke, die ans Kopfteil des Bettes gekettet wären. Ihre Beine, die sich unruhig auf dem Bettlaken bewegten, ein raschelndes Geräusch, dessen bloße Vorstellung an seinen Nerven zerrte. Ihre Oberschenkel von roten Striemen gezeichnet, auf den Innenseiten noch winzig kleine Blutstropfen.

In seiner Vorstellung sah sie ihn mit dunklen, Lust verhangenen Augen an. Ihre vollen Lippen waren geschwollen und gezeichnet, wo sie sich in Ekstase selbst gebissen hatte.

»Madox«, hauchte sie. »Bitte.«

Das leise Flehen befriedigte die Bestie in ihm auf eine perverse Art und Weise.

Madox zwang sich aus den dunklen Fantasien in seinem Kopf aufzutauchen. Schnell vergrub er die Hände in den Hosentaschen, um seine Erektion zu verbergen. Verärgert über seine heftige Reaktion aufgrund einer dämlichen Fantasie knirschte er mit den Zähnen. Er durfte solche Gedanken nicht haben. Wenn jemand davon erfuhr, würde er getötet werden.

»Was ist mit den Vargas? Gibt es Anzeichen, dass sie Adrians Besuch sabotieren wollen?«

Leandros Grinsen verblasste, und Emilio spannte seinen Körper an, als Saphira die verfeindete *famiglia* der De Angelis erwähnte. Die Vargas herrschten über die andere Hälfte von Palermo. Beide *famiglie* hatten viele Verbündete, auch in anderen Ländern, gehörten zu den mächtigsten Mafiafamilien der Welt. Und beide hatten unzählige Liter Blut der anderen *famiglia* vergossen, in einer Fehde, die seit Jahrzehnten andauerte.

»Es gibt keine Anzeichen, dass sie von Adrians Besuch wissen, auch der Eindringling dürfte das nicht erfahren haben. Wir haben diese Information streng im inneren Kreis gehalten«, antwortete Emilio.

»Ich möchte dennoch, dass sein Aufenthalt hier engmaschig überwacht wird. Die Vargas sind ein dauerhaftes Problem, um das wir uns kümmern müssen, auch wenn der Waffendeal aktuell eine höhere Dringlichkeit hat.«

»Ich achte darauf, dass ihm nichts geschieht«, antwortete Emilio.

Saphira nickte. Damit war die Besprechung beendet.

Leandro erhob sich, drückte seiner Cousine einen Kuss auf die Wange und verließ den Raum.

Saphira wandte sich Emilio zu. »Wir sehen uns nachher.«

Der Chefleibwächter neigte leicht den Kopf und bedeutete Madox voranzugehen, als sie den Raum verließen.

Schweigsam liefen sie ins Erdgeschoss. Madox verspürte das dringende Bedürfnis, etwas von seiner Anspannung loszuwerden. Und da er weder eine Frau flachlegen noch Blut vergießen konnte, würde er eben mit etwas körperlichem Training vorliebnehmen müssen. Bis Saphira und Emilio den Trainingsraum in Beschlag nahmen, blieben ihm noch gut zwei Stunden. Das sollte fürs Erste reichen.

Madox verabschiedete sich, ging in sein Zimmer im Flügel für die *soldati* und *guardie* der De Angelis und tauschte seinen Anzug gegen eine Sweathose. Barfuß, mit nacktem Oberkörper und Messern in den Händen lief er durch die Eingangshalle in Richtung Trainingsraum.

Als er einen Blick auf sich spürte, hob er den Kopf. Saphira De Angelis stand am oberen Treppenabsatz. Die breite Treppe dominierte die Eingangshalle und setzte sie perfekt in Szene. Ein kristallener Kronleuchter hing unter der Decke, und warf im Schein der Sonne seine Lichtreflexe auf Saphira. Sie starrte ihn an, eine Hand auf dem Geländer der Treppe. Offensichtlich war sie gerade auf dem Weg nach unten gewesen.

Langsam, als hätte sie alle Zeit der Welt, schritt sie die Treppe hinab. Das schwarze Kleid umspannte ihren verführerischen Körper. Ihre Hüfte schwang sacht von links nach rechts, und die Bewegung schien ein Lied zu singen, das ihn ins Verderben führen wollte.

Sie war die Versuchung in Person. Sex auf zwei Beinen. Und

ihre Eiseskälte machte sie zur perfekten Beute für ihn. Madox mochte eine gute Jagd. Und Saphira zu unterwerfen, bis ihr Widerstand sich in der Hitze des Augenblicks auflöste, würde keine einfache Sache werden. Aber dafür wäre die Belohnung umso süßer. Jedenfalls in seinen Träumen, denn was er sich wünschte, durfte niemals Wirklichkeit werden.

Sie hatte den unteren Treppenabsatz erreicht. Madox stand mitten in der Eingangshalle. Egal, wo sie hinwollte, sie musste an ihm vorbei.

Er bemerkte, wie sie ganz leicht den Rücken straffte und das Kinn hob. Sein Herz schlug ruhig. Die Hände mit den Messern ruhten entspannt an seinen Seiten. Sie sah ihn direkt an, und er starrte zurück.

Madox hatte bereits Mörder gesehen, die unter seinem Blick zu winseln begonnen hatten. Aber Saphira blieb eiskalt. Sie wusste, dass sie in diesem Haus das Sagen hatte. Er senkte den Blick, neigte respektvoll den Kopf. Nur noch wenige Schritte, und sie hätte ihn erreicht.

Kurz bevor es so weit war, wich Madox einen Schritt zurück und räumte ihr so genug Platz ein, um ihn zu passieren. Er hasste es, das zu tun, aber er musste den Schein wahren.

Als sie an ihm vorbeiging, warf sie ihm einen rätselhaften Blick zu.

»Madox«, sagte sie leise. Ihre Stimme vibrierte mit einem Hauch von Unsicherheit und … Angst.

Es war nur minimal, aber Madox hatte es bemerkt.

»Saphira«, antwortete er und atmete ihren süßen, verführerischen Duft ein.

Als sie vorbeigegangen war, wandte er den Kopf und folgte ihr mit seinem Blick. Sie sah nicht zurück.

Er wartete, bis sie hinter der nächsten Tür verschwunden war, bevor er seinen Weg fortsetzte.

Saphira De Angelis verspürte Angst vor ihm. Es war zwar nur ein Hauch, aber es gefiel ihm. Und sie tat gut daran, sich zu fürchten. Er war gefährlicher, als sie es bisher ahnte.

Kapitel 3

SAPHIRA

Eine ganze Weile später sah Saphira aus dem Fenster des Büros auf die Wellen, die sich am Ufer brachen. Mit einer Hand presste sie ihr Handy ans Ohr, in der anderen hielt sie ein Glas Rotwein.

»Ich freue mich wirklich schon sehr auf meinen Besuch. Es ist lange her«, sagte Adrian, und seine Stimme hatte beim letzten Satz einen anderen Klang bekommen, tiefer, begehrend.

»Ich freue mich auch, Adrian.«

Sie hatten einmal miteinander geschlafen, bei seinem ersten Besuch in Palermo. Seitdem versuchte er immer wieder, sie ins Bett zu kriegen. Aber Saphira hatte kein Interesse an ihm. Er sah gut aus und war sogar recht charmant, aber er reizte sie einfach nicht mehr.

»Ist mit der Lieferung alles in Ordnung?«

Sie hörte Leder knarzen, als Adrian sich vermutlich in seinem Stuhl zurücklehnte.

»Alles in bester Ordnung. Sie wird eine Woche nach meiner Ankunft eintreffen.«

Saphira nickte zufrieden und trank einen Schluck Rotwein. Die riesige Ladung amerikanischer Waffen würde ihrer *famiglia* eine Menge Geld bescheren. Geld, das sie gut gebrauchen konnte. Denn auch wenn noch nichts konkret darauf hindeutete, sagte ihr der Instinkt, dass es in nicht allzu ferner Zukunft Probleme geben würde. Und Geld war ein wunderbarer Problemlöser.

»Es gibt da übrigens etwas, was ich dir noch erzählen wollte.«

Misstrauisch runzelte sie die Stirn. »Und das wäre?«

»Ich habe es selbst erst vor Kurzem erfahren und finde, dass du es wissen solltest. Erinnerst du dich an Salvatore Varga?«

»Natürlich. Wieso fragst du?«

»Sein Sohn war bei einer befreundeten Mafiafamilie in Amerika untergebracht. Als er vom Tod seines Vaters erfuhr, ist er in einer Nacht-und-Nebel-Aktion verschwunden. Ich würde mein halbes Vermögen verwetten, dass er zurück in Palermo ist und den Mörder seines Vaters sucht.«

»Wahrscheinlich. Aber wieso erzählst du mir das? Ich habe Salvatore nicht umgebracht. Ich wusste nicht einmal, dass er einen Sohn hat.«

Saphira hörte eine Stimme im Hintergrund Adrians Namen rufen. »Ich dachte mir einfach, dass du es wissen solltest. Vielleicht begegnet dir sein Sohn ja irgendwann. Aber ich muss jetzt los. Wir sehen uns bald!«

»Dann bis bald, Adrian.«

»Bis bald, Saphira.«

Sie ignorierte den verführerischen Klang seiner Stimme und beendete das Gespräch. Sie wusste nicht, was sie mit der Information über Salvatores Sohn anfangen sollte. Sie hatte nie etwas von ihm gehört und in den Kreisen der *Cosa Nostra* wurden auch gerne einmal Gerüchte gestreut, um Angst zu säen. Es war wahrscheinlich, dass es gar keinen Sohn gab und die Vargas einfach nur wollten, dass sich alle vor einer Racheaktion fürchteten.

Sie hatte Adrian mit Absicht nichts von dem Einbruch

erzählt. Es gab schließlich keinen Grund zur Besorgnis. Sie checkte die Uhrzeit auf dem Display und seufzte leise.

Es war Zeit für ihr Training mit Emilio.

Das bedeutete, dass sie morgen wieder Muskelkater haben würde. Allerdings sorgte ihr Training auch dafür, dass sie kein wehrloses Opfer mehr war. Sie würde niemals wieder so machtlos sein, wie in diesen schrecklichen Augenblicken in einem zerstörten Auto.

Sie trank einen letzten Schluck Rotwein und verließ das Büro. Auf dem Weg begegnete sie ein paar *soldati*. Sie blieben stehen und neigten respektvoll den Kopf, als Saphira an ihnen vorbeiging.

In ihrem Zimmer angekommen, zog sie das schwarze Kleid aus. Ihr Spiegelbild, das ihr aus dem mannshohen Spiegel neben der Kommode entgegenstarrte, ignorierte sie und zog eine Schublade auf. Sie wollte die Narben heute nicht sehen.

Rasch tauschte sie ihren BH gegen einen Sport-BH, streifte sich ein lockeres Top über und zog sich eine wadenlange Sporthose an.

Bevor sie in den Trainingsraum ging, schaute sie noch schnell in der Küche vorbei, um sich eine Flasche Wasser zu besorgen. Ein Hausmädchen lächelte sie freundlich an, bevor sie fortfuhr, das Abendessen vorzubereiten.

Kurz darauf durchquerte Saphira die große Eingangshalle. Die untergehende Sonne tauchte den Raum in fließendes Feuer und ließ den Kronleuchter über ihr feurig glühen.

Sie betrat den Trainingsraum und nahm einen Schluck aus ihrer Wasserflasche. Ihr gegenüber zog sich eine verspiegelte Wand über eine komplette Seite des Raumes. Links von ihr ließen zwei große Fenster, die jetzt weit geöffnet waren, Licht und Luft herein. Überall lagen Trainingsgeräte herum, Sandsäcke hingen von der Decke. In einer Ecke stand ein alter Werkzeugschrank, auf dem sich verschiedene Waffen stapelten. In einer anderen stand ein mannshoher Holzblock, aus dem mehrere Stäbe herausragten. In dem Block steckten zwei Messer. Messer, die sie vor Kurzem noch in den Händen eines ganz bestimmten Mannes gesehen hatte.

Mitten im Raum lag eine große Trainingsmatte, auf der sich zwei Männer gegenüberstanden. Madox und Emilio. Beide in Sweathosen und sonst nichts. Ihre nackten, verschwitzten Oberkörper glänzten in der untergehenden Sonne. Die beiden waren so miteinander beschäftigt, dass sie Saphiras Ankunft gar nicht bemerkt hatten.

Madox holte aus und landete einen harten Treffer gegen Emilios Seite. Der grunzte und platzierte seinerseits einen vermutlich ziemlich schmerzhaften Hieb gegen Madox' Unterkiefer.

Sie umkreisten einander wie zwei wilde Tiere. Knapp außerhalb der Matte lagen zwei klingenbesetzte Schlagringe und zwei weitere Messer. Saphira beobachtete, wie sich Madox' Brust in kurzer Abfolge hob und senkte. Die Adern an seinen Unterarmen traten stark hervor, als er die Fäuste lockerte und sofort wieder anspannte. Jede seiner Schultern zierte ein achtzackiger Stern, dessen Zacken jeweils zur Hälfte mit schwarzer Tinte ausgefüllt waren, während die andere Hälfte frei gelassen worden war. Auf seinem rechten Handrücken starrte sie ein zähnefletschender Wolf an. Das klassische Symbol eines Auftragskillers.

Saphira wandte den Blick von Madox ab und sah Emilio an. Sein sandfarbenes Haar war bereits schweißnass, und sie fragte sich, wie lange die beiden schon hier waren. Emilios untere Lippe war an einer Stelle eingerissen und blutete ein wenig.

Bevor sie erneut aufeinander losgehen konnten, räusperte sich Saphira.

Beide hielten in der Bewegung inne und sahen sie an. Ihre Kampfhaltung lockerte sich, als sie erkannten, wer vor ihnen stand. Emilio grinste und warf einen schnellen Blick auf die Uhr hinter sich.

»Pünktlich wie immer.«

Madox starrte sie an, und Saphira vergaß beinahe zu atmen. Er entspannte seine zu Fäusten geballten Hände, nur um sie bei ihrem nächsten Atemzug wieder anzuspannen. Seine Lippen verzogen sich eher zu einem Zähnefletschen als zu einem Grinsen. Eine Ader an seinem Hals trat hervor. Seine sonst blassblauen Augen hatten sich zu einem dunklen Sturmgrau verdunkelt und in ihnen glühte eine Gier, die ihr erneut Angst einjagte. Diese Glut schien ebenso viel Gewalt wie Lust zu versprechen.

Sie wartete, bis er den Blick abwandte, und sah dann Emilio an.

»Können wir loslegen?«, fragte sie.

Ihr Chefleibwächter nickte Madox zu, und dieser trat von der Matte herunter. Aber anstatt den Raum sofort zu verlassen, ging er zu dem großen Holzblock. Mit einem heftigen Ruck zog er die Messer aus dem Holz. Einen Moment später fiel die Tür hinter ihm zu.

Saphira trat zu Emilio auf die Matte und machte ein paar Aufwärmübungen, bis Emilio ihr schließlich helfen konnte, ihre Muskeln zu dehnen.

Danach begannen sie mit dem Training.

MADOX

So langsam zerrte dieses gesamte … Arrangement an seinen Nerven, und Madox wünschte sich, wieder in Amerika zu sein. Dort war sein Leben einfacher gewesen. Er bekam einen Namen, er tötete, er suchte sich eine heiße Pussy zur Entspannung. Und danach ging es wieder von vorne los.

Seit er in Italien war, hatte er für seine Verhältnisse quasi wie ein Mönch gelebt, nur ein ganz bestimmtes Ziel im Auge. Und je mehr Zeit er in Saphira De Angelis' Nähe verbrachte, desto stärker lief er Gefahr, dieses Ziel aus den Augen zu verlieren.

Madox starrte hinauf zu dem halb von Wolken verhangenen Sichelmond. Er saß auf dem Balkon, der zu seinem Zimmer auf dem Anwesen der De Angelis gehörte. Von hier aus konnte er die gesamte vordere Grünfläche überblicken, über den hellen Kieselpfad der Auffahrt bis hin zu der steinernen Mauer, die das Grundstück der De Angelis umgab.

Für einen einfachen *soldato* genoss er ein recht hohes Ansehen bei den De Angelis. Kein Wunder, schließlich war er ihr bester Auftragskiller. In Amerika hatte man ihm nicht umsonst den Beinamen *cerbero* verpasst – das italienische Wort für Höllenhund. Er kam aus der Hölle und er schleppte seine Opfer mit sich dorthin zurück.

Aber als einfaches Mitglied der *famiglia* kam er nicht nah genug an Saphira heran, um weiter nach dem zu suchen, weswegen er hier war. Immerhin hatte er Emilios Vertrauen gewinnen können und wurde von diesem schon wie ein Anwärter auf den Posten einer *guardia* behandelt. Doch langsam fragte er sich, wann er endlich in der Hierarchie aufsteigen würde oder ob er erst jemanden aus dem Weg räumen musste, damit ein passender Posten frei wurde. Er hatte schließlich nicht vor, die nächsten zehn Jahre hier zu verbringen.

Madox setzte die Bierflasche an die Lippen und nahm einen großen Schluck von der kalten Flüssigkeit, als eine Bewegung unter ihm seine Aufmerksamkeit auf sich zog.

Ein Mann ging unter ihm vorbei, bemerkte Madox nicht, der in nächtliche Schatten gehüllt war. Der Mann war einer von Saphiras *guardie*, ihrer Leibgarde. Wie war sein Name noch gleich? Tino? Tomeo? Schnell sah Madox sich um und bemerkte mit einem wölfischen Grinsen, dass die Umgebung vollkommen verlassen war. Hatte er sich gerade noch darüber beklagt, dass sich nach zwei Jahren immer noch nichts verändert hatte? Nun, anscheinend war der Moment gekommen, um das zu ändern.

Immer noch grinsend stellte er das Bier ab. Sein Zimmer lag im ersten Stock, sodass er sich mit ein wenig Geschick von seinem Balkon auf den Boden fallen lassen konnte.

Lautlos schlich Madox sich an den Mann an. Die Nacht umhüllte ihn wie sein Lieblingsmantel, verbarg ihn vor unerwünschten Blicken. Der Mann, an dessen Namen er sich nicht mehr erinnern konnte, bog um eine Ecke und befand sich damit an einer noch verlasseneren Ecke von Saphiras Anwesen.

Perfekt.

Madox ragte hinter ihm auf, ergriff Nacken und Kinn des Mannes und brach ihm mit einem schnellen Ruck das Genick. Ein Knacken ertönte in der Stille der Nacht, und der Mann war tot. Madox' Opfer sahen ihn in den seltensten Fällen kommen.

Jemandem das Genick zu brechen, war deutlich schwerer, als es in den Filmen immer aussah. Aber mit dem richtigen Winkel und der passenden Dosis Gewalt ließ es sich bewerkstelligen.

Er schulterte den leblosen Körper und zog sein Handy aus der Hosentasche. Trotz der späten Stunde nahm der Mann, den er anrief, bereits nach dem zweiten Klingeln ab.

»Ja?«

»Du musst etwas für mich entsorgen.«

Sein bester Freund stöhnte genervt auf. »Hast du mal auf die Uhr gesehen, Arschloch?«

Madox lachte. »Stell dich nicht so an und schaff deinen faulen Arsch zum Treffpunkt, Bastard. Und bring am besten eine Schaufel und einen großen Müllsack mit.«

Madox konnte hören, wie Damiano sich aus dem Bett schälte und in seine Kleider schlüpfte.

»Ehrlich jetzt? Anstatt um diese Zeit wie jeder andere vernünftige Mensch zu schlafen, hast du jemanden umgebracht?«

»Die Gelegenheit war günstig. Außerdem bin ich kein vernünftiger Mensch.«

»Stimmt auch wieder. Bin in zwanzig Minuten da.«

Damit war das Gespräch beendet, und Madox schaffte die Leiche vom Anwesen der De Angelis, um sie in der Nähe zu verstecken. Danach kehrte er zurück und räumte das Zimmer des Mannes leer, damit es so aussah, als wäre dieser einfach verschwunden. Es war hilfreich, dass er das Anwesen der De Angelis und die Sicherheitsvorkehrungen inzwischen wie seine Westentasche kannte. Niemand bemerkte ihn.

Zwanzig Minuten später wartete er an einer dunklen Ecke in der Stadt, bis ein dunkelhaariger Mann aus einem Auto stieg, das gerade vorgefahren war.

Der Mann trat zu ihm und starrte ihn ungehalten an. »Wo ist er?«

Madox deutete mit einem Kopfnicken auf die dunkle Nische zwischen zwei verlassenen Häusern. Er half Damiano dabei, die Leiche und Habseligkeiten des toten Mannes in dessen Auto zu laden.

»Gibt's was Neues?«, fragte Madox.

Damiano zuckte mit den Schultern. »Alles wie immer. Bei dir?«

»Ich denke, nach heute Nacht werde ich ein paar Fortschritte machen.«

Sein bester Freund lachte. »Klar.«

Kurze Zeit später war Damiano wieder verschwunden, und Madox kehrte zum Anwesen der De Angelis zurück. Mit einem kräftigen Sprung packte er die Kante seines Balkons und zog sich hinauf.

Sein Bier war inzwischen durch die warme Nachtluft ziemlich schal geworden, sodass er es gegen ein frisches tauschte. Er ließ sich wieder auf dem Stuhl auf dem Balkon nieder.

Man nannte ihn nicht umsonst *cerbero.* Das hier würde für die De Angelis die Hölle werden.

Denn Madox war in Wahrheit ein Varga. Und er hatte eine Aufgabe zu erfüllen.

Kapitel 4

SAPHIRA

Saphira sah Emilio an und ballte eine Hand unterm Tisch zur Faust. Die einzige Reaktion, die sie auf die gerade erhaltene Nachricht zeigte. »Sag das noch mal.«

»Tomas ist verschwunden. Sein Zimmer ist leer. Es sieht so aus, als wäre er abgehauen.«

Saphira wandte den Blick vom Chef ihrer Leibgarde ab und sah aus dem Fenster. Von ihrem Büro aus konnte sie sehen, wie sich das Sonnenlicht auf der Meeresoberfläche brach. Sie nahm sich einen Moment Zeit nachzudenken. Dann drehte sie den Kopf zurück zu Emilio.

»Wann wurde er zuletzt gesehen?«

»Gestern Abend bei seinem Rundgang auf dem Gelände.«

Sie runzelte die Stirn. »Gibt es Anzeichen eines Einbruchs? Hat einer der Wachen etwas bemerkt?«

Emilio schüttelte den Kopf. »Nein, alle Sicherheitsvorkehrungen sind intakt. Es gibt keine Anzeichen, dass jemand letzte Nacht hier eingedrungen ist.«

»Also war es kein Angriff auf uns, dem Tomas zufällig in die Quere kam. Er hat unser Gelände freiwillig verlassen.«

»So sieht es aus«, bestätigte Emilio.

Saphira sah an Emilio vorbei zu Madox, der wie ein Schatten hinter ihm stand. Eigentlich war es ungewöhnlich, dass ein einfacher *soldato* an so vielen Besprechungen teilnahm, aber Emilio hatte ihn unter seine Fittiche genommen, um ihn zu einer *guardia* auszubilden.

»Madox.«

Er trat an Emilios Seite und sah sie direkt an. Er war einer der wenigen Männer, die ihrem Blick auch über einen längeren Zeitraum standhalten konnte.

»Ich will, dass du Tomas findest.«

Er nickte. »Und dann?«

»Der Cosa Nostra tritt man mit seinem Blut bei und man verlässt sie auch nur mit seinem Blut. Man kann nicht einfach gehen. Verstanden?«

Madox nickte erneut und verschwand. Emilio blieb zurück.

»Gibt es sonst noch etwas?«, fragte sie.

»Wir haben deine Botschaft zugestellt. Guiseppe hat eine Hand im Briefkasten gefunden.«

»Gut.« Damit entließ Saphira ihn, um ein wenig allein zu sein.

Sie lehnte sich auf ihrem Stuhl zurück und schloss die Augen. Tomas war ein zuverlässiger Mann gewesen. Nicht unbedingt ein guter Killer, aber dennoch zuverlässig. Er war schon seit Jahren Teil ihrer *famiglia*. Warum sollte er also auf einmal verschwinden?

Aber egal, was sein Grund gewesen war, jetzt gab es für ihn kein Zurück mehr. Saphira war nur froh, dass Tomas keine Familie zurückließ.

Plötzlich wurde die Tür aufgestoßen, und Saphira öffnete die Augen. Rabia betrat den Raum und sah über ihre Schulter, bevor sie sich Saphira zuwandte.

»Was ist denn hier los? Ich meine, Madox hat ja immer den gleichen stoischen Gesichtsausdruck, aber Emilio sieht aus, als hätte man ihm sein Lieblingsspielzeug weggenommen.«

Rabia setzte sich auf einen der Besucherstühle und schlug die in enge Jeans gehüllten Beine übereinander.

»Tomas hat die *famiglia* verlassen.«

»Oh.« Über Rabias Gesicht huschte so etwas wie Mitleid. Sie kannte die Regeln, immerhin war sie in der Cosa Nostra aufgewachsen.

»Madox wird sich darum kümmern.«

»Natürlich.« Rabia grinste. »Unser heißer Auftragskiller hat schließlich ziemlich geschickte Hände.«

Beinahe musste Saphira lachen. Stattdessen grinste sie nur leicht. »Ich überlasse es ganz dir, einem bevorstehenden Mord eine sexuelle Note abzuringen.«

Rabia lachte und strich sich durch die blonden Haare, die aussahen, als wäre sie gerade erst aus dem Bett aufgestanden. Dazu der verführerische rosa glitzernde Schmollmund und das enge hellblaue Top, und Rabia war der perfekte feuchte Traum eines jeden Mannes.

»Was denn? Ich bin zwar mit deinem Cousin verlobt, aber das heißt noch lange nicht, dass ich mich nicht ein wenig umschauen kann.« Sie zwinkerte Saphira verschwörerisch zu.

Diese verspürte einen leichten Stich bei Rabias Worten, ließ sich aber nichts anmerken. Ob Rabia Madox' Typ war?

»Madox ist unser Killer und kein Gigolo, Rabia.« Sie sah ihre Freundin gespielt tadelnd an.

»Ach, bitte!« Rabia winkte ab und lehnte sich auf dem Stuhl zurück. »Du kennst doch die Geschichten.«

Natürlich wusste Saphira, was man sich über ihren *soldato* erzählte.

In Amerika war Madox angeblich berüchtigt für seine *Hit List* – und für seine sexuellen Eskapaden. Jedenfalls hatte sie das von ihren Kontakten in Übersee erfahren, als sie Madox in die *famiglia* aufgenommen hatte.

Die Gerüchte besagten, dass Madox auf die dunklere Seite der Erotik stand und seine Liebschaften das Schlafzimmer immer mit einigen Blessuren verließen. Die Gerüchte besagten allerdings auch, dass sich noch nie eine beschwert hatte. Und das glaubte Saphira sofort. Alles an Madox strahlte Dominanz aus. Die meisten Frauen würden sich ihm wahrscheinlich willig unterwerfen.

Sie schüttelte bei diesem Gedanken unmerklich den Kopf. Sollte ein Mann versuchen sie zu unterwerfen, würde er schnell lernen, dass ein *capo* sich niemals dominieren ließ.

Rabia stützte die Unterarme auf Saphiras Schreibtisch und beugte sich vor. Die Stimme hatte sie zu einem verschwörerischen Flüstern gesenkt.

»Was glaubst du? Hat Madox in seinem Zimmer Peitschen und Knebel versteckt?«

Jetzt musste Saphira richtig grinsen. »Ich weiß es nicht.« Sie bedachte ihre Freundin mit einem scharfen Blick. »Und wir werden auch nicht nachsehen!«

»Komm schon! Was soll er dagegen sagen? Schließlich bist du hier der Chef!«

Saphira schüttelte entschieden den Kopf. »Nein.«

Rabia schmollte, als es leise an der Tür klopfte und Leandro den Raum betrat. Sofort erhellte sich das Gesicht ihrer besten Freundin. Rabia sprang auf und warf sich Leandro an den Hals. Ihr Cousin umfing seine Verlobte mit beiden Armen und drückte sie fest an sich. Er gab ihr einen sanften Kuss auf die Stirn, und Rabia seufzte leise.

Zufrieden beobachtete Saphira die beiden. Sie hatte sich gefreut, als Rabia und Leandro ihr mitgeteilt hatten, dass sie heiraten wollten. Saphira konnte diese Verbindung nur gutheißen. Leandro war abgesehen davon, dass er kein großes Interesse für die Firmengeschicke hatte, ein netter Mann, nicht so verdorben wie viele andere Männer der Cosa Nostra, und er würde Rabia gut behandeln. Außerdem sahen die beiden wirklich verliebt aus.

Leandro ließ seine Verlobte nicht los, als er Saphira nun ansah. »Emilio hat mir gesagt, dass es ein Problem gibt?«

Sie schüttelte den Kopf. »Madox kümmert sich darum.«

Ihr Cousin hielt einen Moment inne und nickte dann. »Dann denke ich, gibt es wohl wirklich kein Problem.«

Leandro war kein Freund des Tötens, anders als Saphira, die es manchmal sogar genoss. Er akzeptierte, dass es nötig war, aber wäre er nicht in die Cosa Nostra hineingeboren, wäre er bestimmt ein respektabler Geschäftsmann geworden. Als *capo* wäre er hingegen ziemlich ungeeignet, weil es ihm immer schwerfallen würde, tödliche Entscheidungen zu treffen. Aber er konnte gut mit Zahlen und Geld umgehen.

Rabia drehte das Gesicht ihres Verlobten zu sich herum und küsste ihn.

Saphira erhob sich. »Ich lasse euch dann mal allein.«

Nachdem sie ihr Büro verlassen hatte, ging sie nach draußen, kickte sich die High Heels von den Füßen, ließ sie einfach an Ort und Stelle liegen und spazierte über den Rasen. Schließlich blieb sie stehen, verschränkte die Arme vor der Brust und hielt das Gesicht in die Sonne.

So blieb sie ein paar Minuten stehen und konzentrierte sich nur auf ihre Atmung, bis ein Schauer über ihren Rücken lief. Sie fühlte es, wenn jemand hinter ihr stand, und sie hasste es, beobachtet zu werden.

Sie drehte sich um und entdeckte Madox, der in einigem Abstand hinter ihr stand. Er hatte sich umgezogen und trug jetzt ausgewaschene Jeans und ein schwarzes T-Shirt, das seine Muskeln viel zu gut betonte. Seine blassblauen Augen sahen sie unverwandt an. Sie nickte ihm auffordernd zu.

»Ich denke, dass ich eine Spur gefunden habe.«

»Das ging schnell.«

Er zuckte mit den Schultern. »Ich bin gut in dem, was ich tue.«

Saphira betrachtete den Mann vor ihr eingehend. »Das bist du.«

Madox blinzelte und sah dann zu dem Tor hinüber, das den Eingang zu ihrem Anwesen darstellte. »Ich werde in die Stadt gehen und mich darum kümmern.« Er sah sie wieder an. »Soll ich ein Souvenir als Beweis mitbringen?«

Sie schüttelte den Kopf. »Nein, aber sorge dafür, dass nichts mehr gefunden wird.«

Madox nickte, drehte sich ohne ein weiteres Wort um und ging. Wenige Minuten später hörte sie das dunkle Grollen eines Motorrads, das sich schnell entfernte.

Saphira schloss erneut die Augen und ließ sich von der Sonne wärmen. Wenigstens war dieses Problem so schnell gelöst worden, wie es aufgetaucht war.

Plötzlich kam ihr ein anderer Gedanke, und der ließ ihre Entspannung verfliegen. Einer ihrer *guardie* war tot. Das bedeutete, dass sie jemand neuen brauchte. Sie wusste, wen Emilio für den Posten vorschlagen würde – und sie war nicht sicher, was sie davon hielt.

»Madox sollte Tomas' Platz einnehmen.«

Saphira unterdrückte den Drang zu seufzen. Das hatte sie befürchtet. Stattdessen blickte sie Emilio über den Rand ihres Weinglases hinweg an. Die Sonne hatte sich gesenkt, aber auch am Nachmittag noch kaum etwas von ihrer Kraft verloren. Nach wie vor war es heiß in ihrem Büro.

»Warum?«

Emilio verschränkte die Arme hinter dem Rücken, und Saphira war einen Moment lang besorgt um die Standhaftigkeit der Nähte seines weißen Hemdes.

»Er ist absolut tödlich. Ich kann mich nicht daran erinnern, jemals einem so guten Killer begegnet zu sein.«

»Eine *guardia* muss nicht unbedingt ein guter Killer sein.«

»Nein, aber es schadet auch nicht«, antwortete Emilio grinsend, wurde aber sofort wieder ernst, als Saphira ihn mahnend ansah. »Er ist außerdem sehr intelligent. Ich bespreche hin und wieder einen Einsatz mit ihm, und fast immer kann er mir eine mögliche Schwachstelle aufzeigen und hat auch sofort eine Lösung parat. Und er kennt keine Skrupel. Ich kann mir nicht vorstellen, dass es für den Mann überhaupt irgendwelche Grenzen gibt. Und er ist absolut loyal. Ihn interessiert nichts außerhalb der *famiglia*.«

Saphira ließ sich Emilios Argumente durch den Kopf gehen. Sie hielt Madox ebenfalls für eine gute Wahl, trotzdem bedeutete er auch eine Gefahr für ihr Seelenheil. Aber sie war immer zuerst der *capo* und erst danach eine Frau. Sie würde sich niemals durch ihre persönlichen Empfindungen von der richtigen Entscheidung für ihre *famiglia* abhalten lassen.

»Und er sieht immer so feindselig und furchterregend aus, dass das allein als Abschreckung dienen wird.«

Sie erlaubte sich ein Grinsen und nickte schließlich. Emilio entspannte sich merklich und begann die Ärmel seines Hemdes aufzurollen. Zwar war er ihr Chefleibwächter und konnte daher selbst entscheiden, wer Tomas' Platz einnehmen sollte, doch es rührte sie, dass er es dennoch lieber zuvor mit ihr besprechen wollte.

Saphira sah einen Augenblick dabei zu, wie er sich mit dem Hemd abmühte, dann stand sie auf, um sich darum zu kümmern. Wie konnte er so geschickt mit Waffen sein, aber anscheinend unfähig seine Hemdsärmel vernünftig aufzurollen?

»Du warst früher schon mit deinen Hemden überfordert«, murmelte sie mit einem kleinen Lächeln.

»Wenigstens kann ich inzwischen eine Krawatte binden«, versetzte Emilio schmunzelnd.

Neben ihrem Onkel kannte Emilio sie am längsten. Leandro war jünger als sie beide, und Rabia war erst zu ihnen gekommen, als Saphira und Emilio längst befreundet gewesen waren. Sie waren zusammen aufgewachsen, hatten gemeinsam im Sandkasten gespielt, und Emilio war auch während ihrer Zeit im Krankenhaus keine Sekunde von ihrer Seite gewichen. Sie beide verband eine innige Freundschaft, auch wenn sie von Saphiras Seite aus in den Jahren nach dem Mord an ihrer Familie merklich abgekühlt war. Sie konnte einfach keine Nähe mehr zulassen.

Es klopfte an der Tür, und schon im nächsten Moment betrat Madox den Raum. Sofort fiel sein Blick auf Saphira, und ein Ruck ging durch seinen Körper.

»Du wolltest mich sehen«, sagte er zu Emilio, und Saphira warf ihrem Chefleibwächter einen tadelnden Blick zu.

Emilio zuckte ein wenig zusammen. Also hatte er bereits geahnt, wie sie sich entscheiden würde. Sie ließ seinen Ärmel los und trat einen Schritt zurück, um Madox anzusehen.

Dieser blieb neben der Tür stehen, als könnte er es nicht erwarten, den Raum wieder zu verlassen.

Mit einem leichten Nicken deutete sie auf einen der Besucherstühle vor ihrem Schreibtisch.

»Setz dich.«

Madox zögerte einen Moment zu lange, so als ob er sich gegen sie auflehnen wollte, und Saphira spannte sich an.

❄

MADOX

Madox sah, wie eine Unnachgiebigkeit in Saphiras Augen kroch, die selbst ihn beeindruckte, als er ihrer Anweisung nicht sofort folgte. Auch wenn jede Faser seines Selbst sich dagegen auflehnte, den Weisungen der Frau zu folgen, die er besitzen und unterwerfen wollte, ging er wie ein fügsamer Soldat zu dem Stuhl und setzte sich.

Äußerlich blieb er ruhig, aber innerlich kochte er vor Wut. Zuerst hatte er mit ansehen müssen, wie Emilio und Saphira vertraulich nahe beieinanderstanden, und nun das. Dabei sollte es genau andersherum sein: *Sie* sollte sich *seinen* Befehlen beugen. Er hielt mit Mühe ein Knurren zurück. *Konzentrier dich auf dein Ziel.*

Er rief sich in Erinnerung, warum er wirklich hier war, und zwang seine Muskeln zur Entspannung.

Saphira stellte sich vor ihn und lehnte sich gegen die Schreibtischkante, die Arme vor der Brust verschränkt.

»Wie lief es in der Stadt?«, fragte sie streng.

»Bestens. Das Problem wurde beseitigt.«

Saphira gab ein zustimmendes Summen von sich.

Madox versuchte seine Aufregung zu zügeln. Wenn dieses Gespräch wie geplant verlief, dann wäre er seinem Ziel ein ganzes Stück näher.

Scheinbar entspannt lehnte er sich in dem Stuhl zurück.

Was ein einziger Mord alles verändern konnte. Er hatte alles im Griff. Solange seine wahre Identität noch geheim war, konnte er sich also ruhig etwas um seine eigenen Bedürfnisse kümmern. Wahrscheinlich hätte er nach einer Nacht, höchstens zweien, sowieso genug von dieser Frau. Das Einzige, was

Saphira so furchtbar anziehend machte, war schließlich der Reiz des Verbotenen. Denn diese Frau war tabu für ihn. Und das aus mehr als nur einem Grund.

»Du weißt, welche Position Tomas in der *famiglia* hatte?«, fragte Saphira in dem Moment, und er lenkte seine Gedanken wieder aufs Wesentliche.

»Er war eine *guardia.*«

Saphira nickte. »Und jetzt ist dieser Posten unbesetzt.«

Madox warf einen Blick auf Emilio, der schweigsam neben dem Fenster Position bezogen hatte und ihn zufrieden angrinste.

»Ich möchte, dass du diesen Posten übernimmst«, sagte Saphira mit fester Stimme.

Der Satz war höflich formuliert, doch in Wahrheit war es ein klarer Befehl. Nicht, dass Madox etwas dagegen gehabt hätte, und jeder normale *soldato* hätte ebenfalls nicht gezögert, den Posten anzunehmen.

»Es ist mir eine Ehre.« Die Lüge kam ihm so einfach über die Lippen wie ein Atemzug.

Denn in Wahrheit war Madox nicht hier, um Saphira zu beschützen. Er war hier, um sie zu töten.

Kapitel 5

MADOX

Madox ließ das Klappmesser in die Hosentasche gleiten, warf sich das Schulterholster über und steckte seine Berettas in die dafür vorgesehenen Halterungen.

Morgendliche Routine.

Er war jetzt seit knapp einer Woche eine *guardia* und gab sich selbst noch wenige Monate, bis er den endgültigen Beweis hatte. Dann würde er Saphira endlich töten.

Das Jackett ließ er über dem Stuhl hängen, schließlich musste er auf dem Anwesen der De Angelis die Waffen nicht verbergen, und verließ sein Zimmer.

Mit sicherem Schritt ging er zu Saphiras Büro, klopfte an die Tür und betrat das Zimmer.

Emilio war bereits da, und Madox nickte ihm zu, bevor er den Blick auf die Frau richtete, die am Fenster stand und telefonierte. Bei seinem Eintreten hatte sie sich ihm zugewandt. Ihre Blicke trafen sich.

Nach allem, was er wusste, war sie die mächtigste Frau Italiens. Und er hasste sie. Abgrundtief.

Mit einem Nicken deutete Saphira auf den noch freien Besucherstuhl, und Madox setzte sich widerwillig in Bewegung. Nachdem er sich gesetzt hatte, ging Saphira an ihm vorbei zu ihrem Schreibtisch. Dabei berührte ihr Arm seine Schulter.

Es fühlte sich an, als hätte er gerade einen Blitz mit bloßen Händen gefangen. Wie Elektrizität, die durch seinen Körper schoss und seinen Schwanz zucken ließ. Ja, er hasste diese Frau. Dennoch wollte er sich in sie rammen, bis sie seinen verfluchten Namen schrie. Vielleicht beflügelte sein Hass sogar seine Begierde.

Saphira ließ sich nicht anmerken, ob sie die Berührung bemerkt hatte, und setzte sich hinter ihren Schreibtisch. Auch Madox blieb äußerlich ruhig und ließ sich auf dem Besucherstuhl nieder. Langsam zerrten ihre Kommandos wirklich an seinen Nerven. Er war nicht dazu geboren worden, Befehle zu befolgen.

»Mmh, aber natürlich«, säuselte Saphira in diesem Moment ins Telefon. Madox hatte sie noch nie in dieser Stimmlage reden hören. So sanft, so verführerisch ... beinahe *gefügig*.

Er warf Emilio einen Blick zu, um etwas über Saphiras Gesprächspartner in Erfahrung zu bringen, aber dieser hob nur nichtssagend eine Schulter.

Madox sah auf seine Hände hinunter, folgte mit seinem Blick den Umrissen des Wolfkopfes auf seinem Handrücken, betrachtete die wild gefletschten Zähne. Von all seinen Tattoos mochte er dieses am liebsten, da es ihn selbst widerspiegelte und das einfing, was ihn im Kern ausmachte.

»Ein Abendessen? Sehr gerne.« Saphira sah Emilio an, der bereits auf seinem Smartphone ihren Terminkalender durchsah, und formte lautlos ein Wort mit den Lippen in seine Richtung.

Donnerstag?

Emilio nickte beiläufig, und Saphiras Blick huschte einmal hinüber zu Madox, bevor sie sich wieder auf ihren Gesprächspartner konzentrierte.

»Donnerstag würde passen.« Sie lauschte. »Sehr schön, dann

sehen wir uns, Maurizio.« Da war er wieder, dieser gewisse Ton in ihrer Stimme, der etwas versprach.

Saphira beendete das Gespräch und blickte ihren Chefleibwächter an. »So langsam nervt er mich.«

»Wir könnten ihn umbringen«, schlug Emilio vor, aber Saphira winkte ab.

»Nein, wir kennen Maurizio. Er ist nervig, aber leicht zu bestechen. Und wir wissen nicht, wer nach ihm den Posten des örtlichen Polizeichefs bekommt. Ich mag keine Unbekannten.«

Jetzt wandte sich Saphira Madox zu und beugte sich leicht nach vorne, stützte sich mit den Unterarmen auf der Tischplatte ab.

»Du weißt, dass ich nächste Woche Besuch erwarte.«

Er nickte. »Adrian.«

Dieser Besuch bereitete ihm ein wenig Sorgen, seit er davon erfahren hatte. Man kannte ihn in Amerika, wusste um seine Herkunft. Er konnte nur hoffen, dass dieser Adrian keine Ahnung hatte, wie er aussah, oder dass man sie nicht offiziell vorstellen würde. Notfalls müsste Damiano eben eine weitere Leiche verschwinden lassen. Denn Madox würde sich durch nichts und niemanden von seinem Plan abbringen lassen.

»Er kommt aus einem ganz speziellen Grund hierher. Seine und meine Familie kennen sich seit Jahren, und wir unterstützen uns gegenseitig bei unseren Geschäften.«

Madox horchte auf. Er brauchte jede Information, die er über die De Angelis bekommen konnte.

»Eine Woche nach seiner Ankunft hier wird eine große Lieferung den Hafen erreichen. Zehn Container voll amerikanischer Waffen. Sig Sauer, Smith & Wesson, Freedom Arms, Remington Arms und Browning. Ein Teil ist für uns, der andere fürs Geschäft.«

Madox' Nerven waren bis zum Zerreißen angespannt. Er konnte sich kaum ein Grinsen verkneifen. *Dio*, das war einfach zu perfekt.

»Diese Information ist nur dem inneren Kreis bekannt.« Darauf würde er seinen Arsch verwetten. Selbst innerhalb einer *famiglia* konnte man nicht immer jede Information an alle weitergeben.

»Emilio wird dir die Einzelheiten erklären. Danach fährst du mit mir in die Stadt. Ich habe dort etwas zu erledigen.«

Ohne seine Reaktion abzuwarten, stand Saphira auf und ging an ihm vorbei. Der Stoff ihres schwarzen Kleides raschelte leise, und ihre Absätze klickten auf dem Holzfußboden.

Als die Tür hinter ihr ins Schloss fiel, wandte Madox sich zu Emilio um. Er hörte ganz genau zu und prägte sich jedes kleinste Detail ein. In dieser Nacht noch würde er dafür sorgen, dass die Vargas von diesem Deal erfuhren. Die Information war verdammt kostbar. In seinem Kopf ging er bereits die Möglichkeiten durch, wie er den Deal gegen die De Angelis verwenden könnte und was das für seine eigene *famiglia*, die Vargas, bedeutete.

SAPHIRA

Saphira erwartete ihren Onkel im Wohnzimmer, das sich an ihr Schlafzimmer anschloss. Der Wohnraum war fast zu groß für eine Person, das Schlafzimmer hatte ein angrenzendes Badezimmer und einen Balkon mit Blick aufs Meer.

Ein dezentes Klopfen ertönte, dann betrat ein älterer Mann den Raum. Die ersten Monate hatte sie Vito kaum ansehen können, weil er ihrem Vater so ähnlich sah. Inzwischen war sie innerlich zu abgestumpft, um es noch großartig zu bemerken. Vito und Davide waren Zwillinge gewesen, und noch heute konnte Saphira den Schmerz in den Augen ihres Onkels sehen. Er hatte den Tod seines Bruders nie ganz verwunden. Das würde keiner von ihnen beiden – bis der Mörder gefunden und ihr Rachedurst befriedigt war.

Vito kam auf sie zu, beugte sich zu ihr hinunter und hauchte Küsse auf ihre Wangen, bevor er sich neben sie auf die Couch setzte.

»*Zio*«, murmelte Saphira und neigte in stillem Respekt den Kopf. Ihr Onkel war der Mann, der aus ihr die Person gemacht hatte, die sie heute war. Er hatte das vollbracht, wozu sein Bruder keine Chance mehr gehabt hatte. Er hatte sie stark gemacht. Unnachgiebig. Furcht einflößend.

Saphira verdankte ihm alles. Er hatte sie am Leben gehalten, als sie nur noch sterben wollte.

Und obwohl er sich inzwischen aus dem aktiven Geschäft der Cosa Nostra zurückgezogen hatte, war er noch immer ein Teil der *famiglia* und ihr *consigliere*, ihr Berater. Sein Wort war es, auf das Saphira am meisten vertraute.

»*Mia micina*, wie geht es dir?« Es zauberte ein kleines, echtes Lächeln auf ihre Lippen, dass ihr Onkel sie selbst heute noch sein Kätzchen nannte.

»Gut. Es gab letzte Woche ein kleines Problem, aber das ist gelöst.«

Ihr Onkel nickte. »Ich habe davon gehört. Der Neue hat sich darum gekümmert.«

Obwohl Madox jetzt schon seit über zwei Jahren bei ihnen war, nannte ihr Onkel ihn immer noch den Neuen.

»Er ist ziemlich gut. Emilio hat aus ihm eine *guardia* gemacht.«

Vito lehnte sich zurück und legte einen Arm auf die Rückenlehne des Sofas. Er war inzwischen in seinen Fünfzigern, sah aber deutlich jünger aus. Noch immer hielt er sich fit, und sein Haar ergraute nur langsam etwas an den Schläfen. Allein die Schatten in seinen Augen ließen ihn älter wirken, als er wirklich war. Vito hatte in seinem Leben viel Dunkelheit gesehen. Und manchmal, wenn diese braunen Augen sie ansahen, konnte sie dort so etwas wie Angst erkennen.

Nicht, dass ihr Onkel sich vor ihr fürchtete. Er hatte Angst vor der Dunkelheit, die in ihr wohnte. Angst, was diese aus ihr machen würde.

»Wie fühlst du dich damit, dass er eine *guardia* ist?«

Saphira zögerte nicht. »Gut. Er ist sehr intelligent und absolut tödlich. Wahrscheinlich tödlicher als Emilio. Allein sein Ruf reicht als Drohung schon aus.« Natürlich verschwieg sie ihrem Onkel, dass es da diese dunkle, zerstörerische Energie gab, die ihre Haut zum Kribbeln brachte, wann immer sie in Madox' Nähe war.

Sie vertraute ihrem Onkel alles an, wenn es um die *famiglia* ging, aber so gut wie nichts, wenn es sie selbst betraf.

Ihr Onkel nickte und sah aus dem Fenster. Saphira folgte seinem Blick. Bald würde die Sonne ihren höchsten Punkt erreicht haben. Links von ihnen funkelte das Meer, vor ihnen erstreckte sich die Skyline von Palermo. Sie konnte die vier Barockpaläste, die den Quattro Canti, den zentralen Platz der Altstadt einrahmten, erahnen. Die hellblaue Kuppel des Kirchturms der Kathedrale Maria Santissima Assunta strahlte im Sonnenlicht. Eingerahmt wurde alles von Wohnhäusern aus hellem Sandstein. Diese Stadt gehörte ihr. Jedenfalls zu einem Teil. Aber das sollte sich in Zukunft ändern.

Es gab zwei Optionen, die Sache mit den Vargas endgültig zu klären. Die erste war einfach und würde auf beiden Seiten sehr viel Blut fordern: Sie würden in den Krieg ziehen. Der Ausgang war ungewiss.

Die zweite Option war um einiges schwieriger, würde aber viele Leben retten und sie beide gemeinsam als mächtigste *famiglia* der Cosa Nostra hervorgehen lassen: Saphira verfolgte den Plan ihres Vaters und schloss eine Allianz mit den Vargas. Aber nach dem Tod ihrer Familie hatte sie keinen einzigen Gedanken mehr an Frieden verschwendet.

Sie hatte Tod gewollt. Und sie hatte sich Tod geholt.

»Auf der Straße redet man über Madox«, sagte ihr Onkel in diesem Moment und holte sie damit in die Gegenwart zurück. »Man sagt, er sei skrupellos. Die Zivilisten wechseln instinktiv die Straßenseite, wenn er ihnen entgegenkommt, und die anderen *uomini d'onore* fürchten ihn, weil sie von dem Mann mit dem Wolfstattoo auf dem Handrücken gehört haben.«

Ihr Onkel sah sie an, und Saphira erwiderte seinen Blick. Früher einmal hatte Vito diese *famiglia* zusammen mit ihrem Vater angeführt. Die De-Angelis-Brüder waren berüchtigt gewesen. Inzwischen stellte Saphiras Ruf den ihren in den Schatten.

»Und was denkst du über ihn, *zio*?«

Ihr Onkel ließ sich Zeit mit seiner Antwort, dachte genau darüber nach. Das war einer der Gründe, warum Saphira ihm ihr Vertrauen schenkte. Er handelte niemals unüberlegt. Er wog immer sämtliche Fakten ab, bevor er eine Entscheidung traf oder sich eine Meinung bildete.

»Ich denke, dass er sehr gefährlich ist.«

In seinen Worten schwang eine Warnung mit, die Saphira ernst nahm. Madox konnte ihr wirklich gefährlich werden. Allerdings auf eine ganz andere Art, als ihr Onkel es andeutete.

Vito schien gesagt zu haben, was er zu sagen hatte, und wechselte das Thema. »Wie sieht es mit dem bevorstehenden Initiationsritus aus? Laufen die Vorbereitungen reibungslos?«

Sie nickte. »Emilio kümmert sich wie immer ganz hervorragend um alles. Die diesjährigen Kandidaten sind vielversprechend.«

»Dein Vater hat das früher sehr gerne übernommen. Er sagte immer, dass es seine wichtigste Aufgabe wäre, die Männer, in deren Händen die Zukunft der *famiglia* liegt, persönlich einzuführen.«

Saphira schluckte und wandte den Blick ab. Sie hasste es, wenn ihr Onkel auf ihren Vater zu sprechen kam. Solch kleine Bemerkungen drohten den sorgfältig angelegten Eispanzer um ihr Herz aufzubrechen.

»Lass uns lieber darüber reden, wie sich die Zukunft deiner Familie verändern wird. Die Hochzeit findet in ein paar Wochen statt.«

Als sie ihren Onkel ansah, sagte sein Blick ihr, dass er genau wusste, warum sie das Thema wechselte, aber er ließ es ihr durchgehen. Nach dem Anschlag hatte Vito schnell gelernt, dass man mit Saphira besser nicht über diesen Teil ihrer Vergangenheit sprach.

»Leandro ist wirklich sehr glücklich mit Rabia. Sie ist immer so fröhlich und voller Leben. In unserer Welt ist das eine nette Abwechslung.«

»Sie tut ihm gut, sorgt dafür, dass er etwas lockerer wird und mehr aus sich herauskommt«, meinte sie lächelnd.

»Das stimmt. Sie wird eine wunderbare Schwiegertochter sein. Das ist sie jetzt schon.« Ein Schatten huschte über das Gesicht ihres Onkels. Leicht besorgt sah sie ihn an.

»Woran denkst du?«

Ein müdes Lächeln bog Vitos Mundwinkel nach oben. »Dir entgeht aber auch nichts.«

»Das ist meine Aufgabe«, sagte sie leise.

Mit einem Seufzen richtete sich ihr Onkel etwas auf. »Du weißt, dass ich diese *famiglia* liebe. Ich habe sie zusammen mit deinem Vater aufgebaut und bereue nichts davon. Aber wir führen ein sehr gefährliches Leben, und manchmal wünschte ich mir, dass ich meinem Sohn etwas mehr Sicherheit bieten könnte.«

Saphira streckte den Arm aus und griff nach seiner Hand, drückte sie. »Ich werde immer auf ihn aufpassen«, versprach sie.

Etwas später schritt Saphira die Treppe zur Eingangshalle hinunter. Madox wartete bereits am Fuß der Treppe auf sie. Ein offensichtlich maßgeschneiderter Anzug verbarg genug von seinen Muskeln und den Waffen, sodass er nicht auf den ersten Blick wie ein Killer aussah. Allerdings änderte sich das bereits in dem Augenblick, in dem man ihn etwas genauer betrachtete.

Es war die Art, wie er sich hielt. Sich bewegte. Selbst in den kleinsten Regungen lag vollkommene Kontrolle. Was ihn allerdings immer verriet, waren seine Augen. Diese blassblauen Tiefen, die im richtigen Licht beinahe weiß wirkten. Sehr ungewöhnlich für einen Italiener. Allerdings war Madox ja auch in Amerika aufgewachsen, und sie wusste zwar, dass sein Vater Italiener gewesen war, aber über seine Mutter wusste sie nichts. Gut möglich, dass seine Augen ihr Erbe waren.

In diesen hellen Iriden lag ein Hunger nach Blut und Gewalt, den er nie ganz verbergen konnte. Vielleicht wollte er das aber auch gar nicht.

»Alles bereit?«, fragte Saphira, als sie auf der letzten Stufe stehen blieb. Dadurch war sie mit ihm auf Augenhöhe. Ein ungewohntes Gefühl, da sie sonst immer zu ihm aufblicken musste.

Allerdings musste sie auch nicht auf Augenhöhe mit ihm sein, damit klar war, wer hier das Sagen hatte. Generell musste sie niemandem mehr ihre Macht beweisen. Saphira besaß sie einfach.

Madox nickte. »Das Auto wartet draußen.«

Saphira ging an ihm vorbei, und Madox hielt sich leicht hinter ihr. Er nahm nahtlos seine Position als Leibwächter hinter ihr ein.

Draußen angekommen öffnete ihr Fahrer die Tür der Limousine für Saphira, und sie ließ sich auf die Rückbank gleiten. Madox folgte ihr und nahm gegenüber Platz.

Die Tür wurde geschlossen. Mit einem leisen Schnurren sprang der Motor des Wagens an. Der hintere Teil wurde durch eine schwarze Scheibe von der Fahrerkabine getrennt.

Es war das erste Mal, dass sie auf so engem Raum alleine waren. Und plötzlich hatte sie das Gefühl, dass sie nichts vor diesem Mann schützen konnte. Auch nicht ihre Position als *capo*.

Ihre Blicke kreuzten sich.

Wie aus dem Nichts entwickelte sich eine Spannung zwischen ihnen, die allen Sauerstoff aus dem engen Raum zu saugen schien. Ihre Atmung beschleunigte sich. Ihre Fingerspitzen kribbelten.

Madox schien es ebenso unvorbereitet zu treffen wie sie, seine Pupillen weiteten sich. Er ballte eine Hand zur Faust.

Saphira atmete tief ein und versuchte ihre Nerven zu beruhigen. Stattdessen rutschte sie unruhig auf ihrem Sitz herum. Das Material ihrer halterlosen Strümpfe rieb aneinander. Natürlich entging Madox das leise Rascheln nicht.

Ganz langsam, als hätte er alle Zeit der Welt, wanderte sein Blick über ihren Körper. Ihr Puls raste, und sie war sich sicher, dass er es sehen konnte. Er betrachtete ihre Brüste, die sich plötzlich schwer anfühlten. Ihr Schoß zog sich sehnsuchtsvoll zusammen, ihre Klit pulsierte. Saphira verspürte das irrationale Bedürfnis, sich die Kleider vom Leib zu reißen und sich an Madox zu reiben, bis er das Brennen in ihrem Inneren lindern würde.

Noch nie zuvor hatte der Blick eines Mannes sie derart berührt. Und Madox' Blick fühlte sich tatsächlich wie eine körperliche Berührung an.

Saphira leckte sich über ihre trockenen Lippen, und Madox' Blick fokussierte sich sofort auf diese Bewegung. Sein Mund öffnete sich leicht, und ein dunkles Knurren drang über seine Lippen.

Sie blinzelte, doch der Bann war nicht gebrochen.

Ihr ganzer Körper war in Alarmbereitschaft. Sie beugte sich leicht nach vorne. Madox tat es ihr gleich. In diesem Moment war ihr alles egal. Es interessierte sie nicht, dass sie der *capo* war und Madox eine *guardia*. Es kümmerte sie nicht, dass sie sich in einem fahrenden Auto befanden. Sie konnte sich nicht einmal mehr daran erinnern, warum Sex mit Madox so eine furchtbar schlechte Idee sein sollte.

Alles, woran sie denken konnte, war, dass sie auf seinen Schoß klettern wollte, um ihn so tief in sich aufzunehmen, bis das Brennen in ihrem Inneren nachließ. Und wenn sie die beeindruckende Ausbuchtung zwischen seinen Beinen betrachtete, war sie sich sicher, dass es Madox genauso ging.

Der Duft seines Rasierwassers benebelte ihre Sinne. Eine Mischung aus Sandelholz, Limone und Minze. Frisch. Stark. Ihr Blick flog zu dem leichten Bartschatten. Er hatte sich gar nicht rasiert. War das sein eigener Geruch?

Sie sah in seine Augen und konnte dort einen Hunger erkennen, so stark und beinahe grausam, dass die Dunkelheit in ihr sofort darauf ansprang.

Sie senkte für einen Moment den Blick, nur um Madox dann durch ihre Wimpern hindurch anzusehen. Alles an ihr signalisierte in diesem Moment eine Einladung. Und sie wollte es genauso.

Ihre Zunge schnellte über ihre Unterlippe. Madox spannte sich an. Jeden Moment würde er nach ihr greifen. Sie konnte es in seinem Blick lesen.

Ein leichtes Lächeln kräuselte ihre Mundwinkel, und sie biss sich auf die Unterlippe.

Madox stöhnte unterdrückt und machte eine Bewegung. Sie spannte sich an, erwartete, jeden Moment seine Hände auf ihrer Haut zu spüren. Sie konnte es kaum noch ertragen. Hitze strömte durch ihren Körper, verhinderte jeden klaren Gedanken.

Genau in diesem Moment klingelte ihr Handy. Sie schnappte nach Luft. Madox blinzelte. Sie sah, wie er leicht den Kopf schüttelte. Der Bann war gebrochen.

Saphira wurde sich bewusst, was gerade beinahe passiert wäre, und es lief ihr eiskalt den Rücken hinunter, verdrängte die Hitze.

Sie kramte in ihrer Handtasche nach ihrem Handy und nahm den Anruf entgegen, ohne auf das Display zu sehen.

»Ja?«

Sie klang ein wenig atemloser, als ihr lieb war. Aus den Augenwinkeln warf sie Madox einen Blick zu. Er schien sie nicht weiter zu beachten. Aber die Beule in seiner Hose war noch immer da. Schnell wandte sie den Blick ab.

»*Ciao*, Saphira.«

Obwohl sie diesen Anruf bereits erwartet hatte, überraschte

er sie in diesem Moment doch. Saphira rief sich selbst wieder zur Ordnung, bevor sie antwortete.

»Guiseppe. Was kann ich für dich tun?« Sie klang genauso freundlich, als würde sie mit ihrer besten Freundin telefonieren. Als sie Madox' Blick begegnete, meinte sie so etwas wie Überraschung auf seinen Zügen lesen zu können. Aber der Moment war so schnell vorüber, dass sie es sich wahrscheinlich nur eingebildet hatte.

»Ich hatte letztens Post von dir.«

»Dann ist mein Geschenk also angekommen? Ich hoffe, es hat dir gefallen.«

»Es war sehr ungewöhnlich«, gab Guiseppe zurück, und sie musste lächeln.

»Es erschien mir angemessen, nach dem, was du mir geschickt hattest.«

Einen Moment herrschte Schweigen, und ihre Anspannung stieg. Sie bewegte sich gerade auf einem sehr schmalen Grat. Noch während dieses Gesprächs konnte ein Krieg ausgelöst werden, der Palermo erzittern ließ.

»Ich werde mich dafür revanchieren, Saphira.«

Bevor sie etwas antworten konnte, hatte Guiseppe bereits aufgelegt. Saphira steckte das Handy wieder zurück in ihre Tasche und sah Madox an. Die Spannung zwischen ihnen war verschwunden, als hätte es sie nie gegeben.

»Probleme?«, fragte Madox.

»Guiseppe hat das Geschenk erhalten, das ihr ihm habt zukommen lassen, und will sich dafür revanchieren. Wir werden wachsam sein. Sollte er zu weit gehen, werden wir ihm zeigen, was es bedeutet, wenn man sich mit den De Angelis anlegt.«

Kurz danach hielt der Wagen, und ihr Fahrer öffnete die Tür für sie. Warme Luft empfing sie, als sie auf den Gehsteig trat.

Sie spürte Madox hinter sich und straffte den Rücken. Es war an der Zeit, Madox als *guardia* in der Stadt vorzuzeigen.

❄

MADOX

Madox hätte sie beinahe in diesem verfluchten Auto genommen. Und nichts hätte ihn verdammt noch mal davon abhalten können. Er hatte sie schon beinahe auf seiner Zunge geschmeckt.

Alleine die Erinnerung an diese Spannung zwischen ihnen machte ihn beinahe wieder hart.

Fuck.

Noch nie hatte er einen verfluchten Ständer bekommen, nur weil er sich im selben Raum mit einer Frau aufgehalten hatte. Sollte seine Obsession für Saphira etwa zum Problem werden?

Er musste sich schleunigst wieder unter Kontrolle bringen, ansonsten wäre seine Arbeit der letzten Jahre umsonst gewesen. Seine Rache war alles, was ihm noch geblieben war. Sex war Sex. Und Saphira war es nun wirklich nicht wert, dass er sie verschonte.

Es war gut, dass Guiseppes Anruf sie unterbrochen hatte, obwohl er den Inhalt des Gesprächs nicht gutheißen konnte. Es wäre ihm wesentlich lieber, wenn sein Onkel sich zurückhielt, bis Madox seinen Auftrag abgeschlossen hatte.

Er starrte Saphiras Rücken an, während sie vor ihm durch die Straßen von Palermo ging, am Palazzo dei Normanni vorbei. Das dreistöckige Gebäude erhob sich mit seinen mächtigen Grundmauern über das Straßenniveau. Wo früher sizilianische Könige residiert hatten, war jetzt der Sitz des Parlaments. Und auch dieses stand unter der Macht einer Königin.

Madox betrachtete Saphiras Rücken. Sein Blick blieb an ihrem Hintern hängen, der sich verführerisch unter dem schwarzen Stoff bewegte. Warum musste sie auch so verdammt geil aussehen? Konnte sie nicht einfach eins dieser dünnen Models sein? Aber nein, Saphira De Angelis bestand nur aus lockenden Kurven und samtener Haut, die geradezu um seine Berührung bettelten.

Dennoch würde er sich nicht davon abhalten lassen, sie umzubringen, wenn die Zeit dafür gekommen war.

Gemeinsam schritten sie gemächlich durch die Straßen von Palermo, die von den De Angelis beherrscht wurden. Gebäude aus hellem Sandstein wechselten sich mit Neubauten ab, deren weiße oder beige Fassaden in der Sonne zu leuchten schienen. Kleine Balkone mit schmiedeeisernen Gittern boten gerade genug Platz für einen kleinen Tisch und zwei Stühle. Die meisten Balkone und Fensterbänke waren mit farbenprächtigen Blumen geschmückt. Gerade kamen sie an der Cattedrale di Palermo vorbei. Der beeindruckende Bau aus hellbraunen Steinen war bei Touristen ein beliebtes Fotomotiv. Drei riesige spitz zulaufende Bögen markierten den Eingang, der von zwei kleinen Türmen gesäumt war, die das Motiv der vier Ecktürme aufnahmen. Er wusste, dass es dahinter eine aus dunklem Holz geschnitzte Tür gab, die laut quietschte, wenn man sie öffnete. Früher war sein Vater oft mit ihm in diese Kirche gegangen, bevor er seinen Sohn nach Amerika geschickt hatte.

Die ganze Zeit über behielt Madox die Umgebung genau im Auge. Denn an diesem Tag würde er dafür sorgen, dass Saphira überlebte. Vielleicht war das ein wenig ironisch, da er sich doch nichts sehnlicher wünschte als ihren Tod. Aber er würde sich von niemandem die Rache an dieser Frau nehmen lassen.

Als er in die Limousine gestiegen war, hatte er sich gefragt, wieso ausgerechnet er mitkommen sollte. Aber inzwischen war es ihm klar.

Die Einheimischen, die über die hier ansässige Cosa Nostra Bescheid wussten, kannten Saphira De Angelis. Auf den Straßen neigten manche respektvoll den Kopf, andere wechselten lieber die Straßenseite oder wichen in eine der Seitengassen aus. Und alle bemerkten ihn.

Saphira führte ihn quasi als ihren Leibwächter in die Gesellschaft ein. Er war sich nicht sicher, was er davon halten sollte. Eigentlich arbeitete er lieber im Verborgenen, agierte aus den Schatten heraus. Allerdings würde der Status als Saphiras *guardia* auch Türen öffnen, die ihm vorher verschlossen geblieben waren. Niemand würde ihm noch mit Misstrauen begegnen, wenn er anfing Fragen zu stellen oder ihn verdächtigen, etwas im Schilde zu führen, wenn er sich beispielsweise alleine im Büro des *capo* aufhielt.

Irgendwann hielten sie an einem kleinen Straßencafé, und Saphira setzte sich an einen der schmiedeeisernen Tische. Madox nahm ihr gegenüber Platz, behielt aber die Umgebung genau im Auge.

Schon im nächsten Moment erschien ein älterer Mann, dessen Gesicht faltig und wettergegerbt war. Er neigte respektvoll den Kopf, wie so viele es in Saphiras Gegenwart taten.

»*Signora*, das Übliche?«

Saphira nickte und sah dann Madox an. »Möchtest du auch etwas?«

»Ein Wasser, bitte.«

Es dauerte nicht lange, bis ihre Getränke serviert wurden. Saphira nippte in aller Seelenruhe an ihrem Kaffee, begann aber keine Unterhaltung, und auch Madox schwieg. Er gab es nicht gerne zu, aber er genoss die Stille. Die meisten Menschen hatten das nervige Bedürfnis, jeden Moment in Gegenwart einer anderen Person mit Gesprächen zu füllen, als könnten sie die Stille nicht ertragen. Saphira schien das ebenso wenig zu brauchen wie er selbst.

Ihr Handy klingelte, und sie blickte kurz aufs Display, bevor sie das Gespräch entgegennahm.

»Rabia«, sagte sie, und beinahe meinte Madox, so etwas wie Wärme in ihrer Stimme zu hören.

Sofort spulte sein Gedächtnis die wichtigsten Informationen ab. Rabia Ferrera. Vierundzwanzig. In Amerika geboren, in Italien aufgewachsen. Saphiras beste Freundin. Teil der *famiglia.*

»Ich bin gerade mit Madox in der Stadt.«

Er konnte Rabias Erwiderung nicht hören, aber er bemerkte den undurchsichtigen Blick, den Saphira ihm zuwarf. Und plötzlich war er neugierig. Was hatte ihre beste Freundin gesagt, dass Saphira ihn so ansah?

Im nächsten Moment wurde er abgelenkt, als er eine vertraute Gestalt auf der anderen Straßenseite entdeckte. Damiano lehnte lässig an einer Hauswand und schleckte ein Eis. Als er Madox' Blick bemerkte, grinste er breit und tippte sich mit zwei Fingern an die Schläfe.

Beinahe musste Madox über das dreiste Verhalten seines besten Freundes lachen, spazierte der doch einfach so in feindlichem Territorium herum.

Madox sah kurz zu Saphira, aber die war in ihr Gespräch mit Rabia vertieft. Er sah wieder Damiano an und nickte leicht. Sein Freund zog mit der freien Hand sein Handy heraus und tippte einen Augenblick darauf herum. Kurz danach vibrierte sein eigenes Handy und Madox blickte darauf.

Damiano: Heute. Mitternacht?

Madox löschte die Nachricht und nickte seinem Freund noch einmal unauffällig zu.

Dieser stieß sich von der Wand ab und schlenderte gelassen die Straße entlang. Und wenn Madox' Gehör ihn nicht trog, pfiff er dabei sogar ein Lied. Madox grinste. Verfluchter Bastard.

Er wandte seine Aufmerksamkeit wieder Saphira zu. Trotz der warmen Temperaturen trug sie auch heute wieder ein langärmeliges schwarzes Kleid, das kurz über ihren Knien endete. Als sie nach ihrer Kaffeetasse griff, runzelte Madox leicht die Stirn. Zeichnete sich da etwas unter dem Stoff auf ihrem Unterarm ab? Da war eindeutig eine leichte Erhebung unter dem Stoff. Kaum wahrnehmbar, aber dennoch da. Er runzelte die Stirn. War das etwa ein Messer?

»Ausgehen?«, sagte Saphira in diesem Moment. »Klar, warum nicht? Am Donnerstagabend muss ich etwas Geschäftliches erledigen, aber wir können danach in den Club gehen.«

Es war klar, welchen Club Saphira meinte: das *Paradiso*, das von den De Angelis geführt wurde. Dort feierte die Cosa Nostra, die nicht auf der Seite der Vargas stand, wenn sie in Palermo ausgehen wollte. Natürlich waren dort auch Zivilisten erlaubt, aber keiner von ihnen ahnte etwas von den zwielichtigen Geschäften, die dort über die Bühne gingen. Der Club diente in erster Linie zur Geldwäsche.

Madox war noch nie im *Paradiso* gewesen, und er hoffte, dass er Saphira an diesem Abend begleiten konnte. Dann konnte er sich endlich einen Eindruck von den Räumlichkeiten verschaffen.

Nachdem sie das Gespräch beendet hatte, stand Saphira ohne ein weiteres Wort auf. Madox folgte ihr, als sie das Café verließen, ohne zu bezahlen.

Anstatt wie vorher einfach durch die Straßen zu schlendern,

schien Saphira nun ein ganz spezielles Ziel zu haben. Und Madox war wirklich überrascht, als sie kurze Zeit später ein Tattoostudio betraten. Was zum Teufel wollte Saphira hier?

Bei ihrem Eintreten sah eine junge Frau auf, die mehr Piercings im Gesicht hatte, als man gemeinhin für möglich hielt. Ihre Haare waren raspelkurz und neonpink, und sie stand hinter einem hohen Tresen. Als sie Saphira erblickte, erhellte ein Lächeln ihr Gesicht, das erahnen ließ, wie jung sie noch war.

Um sie herum füllte das Surren von Tätowiermaschinen die Luft, und Rockmusik ertönte aus Lautsprechern, die in den Ecken standen. Überall hingen gerahmte Zeichnungen an den Wänden, die wahrscheinlich von den Tätowierern stammten. Links vom Tresen gab es einen großen Raum, in dem sich vier Tätowierstationen befanden. Drei davon waren im Augenblick besetzt. Rechts vom Tresen befand sich ein weiterer, von samtroten Vorhängen verdeckter Durchgang.

»Saphira! Heute ist es so weit, nicht wahr?«

Saphira schenkte der jungen Frau ein leichtes Nicken. »Ist er schon da, Mac?«

»Klar, und er hat den ganzen Tag kaum über was anderes gesprochen als über euren Termin.« Sie zwinkerte Saphira zu und rief dann durch den gesamten Laden: »Noah, schwing deinen Arsch hier raus! Saphira ist da!«

Im nächsten Augenblick kam ein riesiger Kerl zwischen den Vorhängen hervor, der ebenso dunkle kurze Haare hatte wie Madox. Er trug ein weißes T-Shirt, das seine stark tätowierten Arme zeigte. An seinen Handgelenken befanden sich breite Ledermanschetten. Seine Unterlippe zierte links und rechts jeweils ein Piercing, und in seiner Augenbraue blinkte ebenfalls ein Ring.

Mit einem prüfenden Blick betrachtete Madox den anderen Mann. Groß, muskulös. Riesige Hände. Er wäre vermutlich ein ernst zu nehmender Gegner in einer Straßenschlägerei. Für einen Killer wie Madox aber kein großes Problem.

»*Bella!*« Er kam auf Saphira zu und schloss sie in eine für Madox' Geschmack viel zu vertraute Umarmung. Und Saphira schmiegte sich regelrecht in seine Arme. Madox' Hand zuckte in Richtung seines Messers. Ihm gefiel die Situation hier nicht.

Saphira schien ihn vollkommen vergessen zu haben, als sie sich von dem Kerl auf beide Wangen küssen ließ.

»Noah«, sagte sie, und ihre Stimme klang weich und einladend.

Schließlich löste sie sich aus seiner Umarmung, und der Kerl bemerkte Madox.

»Wer ist das?«

Saphira sah ihn über die Schulter hinweg an. Ihr Blick und Gesichtsausdruck waren kalt. Keine Spur mehr von der Leidenschaft, die sie vorhin im Auto gezeigt hatte. »Madox, mein Leibwächter.«

Noah sah ihn zweifelnd an, und Madox ließ etwas von dem Monster in sich in seine Augen sickern. Der Tätowierer hielt seinem Blick noch einen Augenblick lang stand, bevor er mit den Schultern zuckte und den Vorhang für Saphira aufhielt.

»Sollen wir?«

Saphira nickte, sah Madox aber noch einmal an. »Du wartest hier.« Danach ging sie einfach durch in den abgetrennten Bereich.

Noah besaß die Dreistigkeit ihm zuzuzwinkern, bevor er ihr folgte. »Mach es dir bequem. Es könnte eine Weile dauern.«

Madox erging sich einen Augenblick lang in der Vorstellung, wie er Noah mit seinem Klappmesser die Kehle aufschlitzte. Beinahe hätte er der Versuchung nachgegeben. Stattdessen ließ er sich auf die lederne Couch sinken und wartete.

In diesem Moment gab er sich das Versprechen, dass er Saphira dafür bestrafen würde, wie sie ihn gerade behandelt hatte.

Kapitel 6

SAPHIRA

Saphira fühlte, wie Noah kaltes Desinfektionsmittel auf ihrer Haut verrieb. Sie schloss die Augen und ließ den Kopf gegen die Stuhllehne sinken, während er seine Arbeit verrichtete.

Sie zischte leise vor Schmerz, als Noah die Nadel durch ihre Brustwarze stieß. Dann fühlte sie, wie das Piercing angebracht wurde.

Nachdem sie ihre Eltern und ihren Bruder verloren hatte, hatte sie lange nach einem Ventil für den Schmerz in ihrer Seele gesucht. Am Anfang hatte sie sich mit einer Rasierklinge kleine Schnitte am ganzen Körper zugefügt.

Irgendwann wurde es besser, und sie brauchte die Klinge nicht mehr so häufig. Nur dann und wann erlitt sie einen Rückfall, und der alte Schmerz holte sie wieder ein. Als das zum ersten Mal passiert war, hatte sie sich die erste Rose auf ihrer Hüfte stechen lassen. Dann die zweite und zum Schluss die dritte. Schließlich war das Tattoo, der Schriftzug eines Zitates aus Dantes Komödie, auf ihrem Rippenbogen gefolgt. Seitdem hatte sie wieder Ruhe gehabt. In letzter Zeit allerdings … Sie seufzte leise.

Noah wandte sich ihrer anderen Brustwarze zu, und sie hielt die Augen geschlossen. Sie wusste, dass sie bei ihm war, weil es so viele Dinge gab, die sie in Aufruhr versetzten: der baldige Initiationsritus, der ihrem Vater früher so viel bedeutet hatte, Madox, der ihre Nerven strapazierte und Gefühle in ihr auslöste, die sie nicht gebrauchen konnte, die anstehende Hochzeit ihrer besten Freundin mit ihrem Cousin, die sie als *capo* ausrichten und bezahlen würde. Außerdem wurde Guiseppe Varga immer mehr zu einem Problem, für das sie bald eine Lösung finden musste. Und es näherte sich der Jahrestag des Attentats. Alles in allem war es in letzter Zeit wieder schwieriger für Saphira geworden, den Schmerz in ihrem Inneren zu verschließen. Also hatte sie ein neues Ventil gebraucht.

»Fertig!«, verkündete Noah mit freudiger Stimme, und sie öffnete die Augen.

Saphira blickte auf ihre nackten Brüste herab, deren Brustwarzen jetzt jeweils von einem silbernen Stab mit Kugeln an den Enden geschmückt waren. Leise pochte noch Schmerz in den empfindlichen Stellen.

»Gute Arbeit, Noah.« Vorsichtig stand sie auf, um sich im Spiegel anzusehen.

Noah rollte mit dem Stuhl nach hinten und zog sich die schwarzen Latexhandschuhe aus. »Sieht wirklich gut an dir aus, *Bella*. Wirst du sie deinem Wachhund da draußen zeigen?«

Saphira warf ihm einen scharfen Blick zu, und Noah lachte.

»Was denn? Ich habe doch seinen Blick gesehen.«

»Das spielt keine Rolle.«

»Wenn du das sagst.« Noah nahm einen Schluck von seinem Energydrink, bevor er sich erneut Handschuhe überzog und sie zu sich heranwinkte.

»Komm, ich verarzte dich noch.«

Saphira ging zu ihm herüber und betrachtete das riesige gerahmte Bild an der Wand hinter ihm. Es zeigte das Meer bei

Sonnenuntergang. Am Strand war die Silhouette einer Frau zu erkennen, die gedankenverloren aufs Wasser hinausblickte. Ihr Haar wehte leicht im Wind. Saphira wünschte sich, ebenso fern von all ihren Sorgen zu sein. Wenigstens für eine kleine Weile.

»Also, du musst die Wunden sauber halten und morgens und abends desinfizieren. In nächster Zeit nicht schwimmen gehen und besser nur duschen, nicht baden. Außerdem musst du die Stäbe einmal am Tag etwas bewegen, damit nichts verkrustet und das Wundsekret abfließen kann.«

Noah klebte vorsichtig ein Pflaster über jede ihrer Brustwarzen. »Wenn es geht, solltest du außerdem in den nächsten Tagen keinen BH tragen und generell enge Kleidung vermeiden, damit möglichst wenig Reibung entsteht.«

Sie schüttelte leicht den Kopf und streifte den BH wieder über – das würde nur Getuschel unter den *soldati* geben. Denn denen fiel es bestimmt auf, wenn sie keinen BH unter ihrer Kleidung trug.

»Na schön, dann kleb wenigstens alles sorgfältig mit Pflastern ab. In ein paar Wochen ist es abgeheilt.« Er grinste sie an. »Und beim Sex sollte dein Partner bis dahin sehr vorsichtig sein.«

Saphira kniff leicht die Augen zusammen. »Vergiss nicht, mit wem du sprichst.«

Abwehrend hob Noah die Hände. »Hey, es ist mein Job, dir das zu sagen.«

Saphira drehte ihm den Rücken zu, damit er den Reißverschluss ihres Kleides schließen konnte, und gemeinsam gingen sie wieder zurück in den vorderen Bereich des Studios.

Ihr BH drückte schmerzhaft gegen die Brustwarzen, und Saphira genoss das Brennen.

Madox warf ihr einen rätselhaften Blick zu, bevor er sie musterte. Sie beachtete ihn nicht weiter, sondern bezahlte stattdessen bei Mac.

Zum Abschied zog Noah sie in eine weitere Umarmung, achtete aber darauf, sie nicht zu fest zu drücken. Als ob mir der Schmerz etwas ausmachen würde, dachte sie.

Als sie zur Tür ging, hatte Madox sich bereits erhoben und öffnete die Tür für sie. Draußen auf der Straße wartete schon ihr Wagen, der Fahrer hielt ihr die Tür auf. Madox stieg hinter ihr ein.

Sie schwiegen, während sie zurück zum Anwesen gebracht wurden.

Diesmal vermied Saphira es, Madox direkt anzusehen. So einen Vorfall wie auf der Hinfahrt konnte sie nicht gebrauchen. Stattdessen erledigte sie lieber ein wenig Arbeit und checkte die Finanzen der *famiglia* auf dem Smartphone. Als sie das nächste Mal den Kopf hob, bemerkte sie, dass Madox sie forschend betrachtete.

»Gibt es ein Problem?« Sie konnte nicht vermeiden, dass ihre Stimme etwas ungehalten klang.

Madox sah ihr nun direkt in die Augen. Es dauerte einen Herzschlag lang, aber dann schüttelte er beinahe unmerklich den Kopf.

Sie wandte sich wieder ihrem Handy zu und ignorierte ihn. Dabei entging ihr aber nicht, dass Madox' Blick weiter auf ihr ruhte. Sie versuchte sich wirklich auf ihre Arbeit zu konzentrieren, aber dass er sie ansah, sorgte dafür, dass langsam Hitze in ihr aufstieg und ein Schauer über ihren Nacken und ihre Wirbelsäule kroch.

Ihre Fingerspitzen kribbelten vor Sehnsucht nach ihrem Messer. Ob sie wohl schnell genug wäre, die versteckte Waffe zu ziehen und Madox damit zu verletzen? Vielleicht.

Allerdings wäre das wohl eine leichte Überreaktion.

Bevor sie noch etwas Unüberlegtes tun konnte, wie Madox ihr Handy an den Kopf zu werfen, hielt der Wagen an und die Tür wurde geöffnet. Emilio stand draußen und reichte Saphira die Hand.

Ohne zu zögern ergriff sie diese und ließ sich von ihm aus dem Wagen helfen. Sie war froh, dass sie der Enge der Limousine und Madox' Nähe entkommen konnte.

Emilio war ein ausgezeichneter Beobachter, daher bemerkte er ihre merkwürdige Stimmung sofort. Aber anstatt Fragen zu stellen, die ihm nicht zustanden, folgte er ihr einfach zurück ins Haus.

Saphira sah rasch den Stapel Briefe durch, der neben dem Eingang auf einem Tischchen lag. »Irgendwelche Vorkommnisse, während ich weg war?«

»Nein, alles ruhig.«

»Morgen steht das Dinner mit dem Polizeichef an. Danach gehe ich mit Rabia in den Club.«

»Verstanden.« Er nickte beflissen.

Sie brauchte Emilio keine weiteren Anweisungen geben. Er würde dafür sorgen, dass der Club an diesem Abend besonders gut bewacht war.

»Wenn etwas ist, ich bin auf meinem Zimmer.«

Damit ließ sie ihren Chefleibwächter stehen und ging die Treppe hoch zur ersten Etage. Plötzlich rann ihr ein Schauer über den Rücken, und auch ohne sich umzudrehen wusste sie, dass Madox in der Eingangshalle stand und ihr hinterherblickte.

MADOX

Er würde es genießen, ihr Blut zu vergießen. Er würde es langsam angehen lassen, wie man es ihm beigebracht hatte. Zuvor wollte er ein Feuerwerk von Schmerz in ihrem Körper entzünden.

Madox wartete noch ab, bis Saphira hinter der nächsten Ecke verschwunden war, dann drehte er sich um und machte sich auf den Weg in sein eigenes Zimmer.

»Ist irgendetwas zwischen euch vorgefallen?«, hielt Emilio ihn auf.

Madox blieb stehen, sah sich aber nicht um. »Nein. Alles in Ordnung.«

Er ignorierte das Bedürfnis, sich an Saphiras Fersen zu heften und ihr zu zeigen, wer hier wirklich das Sagen hatte. Stattdessen erinnerte er sich daran, dass er hier war, um sie zu töten. Und er rief sich den Grund ins Gedächtnis, aus dem er seinen Arsch von Amerika zurück nach Italien geschleift und diesen lebensgefährlichen Plan überhaupt in die Tat umgesetzt hatte.

Saphira De Angelis hatte seinen Vater umgebracht.

Und dafür würde er sie leiden lassen.

Er warf die Tür hinter sich zu und riss sich das Jackett vom Körper. Das Hemd folgte. Mit einem wütenden Knurren wirbelte er herum, und seine Faust krachte gegen die Wand. Die Haut an seinen Knöcheln platzte auf. Zurück blieb ein Riss in der Mauer.

Verfluchte Scheiße!

Bevor er sein Zimmer noch weiter zerstörte, entschied Madox sich dafür, eine kalte Dusche zu nehmen, in der Hoffnung, dass diese seine Wut etwas zügelte. Und außerdem seinen verdammten Ständer verschwinden ließ. Wenn Wut nicht so ein verfluchtes Aphrodisiakum für ihn wäre, dann würde Saphira De Angelis überhaupt kein Problem für ihn darstellen. So aber konnte er nur daran denken, sie zu ficken.

Während das kalte Wasser über ihn hinwegspülte, erinnerte er sich an den Tag, an dem er nach Palermo zurückgekehrt war.

Der Sarg seines Vaters war geschlossen. Man hatte ihn nicht offen lassen können, da Salvatore Varga mit einem Kopfschuss getötet worden war. Ein klassisches Attentat.

Madox fühlte sich genauso leblos wie die Leiche des Mannes vor ihm. Sein Vater war die einzige Person gewesen, die ihm in diesem Leben wirklich etwas bedeutet hatte. Auch wenn sie nie viel Zeit miteinander verbracht hatten, waren sie einander immer nahe gewesen. Und auf eine verkorkste Art und Weise war Madox seinem Vater sehr dankbar, dass er ihn nach Amerika geschickt hatte, um ihn dort zu einem Killer ausbilden zu lassen.

Salvatore Varga war ganz anders gewesen als sein Sohn. Gnadenlos, ja. Das musste er auch als capo *einer italienischen Mafiafamilie. Aber er war gerecht gewesen, gütig. Ausgeglichen. Er hatte Frieden mit den De Angelis gewollt.*

Er war alles gewesen, was Madox niemals sein würde.

Das bisschen Güte, das er vielleicht einmal besessen hatte, war ihm in einem Camp für zukünftige Auftragskiller ausgetrieben worden. Jetzt war er ein Monster, das nach Blut dürstete.

Madox hob den Blick vom Sarg, als jemand neben ihn trat. Vor Trauer verdunkelte grüne Augen sahen ihn an. Damiano. Sein bester Freund aus Kindertagen.

Sie hatten sich seit Jahren nicht mehr gesehen und dennoch war es, als Damiano ihn am Morgen vom Flughafen abgeholt hatte, als wären sie nie getrennt gewesen.

Die Zeremonie begann, und Madox trat vor, als es von ihm verlangt wurde. Die Dornen der roten Rose in seiner Hand verletzten seine Handfläche. Es hätte ihm nicht gleichgültiger sein können.

Er beobachtete, wie die Blume auf den Sarg fiel, bevor er wieder an seinen Platz zurückkehrte.

Danach hörte er sich die unzähligen Beileidsbekundungen an. Die gesamte famiglia *war erschienen, und jeder schwor, dass Salvatores Tod gerächt werden würde.*

Dessen war Madox sich sicher. Denn er würde diesen Job höchstpersönlich übernehmen.

Irgendwann trat Damiano erneut neben ihn.

»Dein Onkel will dich sehen.«

Madox nickte und ging davon, um mit dem neuen capo *zu sprechen.*

Guiseppe saß an einem Tisch ganz hinten in dem Restaurant, in dem die Trauerfeier stattfand. Nur einer seiner Leibwächter stand bei ihm und entfernte sich, als Madox Platz nahm.

»Weißt du, wer es war?«, fragte er ohne Umschweife.

Sein Onkel nickte, und heiße Wut verdrängte die Taubheit, die Madox seit der Nachricht über den Tod seines Vaters gespürt hatte.

Guiseppe griff in die Innentasche seiner Anzugjacke und holte einen Briefumschlag hervor, den er Madox reichte. Langsam öffnete Madox den Umschlag und zog eine Handvoll Fotos heraus.

Das erste zeigte die Leiche seines Vaters. Ein Loch in der Stirn. Die Augen weit aufgerissen. Lag da etwa so etwas wie Überraschung in seinen toten Augen?

Das zweite zeigte den Tatort. Irgendein schmutziger Hinterhof. Warum waren keine guardie *bei seinem Vater gewesen? Eine weitere Leiche war nicht zu sehen, doch eine* guardia *hätte niemals mit angesehen, wie ihr* capo *getötet wurde, sondern sich vor ihn geworfen.*

Er hob den Blick und sah seinen Onkel an. »Keine Wachen?«

Dieser schüttelte den Kopf. »Anscheinend war es ein geheimes Treffen. Niemand wusste davon.«

Das dritte Foto zeigte eine Frau, die den Hinterhof verließ und in ein wartendes Auto einstieg. Madox kniff die Augen zusammen. Das Foto war zu unscharf, um ihr Gesicht erkennen zu können.

Allerdings änderte sich das mit dem letzten Foto.

Es war eine Nahaufnahme des Gesichts. Madox biss die Zähne zusammen. Er lebte seit Jahren nicht mehr in Palermo, dennoch erkannte er die Frau auf den ersten Blick. Er war schließlich immer noch ein Mitglied der Cosa Nostra *und kannte die wichtigsten Oberhäupter. Beinahe hätte er laut aufgelacht. Natürlich.*

»Saphira De Angelis.« Er hob den Blick und sah seinen Onkel an.

»Das sind die Aufnahmen einer Überwachungskamera. Saphira hat bestimmt nicht gewusst, dass sie aufgezeichnet wurde. Die Bilder stammen aus den Minuten nach dem Mord an deinem Vater. Es gibt keinen Zweifel, dass sie es war.«

Madox schob die Fotos zurück in den Umschlag. Längst hatte seine Ausbildung die Kontrolle übernommen. Beinahe sein ganzes Leben lang hatte er gelernt, wie man Informationen sammelte, seine Beute aufspürte, Menschen schnell, aber qualvoll tötete. Er hatte gelernt zu kämpfen, mit Waffen jeglicher Art umzugehen oder Alltagsgegenstände in solche zu verwandeln. Mit harten Strafen war ihm Geduld beigebracht worden, bis er Tage, Wochen oder sogar Monate auf den richtigen Moment warten konnte. Man hatte ihn so lange verprügelt und eingesperrt, bis er verstanden hatte, dass Gefühle eine Schwäche waren. Vom ersten Tag seiner Ausbildung an hatte man ihm gesagt, dass sein ganzer Lebenszweck darin bestand, andere Menschen zu foltern und zu töten. Dass er nichts weiter als ein Mordwerkzeug war. Ein gnadenloser Killer.

Und jetzt würde er sich all das zunutze machen, um die Mörderin seines Vaters zur Strecke zu bringen. Aber vorher würde er sie quälen, bis sie ihm in die Augen gesehen und alles gestanden hatte. Er wollte die Worte aus ihrem Mund hören. Erst danach würde er sie von ihrem Elend erlösen.

»Ich kümmere mich darum.«

»Ich habe nichts anderes erwartet.« Guiseppe legte ihm für einen Moment die Hand auf den Unterarm, bevor er sich langsam in dem Raum umsah, in dem die Mitglieder ihrer famiglia *versammelt waren.*

»Heute trauern wir. Und morgen beginnen wir unsere Rache.«

Madox wartete, bis die Sonne untergegangen war, bevor er sich vom Anwesen der De Angelis schlich. Es war noch etwas zu erledigen.

Er holte sein Motorrad aus dem Versteck und fuhr damit zu seinem Treffpunkt mit Damiano. Dieser wartete bereits, lässig an eine Mauer gelehnt. Als Madox von der Maschine abstieg, blies Damiano den Rauch seiner Zigarette aus.

Sein Freund grinste. »Na, heute einen schönen Ausflug in der Stadt gehabt?«

»Leck mich, Bastard.«

»Lieber nicht. Ich weiß schließlich nicht, wo dein Schwanz schon überall gewesen ist.«

Madox zeigte ihm den Mittelfinger. »Lass uns lieber reingehen.«

Gemeinsam betraten sie das unscheinbare Haus, in dem Damiano eine kleine Wohnung gemietet hatte. Madox ließ sich auf die Couch sinken, und Damiano nahm ihm gegenüber im Sessel Platz.

»Was hast du heute überhaupt auf dem Territorium der De Angelis gemacht?«, fragte Madox. »Wenn dich jemand erkannt hätte, wärst du jetzt tot.«

Damiano zuckte mit den Schultern und strich sich mit einer

Hand durch die dunkelbraunen Haare. Seine grünen Augen blitzten verschmitzt. »Ich hatte Lust auf ein Eis.«

Madox schüttelte genervt den Kopf.

»Und was ist mit dir, Arschloch? Spazierst einfach so mit Saphira De Angelis durch die Straßen? Was habt ihr da gemacht?«

Jetzt war es an Madox, mit den Schultern zu zucken. »Sie hatte etwas in der Stadt zu erledigen. Und ich bin jetzt eine *guardia*.«

Damiano grinste. »Na, da hat sich dein kleiner Mord von letzter Nacht ja gelohnt.«

»Deswegen wollte ich mich auch mit dir treffen. Es gibt Neuigkeiten.«

Damiano beugte sich vor und sah ihn abwartend an. Wenn die Leute ihm auf der Straße begegneten, hielten sie ihn automatisch für den netten Kerl von nebenan, der einem den verstopften Abfluss reparierte, wenn man ihn darum bat. Sie ließen sich von seinem verschmitzten Grinsen blenden. Niemand ahnte, dass der nette Kerl von nebenan in Wahrheit ein Mafioso war.

»Nächste Woche erwartet Saphira Besuch aus Amerika«, sagte Madox. »Sein Name ist Adrian.«

Damiano runzelte die Stirn. »Wird das zu einem Problem für dich werden?«

»Ich denke nicht. Und wenn, dann kümmere ich mich darum.«

Madox' Handy vibrierte in seiner Hosentasche, und er zog es heraus. Als er die Nachricht las, fluchte er unterdrückt.

»Was ist los?«, fragte Damiano.

»Saphiras Chefleibwächter. Er fragt, wo zum Teufel ich stecke.«

»Was will der Kerl denn so spät noch von dir?«

»Ich habe keine Ahnung. Aber wir haben noch ein wenig Zeit. Er weiß ja nicht, dass ich seine Nachricht gelesen habe.« Madox steckte das Handy wieder weg und sah seinen besten Freund an. »Dieser Adrian ist der Vermittler in einem riesigen Waffendeal, den die De Angelis durchziehen werden. Zehn Container.«

Damiano pfiff leise.

»Alles, was ich bis jetzt weiß«, fuhr Madox fort, »ist, dass der Deal eine Woche nach seiner Ankunft über die Bühne gehen soll.«

»Guiseppe wird sich sehr über diese Nachricht freuen.«

Madox nickte. »Sobald ich mehr weiß, melde ich mich wieder.« Er stand auf und ging zur Tür.

»Ach, und Madox?«

Er drehte sich um und sah seinen besten Freund an. »Wenn ich du wäre, würde ich Saphira flachlegen. Sie ist ziemlich scharf.«

Madox unterdrückte den Drang, Damiano mit dem Kopf gegen die Wand zu knallen. Stattdessen ging er lieber kommentarlos, wobei er die Tür etwas fester als nötig schloss. Das Lachen seines Freundes begleitete ihn den Flur hinunter.

Er legte einen kurzen Zwischenstopp am Meer ein, um sich eine Ausrede zu verschaffen, warum er nicht auf Emilios Nachricht geantwortet hatte, bevor er auf das Anwesen der De Angelis zurückkehrte.

Er hatte die Tür zu seinem Zimmer kaum geschlossen, als sie sich auch schon wieder öffnete. Emilios breite Gestalt erschien im Türrahmen, und er sah gar nicht glücklich aus. Nicht zum ersten Mal fragte Madox sich, wie lange es wohl noch dauerte, bis er Saphiras Chefleibwächter in einem Kampf töten würde.

»Wo warst du?«

»Am Meer. Schwimmen. Wieso?«

Emilio sah ihn eindringlich an. »Einer von uns ist ausgefallen. Du hättest die Nachtwache übernehmen sollen.«

»Gib mir zehn Minuten.«

Emilio nickte. »Die Wache ist in Saphiras Flügel ausgefallen.«

Madox unterdrückte ein Stöhnen. Natürlich, wo sonst.

Nachdem er kurz geduscht und sich ein frisches Hemd angezogen hatte, ging er gemessenen Schrittes durch die Gänge zu Saphiras Privatgemächern. Dort kontrollierte er, ob alle Fenster sicher verschlossen waren und stellte sicher, dass sich niemand dort aufhielt, der dort nichts zu suchen hatte.

Schließlich kam er an Saphiras Tür vorbei. Eigentlich sollte es um diese Uhrzeit still sein. Stattdessen drang leise Klaviermusik aus dem Zimmer. Unschlüssig blieb er stehen.

Was sollte er jetzt tun?

Solange sich keine Gefahr für Saphira abzeichnete, würde eine normale *guardia* einfach weitergehen. Allerdings war er kein normaler Leibwächter, und vielleicht bot sich ihm jetzt die Gelegenheit, ungestört mit Saphira zu reden, sie vielleicht sogar in einem verletzlichen Moment zu erwischen. Und ihr dadurch vielleicht Informationen zu entlocken, die er sonst nicht bekäme.

Er klopfte an die Tür und hörte kurz darauf Schritte, die sich auf ihn zubewegten. Dann wurde die Tür geöffnet, und er sah sich einer nur mit einem schwarzen Morgenmantel bekleideten Saphira gegenüber. Als sie ihn entdeckte, schloss sie die Tür gleich wieder um ein paar Zentimeter.

»Was willst du hier?«, fragte sie in kühlem Tonfall.

»Ich wollte nur sichergehen, dass bei dir alles in Ordnung ist«, gab er automatisch zurück, musste aber unwillkürlich daran denken, was Saphira wohl unter dem dünnen Seidenstoff trug. Mit Sicherheit keinen BH, denn er konnte eindeutig ihre Nippel durch den Stoff sehen. Und waren das etwa ... Piercings? Unwillkürlich breitete sich ein Grinsen auf seinen Lippen aus. *Das* hatte sie also in dem Tattoostudio gemacht.

Sie bemerkte seinen Blick und kreuzte die Arme vor der Brust. »Mir geht es gut.«

Madox sah ihr wieder ins Gesicht und musste gegen den Drang ankämpfen, sie einfach rückwärts zurück in ihr Zimmer zu drängen und endlich die Fantasien in die Tat umzusetzen, die ihn seit Wochen begleiteten. Bei dem Gedanken daran spannten sich seine Muskeln an, und er trat automatisch einen Schritt vor.

Saphiras Pupillen weiteten sich, und ihre Zunge glitt einmal über ihre Unterlippe. Beinahe verlor Madox die Beherrschung.

»Du kannst jetzt wieder gehen. Gute Nacht, Madox.«

Bevor er etwas antworten konnte, hatte Saphira die Tür geschlossen. Er hörte, wie ein Schlüssel im Schloss gedreht wurde.

»Gute Nacht, Saphira.« Ihm wurde bewusst, wie hungrig seine Stimme klang. In diesem Moment war ihm klar, dass er sich nicht auf ewig von ihr fernhalten konnte.

Kapitel 7

SAPHIRA

Saphira glitt auf den Rücksitz des Autos. Die Tür schloss sich, und kurze Zeit später waren sie auf dem Weg zum *Paradiso.*

»Und? Wie lief's?«, fragte Emilio, der ihr gegenübersaß.

»Gut. Er wird uns weiterhin decken und dafür sorgen, dass sich die Polizei aus unseren Angelegenheiten raushält.«

Emilio neigte leicht den Kopf. »Und was wollte er dafür?«

»Das Gleiche wie immer. Geld. Schutz für seine Familie.«

»Ich kümmere mich darum.«

»Ich habe nichts anderes erwartet.«

Kurze Zeit später hielt ihr Wagen vor dem Club, und Saphira stieg aus. Die Menschen wichen beiseite, als sie direkt auf den Eingang zuging. Der Türsteher nickte ihr respektvoll zu und hielt ihr die Tür auf.

»Ist Rabia schon da?«, fragte sie ihn.

»Seit ungefähr fünfzehn Minuten.«

Saphira nickte und betrat ihren Club. Drinnen wurde sie von lauter Musik begrüßt. Der Bass vibrierte durch ihren Körper. Unter ihr erstreckte sich eine große Tanzfläche, die von Sitznischen in verschiedenen Größen eingerahmt wurde. Die Bar befand sich im hinteren Teil des Clubs und bestand nur aus Glas und verspiegelten Oberflächen. Dahinter standen schöne Frauen in knappen Outfits und mixten Drinks.

Alles war überwiegend in dunklen Blautönen gehalten, hier und da blitzte etwas silbrig oder schimmerte lila. Stroboskoplichter zuckten über die Menge der Gäste, während die Nischen vom dezenten Licht kleiner Lampen erhellt wurden.

Die untere Ebene erreichte man über eine verspiegelte Treppe, aber Saphira hatte gar nicht vor, nach unten zu gehen.

Stattdessen wandte sie sich nach links und ging an dem Wachmann vorbei, der normale Gäste davon abhielt, die Galerie zu betreten.

Während sie die schmale Galerie mit dem gläsernen Geländer entlanglief, ließ sie kurz den Blick über die Tanzfläche und die Gäste gleiten und registrierte zufrieden, dass der Club auch heute wieder gut gefüllt war. Ein paar *uomini d'onore* bemerkten sie und nickten ihr zu.

Saphira ging weiter und erreichte einen Bereich mit einer kleinen, unauffälligen Bar und mehreren runden Tischen, deren Oberfläche verspiegelt war und die vor schwarzen Ledersofas standen. Es war eine zweite Ebene des Clubs, die nur für geladene Gäste zugänglich war. Sie erstreckte sich über den hinteren Bereich, direkt oberhalb der öffentlichen Bar. Hier oben ging es ein weniger ruhiger zu, die Luft war nicht so stickig.

Saphira entdeckte Rabia, die an einem der Tische saß. Als ihre Freundin sie erblickte, stand sie mit einem kleinen Freudenschrei auf. Beinahe sofort fand sich Saphira in einer herzlichen Umarmung wieder.

»Da bist du ja endlich!« Rabia schob Saphira von sich weg und betrachtete sie prüfend. »Obwohl du nicht so aussiehst, als wärst du zum Feiern hier.«

Saphira ignorierte Rabias Blick. Sie trug ein ärmelloses Kleid, das vorne hochgeschlossen war. Es war schwarz, wie der Rest ihrer Garderobe.

»Ach, wirklich?«, fragte sie mit einem leichten Grinsen und drehte sich einmal im Kreis, sodass Rabia den tiefen Rückenausschnitt begutachten konnte. Wie erwartet pfiff ihre Freundin anerkennend und lachte dann leise.

»Okay, okay. Ich nehme alles zurück. Du siehst heiß aus!«

»Aber lange nicht so heiß wie du.«

Rabia trug ein silbernes Kleid, das über und über mit rosa schimmernden Pailletten besetzt war. Das Oberteil lag eng an, bevor der Stoff ab der Hüfte in sanften Wellen auseinanderfiel.

Gemeinsam ließen sie sich auf die Couch sinken, und kurze Zeit später wurde Saphira ein Glas Rotwein serviert. Genüsslich nippte sie an dem Getränk und genoss den herb-süßen Geschmack auf der Zunge.

»Also, was hast du für den heutigen Abend geplant?«

Rabia lehnte sich mit einem breiten Grinsen auf dem Gesicht zurück und nippte an ihrem rosaroten Cocktail. »Tanzen, trinken und noch ein bisschen tanzen.«

Saphira warf ihr einen zweifelnden Blick zu. »Du weißt, dass ich nicht tanze.«

»Immer muss ich alleine auf die Tanzfläche gehen.«

»Ich befürchte, daran wird sich auch heute Abend nichts ändern. Du weißt, dass ich nicht gerne tanze.«

Rabia schmollte ein wenig und ließ ihren leeren Cocktail vom Kellner durch einen neuen ersetzen. Saphira versuchte nicht, sie zu beschwichtigen, und sah sich stattdessen im Club um. Sie entdeckte einige ihrer *guardia* in ihrer Nähe und auch unten auf der Tanzfläche.

Plötzlich rieselte ein Schauer über ihren Rücken, und die feinen Härchen in ihrem Nacken richteten sich auf. Das ungute Gefühl, beobachtet zu werden, beschleunigte ihren Herzschlag. Saphira atmete tief ein, um sich wieder unter Kontrolle zu bringen. Erst danach blickte sie langsam über ihre Schulter.

Es dauerte einen Moment, bevor sie in der dunklen Nische hinter sich etwas erkennen konnte, aber schließlich machte sie die Umrisse einer großen Gestalt aus. Eins der blitzenden Stroboskoplichter streifte sein Gesicht, tauchte die kantigen Gesichtszüge in Licht und Schatten, ließ ihn beinahe bösartig erscheinen.

Madox stand weniger als zwei Meter hinter ihr und starrte sie unentwegt an. Anscheinend hatte Emilio seinen neuen Schützling als Wache abgestellt.

Plötzlich klang sogar ein Besuch auf der Tanzfläche nach einer guten Idee.

Saphira verstand die sexuelle Anziehung nicht, die dieser Mann auf sie ausübte. Sie erlaubte sich nur selten einen One-Night-Stand und wenn, dann wartete Emilio hinter der nächsten Tür, um sicherzugehen, dass ihr nichts passierte. Zu viele Menschen stellten eine Bedrohung für sie dar, als dass sie einfach so mit einem x-beliebigen Mann ins Bett gehen konnte. Und wenn sie es sich dann doch einmal erlaubte, entschied sie sich für die netten, unauffälligen Kerle. Bürohengste. Unschuldige Männer. Männer, die nicht wussten, mit wem sie schliefen.

Nicht für zwei Meter große Tötungsmaschinen.

Eigentlich interessierten sie solche gefährlichen Kerle nicht. Ihre wahren Begierden hatte sie nie völlig ausgelebt. Dafür war es ihr viel zu wichtig gewesen, immer die Kontrolle zu behalten. Und Madox würde ihr das niemals zugestehen. Sex mit ihm wäre eher ein Kampf als ein sinnliches Vergnügen.

Und trotzdem, als sie jetzt den Blick über seine muskulöse Gestalt gleiten ließ, verspürte sie tief in ihrem Inneren ein lustvolles Ziehen. Und in seinen Augen brannte ein Feuer, so heiß und dunkel, dass ihr Puls sich beschleunigte.

Sie drehte sich zu ihrer Freundin um.

»Rabia?«

»Hm?«

Ihre beste Freundin sah sie mit scheinbar strengem Blick an, und Saphira musste grinsen.

»Lass uns tanzen gehen.«

Rabia sah sie überrascht an, aber Saphira ignorierte den Blick ihrer Freundin und stand auf.

Alles war besser, als weiterhin in Madox' Nähe zu sein.

❄

MADOX

Madox war gegen seinen Willen beeindruckt von der eleganten Atmosphäre des Clubs. Die dunklen Blautöne erzeugten zusammen mit den silbernen und lilafarbenen Akzenten eine elegante Atmosphäre. Die verspiegelte Bar war ein richtiger Hingucker und die zweite Ebene erzeugte eine Exklusivität, die es in keinem anderen Club in Palermo gab. Die Gäste trugen ausnahmslos Abendgarderobe, und er konnte niemanden entdecken, der zu betrunken oder kurz davor war eine Schlägerei anzufangen. Alles in allem erinnerte das *Paradiso* an die perfekte Filmkulisse eines gehobenen Nachtclubs.

Außerdem waren die Sicherheitsvorkehrungen erstklassig.

Niemand würde vermuten, dass das Etablissement im Besitz einer Mafiafamilie war.

Sein Blick fiel wieder auf Saphira, die gerade mit einer eleganten Bewegung ein Glas Rotwein an die Lippen führte. Sie hatte den Kopf leicht abgewandt und schien sich im Club umzusehen. Plötzlich versteifte sich ihre Körperhaltung, und Madox unterdrückte ein Grinsen. Anscheinend hatte sie seinen Blick bemerkt.

Langsam drehte sie den Kopf, und einen kurzen Moment später kreuzten sich ihre Blicke.

Heiße Lust pulsierte durch seine Adern, und er musste einen Moment lang um seine Selbstbeherrschung ringen. Aber dann wandte Saphira den Blick ab, um mit Rabia zu sprechen.

Kurz danach erhoben sich die beiden Frauen, und ein Ruck ging durch seinen Körper, als er sah, dass Saphiras Rücken nur von einem Hauch Stoff bedeckt war. Ihre nackte Haut verriet ihm, dass sie an diesem Abend keinen BH trug.

Nur flüchtig wurde er gewahr, wie Rabia nach unten verschwand. Denn Saphira blieb noch einen Moment stehen und drehte sich zu ihm um. Ihr Blick glitt einmal mit einem beinahe spöttischen Ausdruck über ihn hinweg, als wäre er irgendein x-beliebiger Kerl, an den sie keinen zweiten Gedanken verschwenden würde. Dann drehte sie sich um und verschwand kurz danach aus seinem Blickfeld. Sie verspottete ihn, wusste genau, was sie ihm mit dem Tragen dieses Kleids antat.

Das war der Moment, in dem Madox eine Entscheidung traf.

Er wartete, bis Saphira auf der Tanzfläche war, bevor er den beiden Frauen folgte. Der Club war groß, und es gab viele dunkle Nischen. Eine davon würde er noch heute Nacht nutzen. Denn er musste dringend etwas Druck abbauen.

Vom Rand der Tanzfläche aus konnte er Saphira und Rabia sehen. Sie tanzten mitten zwischen all den anderen Gästen. Über die Menge hinweg fing er Emilios Blick auf. Der grinste nur und zuckte mit den Schultern, als wollte er sagen: »*Frauen!*«

Madox wartete, bis Emilio sich wieder auf Saphira und Rabia konzentrierte, bevor er seinen Blick schweifen ließ. Natürlich war er nicht hierhergekommen, um Saphira anzuschmachten, sondern suchte etwas anderes.

Er bewegte sich am Rand der Menge entlang, passierte die Nischen, bevor er schließlich an der Bar stand. Dort ließ er sich ein Glas puren Whiskey geben und wartete.

Es dauerte nicht lange, bis sich eine schmale Hand auf seinen Unterarm legte. Die rot lackierten Fingernägel bohrten sich in den Stoff seines schwarzen Hemdes.

»Hallo«, schnurrte eine verführerische Stimme direkt neben seinem Ohr.

Langsam drehte Madox den Kopf und musste ein wütendes Knurren unterdrücken.

Warum zum Teufel musste diese Frau Saphira nur so ähnlich sehen?

Er nahm in Ruhe einen Schluck von seinem Whiskey und ließ langsam den Blick über sie gleiten. Dunkles Haar, dunkle Augen, dunkles Kleid. Ihre Haut war ein paar Nuancen heller als die von Saphira, das Haar ein wenig kürzer. Außerdem trug sie es offen, was Saphira niemals tat.

Madox schüttelte jeden Gedanken an seinen *capo* ab und wandte sich stattdessen der Frau zu.

»Bist du alleine hier?«, fragte er heiser.

Sie trat einen Schritt näher an ihn heran, ihr süßliches Parfüm kitzelte ihn in der Nase.

»Nein, ich bin mit ein paar Freundinnen hier.« Sie deutete mit dem Kopf auf einige junge Frauen, die in einer der Nischen saßen. »Aber die können mich bestimmt für eine Weile entbehren.«

»Hm, da bin ich mir sicher.«

Madox leerte sein Glas und legte den Arm um die Frau, zog sie ganz nah an seinen Körper. Sofort schmiegte sie sich an ihn. Er hatte früh gelernt, dass er eine starke Wirkung auf Frauen hatte. Er hätte sich selbst zwar nicht als gut aussehend beschrieben, aber eine seiner kurzweiligen Partnerinnen hatte ihm einmal gesagt, dass er eine ungewöhnliche Ausstrahlung hatte. Da war dieses Gefühl von Gefahr, echter Gefahr, das Frauen wie magisch anzog. Außerdem waren da noch sein Körper und die Tattoos. Das reichte in der Regel, um sich Sex zu verschaffen.

Er wusste, dass er wie ein Arschloch klang. Aber erstens war es die Wahrheit und zweitens war er ein Arschloch.

»Wollen wir vielleicht für eine Weile verschwinden?«, raunte die Frau in sein Ohr und biss leicht in sein Ohrläppchen.

Madox rollte mit den Augen. Wenn sie ihn wirklich erregen wollte, musste sie fester zubeißen.

Sein Blick huschte für einen Moment über die Tanzfläche. Dort bewegte sich Saphira noch immer alleine, während Rabia sich mit einem Mann vergnügte. Saphiras nackter Rücken blitzte im Licht auf, Madox griff nach der Hand der Frau vor ihm.

»Komm mit.«

Sie folgte ihm widerstandslos, als er sie in eine dunkle Ecke in der Nähe des Notausgangs zog. Ohne Zeit zu verlieren, drückte er sie direkt mit der Brust gegen die Wand. Rasch umfasste er ihre beiden Handgelenke mit einer Hand und presste sie über ihr an die Wand. Die Frau keuchte überrascht.

Kurz fragte er sich, ob das hier ein Fehler war, da er doch eigentlich abgestellt war, um die Umgebung im Auge zu behalten. Allerdings drohte Saphira im *Paradiso* nun wirklich keine Gefahr und das hier würde nicht lange dauern.

Beinahe quälend langsam ließ Madox die Hand an ihrem bloßen Oberschenkel nach oben gleiten, unter den Saum des Kleides. Er stieß ein wohlwollendes Knurren aus, als er die halterlosen Strümpfe ertastete. Die zarte Unterhose zerriss er mit einem Ruck und ließ das nutzlose Stück Stoff zu Boden fallen. Er fuhr einmal mit dem Finger über ihre weichen Falten, spürte, dass sie bereits nass und bereit für ihn war. Die Frau stöhnte.

»Shh, du musst leise sein, *bellezza.*«

Bei dem Kosenamen sickerte noch mehr Feuchtigkeit auf seine Finger. Ob sie das Wort auch dann noch gut fände, wenn sie erfuhr, dass er alle seine Sexpartnerinnen so nannte? Wahrscheinlich nicht.

Grinsend drang Madox schnell mit drei Fingern in sie ein. Die Frau ballte ihre Hände zu Fäusten und stellte sich auf die Zehenspitzen, als er so unerwartet eindrang. Er krümmte seine Finger, genoss das Gefühl, wie sich ihre Muskeln um ihn herum verkrampften.

Als er die Hand zurückzog, registrierte er zufrieden ihre leisen Protestlaute. Mit einer Hand befreite er seinen Schwanz und schob das Kleid über ihre Hüften hoch. Er verpasste ihrem süßen Arsch einen ziemlich harten Klaps, der dennoch nichts war, verglichen mit dem, was er normalerweise tat. Dafür hatte er jetzt einfach keine Zeit. Dennoch gab die Frau einen erschrockenen Laut von sich.

»Sei leise!«, wies Madox sie zurecht und sah zufrieden, wie sie sich auf die Lippe biss. »Und beweg dich nicht.«

Er ließ ihre Handgelenke für einen Moment los, um sich ein Kondom überzustreifen. Die Frau hielt tatsächlich still. Es war beinahe zu einfach. Eigentlich mochte er es lieber, wenn sie sich ein wenig wehrten.

Madox griff mit einer Hand an ihre Hüfte, mit der anderen positionierte er seinen Schwanz an ihrem Eingang. Mit einem kräftigen Stoß drang er vollständig in sie ein. Er stöhnte zufrieden, als sich ihre heiße Mitte um ihn schloss.

Mit der freien Hand griff er in ihren Nacken und drückte sie mit seinem Gewicht noch näher an die Wand. Mit schnellen, harten Bewegung stieß er tief in sie.

Der Sex war dreckig, hart und emotionslos. So, wie er es mochte.

Es dauerte nicht lange, bis sich sein Orgasmus ankündigte und ihn schließlich überwältigte. Abwesend bemerkte er, wie auch die Frau kam. Normalerweise hielt er länger durch, aber dieses Mal war es ihm nur darum gegangen etwas Druck loszuwerden, damit er nicht ständig Saphira De Angelis ficken wollte.

Wütend knurrte er und entfernte das Kondom. Er warf es in den nahe stehenden Mülleimer und schloss seine Hose. Da hatte er gerade erst eine andere Frau flachgelegt, um Saphira aus seinem Kopf zu verbannen, und noch während sein Schwanz in der anderen Frau steckte, dachte er schon wieder an sie. Verfluchte Scheiße!

Mit einem befriedigten Lächeln drehte sich die Frau zu ihm um, während sie ihr Kleid richtete.

»Das war Wahnsinn«, murmelte sie.

Madox beachtete sie nicht weiter.

Sie kam sogar auf ihn zu und legte die Arme um ihn. »Wollen wir jetzt zu mir gehen?«

Madox sah sie mit kaltem Blick an und schob sie von sich. Er konnte Körperkontakt nach dem Sex nicht ertragen. »Du gehst jetzt besser zu deinen Freundinnen zurück.«

Sie sah ihn verwirrt an. »Was?«

Er ballte unwillig die Hand zur Faust. War das so schwer so verstehen? »Verschwinde!«, zischte er.

Endlich sank die Erkenntnis in ihren benebelten Verstand ein, und Wut verunstaltete ihre Züge. »Bastard!«

Damit drehte sie sich um und stürmte aus dem dunklen Gang. Madox schloss gerade seinen Gürtel, als das Klicken von Absätzen näher kam. Er hörte eine leise weibliche Stimme und stellte sich schon darauf ein, dass er gleich mit einer wütenden Freundin vorliebnehmen musste. Genervt hob er den Kopf und blickte in das Gesicht von Saphira De Angelis, die offenbar hergekommen war, um in Ruhe zu telefonieren.

Sie sah ihn an, das Handy am Ohr. Er hatte keinen Zweifel daran, dass sie sofort bemerkte, wie zerknautscht sein Hemd war und dass er gerade den Gürtel seiner Hose schloss. Sie blickte über ihre Schulter, als ob sie der Frau hinterherblickte, die ihr entgegengekommen sein musste.

»Natürlich, Adrian«, sagte sie in diesem Moment. »Alles ist für deinen Besuch vorbereitet.«

Madox schob die Hände in die Hosentaschen und erwiderte ihren Blick. Er schämte sich nicht für das, was er gerade getan hatte. Es hätte ihn auch nicht weiter interessiert, wenn Saphira ihn dabei beobachtet hätte. Wäre nicht das erste Mal gewesen, dass er Zuschauer hatte.

Was ihm allerdings Sorgen bereitete, war, dass Saphira ihn gerade bei einer Pflichtverletzung ertappt hatte, wenn auch nur bei einer kleinen. Er drückte den Rücken durch und hielt ihren Blick. Was würde sie jetzt tun?

Kurz danach beendete Saphira das Gespräch, und als sie einen Schritt auf ihn zumachte, meinte er so etwas wie Wut in ihren dunklen Augen erkennen zu können.

»Aufregende Nacht?« Ihre Stimme klang genau wie immer.

Er zuckte mit den Schultern. »Nichts Besonderes.«

Sie kam weiter auf ihn zu, bis sie weniger als eine Armeslänge trennte. Er starrte in ihre Augen, die so dunkel waren, dass er seine eigene Reflektion darin erkennen konnte.

»Du bist hier, um auf Rabia und mich aufzupassen. Und nicht, um deinen Schwanz in irgendwelche Clubschlampen zu stecken. Das war ein Fehler, Madox Caruso. Und ich dulde keine Fehler.«

Madox hielt den Atem an. Wut stieg in ihm auf, löste in ihm den Wunsch aus, diese Frau zu würgen und sie gleichzeitig gegen die Wand hinter ihr zu drücken.

»Aber es war dein erster Fehler.« Ihre Stimme klang kalt. »Entschuldige dich, und ich sehe vielleicht darüber hinweg.«

Er ballte die Hände zu Fäusten, kämpfte gegen seine impulsive Reaktion. Das hier durfte er nicht vermasseln. Sein Ausrutscher war bereits zu viel gewesen.

Obwohl er meinte, an den Wörtern ersticken zu müssen, senkte er den Kopf und sagte: »Es tut mir leid, Saphira. Es wird nicht wieder vorkommen.«

»Da bin ich mir sicher.«

Sie drehte sich um und ging ein paar Schritte von ihm weg, blieb dann aber noch einmal stehen und sah sich zu ihm um. Ihre Blicke kreuzten sich.

»Sprich morgen mit Emilio. Er wird dir ein paar Botengänge für die nächsten Tage geben. Und ich würde dir raten diese perfekt zu erledigen.«

Damit drehte sie sich um und ließ ihn einfach so stehen. Er hätte schreien können vor Wut. Das war Saphiras Strafe für sein Fehlverhalten. Beschissene Botengänge. Es würde ihn davon abhalten, weitere Informationen über den anstehenden Deal zu sammeln. Er war sich nicht sicher, wem er gerade lieber den Hals umdrehen würde. Saphira oder sich selbst.

Kapitel 8

SAPHIRA

Eine knappe Woche später stand Saphira neben der Eingangstür ihres Hauses. Die Sonne schien auf sie herunter, prickelte auf ihrer Haut. Vom Meer her wehte eine leichte Brise und brachte salzig-frischen Meeresduft mit sich.

Neben ihr stand Emilio und behielt die Umgebung wachsam im Auge. Es war äußerst unwahrscheinlich, dass jemand es wagte, sie auf ihrem eigenen Grund und Boden anzugreifen, aber Saphira wollte lieber kein Risiko eingehen.

Sie wusste, dass Madox in der Nähe war, aber sie wusste nicht, wo. Generell hatte sie es seit dem Vorfall im Club vermieden, ihn länger als nötig zu sehen. Er war ja schließlich nicht ihr einziger Leibwächter.

Der Abstand hatte ihr dabei geholfen, sich endlich wieder unter Kontrolle zu bringen. Sie war sich jetzt sicher, dass sie einen kurzen Moment der Schwäche gehabt hatte, aber das war nun vorüber. Sie würde niemals Sex mit Madox haben.

Eine schwarze Limousine rollte über den hellen Kiesweg auf den Eingang zu. Saphira nahm einen tiefen Atemzug und zauberte ein falsches Lächeln auf ihre Lippen.

Der Wagen kam zum Stehen, und die Tür wurde geöffnet. Ein Mann schälte sich aus dem Fond und fuhr sich mit einer Hand durch die blonden Haare, sodass sie in perfekt gestylter Weise abstanden und ihm ein verwegenes Aussehen verliehen. Die ausgewaschene Jeans, die tief auf den Hüften saß, das schwarze T-Shirt und die Sonnenbrille taten ein Übriges. Der Mann ließ den Blick schweifen, bis er sie entdeckte, und ein strahlendes Lächeln zeigte sich auf seinem ebenmäßigen Gesicht. Er schien alle anderen völlig zu ignorieren, als er auf Saphira zukam und sie ohne Umschweife in eine viel zu enge Umarmung zog.

Seine Arme umfingen ihre Taille, und eine Hand streifte wie zufällig ihren Hintern. Bei den Begrüßungsküssen links und rechts verharrten seine Lippen länger als nötig auf ihren Wangen und streiften sogar ihren Mundwinkel, als er sich wieder zurückzog.

»Saphira«, sagte er mit dunkler Stimme. »Es ist viel zu lange her.«

Das war es nicht.

»Sehe ich auch so, Adrian.« Sie hauchte ihm einen Kuss auf die Wange. Ihr Blick glitt über seine Schulter, und sie erstarrte für einen Moment, als sie Madox entdeckte. Er stand nur wenige Meter hinter Adrian und durchbohrte sie mit einem Blick, der nur als furchterregend bezeichnet werden konnte.

Saphira ließ sich nichts anmerken und ließ es zu, dass Adrian sie erneut in eine Umarmung zog. Schließlich trat sie einen Schritt zurück und hakte sich bei ihm unter, als sie ins kühlere Innere des Hauses gingen.

»Ich hoffe, dass du einen angenehmen Flug hattest?«

Adrian nahm die Sonnenbrille ab und hängte sie in den V-Ausschnitt seines Shirts. »Es war alles perfekt. Danke für den Privatjet.« Ein vergnügtes Lächeln ließ seine grünbraunen Augen glitzern.

»Du möchtest dich bestimmt eine Weile ausruhen. Ich habe für heute Abend ein kleines Essen geplant.«

Er grinste sie an. »Nur wir zwei?«

Sie schüttelte tadelnd den Kopf und tätschelte seinen muskulösen Oberarm. »Nein, meine Familie wird auch dabei sein.«

Adrian zuckte mit den Schultern. »Ein Mann wird ja noch träumen dürfen.«

Genau in diesem Moment trat Rabia in die Eingangshalle. Ein hellblaues Kleid umspielte ihre zarte Figur. Saphira, die noch an seinem Arm ging, spürte, wie Adrian sich etwas gerader aufrichtete und die Schultern straffte.

»Na, wenn das nicht unser amerikanischer Gast ist.« Als Rabia sie beide erreichte, streckte sie ihre Hand aus, ein freundliches Lächeln auf den rosa glitzernden Lippen. »Mein Name ist Rabia. Beste Freundin des *capo*.« Sie zwinkerte ihm zu. Bei seinem letzten Besuch hatte Rabia Urlaub in Amerika gemacht, weswegen sie einander bisher noch nicht begegnet waren.

»Adrian. Es freut mich, Ihre Bekanntschaft zu machen.« Adrian nahm ihre Hand und hauchte einen zarten Kuss auf ihren Handrücken. Natürlich ließ er Saphira dabei nicht los, und sie musste sich ein Augenrollen verkneifen. Dieser Besuch würde anstrengender werden, als sie erwartet hatte, wenn Adrian mit allem flirtete, was sich bewegte.

Rabia errötete und senkte kurz den Blick wie ein verlegener Teenager. »Bitte, bleiben wir doch direkt beim Du.«

»Was immer du wünschst.« Adrian zwinkerte Rabia zu.

In diesem Moment schloss sich die Eingangstür geräuschvoll hinter ihnen, und Saphira blickte kurz zurück, nur um dort Madox und Emilio zu entdecken.

Adrian sah sie und Rabia lächelnd an. »Wenn die Damen mich jetzt entschuldigen würden. Ich würde mich gerne ein wenig hinlegen. Es war ein langer Flug.«

Saphira winkte Emilio herbei. »Bring Adrian bitte zu seinem Zimmer.«

Bevor er ging, hauchte der amerikanische Gast ihr und Rabia noch jeweils einen Kuss auf die Wangen. Rabia sah sie grinsend an, als er verschwunden war.

»Er ist heiß.«

Saphira hob nur dezent eine Schulter. »Ich hab noch etwas zu erledigen. Wir sehen uns heute Abend.«

Damit schritt sie die große Eingangstreppe empor, ohne Rabia oder Madox noch eines weiteren Blickes zu würdigen.

Saphira blickte von ihrem zart gebratenen Lammfilet mit Rosmarinkartoffeln auf. Sie befanden sich im großen Esszimmer, das von dem Eichenholztisch dominiert wurde. Daran fanden zwölf Personen bequem Platz. Durch die Fenster schien das Licht der untergehenden Sonne, auf dem Tisch brannten die Kerzen in zwei Leuchtern, feines Porzellan war eingedeckt worden und Wein aus ihrer eigenen Kelterei wurde serviert.

Sie hatte am Kopf des Tisches Platz genommen, rechts von ihr saß Leandro und neben ihm Rabia. Links von Saphira befand sich ihr Onkel Vito und neben ihm seine Frau Stella. Stellas blondes Haar ging langsam in ein silbriges Weiß über, und die Fältchen in ihrem Gesicht zeugten von einem langen und glücklichen Leben. In den letzten Jahren hatte sie etwas zugenommen, und ihre rundliche Figur und das freundliche Lächeln ließen sie aussehen wie eine *nonna*.

Stella hielt sich aus den Geschäften der *famiglia* heraus. Sie hatte die Cosa Nostra nie gemocht. Aber um mit ihrer großen Liebe Vito leben zu können, hatte sie sich von ihrem alten Leben verabschiedet, und Saphira hatte nie den Eindruck gehabt, dass ihre Tante diese Entscheidung je bereute.

Saphira hob das Glas Rotwein an die Lippen, und die warme Flüssigkeit tanzte über ihre Zunge, bevor sich der fruchtigherbe Geschmack entfaltete. Man könnte dieses Abendessen beinahe für eine völlig normale, gemütliche Zusammenkunft von Familie und Freunden halten statt für die Pflichtveranstaltung, die es in Wahrheit war. Allein die bewaffneten Leibwächter, die in den dunklen Ecken des Raumes standen, deuteten darauf hin, dass hier Menschen zusammensaßen, die ein gemeinsames dunkles Ziel verfolgten.

Sie legte ihr Besteck beiseite und lehnte sich etwas auf dem gemütlich gepolsterten Holzstuhl zurück. Das Essen war köstlich, dafür bezahlte sie ihrem Koch auch gutes Geld, aber sie hasste es, in größerer Gesellschaft zu essen. Dabei musste sie immer viel zu sehr auf sich und ihre Umgebung achten, sodass sie das Essen niemals genießen konnte. Sie würde sich später an diesem Abend einfach noch eine kleine Portion auf ihr Zimmer kommen lassen.

Saphira richtete ihren Blick auf Adrian und gab sich Mühe, ihn zuvorkommend anzulächeln. »Erzähl mir doch bitte etwas von den Sicherheitsvorkehrungen, die du für den Transport meiner Waffen getroffen hast, Adrian.«

Ihr Gast sah von seinem Essen auf und grinste. »Lass uns doch beim Essen nicht übers Geschäft reden.«

Neben ihr hob Leandro den Kopf und runzelte die Stirn, und aus den Augenwinkeln sah sie, wie sich ein Mundwinkel ihres Onkels in Andeutung eines Grinsens hob. Saphira blieb ganz ruhig. Niemand widersprach ihr in diesem Haus. Und dass Adrian es dennoch versuchte, stellte eine Respektlosigkeit dar, die sie ihm nicht durchgehen lassen würde.

Sie hielt seinen Blick einen Moment lang fest, während nichts außer dem leisen Klappern von Besteck im Raum zu hören war. Exakt so lange, bis sie einen Hauch von Unbehagen in Adrians Augen wahrnahm.

»Ich bestehe darauf.« Ihre Stimme klang ruhig, aber bestimmt.

Adrian räusperte sich leise und richtete sich auf, er schien verstanden zu haben, dass er das kleine Machtspiel verloren hatte.

»Das Schiff ist vor zwei Tagen ausgelaufen. In elf Tagen wird es an deinem Anleger sein. Wir haben die Container mit den Waffen zwischen ganz normaler Ware versteckt. Zwanzig meiner Leute sind mit an Bord, und ich bekomme ein tägliches Update. Bisher verlief alles ohne Komplikationen.«

Sie nickte, und die Anspannung verschwand aus der Luft. »Ich möchte über die täglichen Updates informiert werden. Unverzüglich.«

»Natürlich.«

Damit entließ Saphira ihn und wandte sich stattdessen ihrer besten Freundin zu. »Wie laufen die Hochzeitsvorbereitungen?«

Ein Strahlen erschien auf Rabias Gesicht, das der Sonne Konkurrenz machen konnte. Und auch Leandro lächelte glücklich. Die Anspannung wich aus dem Raum.

»Oh, alles ist ganz wunderbar«, sagte Rabia. »Das Brautkleid soll nächste Woche geliefert werden.«

»Ich kann kaum erwarten, es zu sehen.«

»Frag mich mal«, murmelte Leandro in sein Essen, woraufhin Rabia ihm einen spielerischen Klaps verpasste.

»Du wirst es erst am Tag unserer Hochzeit sehen.«

Stella lachte leise, und Saphira konnte die Liebe in ihren Augen sehen, als sie ihren Sohn und ihre zukünftige Schwiegertochter beobachtete.

Hätte ihre Mutter auch so glücklich ausgesehen, wenn Saphira im Begriff gewesen wäre zu heiraten? Und würde sie der Anblick des skrupellosen *capo*, der aus ihrem kleinen Mädchen geworden war, traurig machen?

Bei dem Gedanken schien eine kalte Hand nach ihrem Herz

zu greifen und fest zuzupacken. Wie aus weiter Ferne hörte sie noch Adrians Stimme: »Wann ist es denn so weit?«

Nur Rabias Antwort entging ihr, denn die Erinnerung traf sie schnell und unerwartet.

Heiße Tränen liefen ihr über die Wangen. Dabei wollte sie gar nicht weinen! Ihr papà *sagte immer, dass sie nicht in der Öffentlichkeit weinen durfte. Aber ihr Knie tat so weh.*

Sie schniefte leise. Warum hatte sie nur versucht diesen doofen Baum hochzuklettern?

Plötzlich griffen vertraute Hände nach ihr, und sie wurde hochgehoben und in eine warme Umarmung gezogen.

*»*Principessa, *was ist denn passiert?«*

Saphira sah in das schöne Gesicht ihrer Mutter. Langes schwarzes Haar umrahmte zarte Gesichtszüge und hohe Wangenknochen. Da war ein kleines Grübchen in ihrem Kinn, und wenn ihre Mutter lachte, zeigten sich auch noch Grübchen auf ihren Wangen. Die dunkelbraunen Augen wirkten so ausdrucksstark und warm, dass sich die meisten Menschen in der Nähe ihrer Mutter wohlfühlten.

Alle sagten immer, dass sie eine Kopie ihrer Mutter sei. Aber das stimmte gar nicht, ihre mamma *war viel schöner als sie selbst.*

»Ich …« Sie schniefte noch einmal und wischte sich ungeschickt mit einer Hand über die Wange. »Ich wollte den Baum hochklettern.«

»Oh, meine Kleine«, schnurrte ihre Mutter und drückte ihr einen Kuss auf die Stirn.

Sofort tat ihr Knie gar nicht mehr so weh.

»Komm, wir gehen nach drinnen. Dann kann ich dich verarzten.«

Saphira sah furchtsam zu ihr auf. »Tut mir leid, mamma.*«*

»Was denn?«

*»*Papà *sagt immer, dass ich nicht vor anderen weinen darf.«*

Ihre Mutter gab ihr einen Kuss auf die Wange und wischte mit dem Daumen ihre Tränen weg. »Dein papà *hat dich ganz furchtbar lieb,* principessa. *Und er will nur dein Bestes. Aber manchmal irrt er sich.«*

»Wirklich?«, fragte Saphira.

Ihre mamma *nickte. »Du musst deine Gefühle niemals zurückhalten. Wenn du lachen willst, dann lache. Und wenn du weinen möchtest, dann weine. Du hast so ein weiches Herz. Das darfst du nie verlieren. Und irgendwann wird ein Junge kommen, der genau das an dir liebt.«*

»Ein Junge?« Saphira zog die Nase kraus. »Aber die sind blöd.«

Ihre Mutter lachte und drückte sie fest an sich. »Du hast recht, principessa. *Jungs sind blöd.«*

Saphira sah über ihre Schulter, als ein dumpfer Laut erklang. Sie sah, wie Emilio vom Baum heruntersprang. Er lief zu ihnen und sah seine Spielgefährtin mit großen Augen an. Sie lächelte, weil sie nicht wollte, dass er sich Sorgen machte. Neben ihm stand das Kindermädchen und hatte ihren kleinen Bruder auf dem Arm. Er hatte seinen Kopf auf die Schulter der Nanny gebettet und nuckelte im Schlaf an seinem Daumen.

Am Anfang war sie nicht sicher gewesen, was sie von diesem kleinen Wesen halten sollte, das immer nur schrie. Aber inzwischen hatte das Schreien nachgelassen, und Saphira nahm ihren Pippo überallhin mit.

»Mamma«, *sagte sie, weil sie plötzlich das Gefühl hatte, dass ihre Mutter das unbedingt wissen musste. »Ich hab Pippo furchtbar lieb.«*

Die Umarmung ihrer Mutter wurde etwas fester, und sie gab Saphira einen Kuss auf die Schläfe, der das Mädchen zum Kichern brachte.

»Ich weiß, principessa. *Und er hat dich auch lieb.«*

Eine Hand auf ihrem Unterarm holte Saphira in die Gegenwart zurück. Sie blinzelte und erblickte das besorgte Gesicht ihres Onkels.

Schnell sah sie sich vorsichtig um, aber das Gespräch am Tisch schien ohne sie ganz normal weitergelaufen zu sein. Niemand außer ihrem Onkel hatte bemerkt, dass sie mit ihren Gedanken ganz woanders gewesen war.

Sie begegnete erneut seinem Blick, der nun eher traurig als besorgt wirkte. Saphira schüttelte einmal kurz den Kopf. Ihre Haut war eiskalt, und Schweiß rann über ihren Rücken. Übelkeit ließ ihre Bauchmuskeln verkrampfen.

Am Anfang wäre sie in solchen Erinnerungen beinahe ertrunken. Aber dann war es mit jedem Jahr besser geworden, bis sie so gut wie keine Flashbacks mehr gehabt hatte. Umso beunruhigender war es, dass sie jetzt von einem solchen überfallen worden war.

Ihr Onkel wandte sich wieder seinem Essen zu, aber Saphira spürte, dass sie keine Sekunde länger in diesem Raum sein konnte. Die Gegenwart von anderen Menschen war ihr unerträglich. Sie drehte leicht den Kopf und fing Emilios Blick auf. Er kannte sie sehr gut. Als er den Ausdruck in ihren Augen bemerkte, kam er sofort auf sie zu und beugte sich zu ihr hinab.

»Zu viel?«, flüsterte er nah bei ihrem Ohr.

Sie nickte leicht und warf einen Blick in die Runde. »Ihr müsst mich bitte entschuldigen. Die Arbeit ruft.«

Ohne eine Reaktion abzuwarten, stand Saphira auf und verließ den Raum. Emilio war dabei an ihrer Seite. Ihr Schritt war gemessen, ruhig. Aber ihr Herz raste, als würde sie gerade einen Marathon laufen.

Ihr Weg führte sie direkt in ihr Zimmer. Sie ließ Emilio am Eingang zurück, schloss die Tür ab und ging auf direktem Weg unter die Dusche. Erst als das heiße Wasser über ihre klamme

Haut floss, konnte sie wieder richtig durchatmen. Sie schloss die Augen und wusch sich die Erinnerung vom Körper. Und damit auch jegliche Emotion, bis sie wieder sie selbst war.

Kalt. Kontrolliert.

In dieser Nacht würde Saphira keinen Schlaf finden. Zu groß war das Risiko, dass sie einen Albtraum hatte, und noch mehr Gefühlschaos an einem Tag konnte sie unmöglich ertragen.

Als sie geduscht und angezogen war, hatte sie Emilio weggeschickt. Es reichte ihr schon, dass sie außerhalb des Hauses nie alleine sein konnte. Innerhalb ihrer eigenen vier Wände wollte sie Privatsphäre. Es gab keinen Grund, sie vierundzwanzig Stunden am Tag zu bewachen.

Sie hatte sich auf den Weg in ihr Büro gemacht, wo sie noch etwas Arbeit erledigen wollte.

Nur ihre Schreibtischlampe und der Bildschirm ihres Laptops erhellten den Raum um diese Zeit. Verträge waren über die Arbeitsplatte verteilt. Der alte Füller ihres Vaters lag auf den Papieren, die sie gerade bearbeitete. Ein Glas Whiskey stand neben ihrem Laptop.

Als sie gerade danach greifen wollte, klopfte es leise an ihrer Tür. Saphira warf einen Blick auf die Zeitanzeige am unteren Bildschirmrand, als Emilio den Raum betrat. Es war bereits nach Mitternacht.

»Gibt es ein Problem?«, fragte sie.

»Nein, alles ist ruhig. Adrian ist vor einer Stunde auf sein Zimmer verschwunden. Leandro und Rabia direkt nach dem Essen. Vito und Stella haben noch einen Spaziergang gemacht und sich danach zurückgezogen. Alle *soldati* sind auf ihren Positionen.«

Sie nickte. »Dann solltest du jetzt ebenfalls schlafen gehen, Emilio.«

Aber anstatt sie einfach zu verlassen, zögerte ihr Chefleibwächter. Sie sah ihn fragend an.

»Es ist spät.« Sie konnte die Sorge in seinem Blick erkennen. Emilio war immer besorgt um sie. Und ihr kleiner Zusammenbruch an diesem Abend würde ihn wahrscheinlich die nächsten Tage verfolgen.

Saphira richtete sich etwas auf. »Geh schlafen, Emilio.« Sie verlieh ihrer Stimme ein wenig mehr Nachdruck. Er nickte, drehte sich um und schloss die Tür hinter sich.

Sie saß noch eine ganze Weile über den Verträgen mit Weinhändlern und Reiseanbietern. Neben den Geschäften der *famiglia* führte sie auch noch ein erfolgreiches Weingut. Schließlich musste der Schein gewahrt werden und das *Paradiso* reichte nicht aus, um das ganze dreckige Geld zu waschen.

Sie sah sich die letzten Berichte ihres Geschäftsführers an. Ebenfalls ein Mitglied ihrer *famiglia*. Alles schien gut zu laufen.

Zu dem Weingut gehörte auch ein kleines, sehr exklusives Hotel, das ständig ausgebucht war. Sie hatten bereits eine Warteliste. Die Weinproben waren gut besucht, und durch den Verkauf schrieb das Unternehmen dauerhaft schwarze Zahlen.

Saphira beschäftigte sich mit den Bilanzen, bis ihre Augen brannten. Schließlich hatte sie nicht umsonst einen Abschluss in Betriebswirtschaft.

Als sie das erledigt hatte, wandte sie sich schließlich den illegalen Machenschaften ihrer *famiglia* zu.

Die Bilanzen ihrer verschiedenen Untergrund-Casinos sahen gut aus. Ebenso der Fightclub, den sie führte. Dort konnte für Geld jeder gegen jeden kämpfen. Fünfzig Prozent des Gewinns gingen an den Sieger, die anderen fünfzig an den Veranstalter und damit an sie. Außerdem konnten die Zuschauer Wetten abschließen. Auch davon ging ein Teil der Einnahmen an ihre *famiglia*.

Zum Schluss wandte sie sich noch der Liste mit den monatlichen Schutzgeldeintreibungen zu. Diese waren auch bald wieder fällig, und Saphira überprüfte die letzten Zahlungen. Dabei sprang ihr besonders ein Posten ins Auge.

Ein kleiner Souvenirshop am äußeren Rand ihres Gebiets hatte bei der letzten Runde nur rund zwei Drittel der geforderten Summe gezahlt. Sie runzelte die Stirn. War das niemandem aufgefallen? Und wenn doch, warum war die restliche Summe dann noch nicht eingetrieben worden? Sie machte sich eine Notiz, um es am nächsten Tag mit Emilio zu besprechen. Besonders, da ihr noch Guiseppes Versprechen in den Ohren klang, dass er sich für den Tod von Samuele revanchieren würde.

Als sie schließlich auf die Uhr sah, war es bereits drei Uhr morgens. Müde rieb sich Saphira über die Augen, stand langsam auf und streckte ihre vom langen Sitzen steifen Glieder. Da sie in nächster Zeit nicht vorhatte schlafen zu gehen, sollte sie sich wohl besser etwas Kaffee besorgen.

Sie betrat den zu dieser Zeit nur sehr spärlich beleuchteten Flur. An den Wänden hingen alte Messinglampen, von denen jetzt nur jede dritte noch brannte. Dadurch lag mehr Dunkelheit als Licht vor ihr. Aber sie kannte jeden Winkel dieses Hauses und hätte sich auch in vollkommener Dunkelheit zurechtgefunden.

Sie bog um eine Ecke, als sich plötzlich eine Hand um ihren Unterarm legte. Ohne Vorwarnung wurde sie an eine muskulöse Brust gezogen, und eine Hand legte sich über ihren Mund. Bevor sie darüber nachdenken konnte, riss sie sich los, griff unter den Ärmel ihres Kleides und löste den Verschluss der Schiene, die sie am Unterarm trug. Sofort rutschte das Messer, das sie immer bei sich hatte, in ihre Hand.

Genau in diesem Moment wurde sie herumgewirbelt, und

ihr Rücken knallte mit einem dumpfen Laut gegen die nächste Wand. Sie keuchte, als Schmerz durch ihre Wirbelsäule jagte. Das hielt sie aber nicht davon ab, das Messer an die Kehle ihres Angreifers zu drücken.

Leises Lachen füllte die Stille, und Saphira blinzelte. Vor ihr stand Madox. Mit einer seiner Hände hielt er ihr freies Handgelenk umfangen, während die andere sich in diesem Moment um ihren Hals schloss. Der Blick aus seinen blassblauen Augen machte ihr mehr Angst, als es ein richtiger Angreifer jemals gekonnt hätte.

»Was zum Teufel tust du?«, zischte sie. Ihre Brust hob und senkte sich in schneller Abfolge. Madox' verführerischer Duft nach Sandelholz und Minze stieg ihr in die Nase. Keiner von ihnen bewegte sich. Aber die Spannung zwischen ihnen war beinahe greifbar. Eine Gänsehaut überzog ihre Arme.

Madox starrte sie so lange an, bis sie glaubte jeden Moment in Flammen aufgehen zu müssen.

»Nimm deine verdammten Hände von mir!«

Saphira hatte nicht die geringste Ahnung, was hier vor sich ging. Warum griff er sie an? Sollte Madox etwa ein Spion in ihren eigenen Reihen sein? Jemand, der geschickt worden war, um sie umzubringen? Sie wusste, dass sie nur schreien musste, und schon würde jeder in diesem Haus zu ihrer Rettung eilen. Dennoch zögerte sie. Zuerst musste sie wissen, was er im Schilde führte.

»Ich denke nicht einmal dran«, flüsterte Madox.

Seine dunkle Stimme sorgte dafür, dass sich die Muskeln in ihrem Unterleib anspannten.

»Ich sage es nur noch ein letztes Mal: Nimm. Deine. Hände. Weg.« Sie drückte das Messer näher an seine Kehle, ging dabei aber äußerst vorsichtig vor. Denn die Klinge war rasiermesserscharf.

Madox schien sie gar nicht gehört zu haben. Stattdessen machte er einen Schritt an sie heran, sodass sie ab den Oberschenkeln aneinandergepresst waren. Das sorgte dafür, dass ihr Arm mit dem Messer eingeklemmt war und der Druck auf ihre Kehle zunahm.

»Seit Wochen beobachte ich dich jetzt schon, und jedes Mal, wenn du dich in einem deiner engen schwarzen Kleider über deinen Schreibtisch beugst, kriege ich einen verfickten Ständer. Aber der Blick aus deinen Augen ist immer eiskalt.« Seine Stimme war ein dunkles Donnergrollen, das ihr gleichzeitig Angst einjagte und sie erregte. Und seine Worte? Gott möge ihr beistehen, aber ihre Klit hatte angefangen, lustvoll zu pochen. Sie schluckte.

»Und was musste ich dann heute sehen? Du und dieser Adrian. Du hast ihn umarmt, angelächelt. Wo war deine Kälte da, Eisprinzessin?« Die Hand an ihrem Hals drückte zu, bis sie nach Luft rang. »Wo war sie da?«

So gut, wie es in ihrer Position ging, straffte Saphira den Rücken. »Du vergisst dich!« Sie verlieh ihrer Stimme den gleichen harten Klang, den sie bei Verhandlungen anschlug. Völlig emotionslos. Sie drückte das Messer gegen seine Haut, bis einige Blutstropfen hervorsickerten. »Und jetzt lass mich los. Letzte Warnung.«

Aber anstatt sie loszulassen, beugte sich Madox weiter vor. Bevor sie reagieren konnte, hatte sie ihm einen kleinen Schnitt verpasst, aus dem jetzt ein feines Rinnsal Blut floss.

»Du willst mein Blut, Eisprinzessin?«

Sie spürte seine Lippen an der sensiblen Stelle direkt unterhalb ihres Ohres. Ein Schauer rann durch ihren Körper, und bei seinen nächsten Worten stockte ihr der Atem.

»Gut. Denn ich will deins auch.«

Sie konnte den Puls an seinem Hals sehen, er schlug genauso schnell wie ihrer. Unruhig bewegte sie ihr Becken und alles in ihr kam zum Stillstand, als sie Madox' mächtige Erektion an ihrem Bauch spürte. Das schien ihren gesunden Menschenverstand wieder zu aktivieren.

Sie drehte das Messer, bis die Klinge flach gegen ihren Unterarm drückte. Dabei verletzte sie Madox' Brust, aber das kümmerte sie nicht. Sie nutzte den eingeschränkten Raum, den sie hatte, und knallte ihren Unterarm so hart wie möglich gegen seinen Unterkiefer. Sein Kopf flog zurück, und sie drückte mit ihrem ganzen Gewicht dagegen, sodass er einen Schritt zurücktaumelte. Das verschaffte ihr genug Platz, um ihm ihr Knie in den Magen zu rammen. Im gleichen Atemzug knallte sie ihm den Griff ihres Messers gegen die Schläfe. Madox sank auf ein Knie, gab aber keinen Schmerzenslaut von sich.

Saphira keuchte leise und sah von oben auf ihn herab. Er erwiderte ihren Blick, und in seinen Augen konnte sie glasklar unbändige Wut und Begierde lesen.

»Ich hätte jedes Recht, dich hier und jetzt zu töten. Was du getan hast, war Hochverrat.«

Madox grinste. »Warum tust du es dann nicht?«

»Weil es eine Schande wäre, einen so guten Killer zu verlieren.« Sie atmete tief ein und versuchte das Zittern in ihrer Stimme zum Schweigen zu bringen. »Aber solltest du dich mir noch einmal so nähern, ist das dein Todesurteil.«

Madox schwieg, allerdings stand das Grinsen noch immer auf seinen Lippen, und Saphira verspürte den verwirrenden Drang, ihn zu schlagen und gleichzeitig zu küssen. Was war verdammt noch mal mit ihr los?

Ohne ein weiteres Wort drehte sie sich um und ging. Dabei ignorierte sie die verräterische Hitze zwischen ihren Schenkeln, die ihre kalten Worte Lügen strafte.

❄

MADOX

Er war völlig wahnsinnig geworden. Eine andere Erklärung gab es nicht für das, was er gerade getan hatte.

Madox blickte Saphiras verführerischem Arsch hinterher, bis sie um die nächste Ecke verschwunden war. Erst dann stand er langsam wieder auf. Ihr Angriff hatte ihn überrascht, und auch wenn er die meiste Wucht ihres Knies hatte abfangen können, hatte der Schlag auf seine Schläfe ihn kurz Sterne sehen lassen. Sie war stärker, als er erwartet hatte.

Wäre Saphira jemand anderes gewesen, hätte derjenige blutend auf dem Boden gelegen. Aber Madox wollte sie nicht verletzen. Jedenfalls nicht auf diese Weise.

Er grinste und leckte sich über die Lippen. Die Erinnerung an ihren warmen, weichen Körper, der sich vor wenigen Augenblicken noch an den seinen gepresst hatte, ließ ihn sofort wieder hart werden.

Verdammt.

Diese Frau war einfach zu verführerisch. Und als er sie heute so vertraut mit diesem verfluchten Amerikaner gesehen hatte, war sein sowieso sehr kurzer Geduldsfaden gerissen. Zu ihm war sie immer so kalt, und bei diesem anderen Mann hatte sie auf einmal weich und anschmiegsam gewirkt. Sein Verstand hatte ausgesetzt.

Dabei hätte er eigentlich froh sein müssen, denn er kannte diesen Adrian nicht. Sie waren sich in Amerika nicht begegnet, und daher konnte Adrian auch nicht wissen, wer er wirklich war. Der Amerikaner würde ihm also keine Probleme bereiten, was seine wahre Identität anging. Doch seine Wut über die Vertrautheit der beiden hatte ihn überwältigt.

Madox hatte den ganzen Tag darüber nachgedacht, was er tun sollte. Und als er Saphira jetzt gerade alleine entdeckt hatte, war er nicht imstande gewesen, noch eine Sekunde länger zu warten.

Er war sich nicht sicher, welche Reaktion er erwartet hatte, aber ein bisschen mehr … Gefügigkeit mit Sicherheit. Nach seinem Gefühlsausbruch bewegte er sich nun auf verdammt dünnem Eis, und er konnte nur beten, dass Saphira niemandem von ihrem kleinen Intermezzo erzählte oder es gegen ihn verwendete. Er konnte es sich nicht leisten, dass er seine Stellung verlor und man ihn mit Misstrauen behandelte.

Aber der Versuchung in Form von Saphira De Angelis konnte er nicht mehr widerstehen. Egal, ob sie für den Tod seines Vaters verantwortlich war oder nicht.

Er starrte auf die Stelle, wo sie sich so nah gewesen waren, und rieb sich übers Kinn. Das kratzige Geräusch seiner Bartstoppeln füllte die Stille um ihn herum.

Er musste seinen ursprünglichen Plan etwas abändern. Denn er würde Saphira De Angelis ficken.

Madox dachte an das Gefühl ihrer Titten an seiner Brust, ihres heißen Atems auf seiner Haut und an den lustvollen Blick aus dunklen Augen.

Das war es wert.

Kapitel 9

SAPHIRA

Der Tag war nur schleppend vergangen, und sie konnte sich an fast nichts von dem erinnern, was sie heute erledigt hatte. Saphira wusste zwar noch, dass sie Emilio gegenüber die Ungereimtheit bei den Schutzgeldeinnahmen angesprochen und dass er ihr versichert hatte, er würde sich sofort darum kümmern. Doch der Rest der Geschehnisse des Tages lag hinter dichtem Nebel. Sie war sich nicht einmal mehr sicher, ob sie Adrian heute gesehen hatte oder nicht.

Denn die ganze Zeit über spürte sie Madox in ihrer Nähe. Er schlich um sie herum wie ein hungriger Wolf, der seine Beute einkreist. Als wollte er sie langsam mürbe machen, bis sie schließlich nachgab.

Und als wäre das noch nicht schlimm genug, hörte sie ständig seine dunkle Stimme in ihrem Kopf.

Du willst mein Blut, Eisprinzessin? Gut. Denn ich will deins auch.

So befand sie sich den ganzen Tag über in einem verwirrenden Zustand aus Angst und Erregung, durch den sie sich auf nichts wirklich konzentrieren konnte.

Am Ende des Arbeitstages war sie einfach nur froh gewesen, dass sie sich auf ihr Zimmer zurückziehen und den wachsamen Augen ihrer *famiglia* entkommen konnte. Sie tauschte ihr Kleid gegen bequeme schwarze Leggins und ein dunkles Top. So begab sie sich in ihr Wohnzimmer und ließ sich auf die samtene Couch sinken. Ihr Messer war dennoch immer in Reichweite. Nur für den Fall der Fälle.

Die warmen Erdtöne, in denen der Raum gehalten war, hatten eine beruhigende Wirkung auf sie. Außerdem waren die Fenster gekippt, und sie konnte die salzige Meeresluft riechen und dem Rauschen der Wellen zuhören.

Mit einem tiefen Seufzer ließ Saphira den Kopf in den Nacken fallen und schloss die Augen.

Sie hatte niemandem von ihrer Begegnung mit Madox erzählt. Und da sie noch nie ein Freund davon gewesen war, sich selbst zu belügen, musste sie sich eingestehen, dass sie den Grund dafür sehr wohl kannte. Madox' Worte hatten sie erregt. So einfach und gleichzeitig so kompliziert war die Erklärung. Und insgeheim fragte sie sich, ob er vielleicht endlich der Mann war, der all ihre dunklen Fantasien wahr werden lassen würde.

Sie konnte ihn förmlich vor sich sehen. All diese gebräunte, tätowierte Haut. Der stählerne Körper. Die hellen Augen, in denen dieses Feuer loderte, das in ihrem Innersten das Eis zum Schmelzen bringen konnte. Er würde sie packen und an sich drücken. So wie letzte Nacht zwischen seinem Körper und der Wand einfangen. Sein heißer Mund würde die empfindliche Haut an ihrem Hals malträtieren, bis jeder wusste, was sie miteinander getrieben hatten. Er würde ihr mit einem fast brutalen Griff das Kleid über die Hüfte schieben, ihre Beine auseinanderzwingen und seine mächtige Erektion zwischen ihren Schenkeln vergraben. Er würde niemals um Erlaubnis bitten, sondern sich einfach nehmen, was er wollte.

Saphira biss sich bei der Vorstellung auf die Lippe, um ein

Stöhnen zu unterdrücken. Aber natürlich würde sie sich niemals mehr erlauben als diese Fantasie.

Es war völlig undenkbar, dass sie mit einem Mann aus ihrer *famiglia* schlief. Noch immer dachten viele, dass sie eine Schwachstelle darstellte, weil sie eine Frau war. Und sollte sich die Neuigkeit verbreiten, dass sie mit einem ihrer *guardie* schlief, dann würden alle glauben, dass sie sich von einem Untergebenen kontrollieren ließ.

Außerdem schloss eine Affäre auch immer das Risiko von Gefühlen ein. Und die waren für sie ein No-Go. Seit über einem Jahrzehnt hatte sie sich jegliche Gefühle verboten. Es war der Grund, warum sie ein so guter *capo* war. Sie würde niemals zögern zu tun, was nötig war. Niemals zögern zu töten.

Ein dezentes Klopfen unterbrach ihre Gedanken.

»Jetzt nicht!«, rief sie, ohne die Augen zu öffnen. Ungeachtet ihrer Worte wurde die Klinke heruntergedrückt, und Saphira war erleichtert, dass sie abgeschlossen hatte.

Sie richtete sich auf. »Ich sagte, jetzt nicht!«, rief sie, um sicherzugehen, dass man sie auch von draußen hören konnte.

Es klopfte erneut. Dieses Mal deutlich lauter. Mit einem wütenden Schnauben stand sie auf, ging zur Tür, drehte den Schlüssel und riss sie auf.

Vor ihr stand Madox.

Sie kniff die Augen zusammen. »Was willst du hier?«

»Ich wollte mit dir über letzte Nacht reden.«

Saphira straffte die Schultern und verschränkte die Arme vor der Brust. »Da gibt es nichts zu reden. Ich habe dir gesagt, was passiert, wenn du dich mir noch einmal so näherst. Und jetzt verschwinde!«

Sie versuchte die Tür mit Schwung wieder zu schließen, aber innerhalb von Sekunden hatte Madox seine Hand erhoben, drückte die Tür wieder auf und trat in ihr Wohnzimmer. Er drängte sie mit seinem Körper zurück und schloss die Tür hinter ihnen.

Eigentlich konnte sie sich sehr gut selbst verteidigen, aber ihr Instinkt sagte ihr, dass sie einem entschlossenen Madox nicht wirklich etwas entgegenzusetzen hätte. Besonders, wenn das Überraschungsmoment nicht auf ihrer Seite war.

»Was tust du da?«, zischte sie.

»Du solltest wirklich aufhören mir ständig Befehle zu erteilen«, knurrte er und seine hellen Augen blitzten gefährlich.

»Ich bin dein *capo*. Du hast meinen Befehlen zu folgen.« Sie versuchte an ihm vorbeizugreifen und die Tür wieder zu öffnen. Dabei streifte sie Madox mit ihren Brüsten. Sie spürte, wie er sich versteifte, und hielt mitten in der Bewegung inne. Die Atmosphäre im Raum veränderte sich, es war, als bestünde plötzlich eine elektrische Spannung zwischen ihnen. Die Temperatur schien zu steigen. Sie konnte Madox' schwere Atemzüge hören. Er machte einen Schritt vorwärts, presste seinen Körper der Länge nach gegen ihren. Dann drehte er den Kopf, drückte seine Nase in ihr Haar und atmete tief ein. Als er sprach, klang seine Stimme tiefer als üblich und hatte einen gefährlichen Unterton.

»Ein Fehler zu viel.«

»Was?«

Er schien sie gar nicht zu beachten, als er sich umdrehte und hinter sich wieder abschloss. Danach drehte er sich zu ihr um, und der Ausdruck in seinen Augen veranlasste sie dazu einen Schritt zurückzuweichen.

»Angst?«, fragte er spöttisch, und sie zwang sich dazu ihren Rücken zu straffen.

»Nein«, log sie.

Madox grinste.

»Gut. Denn ich kann nicht mehr warten, Eisprinzessin. Heute Nacht gehörst du mir.«

❄

MADOX

Ein paar Stunden lang hatte er versucht sich das alles auszureden. Aber als das Verlangen in ihm einfach nicht verschwinden wollte, hatte er es aufgegeben. Stattdessen war er um Saphira herumgeschlichen und hatte nur auf die passende Gelegenheit gewartet, sie alleine abzufangen.

Was er in dieser Nacht vorhatte, konnte seinen ganzen Plan zum Scheitern bringen, aber er konnte Saphira nicht länger widerstehen. Und wenn er ihre Reaktionen und Blicke richtig deutete, dann fühlte sie die Anziehungskraft zwischen ihnen auch. Was also sprach noch gegen einen heißen One-Night-Stand? Er konnte Saphira ficken und würde sie, wenn er den endgültigen Beweis in den Händen hielt, dennoch töten. Das eine schloss das andere nicht aus.

»Was zum Teufel soll das hier alles?«

Madox starrte auf Saphiras verführerische Lippen, als sie diese Worte sprach.

»Ich denke, dass das offensichtlich ist«, gab er grinsend zurück.

»Ich weiß ja nicht, was du auf einmal für Hirngespinste hast, aber dein Verhalten ist unverzeihlich.« Ihr Blick bekam etwas Stählernes. »Ich werde nicht mit dir schlafen.«

Madox hielt es nicht für nötig, das zu kommentieren. Denn er hatte genau bemerkt, wie rasch ihr Atem ging. Außerdem konnte er ihre harten Brustwarzen mit den Piercings sehen, die gegen den Stoff des Oberteils drückten.

Außerdem erinnerte er sich noch sehr genau an ihre Reaktion von letzter Nacht. Die leisen Laute, die sie von sich gegeben hatte. Sie wollte ihn. Jedenfalls so lange, bis ihr Verstand sich wieder einschaltete. Aber er hatte nicht vor ihr in dieser Nacht viel Zeit zum Nachdenken zu lassen.

Langsam kam er näher. Saphira wollte weiter zurückweichen, aber die Couch hinter ihr verhinderte das.

»Nettes Outfit«, kommentierte er mit einem Blick auf ihre bequeme Kleidung. Irgendwie gefiel sie ihm darin besser als in den strengen Kleidern. In diesem Moment sah sie jünger und verletzlicher aus. Und das war genau nach seinem Geschmack.

»Verschwinde von hier«, zischte sie.

»Sonst was?«

»Sonst schreie ich.«

Er sah ihr direkt in die Augen.

»Oh, irgendwann wirst du ganz sicher meinen Namen schreien. Aber wohl leider nicht heute Nacht.« Er machte eine vage Handbewegung zu den Wänden. »Wir wollen ja schließlich nicht mittendrin gestört werden.«

In dem Moment, als er die Worte ausgesprochen hatte, bezweifelte Madox schon, dass er nach dieser Nacht noch weiteres Interesse an Saphira haben würde. Er hielt es nie länger als eine Nacht mit ein und derselben Frau aus.

Saphira schüttelte den Kopf. Die Irritation und Frustration standen ihr deutlich ins Gesicht geschrieben. Wahrscheinlich fragte sie sich gerade, ob er den Verstand verloren hatte. Vielleicht durchaus keine allzu abwegige Erklärung für sein Verhalten.

»Zieh dich aus«, murmelte er.

»Was?«

»Du hast mich schon verstanden.«

Aus dem Augenwinkel nahm er eine Bewegung wahr, und seine Reflexe, geschult durch jahrelanges Training, übernahmen die Kontrolle. Er wehrte das Messer, das auf sein Gesicht zielte, mit dem Unterarm ab, was ihm eine Schnittwunde an der Stelle einbrachte. Schmerz schoss seinen Arm hinauf. Allerdings war das ein sanftes Streicheln, verglichen mit dem, was er bereits alles erlebt hatte.

Aber so leicht ließ sich Saphira nicht aufhalten, und als ihre Faust seine Schläfe traf, war klar, dass sie nicht kampflos aufgeben würde.

Madox fluchte. Das war jetzt schon das zweite Mal, dass sie ihn angriff. Aber wirklich beschweren wollte er sich nicht. Und sein Schwanz war ganz offensichtlich auch begeistert von ihrem Verhalten. Wenn sie sich einfach hingab, wäre es zu leicht. Eine kleine Jagd heizte die Stimmung dagegen noch weiter an.

Saphiras Training konnte es bei Weitem nicht mit seinem aufnehmen. Er streckte den Arm aus, entwendete ihr blitzschnell das Messer und ließ es zu Boden fallen. Dann griff er nach ihrer Taille und zog ihren zierlichen Körper in seine Arme. Sie zielte auf seine Augen, und er unterband ihren Angriff, indem er ihre Taille losließ und ihr die Arme auf den Rücken drehte. Dort umfing er ihre Handgelenke mit einer Hand und zog sie mit einem nicht besonders sanften Ruck wieder an sich. Als ihre Brüste hart gegen ihn gedrückt wurden, zuckte sie fast unmerklich zusammen.

Jetzt presste sich ihr Körper der Länge nach an ihn. Madox genoss es, wie sich ihre weichen Kurven an ihn drückten. Sie atmete schnell, und bei jedem Atemzug konnte er fühlen, wie ihre harten Nippel an ihm rieben. Und weil er der Versuchung nicht widerstehen konnte, rieb er seine steinharte Erektion an ihrem Bauch. Saphiras Augen weiteten sich, und sie schnappte nach Luft. Ihr Messer lag auf dem Fußboden neben ihnen, aber Madox hatte es nicht vergessen. Er hoffte, dass er es noch in dieser Nacht benutzen konnte.

»Soll ich dich loslassen, damit du einen zweiten Versuch starten kannst, oder siehst du ein, dass du mir nicht entkommst?«

Wenn Blicke töten könnten, wäre er in diesem Moment wohl gestorben.

»Ich habe dich schon einmal in die Knie gezwungen.«

Er machte ein zustimmendes Geräusch. »Wohl wahr. Aber heute Nacht wäre es mir lieber, wenn du vor mir auf die Knie gehst.«

Sie sah so schockiert aus, dass er den Kopf in den Nacken warf und lachte. Das führte dazu, dass sich Saphira erneut gegen ihn wehrte, und er sie noch enger an seinen Körper zog.

Ihr herrlich lieblicher Duft nach Blumen füllte seine Nase, und er vergrub das Gesicht an ihrem Hals, wo er tief einatmete. Rasch drückte er einen Kuss auf ihren rasenden Puls, und etwas von der Angespanntheit wich aus ihren Muskeln.

Das veranlasste Madox dazu, sich etwas zurückzulehnen und sie genau zu betrachten. Ihr Gesicht zeigte keine Spur mehr vom Make-up des Tages. Er konnte sogar ein paar Sommersprossen auf ihrer Nase und ihren Wangen erkennen.

Ohne ihre High Heels reichte Saphira ihm gerade bis zur Brust. Als er sie so in den Armen hielt, sah sie zum ersten Mal wirklich erst wie sechsundzwanzig aus. Es umgab sie sonst immer eine solche Aura von Macht und Autorität, dass einem gar nicht auffiel, wie jung sie eigentlich war. In ihm regte sich kurz ein Hauch von Beschützerinstinkt, den er aber sofort unterdrückte.

»Madox.« Sie sprach seinen Namen ganz leise, beinahe zärtlich aus. »Das darf nicht passieren. Lass mich los.« Der merkwürdige Tonfall in ihrer Stimme und der schon beinahe flehende Ausdruck in ihren Augen brachten ihn fast dazu, sie loszulassen. Aber eben auch nur fast.

»Kommt nicht infrage, Eisprinzessin.«

Madox bewegte sich mit ihr durch den Raum, bis er sie neben einer antiken Holzkommode an die Wand drücken konnte. Jetzt befanden sie sich in der gleichen Position wie in der Nacht zuvor.

Er sah auf sie herab. »Da du dich ja nicht selber ausziehen willst, werde ich mich dieser Aufgabe jetzt annehmen.«

»Wenn du mich nicht sofort loslässt, werde ich dich töten.«

»Es wird mir ein Vergnügen sein, dich bei dem Versuch zu beobachten.«

Seit er in ihr Wohnzimmer getreten war, hatte sie die Chance gehabt, nach Hilfe zu rufen. Immerhin hielt er ihr nicht den Mund zu. Wenn es ihr ernst gewesen wäre, hätte sie schreien können, und sämtliche *uomini d'onore* wären zu ihrer Rettung geeilt. Aber sie hatte es nicht getan, und das bedeutete, sie wollte das hier genauso wie er.

Er drückte ihre Handgelenke mit einer Hand über ihrem Kopf an die Wand, die freie Hand legte er an ihre Hüfte, schlüpfte mit dem Daumen unter den Bund der Leggins und spürte heiße Haut.

»Ich will das hier nicht.«

»Hm«, machte er nur, da er sich gerade darauf konzentrierte, ihr die Hose über die Hüften zu schieben.

Madox musste ein Stöhnen unterdrücken, als er die schwarze Spitzenunterhose entdeckte. Er sah Saphira an.

»Trägst du eigentlich auch was anderes als schwarz?«

»Nein.« Sie fauchte ihn regelrecht an. Aber er sah das leidenschaftliche Feuer in ihrem Blick und konzentrierte sich wieder auf das zarte Material auf ihrer Haut.

»Wenn ich jetzt deine Hände loslasse, versprichst du dann, mich nicht wieder anzugreifen?«

»Ja.«

Er seufzte. »Lügnerin.«

»Mistkerl«, fauchte sie, und er lachte leise.

Madox griff in seine Hosentasche und förderte ein Messer zutage. Saphiras Augen weiteten sich, und sie wich, so gut es ging, vor ihm zurück.

»Halt still.«

Als er die Klinge an ihrer Hüfte ansetzte, rührte Saphira keinen Muskel mehr. Langsam führte er das Messer durch den dünnen Stoff der Leggins bis zu ihren Fußknöcheln und zog dabei Saphiras zusammengehaltene Hände mit sich herunter.

Als er fertig war, klaffte der Stoff an einem Bein auseinander, und er sah sie triumphierend an.

Madox trat näher an sie heran und beugte sich zu ihrem Ohr herab. Er ließ seinen Mund über ihren Hals gleiten und biss sie ganz sanft ins Ohrläppchen. Saphira bewegte sich nicht, aber ihr schneller Atem verriet sie.

»Ich hoffe, dir liegt nichts an dieser Unterwäsche.« Damit durchschnitt er den Stoff, sodass Saphiras intimste Stelle vor ihm entblößt wurde. Sie atmete scharf ein.

Erst jetzt ließ Madox das Messer fallen. Ganz langsam fuhr er mit dem Zeigefinger von Saphiras Bauchnabel bis hinunter zu ihrem Venushügel. Erst über den Stoff ihres Oberteils, dann über warme, einladende Haut.

Madox bedeckte ihr Geschlecht mit seiner Hand und stöhnte, als er die Hitze und Feuchtigkeit spürte.

»Das hier wird dich alles kosten«, flüsterte Saphira.

Da er den Kopf noch immer an ihrem Hals vergraben hatte, war ihr Mund direkt neben seinem Ohr. Heißer Atem floss über seine Haut.

»Das wird es wert sein.« In diesem Moment meinte er es völlig ernst.

Er lehnte sich weit genug zurück, damit er ihr Gesicht beobachten konnte. Ganz langsam strich er mit den Fingern über ihr heißes Fleisch, benetzte seine Finger mit ihrer Feuchtigkeit. Ohne Vorwarnung stieß er zwei Finger in sie. Saphira zuckte zusammen, ihre Pupillen wurden riesig, ihre Lippen öffneten sich zu einem stummen Schrei.

Aber sie wandte nicht den Blick von ihm ab.

Langsam strich Madox mit dem Daumen über ihre Klit und genoss das Gefühl, wie sich ihre Muskeln um ihn herum zusammenzogen. Er konnte es kaum noch erwarten, bis er endlich in ihr war. Er hatte diesen Moment viel zu lange herbeigesehnt.

»Ich hasse dich«, hauchte Saphira in dem Moment, in dem er einen dritten Finger in sie gleiten ließ.

Ich hasse dich auch, Saphira De Angelis. Du kannst dir nicht vorstellen, wie sehr.

SAPHIRA

Das hier war falsch, ganz furchtbar falsch. Aber es fühlte sich einfach so verdammt gut an. Und es war so lange her, dass sie die Nähe eines anderen Menschen gespürt hatte.

»Hör auf«, flehte sie leise, als Madox langsam die Finger rein- und rausbewegte. Ihre Nervenenden schienen in Flammen zu stehen, heiße Begierde zog sich in ihrem Unterleib zusammen. Und ohne, dass sie es hätte kontrollieren können, kippte ihr Becken leicht nach vorne, sodass seine Finger noch tiefer in sie eindringen konnten.

Gerade als die Worte ihren Mund verlassen hatten, zog Madox seine Finger zurück. Sie blinzelte und starrte ihn verwirrt an. Würde er etwa tatsächlich aufhören?

Als sie das leise Klimpern seiner Gürtelschnalle hörte, seufzte sie vor Erleichterung. Denn egal, was sie sagte, sie wollte das hier genauso wie Madox. Der hatte ihren Seufzer natürlich bemerkt und grinste sie an. Zum Glück enthielt er sich jeden Kommentars. Sonst hätte sie einen weiteren Angriff auf sein Gesicht starten müssen.

Saphira verengte die Augen zu Schlitzen, als Madox seinen Gürtel aus den Schlaufen zog. Er sah ihr direkt ins Gesicht und beugte sich ganz nah zu ihr. Sein Atem strich über ihre erhitzte Haut. Das sonst so blasse Blau seiner Augen hatte sich verdunkelt, erinnerte sie jetzt mehr an die Farbe des Meeres.

»Nicht bewegen. Oder ich verspreche, dass du es bereuen wirst.« Seine Stimme war dunkel vor Leidenschaft, und sein Blick sagte ihr, dass er es ernst meinte. Der devote Teil in ihr, der von einem Mann dominiert werden wollte, zog es gar nicht erst in Erwägung, sich Madox' Befehl zu widersetzen. All seine Dominanz sorgte dafür, dass sie sich unterwerfen *wollte*. Als er ihre Hände dann tatsächlich losließ, hielt sie still. Madox schenkte ihr daraufhin ein Grinsen, das ihre Beine weich werden ließ. Im nächsten Moment spürte sie Leder auf ihrer Haut, und bevor ihr benebelter Verstand den Ereignissen folgen konnte, hatte Madox ihre Hände mit seinem Gürtel gefesselt. Heiße Erregung floss durch ihren Körper, sammelte sich zwischen ihren Schenkeln.

»Hände nach oben. Und lass sie da.«

Saphira zögerte, und Madox griff nach ihrer Kehle. Er drückte so fest zu, dass sie nach Atem rang. Sie keuchte, bog den Rücken und bäumte sich auf. Aber Madox drückte weiter zu. Saphira starrte ihn an, während langsam schwarze Punkte vor ihren Augen zu flimmern begannen. Erst da ließ Madox sie wieder los. Sie keuchte, hustete, und Tränen traten in ihre Augen, als endlich wieder Sauerstoff in ihre Lungen kam.

»Hände nach oben. Ich sage es nicht noch einmal.«

Madox' Stimme war so dunkel geworden, dass sie ihn kaum noch verstehen konnte. Es war eher ein tiefes Knurren. Diesmal zögerte sie nicht, sondern hob die Arme über ihren Kopf.

Er hauchte einen Kuss auf ihren Mundwinkel. »Braves Mädchen«, flüsterte er, und sie erschauerte.

Stoff raschelte, ein Kondompäckchen wurde aufgerissen, dann war da wieder seine Stimme.

»Bein um meine Hüfte.«

Sie folgte seinem Befehl widerstandslos. Ihr nacktes Bein schlang sich um seine Mitte, eine Hand umfing ihren Hintern. Mit der anderen Hand packte er ihr noch von Stoff bedecktes Bein und legte es ebenfalls um sich. Jetzt wurde sie nur noch von ihm an der Wand gehalten.

Sie zuckte zusammen, als sie seinen harten Schwanz an ihrer Öffnung spürte. Ihre Nippel zogen sich zusammen und pochten vor Schmerz, da ihre Piercings noch nicht verheilt waren. Sie stöhnte leise und schloss die Augen.

»Sieh mich an.«

Sie gehorchte, ohne zu zögern.

»Sag meinen Namen«, befahl er.

»Madox.« Ihre Stimme war zu einem zittrigen Flüstern geworden.

»Jetzt bitte mich, dich zu ficken.«

Sie schluckte. Ihre Hände zitterten. Sie hasste und liebte seine Dominanz.

Aber dieses Spiel konnten auch zwei spielen.

Betont provokativ leckte sie sich über die Lippen, bog leicht den Rücken durch. Dadurch bot sie ihm ihre Brüste praktisch auf einem Silbertablett dar, und es führte dazu, dass die Spitze seiner Erektion durch ihre nassen Falten glitt.

»Madox, fick mich. Hart.« Sie rieb sich noch einmal kurz an ihm. »Bitte.«

Sie lächelte triumphierend, als Madox tief in der Kehle knurrte. Mit einem einzigen, harten Stoß versenkte er sich tief in ihr. Das Lächeln verblasste auf ihren Lippen, und sie schloss die Augen. Das brachte ihr einen so harten Klaps auf den Hintern ein, dass sie sicher war, dort am nächsten Tag noch einen Abdruck zu finden. Dieser Gedanke war verdammt erregend.

»Augen auf mich, Saphira.«

Um sein Kommando zu unterstreichen, zog er sich erst aus ihr zurück, nur um dann wieder hart in sie einzudringen. Sie öffnete die Augen und sah ihn an. Begierde ließ die harten Linien seines Gesichts noch stärker hervortreten. Licht und Schatten veränderten seine Gesichtszüge, ließen ihn manchmal wie einen Engel, manchmal wie einen Dämon aussehen. Für sie war er eher ihr persönlicher Dämon.

Erst, als sie ihn unverwandt ansah, begann Madox sich in schnellem Tempo in sie zu rammen. Bei jedem Stoß zog sich ihr Unterleib verlangend um ihn zusammen. Lust ließ ihre Haut brennen, ihr Atem ging stoßweise.

Madox war gnadenlos. Seine Hände auf ihrem Hintern griffen schon beinahe brutal fest zu. Jeder Stoß tanzte auf der feinen Grenze zwischen Lust und Schmerz.

Es dauerte nicht lange, bis sich ihr Orgasmus ankündigte. Ihr Atem wurde ekstatischer, ihre Augenlider flatterten. Aber sie wagte es nicht, diese zu schließen, aus Angst, Madox könnte dann aufhören. Das hätte sie nicht ertragen.

Er löste eine Hand von ihrem Hintern und führte sie zwischen ihre Körper. Bei seinem nächsten Stoß kniff er in ihre Klitoris. Schmerz explodierte zwischen ihren Beinen. Alles in ihr kam für einen winzigen Moment zum Stillstand, bevor sie förmlich Sterne sah. Welle um Welle explosiver Leidenschaft ließen sie als hilfloses, zitterndes Etwas in seinen Armen zurück.

Madox wartete, bis sie wieder halbwegs bei Verstand war, bevor er sie zurück auf ihre Füße stellte.

Seine Atmung ging genauso schnell wie ihre, und als er aus ihr herausglitt, sah sie, dass er noch immer hart war.

»Umdrehen«, befahl er, »Stütz dich an der Kommode ab.«

Noch immer benebelt von ihrem Wahnsinnsorgasmus drehte sie den Rücken zu Madox und griff mit ihren gefesselten Händen nach der Kommode. Das Holz war kühl unter ihrer erhitzten Haut.

Sie hatte sich gerade erst in Position gebracht, als Madox ihre Hüften packte und sich von hinten erneut tief in ihr versenkte.

Saphira stöhnte auf und lehnte die Stirn auf die Kommode. Sie fühlte sich schwach und befriedigt. Dennoch konnte sie bereits spüren, wie sich erneut Erregung in ihr aufstaute. Madox glitt mit einer Hand zwischen ihre Beine und strich über ihre Klit. Sie war noch immer so sensibel, dass seine Berührung an Schmerz grenzte. Allerdings war sie nicht so unangenehm, dass sie Saphira aus ihrem Nebel des Verlangens riss. Stattdessen bog sie den Rücken durch und bot sich ihm dar.

In ihrer Position konnte sie nicht viel anderes tun, als Madox' gnadenlose Stöße hinzunehmen. Er benutzte sie wie sein persönliches Sexspielzeug, und das gefiel ihr. Sehr.

Er griff in ihre Haare, wickelte sich die dicken Strähnen um die Hand und zog ihren Kopf nach hinten, bis ihre Wirbelsäule beinahe schmerzhaft durchgebogen war. Es war offensichtlich, dass Madox ganz genau wusste, was er tat. Er spielte auf ihrem Körper wie auf seinem Lieblingsinstrument, als würde er sie bereits in- und auswendig kennen. Und was ihre Begierden betraf, tat er das vielleicht sogar.

Saphira spürte bereits ihren nächsten Orgasmus heranrollen, als Madox erneut schmerzhaft fest in ihre Klitoris kniff. Schwarze Punkte flirrten vor ihren Augen, als der Höhepunkt sie ein weiteres Mal mit sich riss. Wie aus weiter Ferne hörte sie ihn aufstöhnen, aber sie bekam kaum noch etwas mit, so erschöpft war sie.

Es dauerte eine Weile, bis sich ihre Atmung wieder beruhigt hatte. Sie spürte, wie Madox sich aus ihr zurückzog, und biss sich auf die Unterlippe, um ein Wimmern zu unterdrücken.

Saphira erwartete, dass er jetzt einfach verschwinden würde. Sie konnte schon hören, wie er den Reißverschluss seiner Hose wieder schloss. Aber er überraschte sie damit, dass er ihr vorsichtig half sich wieder aufzurichten. Er massierte ihre Handgelenke, bis der Schmerz nachließ. Ein Blick auf ihre Haut bestätigte ihr, dass sie in nächster Zeit besser lange Ärmel trug.

Sie hatte nicht bemerkt, dass Madox sich hinter sie gekniet hatte, aber im nächsten Moment half er ihr aus den Überresten ihrer Leggins und der Unterwäsche. Dann hob er sie plötzlich auf seine Arme und ging mit ihr zu der Couch, wo er sich hinsetzte und sie in seinem Schoß bettete. Er umfing sie mit seinen starken Armen, und sie starrte auf seinen Handrücken mit dem Wolfstattoo, als er beinahe zärtlich ihren Oberschenkel streichelte.

»Alles okay?«, murmelte er an ihrem Ohr und küsste ihre Schläfe.

Sie nickte, schwieg aber. Ihr ganzer Körper war noch in Aufruhr, nach den zwei Orgasmen, die Madox ihr beschert hatte, und sie befürchtete, dass ihre Stimme verriet wie bewegt sie war.

Saphira hatte sich noch nie besonders für das Kuscheln danach interessiert. Aber da sie sich in Madox' Armen geborgen fühlte, genoss sie es für ein paar Minuten.

Erst einige Zeit später holte sie die Realität dessen, was sie gerade getan hatten, wieder ein. Eiseskälte verdrängte die Wärme aus ihrem Inneren. Sie wand sich aus seinen Armen und erhob sich.

Madox blickte sie fragend an.

»Ich gehe jetzt duschen. Wenn ich dieses Zimmer das nächste Mal betrete, bist du besser verschwunden.«

Sie wartete seine Antwort nicht ab, sondern ließ ihn einfach stehen.

Erst unter der Dusche konnte sie den Tränen nachgeben. Zum einen wurden diese von dem brutalen Sex ausgelöst, den sie gerade gehabt hatte, zum anderen konnte sie einfach nicht mit der Zärtlichkeit umgehen, die Madox ihr gezeigt hatte. Und das war wirklich ein verdammt großes Problem.

MADOX

Madox sah ihrem nackten Po hinterher, bis sie im Durchgang zu ihrem Schlafzimmer verschwunden war. Kurz danach hörte er Wasser rauschen und seufzte leise.

Mit einer Hand rieb er sich über das Gesicht und dachte darüber nach, was gerade eben passiert war.

Normalerweise blieb er nach dem Sex nicht. Und niemals kam er auf die Idee, mit einer seiner Liebhaberinnen danach zu kuscheln. Klar, er kümmerte sich schon um seine Partnerinnen, aber eigentlich eher, damit er am nächsten Morgen keine Klage wegen Vergewaltigung am Hals hatte. Bei Saphira allerdings hatte er sich um sie kümmern *wollen*. Und das konnte zu einem Problem werden.

Besonders da sein Hunger nach ihr noch nicht gestillt war. Das war schon jetzt ein Problem und ungewöhnlich noch dazu. Der Sex war gut gewesen, wahnsinnig gut sogar. Aber er hatte seine Erlösung gefunden und war fertig mit ihr. Warum also spielte er dann mit dem Gedanken, Saphira in die Dusche zu folgen?

Und warum hatte ihre brüske Zurückweisung ihm gerade eben einen Stich versetzt?

Da er darüber nicht nachdenken wollte, stand er auf und sah sich nach etwas zum Schreiben um. Er fand einen unbenutzten Briefumschlag, aber keinen Stift. Und so nahm er Saphiras roten Lippenstift, der auf dem Couchtisch lag, als Ersatz.

Schnell schrieb er seine Nachricht auf das Papier und ging in ihr Schlafzimmer. Noch immer konnte er das Wasserrauschen aus der Dusche hören. Das Auffälligste in dem Raum war das große Bett mit seidenem Himmel. Das hatte er nicht von ihr erwartet. Vier hohe, gedrechselte Balken ragten von den Ecken des Bettes zur Decke auf, und zwischen ihnen hing ein perlmuttfarbenes Seidenlaken. Der Raum selber war in den gleichen warmen Tönen wie das Wohnzimmer gehalten. Links von ihm befanden sich Glastüren, die auf einen kleinen Balkon mit schmiedeeisernem Geländer führten. Alles wirkte warm und einladend, doch er konnte nicht einen persönlichen Gegenstand entdecken. Keine Fotos, keine Dekoration, keine herumliegende Kleidung – nichts.

Die Dusche wurde ausgestellt. Madox legte seine Nachricht auf Saphiras Kopfkissen und verließ danach lautlos den Raum.

SAPHIRA

Das heiße Wasser hatte ihr dabei geholfen, sich zu beruhigen. Und während sie sich anzog, vergrub sie ihre in Aufruhr geratenen Gefühle wieder tief unter der Eisschicht in ihrem Inneren.

Der Sex mit Madox war gut gewesen. Befreiend. Mehr aber auch nicht, und es würde bestimmt nie wieder vorkommen. Denn was sie getan hatten, war ein ziemlich großer Fehler gewesen. Sie hatte gegen eine ihrer Regeln verstoßen: Zeige keinerlei Schwäche. Denn der Sex mit Madox hatte ihre Schwäche offenbart. Ihre unterwürfige Seite. Und davon durfte eigentlich niemand etwas erfahren, sonst würde sie ihre Macht womöglich verlieren. Das konnte und wollte sie nicht riskieren.

Vermutlich sollte sie ihm den Status als *guardia* entziehen und ihn wieder zu einem einfachen *soldato* machen. Da sich Madox aber in der Öffentlichkeit keinen Fehler erlaubt hatte, wäre das nur schwer zu begründen.

Natürlich könnte sie ihn dennoch degradieren und niemand würde sich ihrer Entscheidung in den Weg stellen, allerdings würde es vielleicht Fragen aufwerfen und Misstrauen an ihrer Führungsqualität säen.

Saphira hüllte sich in ihren Morgenmantel und betrat das Schlafzimmer. Madox war fort. Wenigstens diesmal hatte er sich an ihre Anweisung gehalten. Jetzt konnte sie nur hoffen, dass ihn niemand dabei gesehen hatte, wie er ihr Zimmer verließ.

Als sie sich zu ihrem Bett umdrehte, erstarrte sie für einen Moment, bevor sie langsam darauf zuging. Sie unterdrückte das Zittern ihrer Hand, als sie den Briefumschlag aufhob. Darauf standen, mit rotem Lippenstift geschrieben, drei einfache Worte.

Ich komme wieder.

Auf dem Bett lag sorgfältig eingerollt Madox' Gürtel.

Kapitel 10

SAPHIRA

Sie saß in ihrem Büro und brütete über ein paar Verträgen, als es sanft klopfte.

»Ja?«

Saphira blickte auf und sah, dass es Emilio war, der nun mit ernstem Gesichtsausdruck ihr Büro betrat.

»Es gibt ein Problem.«

Sie seufzte leise und lehnte sich etwas auf ihrem Stuhl zurück. Dabei pochte ihr Körper an einigen Stellen und erinnerte sie daran, was sie letzte Nacht erlebt hatte. Der Schmerz löste kleine Nachbeben der Erregung aus, die ihr eine Gänsehaut bescherten.

»Was ist passiert?«

Emilio schloss die Tür hinter sich und verschränkte die Arme. »Erinnerst du dich an die Ungereimtheit bei unseren Einnahmen?«

Sie nickte.

»Ich habe mit dem Besitzer des Ladens gesprochen«, fuhr er fort. »Er erzählte mir daraufhin, dass er bereits alles bezahlt habe und nicht verstehe, warum die Raten plötzlich erhöht worden sind.«

Saphira runzelte die Stirn. »Wir haben die Raten nicht erhöht.«

»Genau, und seiner Beschreibung nach war es auch keiner von unseren Leuten, der das Geld abgeholt hat.«

Ein ungutes Gefühl breitete sich in ihr aus und sie ballte eine Hand zur Faust. »Die Vargas.«

Emilio nickte. »Das ist auch meine Befürchtung.«

Saphira erhob sich von ihrem Stuhl. »Lass den Wagen vorfahren. Wir werden Guiseppe Varga einen Besuch abstatten.«

»Wen willst du mitnehmen?«

»Dich und Madox.«

Die schwarze Limousine glitt durch die Straßen, durch ihren Teil von Palermo hinüber in den der Vargas'.

Im Inneren des Wagens herrschte Stille. Emilio saß an Saphiras Seite, Madox ihr gegenüber. Beide Männer waren bis an die Zähne bewaffnet. Auch Saphira trug ihr Messer und eine Beretta bei sich.

Schließlich kam ein imposantes Haus in Sicht. Ein hoher Eisenzaun umgab das Anwesen, und als sie vor dem Tor hielten, trat ein bewaffneter Wachposten an den Wagen heran. Saphira konnte durch die geschlossene Trennscheibe nichts verstehen, aber kurz darauf fuhr die Limousine weiter.

Als sie das nächste Mal hielten, stieg Emilio aus und half ihr aus dem Fond des Wagens. Die untergehende Sonne tauchte alles in orange-rotes Licht. Das Haus der Vargas lag nicht am Meer, sondern näher am Stadtzentrum, sodass im Hintergrund noch leise die Geräusche von Palermo zu hören waren.

Sie spürte Madox hinter sich, als die hölzerne Eingangstür geöffnet wurde und ein Mann die Veranda betrat. Er war nicht so groß wie die beiden Leibwächter, die ihn begleiteten. Seine leicht gebeugte Haltung ließ auf sein Alter schließen, genauso wie die Falten in seinem Gesicht. Das dunkle Haar war an den Schläfen bereits ergraut, aber seine Augen blickten noch immer stechend. Er trug einen dunklen Anzug mit weißem Einstecktuch. Es fehlte nur noch ein tief sitzender Hut und eine qualmende Zigarre im Mund und er sähe genauso aus, wie sich die meisten Menschen einen Mafioso vorstellten.

Guiseppe Varga hatte nach dem Tod seines Bruders Salvatore die Herrschaft über seine *famiglia* übernommen. Vorher waren die Vargas zwar keine Heiligen gewesen, aber Salvatore hatte sich an die traditionellen Regeln gehalten und Frieden in seiner Stadt gewollt. Guiseppe hatte das nach seiner Machtübernahme anders gesehen. Er hatte mit aller Kraft daran gearbeitet, dass die Vargas wieder gefürchtet wurden. Er handelte wie Saphiras Clan mit Waffen, aber dazu noch mit Drogen, was Saphira verabscheute. Sie wollte dieses Dreckszeug nicht auf ihren Straßen. Und eines seiner Geschäfte war Prostitution, ein absolutes Tabu für jeden *uomo d'onore*.

Saphira stieg die wenigen Stufen empor. »Guiseppe.«

»Saphira.« Er neigte leicht den Kopf, aber keiner von ihnen reichte dem anderen die Hand. »Was verschafft mir die Ehre deines Besuchs?«

»Wir haben etwas zu besprechen.«

Guiseppe drehte sich zur Seite und deutete mit einer Hand zur offenen Tür. »Bitte, lass uns in mein Büro gehen.«

Saphira hob das Kinn und betrat mit Emilio und Madox in ihrem Rücken das Haus ihres größten Feinds.

Das Interieur war luxuriös, fast protzig: teuer aussehende Gemälde, Antiquitäten, Marmorboden. Die Villa war ungefähr so einladend wie ein Eisberg. Sie bogen nach rechts ab und gingen einen schmalen, dunklen Flur entlang, bis Guiseppe eine Tür öffnete. Sein Büro war ähnlich eingerichtet wie ihr eigenes. Bis auf das riesige Ölgemälde, das hinter dem Schreibtisch an der Wand hing und Guiseppe in herrschaftlicher Pose neben einem Windhund zeigte. Beinahe hätte sie gelacht. So viel Selbstverliebtheit war einfach nur albern.

Während Guiseppe hinter seinem Schreibtisch Platz nahm und Saphira davor, verteilten sich die Leibwächter im Raum.

Sie bemerkte, dass einer von ihnen Madox fragend ansah. Daraufhin stieß ihn der andere, dessen grüne Augen beinahe von innen zu leuchten schienen, wie zufällig an und der Mann wandte den Blick ab. Wahrscheinlich hatten auch die Vargas inzwischen von ihrer neuen *guardia* gehört.

»Du möchtest bestimmt ein Glas Rotwein trinken«, sagte Guiseppe. »Wir beziehen ihn vom besten Weingut aus unserer Gegend.«

Sie nickte lächelnd. »Ich wusste gar nicht, dass du meinen Wein so genießt. Sonst hätte ich dir eine Flasche mitgebracht.«

Guiseppe presste die Lippen aufeinander.

Sie schlug die Beine übereinander, während einer der Leibwächter den Raum verließ, um das gewünschte Getränk zu holen. Das vertraute Gefühl ihres Messers gab ihr in dieser Umgebung Sicherheit.

Als der Bedienstete wiederkam, stellte er ein Weinglas aus feinstem Kristall vor ihr ab und füllte es mit Rotwein. Sie studierte das Label auf der Flasche, während er auch Guiseppe einschenkte. Der Wein stammte von ihrem größten Konkurrenten. Saphira begegnete Guiseppes Blick. Seinem Haifischgrinsen nach zu urteilen, wusste er ganz genau, welchen Wein er ihr gerade vorgesetzt hatte.

»Danke schön.« Sie ließ das Glas unberührt. Als ob sie irgendwas, das aus diesem Haushalt stammte, anfassen, geschweige denn trinken würde.

»Sehr gerne, Saphira.« Guiseppe lehnte sich zurück und verschränkte die Hände vor seinem Bauch. »Worum geht es?«

»Du warst in meinem Teil der Stadt.«

Guiseppes Gesichtsausdruck blieb betont freundlich, während er sich nun selbst ein Glas Wein einschenkte.

»Das ist eine böse Anschuldigung.«

»Es ist die Wahrheit.«

»Also hast du Beweise?« Er nippte an seinem Glas.

»Ich habe die Beschreibung des Mannes, der das Geld abgeholt hat.« Sie beugte sich leicht nach vorne und schenkte ihm ein Lächeln, das genauso falsch war wie Guiseppes Freundlichkeit. »Um was wollen wir wetten, dass ich jemanden unter deinen Leuten finde, auf den die Beschreibung zutrifft? Vielleicht ja sogar in diesem Raum?« Sie sah sich um, betrachtete die beiden Leibwächter der Vargas.

Als sich das Schweigen weiter ausdehnte, lehnte sie sich entspannt zurück. »Ich will mein Geld, Guiseppe.«

Äußerlich blieb der *capo* der Vargas völlig ungerührt, aber seine Augen sprühten Funken. »Du bekommst gar nichts von mir.«

Sie zuckte mit den Schultern und hielt seinem unnachgiebigen Blick stand. »Es ist deine Entscheidung. Wir wissen beide, dass ich das Recht habe, den Mann umzubringen, weil er auf meinem Territorium gewildert hat. Entweder ich eröffne also Jagd auf ihn und hole mir das Geld von ihm und seiner Familie oder du gibst es mir und wir vergessen den Vorfall.«

Sie wusste, dass sie gewonnen hatte, als eine Ader an Guiseppes Schläfe heftig anfing zu pochen.

Er drehte den Kopf zur Seite und sah den Leibwächter mit den grünen Augen an. »Damiano, hol das Geld.«

Sie lächelte süßlich. »Und bitte den vollen Betrag. Ich weiß, dass du die Rate erhöht hast.«

Kurz befürchtete sie, dass Guiseppe einen Herzinfarkt erlitt, so heftig pochte die Ader an seiner Schläfe. Aber den Gefallen tat er ihr natürlich nicht.

Es dauerte nicht lange, bis Damiano mit einem gut gefüllten Briefumschlag zurückkehrte. Emilio nahm ihn entgegen und zählte kurz durch, dann nickte er.

»Schön.« Sie erhob sich. »Es war mir wie immer eine Freude, mit dir Geschäfte zu machen, Guiseppe.« Als er ebenfalls Anstalten machte aufzustehen, winkte sie ab. »Ich finde allein raus.«

Sie waren gerade ein paar Schritte den Flur hinuntergegangen, da hörte sie schon das wütende Flüstern von Guiseppe.

»*Donnaccia.*« *Schlampe.*

Sie grinste und verließ mit Madox und Emilio an ihrer Seite das Haus.

GUISEPPE

Er starrte der Frau hinterher, die er lieber heute als morgen tot gesehen hätte. Wie konnte sie es wagen, ihn in seinem eigenen Haus so vorzuführen?

Mit einer Handbewegung schickte Guiseppe seine *soldati* aus dem Raum. Er konnte jetzt keine anderen Menschen mehr ertragen. Immerhin hatte er gehofft, dass Saphira sein Wildern auf ihrem Gebiet nicht so schnell bemerken würde. Aber im Prinzip war es auch egal. Schließlich war es nur die Antwort darauf, dass sie kürzlich auch jemanden aus seinen eigenen Reihen umgebracht hatte. Und seine große Rache würde erst noch kommen.

Natürlich war sein Spion so dämlich gewesen sich auf ihrem Grund und Boden erwischen zu lassen, dennoch hatte Guiseppe sich für den Mord rächen wollen.

Langsam fragte er sich, ob es eine kluge Idee gewesen war, seinen Neffen bei den De Angelis einzuschleusen. Am Anfang hatte er gedacht, dass Madox Saphira bei der erstbesten Gelegenheit umbringen und dann zurück nach Amerika verschwinden würde. So wäre er gleich zwei Probleme auf einmal losgeworden.

Stattdessen folgte Madox irgendeinem dämlichen Ehrenkodex und wollte erst hieb- und stichfeste Beweise, bevor er die Schlampe tötete. Dabei hatte Guiseppe gedacht, dass er mit den gefälschten Überwachungsfotos von Saphira alle Zweifel seines Neffen ausräumen konnte. Aber nein. Madox wollte ein Geständnis. Natürlich konnte sein Neffe nicht wissen, dass er das niemals bekommen würde.

Genauso wenig wusste er, dass er damals auf Anraten seines Onkels als Kind nach Amerika geschickt worden war. Guiseppe war klar gewesen, dass er niemals an die Macht kommen würde, wenn Madox unter den Fittichen seines Vaters aufwuchs. Er hatte nicht dabei zusehen wollen, wie der neue *capo* direkt unter seinen Augen heranwuchs. Also hatte er so lange auf seinen Bruder Salvatore eingeredet, bis dieser eingewilligt hatte Madox nach Amerika zu schicken.

Sein Bruder hatte niemals die ganze Wahrheit gekannt. Salvatore hatte gedacht, er würde seinen Sohn in ein exklusives Internat schicken, wo man ihm alles beibrachte, was es über die Cosa Nostra zu wissen gab. Wo man ihn zu einem guten Kämpfer und *capo* ausbilden würde. Ein guter Kämpfer war er geworden. Den Rest hatte Guiseppe erfunden und stattdessen dafür gesorgt, dass sein Neffe in ein brutales Lager gesteckt wurde, das einem Gefängnis glich. Salvatore hatte das nie bemerkt, weil Guiseppe dafür gesorgt hatte, dass sämtliche Briefe, die sein Bruder verschickt hatte, auch beantwortet wurden. Nur nicht von seinem Sohn. In dem Lager hatte man Madox alles genommen und ihn zu einer seelenlosen Killermaschine ausgebildet. Nur mit einem hatte Guiseppe nicht gerechnet: Zurück in Palermo folgte Madox einem dämlichen Ehrenkodex, anstatt einfach den Befehl seines Onkels zu befolgen.

Diese Geschichte entwickelte sich mehr und mehr zu einem Problem, das er bald aus der Welt schaffen musste. Denn Guiseppe konnte nicht riskieren, dass man ihm jemals auf die Schliche kam.

❄

MADOX

Sein Puls war noch immer gefährlich hoch, als sie schließlich wieder das Gebiet der De Angelis betraten. Nach der vergangenen Nacht hatte Madox schon das Schlimmste befürchtet, als Emilio ihn zu sich gerufen hatte. Insgeheim hatte er schon mit einem Messer zwischen den Rippen oder einer Kugel im Kopf gerechnet, weil er die rote Linie übertreten und seinen *capo* gefickt hatte. Dass er stattdessen das Anwesen seiner Familie betreten sollte, war auch nicht viel besser gewesen.

Am liebsten wäre er seinem Onkel an die Gurgel gesprungen. Auf Saphiras Gebiet Geld einzutreiben, war einfach verantwortungslos. Hatte Guiseppe wirklich gedacht, dass er damit durchkäme? Er konnte die De Angelis unmöglich für so dämlich halten. Sollte das etwa seine Reaktion auf den Mord an diesem Samuele gewesen sein? Und warum musste Guiseppe sich auch ständig überall einmischen?

Madox konnte von Glück sagen, dass seine Tarnung bei dem Besuch nicht aufgeflogen war. Dieser Typ, dessen Namen er nicht kannte, hatte ihn so angesehen, als würde er seine Deckung jeden Moment auffliegen lassen. Hätte Damiano seinen Kollegen nicht zur Ordnung gerufen, wäre die Begegnung ganz anders verlaufen. Es war pures Glück, dass ihn sonst niemand erkannt hatte, denn direkt nach seiner Rückkehr hatte er einige Zeit bei den Vargas verbracht. Etliche Mitglieder der *famiglia* hatten ihn gesehen, und das stellte ein Sicherheitsrisiko für ihn dar.

Er musste unbedingt mit seinem Onkel darüber sprechen. Madox konnte seinen Auftrag nicht vernünftig erledigen, wenn Guiseppe ihm mit solchen Aktionen dazwischenpfuschte.

Er brachte seinen Plan selbst schon genug in Gefahr.

Ohne, dass er etwas dagegen tun konnte, huschte sein Blick zu Saphira, die ihm gegenüber im Fond des Wagens saß. Die Ärmel des Oberteils, das sie an diesem Tag zu dem knielangen Rock trug, reichten bis zur Mitte ihrer Handrücken. So war nichts von den Malen zu sehen, die sein Gürtel mit Sicherheit hinterlassen hatte. Und es war ihm egal, was Saphira gesagt hatte, in dieser Nacht würde er sich erneut in ihr Zimmer schleichen.

Verärgert über sein eigenes Verlangen wandte er den Blick ab und konzentrierte sich stattdessen auf die vorbeiziehende Landschaft. Es verunsicherte ihn, dass er sie noch immer begehrte. Normalerweise hatte er nach einer Nacht genug von einer Frau. Und der Umstand, dass das bei Saphira anders war, gefiel ihm gar nicht, aber er konnte nichts dagegen tun.

»Wie viel mehr hat Guiseppe dem Besitzer des Ladens abgenommen?«

Saphiras Stimme holte ihn aus seinen Gedanken, und auch er sah Emilio an, als dieser antwortete.

»Tausend Euro.«

Das war verdammt viel Geld für so einen kleinen Laden. Erneut stellte er sich die Frage, was sich sein Onkel dabei gedacht hatte.

Saphira schüttelte den Kopf. »Behalte unsere übliche Rate und bring den Rest zurück.«

Madox versuchte sich seine Überraschung nicht anmerken zu lassen. Wieso tat Saphira das? Der Besitzer hatte das Geld doch bereits bezahlt. Wieso behielt sie es nicht einfach?

Saphira hatte den Ruf einer gnadenlosen Killerin. Man nannte sie eiskalt, unberechenbar und sogar bösartig. Dennoch gab sie zu viel bezahltes Geld zurück. Wie passte das zusammen? Anscheinend hielt sie sich doch noch an gewisse Regeln der Cosa Nostra, anders als sein Onkel behauptet hatte. Ihr schienen die eigene Ehre und die Versprechen, die sie den Menschen in ihrem Teil der Stadt gab, etwas zu bedeuten.

Madox warf ihr einen Blick aus den Augenwinkeln zu. Diese Frau gab ihm mit jedem Tag mehr Rätsel auf.

SAPHIRA

»Es gefällt mir gar nicht, dass Guiseppe so ein Ding durchzieht.«

Saphira saß hinter ihrem Schreibtisch, ein Glas kühlen Weißweins in der Hand. Sie wandte ihren Blick von der Aussicht ab und sah Emilio an, der in einem der Besucherstühle Platz genommen hatte.

»Er wird dreist. Das ist nie ein gutes Zeichen.«

Sie nickte zustimmend und nippte an ihrem Wein. Durch das geöffnete Fenster drang das Geräusch der Brandung herein und beruhigte ihre strapazierten Nerven.

»Ich möchte, dass wir mehr Präsenz in der Stadt zeigen.« Sie nahm noch einen Schluck Wein und warf Emilio einen entschlossenen Blick zu. »Sorg dafür, dass sich Guiseppe von meinem Teil der Stadt fernhält.«

Nachdem ihr Chefleibwächter das Büro verlassen hatte, leerte Saphira ihr Weinglas und schloss mit einem leisen Seufzen die Augen. Wann war ihr Leben eigentlich so furchtbar kompliziert geworden?

Unwillkürlich musste sie an Madox denken. Als er gerade zu ihnen gestoßen war, hatte sie ihn gar nicht weiter bemerkt. Klar, beim Initiationsritus schon, aber danach hatte er sich nahtlos in ihre *famiglia* eingefügt. Außerdem war sie mit anderen Dingen beschäftigt gewesen und hatte keine Zeit gehabt, sich speziell um einen *soldato* zu kümmern.

Aber dann hatte Emilio Madox plötzlich unter seine Fittiche genommen, und sie hatte ihn häufiger gesehen. Natürlich hatte sie auch die Blicke bemerkt, die er ihr immer öfter zuwarf. Zuerst hatte sie es für eine Schwärmerei gehalten. So etwas passierte schon einmal. Aber Madox war nicht der Typ dafür. Außerdem war der Blick aus seinen hellen Augen zu aggressiv, zu hungrig.

Auch heute hatte er sie wieder so angesehen, wann immer sie niemand beobachtete. Und diesmal hatte sie in seinem Blick eine Ungeduld wahrgenommen, die ihr eine Gänsehaut bescherte. Ohne ein Wort zu sagen, hatte Madox sie wissen lassen, dass er heute Nacht wieder in ihrem Zimmer auftauchen würde.

Aber sie konnte sich keine weitere Schwäche erlauben. Eine Nacht war bereits mehr als genug. Aber was sollte sie tun, wenn sie sich ihm nicht widersetzen konnte? Würde sie ihn töten können?

Kapitel 11

MADOX

Dunkelheit hatte sich über das Anwesen gelegt, und endlich herrschte Stille im Haus. Madox hatte bis zu den frühen Morgenstunden gewartet, bis die Farbe des Himmels ganz sanft von tiefschwarz zu blau wechselte, um auch wirklich sicherzugehen, dass ihn niemand bemerkte, wenn er durch die Gänge schlich. Beim letzten Mal hatte seine Ungeduld ihn etwas unvorsichtig werden lassen, und er hatte sich noch am frühen Abend zu ihr gestohlen, aber dieses Mal würde ihm das nicht passieren.

Ein Grinsen stahl sich auf seine Lippen, als er sein Lieblingsmesser in die Hosentasche seiner Jeans gleiten ließ. Heute Nacht hatte er etwas Besonderes mit der Eisprinzessin vor.

Gerade als er sein Zimmer verlassen wollte, vibrierte sein Handy. Kurz überlegte er es einfach nicht zu beachten, aber dafür war sein Pflichtgefühl zu stark. Außerdem konnte es eine Nachricht von seinem Onkel oder Damiano sein, und darauf musste er reagieren. Als er den vertrauten Namen auf dem Display sah, rutschte ihm das Herz in die Hose.

Scheiße. Warum schrieb sie ihm? Und dann zu einer solchen Uhrzeit? Er hatte ihr eingeschärft, dass sie ihn nur im Notfall benachrichtigen durfte.

Clara: Damiano ist nicht nach Hause gekommen.

Mehr nicht. Nur diese paar Worte, und trotzdem stieg sein Puls merklich an. Sein bester Freund ging absolut immer nach Hause zu seiner Frau – außer, irgendetwas Schreckliches war passiert.

Vergessen waren all seine Gedanken an eine leidenschaftliche Nacht mit Saphira. Madox packte einige Schusswaffen ein und schrieb noch schnell eine Antwort an Clara.

Madox: Ich kümmere mich darum. Warte zu Hause.

Danach schlich er sich vom Anwesen, um herauszufinden, in welche Scheiße sich sein bester Freund geritten hatte.

Madox parkte sein Motorrad in der gleichen dunklen Einfahrt, in der er bereits einige Tage zuvor gewesen war, als er die Leiche abgeladen hatte. Er wusste nicht, ob Damiano in dieser Nacht einen Auftrag erledigen musste oder wo sich sein bester Kumpel aufhielt, aber bevor er Kontakt zu seiner *famiglia* aufnahm, wollte er erst Damianos Geheimwohnung checken, ein Ort, von dem nicht einmal seine Frau Clara etwas wusste. Manche *uomini d'onore* unterhielten solche Wohnungen, um dort Dinge zu lagern, die ihren Familien gefährlich werden konnten. Oder um sich dort mit anderen Mafiosi im Verborgenen zu treffen. Damiano besaß diese Wohnung, weil er Clara möglichst aus allen Geschäften der Cosa Nostra heraushalten wollte, und damit sie nicht unversehens in eine Schießerei hineingeriet.

Als er den Hausflur betrat, wappnete er sich innerlich für das Schlimmste. Vorsichtig, weil er nicht wusste, wer sich in der Wohnung aufhielt, öffnete er die Tür, die Waffe im Anschlag.

Drinnen herrschte Dunkelheit, leise Atemzüge waren zu vernehmen. Schnell sah Madox sich in dem winzigen Apartment um, konnte aber niemanden außer einer schlafenden Gestalt auf der Couch entdecken. Ohne seine Pistole wegzustecken, ging er zu dem Schlafenden hinüber. Dabei trat er mit dem Fuß gegen einen kleinen Gegenstand, und ein schepperndes Geräusch erklang. Madox sah nach unten und entdeckte ein geöffnetes Pillendöschen, das jetzt über den alten Teppich rollte. Als er wieder nach oben sah, blickte er in den Lauf einer Pistole. Der verdächtig zitterte.

»Scheiße, Madox! Ich hätte dich beinahe abgeknallt.«

»Klar.« Er schnaubte, nahm seinem Kumpel die Waffe ab und legte sie auf den Couchtisch, wo ein Haufen blutiger Tücher lag.

Nachdem er das Licht angeknipst hatte, setzte Madox sich auf den niedrigen Tisch und sah Damiano an, der sich gerade auf den Rücken rollte. Auf der hellen Jeans prangte mittig auf dem linken Oberschenkel ein dunkelroter Blutfleck.

»Was hast du gemacht?«, fragte Madox und deutete mit einem Kopfnicken darauf.

»Ich war in der Stadt, um eine Sache zu erledigen. Ist etwas aus dem Ruder gelaufen.«

»Hm, das sehe ich.« Madox steckte seine eigene Pistole wieder weg und griff nach dem Erste-Hilfe-Kasten, der neben der Couch lag.

»Warum bist du überhaupt hier?«

»Clara hat mir geschrieben.«

Die Erwähnung seiner Frau ließ seinen besten Freund trotz der Benommenheit durch die Schmerztabletten aufschrecken. »Was? Wieso?«

»Weil es gleich vier Uhr morgens ist und du noch nicht zu Hause bist.«

Damiano ließ sich zurück auf die Couch sinken und verbarg sein Gesicht unter einem Arm. »Scheiße«, murmelte er.

»Ganz deiner Meinung.« Madox stand auf, um sich die Hände zu waschen.

»Ich wollte mich nur kurz um die Wunde kümmern, hab ein paar Tabletten eingeworfen und bin eingepennt.« Damiano seufzte. »Sie wird mir die Hölle heißmachen.«

»Ich möchte echt nicht in deiner Haut stecken, Bastard«, antwortete Madox grinsend. »Und jetzt zieh die Hose aus.«

Damiano grummelte vor sich hin, tat aber wie geheißen. »Willst du mich vorher nicht wenigstens zum Essen einladen?«

Madox ignorierte ihn und schrieb stattdessen Clara, dass er ihren Mann gefunden hatte und ihn bald nach Hause bringen würde. Er desinfizierte sich die Hände, als er sich erneut zu Damiano setzte.

Sein bester Freund hatte eine tiefe Stichwunde von einem Messer mitten auf dem Oberschenkel.

»Das muss genäht werden«, kommentierte Madox, während er vorsichtig die Wundränder betastete.

»Tu, was du tun musst.«

Madox legte den Verbandskasten neben sich. »Soll ich dir vorher eine verpassen, damit du ausgeknockt bist?«

Damiano sah ihn wütend an, aber der Schmerz stand ihm trotz der Tabletten deutlich ins Gesicht geschrieben. »Fang einfach an, Arschloch.«

Madox zuckte mit den Schultern und nahm aus dem Verbandskasten, was er für die Naht brauchte. »Deine Entscheidung.«

Um seinem Freund so viele Schmerzen wie möglich zu ersparen, arbeitete er, so schnell es ging. Nachdem die Wunde desinfiziert und gesäubert war, vernähte er die Wundränder und verband den Oberschenkel. Damiano hatte keinen Mucks von sich gegeben, aber immer wieder gezuckt, wenn Madox den Faden straff gezogen hatte. Er hätte seinem Freund eine vernünftige Betäubung gegönnt, aber zu einem Arzt oder in eine Klinik zu fahren, kam für einen *uomo d'onore* nicht infrage. Vielleicht hätte er den Arzt, der auf der Gehaltsliste der Vargas stand, anrufen sollen, aber er war sich ziemlich sicher, dass Damiano nicht unbedingt die *famiglia* von seinem kleinen Missgeschick in Kenntnis setzen wollte. Schwäche zu zeigen, war niemals eine gute Idee innerhalb der Cosa Nostra. Besonders nicht bei den Vargas. Sein Onkel Guiseppe kannte keine Gnade, und er verabscheute Entschuldigungen.

»So, wir sind fertig.«

Damiano gab einen erleichterten Seufzer von sich, und die Anspannung wich aus seinem Körper. Nachdem Madox sich die Hände gewaschen hatte, half er seinem Freund in eine aufrechte Position und zwang ihn dazu ein paar Antibiotika zu schlucken. Da er nicht abschätzen konnte, wie viele Schmerztabletten sein Freund bereits eingeworfen hatte, verzichtete er lieber auf eine weitere Dosis.

»Du solltest ins Bad gehen und dich ein wenig frisch machen. Wir wollen Clara nicht noch mehr beunruhigen.«

Madox sah, dass Damiano Mühe hatte, sich von der Couch hochzuhieven, und kam ihm zu Hilfe, um ihn auf dem Weg zum Badezimmer zu stützen. Nachdem er sicher war, dass sein Freund nicht im nächsten Moment wieder umkippte, zog er sich zurück, um ihm ein neues Shirt und eine neue Hose aus dem Schlafzimmer zu holen.

Als er zurückkehrte, hatte Damiano sich den Schweiß vom Körper gewaschen und wartete schon auf die frische Kleidung. Nachdem er sich angezogen hatte, sah er Madox an.

»Danke«, sagte er leise.

Madox zuckte mit den Schultern. »Du würdest das Gleiche für mich tun.«

Während er die Überreste der kleinen Operation wegräumte, kam Damiano zurück ins Wohnzimmer gehumpelt.

»Warte hier fünf Minuten und komm dann runter«, sagte Madox, der ahnte, dass eine Fahrt auf dem Motorrad seinem Freund in diesem Zustand nicht guttun würde. »Ich besorge uns ein Auto und fahr dich nach Hause.«

Damiano nickte, und Madox verließ die Wohnung. Es dauerte nicht lange, bis er ein geeignetes Gefährt gefunden hatte, und er schloss es kurz. Später würde er den Wagen einfach wieder zurückbringen. Natürlich nachdem er ihn von allen Spuren gesäubert hatte. Es würde eine lange Nacht werden.

Als er erneut vor dem Gebäude vorfuhr, wartete Damiano bereits auf ihn.

»Und? Gibt es was Neues?«, fragte Damiano, als er einstieg.

»Nichts, was eine offizielle Berichterstattung wert wäre.«

Das ließ Damiano aufhorchen. »Und eine inoffizielle?«

Madox' Hände griffen etwas fester nach dem Lenkrad, und er musste ein Grinsen unterdrücken. »Ich habe mit Saphira geschlafen.«

Damiano lachte. »Ich wusste es! Und wie war es?«

Madox dachte einen Moment darüber nach, und diesmal konnte er das Grinsen nicht länger unterdrücken. »Ich werde es wieder tun.«

Danach schwiegen sie eine Weile, und es überraschte Madox nicht, als Damiano schließlich wieder das Wort ergriff. »Was ist mit deinem Plan? Bringt das dein Vorhaben nicht in Gefahr?«

»Wenn Saphira meinen Vater getötet hat oder dafür verantwortlich ist, werde ich sie umbringen. Davon wird mich nichts abhalten.«

Dieses Mal dauerte das Schweigen an, bis sie ihr Ziel erreicht hatten. Gemeinsam stiegen sie aus und gingen über den gepflasterten Weg zu dem gemütlichen kleinen Haus, in dessen Vorgarten Rosen blühten.

Auf Damianos vorsichtiges Klopfen hin wurde die Tür aufgerissen und eine rundliche kleine Frau mit langen dunkelbraunen Haaren sah sie mit funkelnden Augen an.

»Wo zum Teufel warst du?«, zischte Clara und zog ihren Mann ins Haus. Madox folgte ihnen leise und schloss die Tür hinter sich. »Weißt du, was ich mir für Sorgen gemacht habe?«

Damiano setzte zu einer Antwort an, aber Clara brachte ihn mit einer unwirschen Geste zum Schweigen.

»Ich bin beinahe umgekommen vor Sorge!« Sie verpasste Damiano einen harten Schlag gegen die Brust. »Du nichtsnutziger Mann!«

Madox bemühte sich um einen unbewegten Gesichtsausdruck. Er wollte es nicht darauf anlegen, Claras Zorn auf sich zu ziehen, denn er hatte höllischen Respekt vor dem kleinen Wirbelsturm mit italienischem Temperament.

»Du kannst uns so etwas nicht antun!« Bei ihren Worten legte sie schützend die Hand auf ihren bereits leicht gewölbten Bauch. Clara hatte es nie gutgeheißen, dass ihr Mann in der Cosa Nostra war, aber seit sie schwanger war, konnte sie es kaum mehr ertragen.

Madox verstand das. Die wenigsten Männer in diesem Geschäft wurden alt, besonders *soldati* wie Damiano spielten jeden Tag mit dem Tod.

Aber die Vargas hatten Damiano von der Straße geholt und ihm eine Perspektive gegeben. Nachdem er beide Eltern verloren hatte, war Damiano von einer Pflegefamilie in die nächste gekommen, aber niemand hatte den wütenden Jungen behalten wollen. Schließlich war er auf der Straße gelandet und beinahe verhungert, bis er bei den Vargas ein neues Zuhause gefunden hatte. Und Damiano war der loyalste Mensch, den

Madox kannte. Er verdankte den Vargas sein Leben und würde sie deswegen niemals verlassen. Madox wünschte sich wirklich, dass es anders wäre.

»*Cuore mio*, es tut mir leid«, sagte Damiano leise und machte einen Schritt auf seine Frau zu. Als Clara das Humpeln ihres Mannes bemerkte, verpuffte ihr Zorn und sie eilte an seine Seite.

»Was ist mit dir? Geht es dir gut?« Ihre Stimme klang nun deutlich besorgt.

Damiano lächelte und legte die Arme um seine viel kleinere Frau. Sie reichte ihm nicht einmal bis zur Brust. »Jetzt, wo du bei mir bist, geht es mir gut. Außerdem hat sich Madox um mich gekümmert.«

Clara warf ihm einen dankbaren Blick zu, und Madox neigte lächelnd den Kopf. »Ich lasse euch zwei dann mal allein.«

Kurz darauf verließ er das Haus, säuberte das Auto und brachte es an seinen Platz zurück. Die ersten Strahlen der Sonne krochen bereits über den Himmel, und ein roséfarbener Schein am Horizont vertrieb das dunkle Blau. Madox fuhr mit dem Motorrad zurück zum Anwesen der De Angelis und nahm sich dabei vor, bald mit Guiseppe über die Situation zu reden. Damiano hatte genug für die *famiglia* getan. Seine Schuld war beglichen, und es war an der Zeit ihn aus dem Dienst der Vargas zu entlassen. Normalerweise verließ man die Cosa Nostra nur durch den eigenen Tod. Man konnte nicht aussteigen. Aber sein bester Freund verdiente ein glückliches, ungefährliches Leben mit seiner Familie. Und Madox würde dafür sorgen, dass Damiano es bekam. Selbst wenn er seinen besten Freund und dessen Frau aus dem Land schmuggeln musste.

Damianos Frau hatte schon immer Angst gehabt, ihm könnte etwas zustoßen, denn Damiano war leichtsinnig und würde sich ohne Bedenken für einen Freund opfern.

Madox lief ein eiskalter Schauer über den Rücken, als er daran dachte, dass er dieser Freund sein könnte.

SAPHIRA

Die Seide fühlte sich kalt an auf ihrer Haut, als sie den Morgenmantel anzog. Sie verknotete den Gürtel und ging auf leisen Sohlen zum Fenster. Stoff raschelte, als sie den Vorhang beiseiteschob und den Sonnenaufgang bewunderte, bis das helle Blau des Tages überwog. Saphira seufzte.

Madox war nicht zu ihr gekommen. Das war gut. Oder? Natürlich war es gut, denn es bewahrte ihn vor seinem sicheren Todesurteil. Ein weiteres Mal hätte sie ihm sein Verhalten nicht durchgehen lassen. Bereits das erste Mal war ein Fehler gewesen. Und das wusste sie.

Wieso spürte sie dann also leise Enttäuschung? Wieso hatte sie die halbe Nacht wach in ihrem Bett gelegen und auf jedes noch so kleine Geräusch gehorcht? Sie schloss die Augen und lehnte ihre Stirn gegen das kühle Glas.

Es gab Tage oder Nächte, da war sie dieses Leben einfach schrecklich leid. Sie hatte keine Lust, all ihre Entscheidungen und Gedanken doppelt und dreifach hinterfragen zu müssen. Die Verantwortung für das Leben ihrer Männer lastete genauso schwer auf ihren Schultern wie das Wissen, dass der Mörder ihrer Eltern und ihres Bruders noch immer frei herumlief. Das erinnerte sie daran, dass sie demnächst wieder ein Treffen mit dem Privatdetektiv vereinbaren musste, den sie mit dem Fall betraut hatte, um sich nach dem aktuellen Stand der Dinge zu erkundigen.

Nach dem Tod ihrer Familie hatte sie niemandem mehr vertraut. Außerdem konnte sie bis heute nicht sicher sein, dass nicht jemand aus den eigenen Reihen dahintersteckte. Also hatte sie sich schließlich an jemanden außerhalb der Cosa Nostra gewendet und diese Person beauftragt den Verantwortlichen zu finden. Das war jetzt fast ein Jahr her und er hatte etliche Spuren gefunden, die jedoch alle im Sande verlaufen waren. Die Möglichkeit, dass sie vielleicht nie mit Sicherheit wissen würde, was geschehen war, fraß sie langsam aber sicher von innen heraus auf.

Saphira wandte sich vom Fenster ab und zog sich Sportkleidung an. Sie achtete darauf, dass alle verräterischen Stellen, die ihre Nacht mit Madox verrieten, an ihrem Körper verdeckt waren und machte sich dann auf den Weg in den Fitnessraum. Auf dem Flur begegnete ihr keine Menschenseele. Das war auch besser so, denn im Moment fühlte sie sich nicht in der Lage, mit irgendjemanden zu reden.

Sie hatte gerade ihre Aufwärmübungen hinter sich gebracht, als die Tür geöffnet wurde und Emilio den Raum betrat. Er hatte ein Handtuch um den Nacken gelegt und hielt eine Wasserflasche in der Hand. Lächelnd sah er sie an.

»Du bist früh auf.«

»Das sagt der Richtige«, gab sie zurück und beugte sich nach vorne, bis ihre Hände den Boden berührten. Wie kam es eigentlich, dass Emilio immer genau zu wissen schien, wo sie sich aufhielt, und dass er immer wach war, wenn sie es auch war?

Manchmal hatte sie das Gefühl, dass er mehr von dem mitbekam, was in diesem Haus vor sich ging, als sie. Sie konnte nur hoffen, dass er nichts von Madox und ihr ahnte. Saphira war sich zwar sicher, dass Emilio das niemals gegen sie verwenden oder es als ein Zeichen von Schwäche ansehen würde, aber ihr war es trotzdem lieber, wenn er nichts davon wusste.

Es gab einfach Dinge, die sie nicht einmal mit Emilio besprechen konnte.

Sie streckte die Arme über den Körper und dehnte ihre Muskeln.

»Du siehst müde aus, Saphira. Ist alles in Ordnung?« Emilio begann ebenfalls mit ein paar Dehnungsübungen. Sein großer, muskulöser Körper bewegte sich mit einer Geschmeidigkeit, die bei seiner Statur eigentlich kaum möglich war. Sein Gesichtsausdruck war entspannt, aber seine braune Augen zeigten deutlich seine Besorgnis.

»Du musst aufhören dir immer solche Sorgen um mich zu machen.«

Er grinste und fuhr sich mit einer Hand durch die strubbeligen sandfarbenen Haare. »Das ist mein Job.«

Saphira schüttelte den Kopf und betrat die große Matte in der Mitte des Raumes. Emilio folgte ihr.

Sie landete ein paar Körpertreffer, bevor er ihr das erste Mal die Beine wegfegte und sie auf ihrem Hintern landete. Obwohl die körperliche Anstrengung so groß war, konnte sie ihre Gedanken einfach nicht zum Stillstand bringen. Sie musste während des Kampfes die ganze Zeit an ihre Eltern und an ihren süßen, kleinen Pippo denken. Wie er sie angstvoll angeblickt und seine zitternde Hand nach ihr ausgestreckt hatte. Sein Gesicht war blutverschmiert gewesen. Und sein Mörder durfte bis heute weiterleben.

Emilios Schlag traf sie in den Magen. Zwar konnte sie noch im letzten Moment die Bauchmuskeln anspannen, um die größte Wucht des Hiebes abzufangen, nichtsdestotrotz stöhnte sie vor Schmerz und krümmte sich zusammen. Sie musste einen Moment um Atem ringen, bevor sie weitermachen konnte.

Natürlich bemerkte Saphira Emilios fragenden Blick, aber sie ignorierte ihn. Schweiß lief in kleinen Rinnsalen über ihren

Körper, durchnässte ihr Oberteil und sorgte dafür, dass Strähnen ihres Haares auf der Haut kleben blieben.

Ihre Gedanken waren von ihrer Familie zu Madox gewandert. Allerdings war das nicht weniger quälend. Er war ein Problem für sie, für ihre *famiglia* aber kaum zu ersetzen. Immerhin erledigte er jeden seiner Jobs absolut zuverlässig und stellte kaum jemals einen Befehl infrage. Die sexuelle Anziehung zwischen ihnen beiden aber … Sie war dunkel, zerstörerisch und ließ keinen Raum für andere Dinge. Das war gefährlich. Saphira wusste es. Warum konnte sie also nicht aufhören an ihn zu denken?

Es gab einen dumpfen Knall, als sie mit dem Rücken auf der Matte landete. Die Luft wurde ihr aus den Lungen gepresst, und sie musste einen Moment lang gegen die schwarzen Punkte ankämpfen, die in ihrem Blickfeld tanzten.

Emilios besorgtes Gesicht tauchte über ihr auf, als er ihr die Hand reichte und ihr wieder aufhalf.

»Du bist nicht bei der Sache.« Er betrachtete sie eingehend, während Saphira ihre Gefühle wieder hinter einer Maske aus Gleichgültigkeit verbarg. »Ist wirklich alles in Ordnung?«

Sie nickte. »Natürlich.«

Beide wussten, dass das eine Lüge war. Und Saphira fragte sich, was passierte, wenn die Sache zwischen ihr und Madox weiterging. Würde sie Emilio auf Madox ansetzen müssen? Und die wichtigste Frage: In einem Kampf zwischen ihrem besten Freund und ihrem Liebhaber – wer würde als Sieger hervorgehen?

Kapitel 12

SAPHIRA

Saphira hatte gerade ihre Unterschrift unter einen Vertrag für den Verkauf ihres Weins bei einem örtlichen Händler gesetzt, als es klopfte.

Emilio trat ein, und ihr fiel sofort auf, dass der besorgte Ausdruck vom Morgen aus seinem Gesicht verschwunden war.

Sie legte die Papiere wieder zu einem ordentlichen Stapel zusammen, und es raschelte leise, als sie diesen zurück in den Umschlag schob.

Emilio wartete, bis sie fertig war und ihn erneut ansah, bevor er das Wort ergriff.

»Adrian möchte dich sehen.«

Saphira nickte und erhob sich aus ihrem Stuhl, um sich sofort auf den Weg zu ihm zu machen. Emilio blieb an ihrer Seite, während sie durch die Flure des Hauses gingen. An diesem Tag begegneten ihr mehr Dienstboten als üblich, da der Initiationsritus am nächsten Abend schon vorbereitet wurde. Düfte von Knoblauch, Tomaten und frisch gebackenem Brot durchzogen die Gänge.

Adrian erwartete sie in dem Zimmer, das sie ihm für seinen Besuch zur Verfügung gestellt hatte. Er trug helle Jeans und ein blaues T-Shirt. Bei ihrem Eintreten erhob er sich, und als sie näher kam, erkannte Saphira, dass die Spitzen seiner Haare feucht waren. Vermutlich hatte er kurz zuvor geduscht.

»Saphira.« Adrian hauchte ihr einen Kuss auf die Wange.

»Du wolltest mich sehen?«

Er nickte und Saphira bedeutete Emilio mit einer Handbewegung, sie alleine zu lassen. Beinahe lautlos entfernte er sich, und sie ließ sich mit Adrian zusammen auf die Couch sinken.

»Du siehst gut aus«, begann er das Gespräch.

»Du wolltest mich bestimmt nicht sehen, nur um mir das zu sagen.«

Er schüttelte den Kopf. »Es geht um unser kleines Geschäft.«

Sofort wurde sie hellhörig. »Gibt es Probleme?«

»Alles läuft bestens.« Adrian lehnte sich zurück und legte einen Arm auf die Rückenlehne des Sofas. »Bisher gab es keinerlei Komplikationen und den täglichen Updates zufolge ist damit auch nicht mehr zu rechnen. Das Schiff wird wie geplant in ein paar Tagen einlaufen.«

Saphira entspannte sich ein wenig und ließ den Blick durch den Raum schweifen. Überall lagen Adrians Sachen verstreut, und es juckte sie in den Fingern, ihn zum Aufräumen zu zwingen. Sie konnte Unordnung nicht leiden.

»Das ist gut«, sagte sie stattdessen.

Einen Moment lang herrschte Schweigen, bevor Adrian nach ihrer Hand griff. Sie musste ein Augenrollen unterdrücken, denn sie hatte erwartet, dass er wieder mit ihr flirten würde.

»Wir haben uns seit meiner Ankunft kaum gesehen.«

»Ich habe viel zu tun.« Sie hielt seinem Blick problemlos stand, ignorierte dabei aber geflissentlich das leidenschaftliche Funkeln, das sie in seinen Iriden zu erkennen vermeinte. Adrian hatte immer noch nicht verstanden, dass sie nicht erneut mit ihm schlafen würde.

»Das ist sehr schade.«

Er begann mit dem Daumen sanft über ihren Handrücken zu streicheln. Eine verliebte Frau hätte diese zärtliche Geste wohl genossen. Saphira aber widerte es an, und sie entzog ihm ihre Hand. Am liebsten hätte sie ihn daran erinnert, wer und was sie war, aber noch konnte sie es nicht riskieren, ihn zu verärgern. Dafür stand zu viel Geld auf dem Spiel.

Aber sobald dieser Deal endlich über die Bühne gegangen war, würde sie ein ernstes Wort mit dem Oberhaupt von Adrians *famiglia* reden müssen. Sie hatte keine Lust mehr ständig seine Avancen abzuwehren.

»Wir sollten zusammen zu Abend essen.«

Sie schüttelte den Kopf und verschränkte die Arme vor der Brust. »Wie gesagt, ich habe viel zu tun.«

»Ach, komm schon. Ich reise ab, sobald die Waffen sicher in deinem Hafen eingelaufen sind. Bis dahin wirst du doch wohl ein bisschen Zeit für mich finden?«

»Ich werde sehen, was sich machen lässt.« Damit erhob sie sich und schenkte Adrian ein falsches Lächeln. »Du denkst daran, dass du morgen nicht im Haus sein kannst, ja?«

Sein Gesichtsausdruck ähnelte dem eines kleinen Jungen, dem man sein Lieblingsspielzeug wegnahm. Natürlich hätte sie Adrian auch einfach bitten können, auf seinem Zimmer zu bleiben, aber dann bestand die Möglichkeit, dass er sich ihrer Anweisung widersetzte und auf einer internen Veranstaltung ihrer *famiglia* auftauchte. Das wollte sie nicht riskieren. Deswegen musste er das Anwesen verlassen.

»Ich könnte doch teilnehmen«, schlug er hoffnungsvoll vor.

»Du weißt genau, dass solche Veranstaltungen nur für Mitglieder der eigenen *famiglia* sind.«

Adrian seufzte, schien seine Niederlage aber zu akzeptieren.

Saphira nutzte den Moment, um sich zu verabschieden und

schnell aus seiner Nähe zu verschwinden, bevor er einen erneuten Annäherungsversuch unternahm.

Auf dem Rückweg in ihr Büro kam Madox ihr entgegen. Er trug den gleichen gleichgültigen Gesichtsausdruck zur Schau wie immer, aber als er sie entdeckte, bogen sich seine Mundwinkel ganz leicht nach oben und ein gewisses Funkeln trat in seine Augen.

Saphira tat so, als würde sie ihn gar nicht bemerken und wollte an ihm vorbeigehen. Doch sie waren für einen Moment allein, und so einfach ließ Madox sie nicht davonkommen.

Blitzschnell schloss sich seine Hand mit eisenhartem Griff um ihr Handgelenk, dort, wo noch Blutergüsse von ihrer gemeinsamen Nacht waren. Schmerz schoss ihren Arm empor, und ihre Nippel kribbelten. Die Piercings heilten gut, und der köstliche Schmerz, der entstand, als sich ihre Brustwarzen zusammenzogen, ließ ihre Klit sehnsuchtsvoll pochen. Wie konnte Madox ihr nur so leicht eine solche Reaktion entlocken?

Er beugte sich ganz nah an sie heran, bis seine Lippen über ihr Ohr strichen.

»Heute Nacht. Sei nackt.«

Bevor sie etwas erwidern konnte, hatte er sie bereits wieder losgelassen und war um die nächste Ecke verschwunden. Saphira ging in ihr Büro zurück und versuchte dabei, die Reaktion ihres Körpers auf Madox zu ignorieren.

Sie haderte mit sich selbst. Seit sie in ihre Privaträume zurückgekehrt war, bekam sie Madox' Worte nicht mehr aus dem Kopf. Nach ihrer Begegnung auf dem Flur war sie so mit den Vorbereitungen für den kommenden Abend beschäftigt gewesen, dass sie Madox beinahe vollständig aus ihren Gedanken hatte verbannen können. Aber jetzt war da nur diese Stille, und alles, was sie hörte, war: *Heute Nacht. Sei nackt.*

Gott, wie konnte ein Mann nur so unverschämt sein? Und wieso ließ sie ihm das überhaupt durchgehen? Die richtige Entscheidung wäre wahrscheinlich ihn zu töten. Aber sie traf seit Jahren nur richtige Entscheidungen. Eine einzige falsche konnte sie sich doch erlauben. Oder?

Unentschlossen, was sie als Nächstes tun sollte, ging sie zu der Stereoanlage, die in einer Ecke des Wohnzimmers stand. Kurz danach erklang leise ein Klavierstück aus den versteckten Lautsprechern.

Während die Musik ihre angespannten Nerven beruhigte, ging Saphira zum Fenster hinüber und beobachtete, wie die Sonne langsam unterging. Sie wartete, bis das Zimmer im Dunkeln lag, bevor sie zur Tür ging und diese abschloss. Ihr Körper war von ihrer Entscheidung ganz und gar nicht begeistert, aber ihr Verstand wusste, dass es die richtige Wahl war. Vermutlich konnte ihn eine verschlossene Tür nicht aufhalten, wenn er es darauf anlegte, aber sie hoffte, dass er die Botschaft verstehen und verschwinden würde.

Um sich selbst noch mehr von ihrem Entschluss zu überzeugen, zog sie sich außerdem einen kurzen Seidenpyjama an. *Sei nackt.* Sie schüttelte den Kopf. Als ob sie so einem Befehl jemals Folge leisten würde. Das lustvolle Prickeln, das sie bei dem Gedanken an seinen dunklen Befehlston durchfuhr, spielte dabei überhaupt keine Rolle.

Nachdem sie auch die letzten Lichter gelöscht hatte, schlüpfte Saphira unter das dünne Laken, das ihr bei der Sommerhitze als Bettdecke diente. Noch immer erklang dezente Klaviermusik, und sie schloss mit einem leisen Seufzen die Augen. Der Tag musste sie sehr erschöpft haben, denn sobald sie die Augen schloss, senkte sich bleierne Müdigkeit über sie und Saphira schlief ein.

Sie wusste nicht, wie spät es war, als sie von einem Geräusch erwachte, aber sie wagte es nicht, auf die Ziffern des Leuchtweckers zu sehen, sondern hielt ihre Augen geschlossen und ihre Atmung ruhig. Lag einfach in der Dunkelheit und lauschte.

Saphira zwang ihr Herz zu einem langsameren Rhythmus, damit sie nicht vom Rauschen in ihren Ohren abgelenkt wurde. Da war es schon wieder. Ein metallisches Klicken gefolgt von einem Rascheln, als ob Stoff aneinanderrieb. Die Geräuschquelle befand sich irgendwo vor ihrem Bett.

Ganz vorsichtig, um sich nicht zu verraten, schob sie ihre Hand unter das Kopfkissen, bis sie das warme Metall ertastete. Ihre Hand legte sich um den Griff der Pistole, während sie ihren anderen Arm vorsichtig in Richtung des Nachttisches schob, um die Lampe anzuschalten.

Sachte Schritte näherten sich ihr. In einer fließenden Bewegung setzte sie sich auf, knipste die Nachttischlampe an und hob die Waffe.

Sie erstarrte, als sie Madox entdeckte, der neben ihrem Bett stand. Nur mit einer Jeans bekleidet. Um seine rechte Hand, die mit dem Wolfstattoo, schlang sich ein Gürtel. Das war das metallische Geräusch von gerade eben gewesen.

»Verdammt!«, zischte sie und ließ die Waffe sinken.

Madox' Blick glitt über ihren Körper und so etwas wie Missbilligung zeigte sich auf seinem Gesicht. »Und ich hatte dir gesagt, dass du nackt sein sollst.«

Beinahe hätte sie die Waffe erneut auf ihn gerichtet. »Du musst von hier verschwinden, Madox. Wir können das nicht erneut tun.«

Sein Körper ragte vor ihr auf, und ihre Lage sorgte dafür, dass sie ihm unterlegen war. Sein Blick glitt über ihren Körper, von den dünnen Spaghettiträgern des Tops bis zu ihren Beinen, die noch mit dem Laken bedeckt waren.

»Wirklich? Du willst also, dass ich jetzt einfach verschwinde?«

Nein. »Ja.«

Langsam breitete sich ein teuflisches Grinsen auf seinem Gesicht aus. »Tja, Pech gehabt.«

Im ersten Moment dachte sie sich verhört zu haben, aber dann trat Madox einen Schritt vor und stützte sein Knie auf ihrer Matratze ab.

»Madox.« Sie legte einen warnenden Tonfall in ihre Stimme. Ihre Finger pressten sich fester um den Griff der Waffe.

Unversehens griff er nach der Pistole und warf sie ans andere Ende des Zimmers. Sie landete mit einem dumpfen Geräusch, und Saphira schluckte. Wieso tat sie nichts dagegen, was war es, das sie so lähmte?

Zu ihrer eigenen Überraschung ließ sie sich bereitwillig nach hinten gleiten, als Madox ihr eine Hand auf die Schulter legte und sie mit Nachdruck aufs Bett drückte.

»Hände nach oben«, murmelte er und seine Stimme klang rau vor Begierde.

»Madox«, flüsterte sie erneut, aber ihr Körper schien seinen Befehlen nichts entgegensetzen zu können, denn wie von selbst bewegten sich ihre Hände über ihren Kopf. Es dauerte nur einen kleinen Augenblick, dann waren sie gefesselt.

Offenbar zufrieden mit seinem Werk lehnte er sich zurück und sah sie an, ein beinahe sanftes Lächeln auf den Lippen. Nur der Ausdruck in seinen Augen war alles andere als sanft. Da war nur Lust und Dunkelheit.

»Sieh dich an. Gefesselt …« Er beugte sich vor, stützte die Hände links und rechts neben ihrem Kopf ab. »Meiner Gnade ausgeliefert.«

Ein Schauer rann über ihre Wirbelsäule, und sie holte zitternd Luft. Ihre Lippen öffneten sich wie von selbst, ihre Atmung beschleunigte sich. Ihr Herz schlug so schnell, dass sie befürchtete, Madox konnte es hören. Er glitt mit einer Hand über ihre Seite, spreizte die Finger über ihren Rippen. Seine Fingerspitzen strichen unterhalb ihrer Brüste vorbei.

Schrille Alarmglocken ertönten in ihrem Kopf, und eine Stimme warnte sie davor, ihn weiter gewähren zu lassen. Aber als Madox mit den Lippen über ihren Kiefer strich und mit hartem Griff ihr Kinn umfasste, wurden die Alarmsignale schon leiser. Und als er mit einer groben Wildheit ihren Mund eroberte, verstummten sie vollends. Seine Zunge glitt an ihrer entlang, lockte sie, verführte sie, nur um sie dann nach mehr lechzend zurückzulassen.

Sein Gesicht schwebte ganz nah über ihrem, und der ungestüme Ausdruck in seinen blassblauen Augen flößte ihr beinahe Angst ein. Sein Daumen glitt über ihre Unterlippe, und sie verkniff sich ein Wimmern. Ihre Klit pochte, Feuchtigkeit sammelte sich zwischen ihren Schenkeln. Ein lustvolles Prickeln rann über ihre Haut, und ihre Brustwarzen zogen sich sehnsuchtsvoll zusammen.

»Also, Eisprinzessin. Wie soll ich dich für deine Befehlsverweigerung bestrafen?«

Sie blinzelte. Hatte er gerade bestrafen gesagt? Die machtbesessene Frau in ihr, die ein kriminelles Imperium leitete, begehrte allein gegen die Vorstellung auf. Aber ihre unterwürfige Seite, die sie eigentlich immer verbarg, stöhnte laut auf. *Strafe? Ja, ja, ja!*

Mit einer Hand glitt er über ihren Oberkörper, streichelte ihre Arme, ihre Rippen, ihren Bauch. Nur ihre Brüste vernachlässigte er sträflich. Und seinem zufriedenen Gesichtsausdruck zufolge wusste Madox ganz genau, was er ihr damit antat, und genoss es in vollen Zügen.

»Ich könnte dir den Hintern versohlen, bis du nicht mehr

sitzen kannst.« Er sah ihr direkt in die Augen, wendete nicht eine Sekunde lang den Blick ab. »Oder ich könnte dir so lange einen Orgasmus verweigern, bis dein Körper vor Verlangen danach schreit und du mich um Erlösung anbettelst.«

Sie sog scharf den Atem ein.

Grinsend beugte sich Madox wieder ganz nah über sie und strich mit Zunge und Lippen über ihren Hals. Dort, wo ihr Puls wie rasend schlug, knabberte er ein wenig. »Oder ich könnte dir so viele Orgasmen verschaffen, bis du mich anflehst aufzuhören.«

Dieses Mal konnte sie das leise Wimmern nicht länger unterdrücken und schloss beschämt die Augen. Es war verrückt, wie viel Macht dieser Mann bereits nach einer Nacht über sie hatte. Entschlossen verdrängte Saphira die warnende Stimme in ihrem Kopf. Sie hatte ein Anrecht auf ihre Lust. Einmal in all dieser Zeit durfte sie sich doch wohl nur um sich selbst kümmern und alle Bedenken in den Wind schlagen. Schließlich gehörte Madox zur *famiglia*, er würde sie nicht ernsthaft in Gefahr bringen.

»Oder ich könnte ...«

Ihr gesamter Körper spannte sich an, als sie auf Madox' nächsten Vorschlag wartete. Sie wartete, die Sekunden zogen sich in die Länge. Außer ihrem keuchenden Atem konnte sie nichts hören. Plötzlich grub Madox seine Zähne in ihren Hals. Das war kein sanftes Knabbern, kein langsames Herantasten. Nein, er biss sie. Heftig. Ohne, dass sie etwas dagegen tun konnte, entfuhr ihr ein lauter Schrei. Es dauerte keine Minute, dann ertönte lautes Klopfen an ihrer Tür und jemand rüttelte an der Klinke.

»Saphira?« Der Ruf der männlichen Stimme war gedämpft, aber selbst hier im Schlafzimmer noch zu vernehmen. »Ist alles in Ordnung?« Es war einer ihrer *guardie.*

Madox über ihr hielt inne und sah sie an. In seinem Blick lag keinerlei Besorgnis, stattdessen war da nur eine gewisse Selbstsicherheit, die in ihr das Verlangen weckte ihm die Augen auszukratzen.

»Und Saphira, ist alles in Ordnung?«, flüsterte Madox. Er kniete über ihr, ihre Hände waren gefesselt. Seine Zähne mussten gerade einen sichtbaren Abdruck in ihrem Fleisch hinterlassen haben, und das schien ihm zu gefallen.

»Saphira?« Das war erneut ihre *guardia*. Jetzt musste sie eine Entscheidung treffen. Sie sah Madox an. Die Begierde in seinem Blick ließ ihren gesamten Körper prickeln.

Sie holte tief Luft. »Ja, alles in Ordnung! Ich hatte nur einen schlechten Traum.«

Grinsend hob Madox eine Augenbraue. In diesem Moment hätte sie ihn wirklich gerne geschlagen, aber ihre Hände waren gefesselt.

»In Ordnung. Dann wünsche ich weiterhin eine gute Nacht!« Am Ende des Satzes wurde die Stimme bereits leiser, weil ihre *guardia* sich wieder entfernte.

»Schlecht geträumt, ja?«, fragte Madox. »Von mir etwa?«

»Leck mich«, fauchte sie.

Madox' Grinsen wurde noch breiter. »Das habe ich vor.«

Ihr Blick glitt über seine entblößte Brust, die vom sanften Licht der Nachttischlampe beleuchtet wurde. Die Sternentattoos auf seinen Schultern standen dafür, dass er mal im Knast gewesen war und dort das Sagen gehabt hatte. An seinem Hals konnte sie die Ausläufer des Tattoos auf seinem Rücken erkennen. Obwohl es nicht ganz in ihrem Blickfeld war, sah sie es ganz genau vor sich. Ein riesiges, steinernes Tor, das förmlich zu glühen schien und einen Spaltbreit offen stand. Feuer leckte am Gemäuer empor. Vor dem Tor drei riesige Höllenhunde, die tödlichen Zähne gefletscht, die muskulösen Leiber angespannt.

Saphira ließ ihren Blick weiter über seine wie in Stein gemeißelten Bauchmuskeln gleiten, bis hin zu der deutlichen Ausbuchtung zwischen seinen Beinen. Schließlich richtete sie ihren Blick wieder auf sein Gesicht.

»Du schuldest mir noch einen Vorschlag.«

»Stimmt.« Madox beugte sich zu ihr herab und eroberte ihren Mund mit Gewalt. Eine andere Beschreibung gab es dafür nicht. Seine Zähne bissen in ihre Lippen, schabten über ihre Zunge. Er nahm sich von ihr, was er wollte, ohne auf sie Rücksicht zu nehmen. Und anstatt ihn abzuwehren, bog sie sich ihm entgegen und stöhnte leise, als die Empfindungen ihre Oberschenkel zittern ließen.

Madox unterbrach den Kuss. Seine Lippen waren geschwollen, ihre fühlten sich ebenfalls danach an. Seine Hand verschwand in seiner Hosentasche, und einen Moment später zog er ein ziemlich großes Springmesser hervor. Ein leises Zischen erklang, und Saphira starrte die gut zehn Zentimeter lange Klinge an. Aufregung ließ sie ihre Bauchmuskeln anspannen, ihr Mund war plötzlich staubtrocken und ihre Vagina zog sich lustvoll zusammen.

»Oder ich könnte mein Messer benutzen«, sagte Madox mit leiser, belegter Stimme.

In ihrem Kopf explodierten die Möglichkeiten förmlich, und ihre Atmung setzte für einen Moment aus.

»Also, welche Strafe darf es sein, Eisprinzessin?«

Ihr Blick huschte von ihm zu dem Messer und wieder zurück. Sie zögerte nur ein paar Herzschläge lang, bevor sie auf das Drängen ihres Körpers hörte.

»Das Messer.«

Madox sah sie überrascht an, bevor sich langsam ein durch und durch sinnliches Lächeln auf seinem Gesicht ausbreitete. »Wie du wünschst.«

Er legte die Klinge neben ihr auf die Matratze und kniete sich zwischen ihre Beine. Ungewohnt sanft glitten seine Hände über ihren Körper, schoben sich unter den Bund der Pyjamashorts und zogen sie ihr aus. Achtlos ließ er das Stück Stoff zu Boden fallen und beugte sich über sie, sein Gesicht genau zwischen ihren Beinen. Sein Blick hielt ihren fest, als er mit den Fingern ihre Schamlippen spreizte, sich dann herabbeugte und einmal mit der Zunge durch ihr nasses Fleisch strich. Ihr ganzer Körper bäumte sich bei der Berührung auf, und heiße Lust ließ ihr Blut kochen.

Madox gab ein knurrendes Geräusch von sich, bevor er sich an ihrem Körper nach oben schob. Saphira versuchte ein enttäuschtes Wimmern zu unterdrücken, aber seinem leisen Lachen nach zu urteilen gelang ihr das nicht besonders gut.

»Nicht bewegen.« Sein Ton duldete keinen Widerspruch, und ihr Körper erschlaffte ganz von selbst. Es war, als hätte Madox die volle Kontrolle über sie übernommen.

Sie hörte, wie der Stoff entzweigeschnitten wurde, und ihr Oberteil gesellte sich in Einzelteilen zu der Shorts auf dem Boden. Dann spürte sie plötzlich die kalte Klinge auf ihrer nackten Haut. Saphira sah zu Madox auf und hielt den Atem an.

❄

MADOX

Er erstarrte mit dem Messer auf Saphiras Haut. Sein Blick war auf ihre Brüste fokussiert. Ganz langsam breitete sich ein Grinsen auf seinen Lippen aus, und er fing Saphiras fragenden Blick auf.

»Was ist?«

Madox leckte sich die Lippen und legte das Messer für einen

Moment zur Seite. »Ich liebe es, was der Tätowierer mit deinen Brüsten gemacht hat.« Sacht strich er mit einem Finger über das silberne Piercing in ihrer linken Brustwarze. Zischend sog sie den Atem ein.

»Ich nehme an, sie sind noch nicht vollständig verheilt?«

Beinahe unmerklich schüttelte sie den Kopf. »Das dauert noch ein bisschen.«

Er seufzte enttäuscht. »Dann werde ich mich ihnen wohl ein anderes Mal widmen.«

Es gab einen Unterschied zwischen Schmerzen beim Sex und dem Schmerz einer noch nicht verheilten Wunde. Und von dem Gedanken, dass es mit Saphira kein nächstes Mal mehr geben würde, hatte er sich längst verabschiedet. Sonst wäre er wohl kaum in dieser Nacht in ihr Zimmer eingebrochen. Was das allerdings für ihn und seinen Plan bedeutete … darüber wollte er im Moment wirklich nicht nachdenken. Denn dann müsste er sich fragen, ob Saphira ihn am Ende verraten und jemanden darauf ansetzen würde, ihn zu töten. Oder warum ihm ausgerechnet mit dieser Frau nicht nur eine Nacht reichte. Oder ob er genau in diesem Moment schrecklichen Verrat an seiner Familie beging.

Madox genoss noch einen Moment lang den Anblick von Saphiras vollen, mit Piercings geschmückten Titten, bevor er erneut zu seinem Messer griff.

»Bereit für deine Strafe?«

Sein Schwanz zuckte verlangend, als Saphira sich über die Unterlippe leckte und langsam nickte.

»Beweg dich nicht«, befahl er. Mit den Fingerspitzen strich er über das Tattoo auf ihrer rechten Hüfte. Direkt oberhalb einer bereits verblassten Narbe schmückten drei Rosen ihren Hüftknochen. Mit Dornen besetzte Ranken verbanden die Blüten, von denen Blut tropfte. Das gesamte Tattoo war in schwarz gehalten, und er ahnte, welche Bedeutung hinter dem Bild steckte. Er wusste nicht, wer für den Tod von Saphiras Familie verantwortlich war, und er war sich sicher, dass es ihr genauso ging. Andernfalls hätte sie die Leiche dieser Person bereits in Einzelteilen über die Stadt verstreut. Das wäre jedenfalls das, was er täte.

Um sich von der düsteren Richtung, die seine Gedanken eingeschlagen hatten, abzulenken, hauchte er einen zarten Kuss auf ihren Venushügel. Ihr blumiger Duft, versetzt mit einer herberen moschusartigen Note, flutete seine Sinne, und er atmete tief ein.

Saphira spannte die Muskeln an, und er musste grinsen. Er war selbst bis zum Zerreißen angespannt. Saphira war einfach zu verführerisch. Besonders jetzt, da sie nackt und gefesselt vor ihm lag.

Sein Blick glitt über ihren Bauch und ihre Taille hinweg und blieb an dem Schriftzug auf ihrem linken Rippenbogen, direkt unterhalb ihrer Brust, hängen. *Lasciate ogni speranza, voi ch'entrate!* Lasst, die ihr eintretet, alle Hoffnung fahren! Ein passender Spruch für jemanden aus ihrer Welt.

Ein kleines Stück darunter zierte eine weitere Narbe ihre ansonsten makellose Haut. Sie sah aus wie eine alte Operationsnarbe und hatte ihren Ursprung vermutlich in dem Autounfall.

Madox sah ihr einen Moment lang in die Augen, sah die gleiche Lust, aber auch die gleiche Dunkelheit, die er selbst fühlte. Der Gedanke, dass sie beide wirklich gut zusammenpassten, kam urplötzlich und war mehr als ungelegen. Das wäre niemals möglich. Es könnte niemals mehr als Sex geben. Und wenn sie erst wusste, wer er wirklich war, wäre auch das vorbei. Denn sollte er sie dann nicht töten, würde sie ihrerseits Jagd auf ihn machen.

»Madox?« Saphira sah ihn fragend an.

Er ließ ein Grinsen aufblitzen und konzentrierte sich wieder auf die nackte Frau vor sich.

Ohne ein weiteres Wort setzte er die messerscharfe Klinge mittig auf der Innenseite ihres linken Oberschenkels an. In einer blitzschnellen Bewegung zog er das Messer über ihre Haut. Saphira keuchte, und als er nach oben sah, konnte er beobachten, wie sich ihre Hände hilflos öffneten und wieder zu Fäusten ballten.

Zufrieden betrachtete er den feinen Strich, aus dem nur wenige Tropfen Blut hervorsickerten. In wenigen Tagen wäre alles wieder spurlos verheilt, aber bis dahin würde sie seine Male tragen. Und das verschaffte ihm tiefe Befriedigung.

Madox kniete sich hin und fuhr mit der freien Hand zwischen Saphiras Schamlippen. Heiße Feuchtigkeit benetzte seine Haut, und er stöhnte leise. Bei seinem nächsten Schnitt rammte er gleichzeitig drei Finger tief in sie hinein. Ihre Muskeln umklammerten ihn, zwei Schnitte später pochte sie um seine Finger herum. Die Hitze schien ihn beinahe zu versengen und sein Schwanz drohte die Jeans zu sprengen. Ein feiner Schweißfilm zog sich über Saphiras Haut, und ihre Wangen und ihr Dekolleté waren gerötet.

Zufrieden betrachtete Madox die vier ungefähr fünf Zentimeter langen, oberflächlichen Schnitte, die auf der Innenseite ihres Oberschenkels in gleichmäßigem Abstand nebeneinander prangten. Er beugte sich hinab und glitt mit der Zunge über die Wunden. Saphira stöhnte tief in der Kehle, ein Laut reiner Lust, und bog sich ihm entgegen.

»Nicht bewegen«, knurrte er, und sofort wurde sie wieder ruhig.

Es törnte ihn unbeschreiblich an, dass sie auf jedes seiner Kommandos so stark reagierte. Und trotzdem war da noch dieses trotzige Funkeln in ihren Augen, das ihm sagte, dass sie sofort zum Angriff überginge, wenn er ihr die Chance dazu gab.

Er krümmte die Finger in ihr und genoss das Gefühl, als sich ihre Muskeln um ihn herum zusammenzogen. Ihr Körper sprach eine eindeutige Sprache, und er wusste, dass sie kurz vor dem Höhepunkt stand.

Ein letztes Mal glitt die Klinge über ihre zarte Haut. Diesmal nahm er sich nicht erst die Zeit, um sein Werk zu begutachten, sondern warf das Messer weg und beugte sich über sie. Mit der Zunge fuhr er einmal über ihr heißes Fleisch, bevor er die Finger noch einmal tief in sie rammte und gleichzeitig heftig an ihrer Klit saugte. Saphira explodierte unter ihm. Ihr Rücken bog sich durch, so bot sie ihm ihren Körper dar. Sie vergrub die Zähne tief in ihrer Unterlippe, um die Schreie zu unterdrücken, aber ein tiefes Stöhnen, das irgendwo zwischen Schmerz und Lust lag, entkam ihr trotzdem.

Madox gab ihr keine Zeit, um sich zu entspannen. Stattdessen drehte er sie grob auf den Bauch und brachte ihren Körper in die Position, in der er ihn haben wollte. Sie zog automatisch die Arme an und stützte sich auf die Ellbogen, als er ihren Hintern in die Höhe zog. Ihr Geschlecht lag geschwollen und vor Erregung glänzend vor ihm.

Schnell öffnete er seine Jeans und zog das Kondom aus der Tasche. Er streifte es sich über, bevor er Saphiras Hüften packte. Mit einem fließenden, harten Stoß versenkte er sich tief in ihr. Sie keuchte auf, und er knurrte zufrieden, als er in ihre Hitze eintauchte.

Ein, zwei Herzschläge lang harrte er tief in ihr aus und genoss das Gefühl, wie sich ihre Muskeln in Nachwehen des gerade erlebten Höhepunkts um ihn herum zusammenzogen. Erst dann fickte er sie. Hart. Gnadenlos. Und nur auf sein eigenes Vergnügen bedacht. Sein Rhythmus grenzte an Brutalität, und er war sich beinahe sicher, dass ihr seine tiefen Stöße wehtaten. Aber anstatt sich gegen ihn aufzulehnen, bog sie den Rücken weiter durch, präsentierte ihm ihren Arsch und wimmerte leise.

Madox starrte auf ihren perfekten Körper, wie sie sich vor ihm bewegte, völlig gefangen in ihrer eigenen Lust. Er hatte selten etwas Schöneres gesehen.

Wütend über seine eigenen Gedanken holte er aus und schlug ihr hart auf den Hintern. Saphira sog scharf die Luft ein und kam seinen Stößen entgegen.

»Mehr«, murmelte sie.

»Was?« Er packte ihre Hüften noch fester, bis er sicher war, dass er Abdrücke hinterlassen würde. »Was willst du?« Er wollte, dass sie es laut und deutlich aussprach.

Als sie den Kopf drehte und ihn über ihre Schulter hinweg ansah, wäre er beinahe gekommen. Hass und Lust mischten sich in ihren Augen, bis er glaubte darin versinken zu müssen.

»Fuck, Madox! Mehr. Fick mich härter!«

Er knurrte und rammte sich brutal in sie. Fleisch klatschte auf Fleisch. Ihr Wimmern mischte sich mit seinem Stöhnen. Er spürte bereits dieses Kribbeln in seinen Eiern. Aus einem Impuls heraus griff er um sie herum und zog ihren Oberkörper an sich. Jetzt presste sich ihr Rücken an seine Brust. Er griff nach ihren Titten und presste sie schmerzhaft fest, ihre Piercings drückten gegen seine Handinnenflächen. Trotz der rasenden Leidenschaft achtete er darauf an diesen Stellen nicht zu viel Druck auszuüben. Saphiras Kopf sank gegen seine Schulter.

»Hände um meinen Nacken«, befahl er rau.

Sie gehorchte sofort und legte ihre gefesselten Hände um seinen Nacken. Dadurch bog sich ihr Rücken ein Stückchen mehr durch, und ihre Brüste pressten sich gegen seine Handflächen.

In dieser Position konnte er noch tiefer in sie eindringen, und sie beide stöhnten beinahe gequält auf, als er seinen harten Rhythmus wieder aufnahm.

Saphiras Hitze ließ ihn beinahe in Flammen aufgehen, und ihre leisen Laute der Lust trieben ihn in den Wahnsinn. Die Bestie in ihm brüllte laut auf, und er vergrub das Gesicht an ihrem Hals, leckte über die salzige Haut und genoss ihren Geschmack.

Er wusste, dass er nicht mehr lange durchhalten würde. Deswegen brachte er seinen Mund ganz nah an ihr Ohr. »Komm für mich, Eisprinzessin.« Er rammte sich tief in sie, löste eine Hand von ihren Titten und schob seinen Unterarm vor ihr Gesicht. »Beiß mich, wenn du die Schreie nicht unterdrücken kannst.« Seine andere Hand glitt zwischen ihre Beine, und er strich über Saphiras Klit. Erst ganz sanft, dann härter. »Komm jetzt!«

Er hatte seinen Befehl noch nicht ganz ausgesprochen, als sie der Orgasmus überrollte. Sie erzitterte auf beinahe brutale Art und Weise in seinen Armen. Und bevor er wusste, was sie vorhatte, beugte sie sich leicht nach vorne und grub die Zähne tief in seinen Unterarm. Schmerz schoss durch seinen Körper, und er knurrte. Sein Tempo wurde noch schneller, noch härter. Seine Eier zogen sich zusammen und im nächsten Moment überrollte ihn ein Orgasmus, so heftig, dass er als Ventil für seine Erlösung erneut in Saphiras Hals biss.

Ihre beiden Höhepunkte schienen nicht enden zu wollen, und er atmete noch immer schwer, als schließlich nur noch kleine Nachwehen seinen Körper erschütterten. Saphira nahm die Hände von seinem Nacken, und er löste den Gürtel. Sanft massierte er ihre Handgelenke, bis sie sich ihm entzog und sich auf die Matratze gleiten ließ.

Ohne etwas zu sagen, zog er die Jeans hoch und ging ins Badezimmer. Dort entsorgte er das Kondom und suchte in den Schränken, bis er gefunden hatte, was er brauchte.

Als er zurück ins Schlafzimmer kam, lag Saphira noch immer genau dort, wo er sie zurückgelassen hatte. Ihre Haut glänzte im Licht der Nachttischlampe, und er nahm sich einen Moment Zeit, um ihre Schönheit zu bewundern.

Als ihm bewusst wurde, was er da gerade tat, schüttelte er den Kopf und trat neben das Bett.

»Dreh dich auf den Rücken.«

Sie sah ihn fragend an, tat aber, was er sagte.

»Spreiz die Beine«, forderte er.

»Ich glaube nicht, dass ich …«

»Sofort«, fügte er knurrend hinzu. Er hatte sie gerade erst gehabt, aber sie jetzt so vor ihm liegend zu sehen, hatte erneut sein Verlangen geweckt. Die Dunkelheit in ihm wollte mehr.

Dieses Mal zögerte sie nicht, sondern öffnete ihre verführerischen Schenkel für ihn. Er setzte sich auf die Bettkante und tupfte etwas Desinfektionsmittel auf die kleinen Schnitte, bevor er sie mit Salbe bestrich. Und weil er nicht widerstehen konnte, beugte er sich über sie und strich mit der Zunge über das geschwollene Fleisch zwischen ihren Beinen. Sie wimmerte unwillig, und ihre Hände griffen nach seinen Schultern, um ihn wegzuschieben.

Aber so leicht ließ er sie nicht davonkommen. Er schob seine Zunge in ihre enge Hitze und leckte dann einmal bis zu ihrer Klit. Bevor er den Mund um ihre Knospe schloss, schob er zwei Finger in sie. Ihr Wimmern verwandelte sich in ein Stöhnen, und der abwehrende Griff wurde einladend. Ihre Schenkel fielen förmlich auseinander und ihr Rücken bog sich durch. Immer schneller strich er mit der Zunge über das Zentrum ihrer Lust, bevor er heftig daran saugte.

Als Saphira erneut zum Höhepunkt kam und ihr leises Seufzen an sein Ohr drang, während er sich an ihrem Geschmack labte, wurde ihm etwas Schreckliches bewusst.

Er könnte süchtig nach dieser Frau werden.

Kapitel 13

SAPHIRA

Durch das geöffnete Fenster drangen die frische Luft und die warmen Sonnenstrahlen des neuen Tages hinein, halfen Saphira dabei wach zu werden.

Nachdem er ihr einen erneuten Orgasmus verschafft hatte, hatte Madox sich angezogen und war ohne ein weiteres Wort verschwunden. Und weil sie nicht weiter über das nachdenken wollte, was passiert war, hatte sie die Augen geschlossen und sich gezwungen zu schlafen.

Aber jetzt, im Licht eines neuen Tages, konnte sie nicht länger vor ihren Gedanken davonlaufen. Besonders nicht, da ihr Körper noch immer pochte. Sie hatte nach der Dusche einen Blick in den Spiegel riskiert. Madox hatte wirklich ganze Arbeit geleistet. Er hatte nicht nur Male auf ihren Handgelenken hinterlassen, nein, auch auf ihrer Hüfte waren Blutergüsse. Und Bissspuren auf beiden Seiten ihres Halses, die sie unbedingt bedecken musste, wenn sie sich der *famiglia* stellte. Und dann waren da noch die Schnitte auf ihrem Oberschenkel. Erneut flutete Erregung ihre Sinne, als sie daran dachte, was Madox getan hatte.

Sie konnte ohne Zweifel sagen, dass der Sex mit ihm der beste war, den sie je gehabt hatte. Und der Gedanke, der ihr letzte Nacht gekommen war, stimmte: Madox war erst nach dem Anschlag auf ihre Familie zur *famiglia* gekommen. Er stellte keine Gefahr für sie dar. Also würde sie sich eine kleine Affäre erlauben können. Denn das war ihr jetzt klar: Sie wollte mehr. Sie wusste, dass es nicht ewig so weitergehen konnte, aber ein bisschen mehr Zeit hatten sie noch. Sie musste nur dafür sorgen, dass niemand es jemals erfuhr und dass es rein um den Sex ging.

Das Haus summte förmlich vor Aufregung. An diesem Abend würde sie fünf neue Männer in die *famiglia* aufnehmen. Wobei die Bezeichnung Jungen wohl besser passte, da sie alle zwischen sechzehn und zwanzig waren. Sie würden als *uomini d'onore* zu Männern heranwachsen.

Wie abgesprochen hatte Adrian am Morgen das Anwesen verlassen und würde erst am nächsten Tag zurückkehren. Ihr blieben nur noch ein paar Stunden, bevor die ersten Gäste eintreffen würden. Das Kleid, das sie am Abend tragen würde, hing bereits in ihrem Schlafzimmer und wartete auf seinen Auftritt.

Saphira machte sich auf den Weg in die Küche, um sich nach dem Stand der Vorbereitungen zu erkunden. Auf dem Weg dorthin traf sie Emilio.

»Wie laufen die Vorbereitungen für den Initiationsritus heute Abend?«, fragte sie.

»Alles bestens. Das Personal liegt gut in der Zeit.«

Sie nickte. »Ausgezeichnet.«

Gerade als sie durch die Eingangshalle gingen, öffnete sich die Tür, und Madox trat ein. Saphira betrachtete ihn mit kühler Neugier, als er näher kam. Würde er sich etwas anmerken lassen? Doch er neigte nur den Kopf in ihre Richtung, bevor er sich an Emilio wandte.

»Die Wachposten sind in Position. Alles ist abgesichert.«

Er trug ein schwarzes Hemd, dessen Ärmel aufgerollt waren, und dunkle Jeans. Die Sonne schien durch die großen Fenster in die Halle hinter ihm, und die dadurch erzeugten Schatten in seinem Gesicht verliehen ihm ein düsteres Aussehen.

»Sehr gut«, antwortete Emilio. »Ich möchte, dass du mir sofort berichtest, sollte sich etwas ändern.«

Madox nickte und wollte sich gerade entfernen, als Emilios leises Lachen sie beide aufblicken ließ.

»Wilde Nacht gehabt?«

Sie erstarrte innerlich. Hatten sie sich etwa verraten? In diesem Moment deutete Emilio auf Madox' Unterarm, und sie wäre am liebsten auf der Stelle im Boden versunken. Mitten auf der gebräunten Haut prangten Bissspuren. *Ihre* Bissspuren.

In diesem Moment hätte sie ihren *guardia* am liebsten erschlagen. Warum hatte er die Ärmel aufgekrempelt? Sie trug ein verfluchtes Halstuch, um seine Spuren zu verstecken, da hätte er sich ruhig auch ein wenig Mühe geben können.

Mit wild schlagendem Herzen wartete sie auf Madox' Reaktion und betete, dass er sie nicht verraten würde. Stattdessen zuckte er nur grinsend mit den Schultern, würdigte sie aber keines Blickes. »Du hast ja keine Ahnung.«

Damit drehte er sich um und verschwand wieder nach draußen. Da war kein verräterischer Seitenblick gewesen, nichts, was andeutete, dass er in dieser Nacht mit ihr zusammen gewesen war. Saphira unterdrückte einen erleichterten Seufzer, bevor sie mit Emilio das geschäftige Chaos der Küche betrat.

Stunden danach stand sie am oberen Ende der Treppe in der Eingangshalle. Die untergehende Sonne tauchte den Raum in feuerroten Schein. Überall im Saal standen Mitglieder ihrer *famiglia* in Grüppchen herum, unterhielten sich leise. Einige wenige Frauen waren ebenfalls anwesend, aber überwiegend tummelten sich Männer in der Eingangshalle und in den angrenzenden Räumen. Alle waren elegant gekleidet, trugen entweder Abendkleider oder Smoking.

Langsam verstummten die Gespräche, und die Aufmerksamkeit richtete sich auf Saphira. Die Eingangshalle füllte sich, als alle *uomini d'onore* aus den angrenzenden Räumen in die Halle traten. Saphira atmete tief ein, wartete, bis alle sie bemerkt hatten, und schritt dann langsam die Treppe hinab. Der Saum ihres schwarzen Abendkleides glitt dabei leise raschelnd über den Boden. Ein breiter Choker aus schwarzem Samt lag eng um ihren Hals, verdeckte Madox' Spuren auf ihrer Haut.

Als sie den ersten Fuß auf den Boden der Halle setzte, neigten alle Anwesenden respektvoll den Kopf. Saphira deutete ein Lächeln an, bevor sie auf eine dezent gekleidete, etwas abseits direkt neben der Eingangstür stehende Gruppe zuging. Die Anzüge saßen perfekt, dennoch wirkten die Herren nervös.

In der Mitte der Halle blieb sie stehen und winkte die fünf jungen Männer zu sich. Mit etwas unsicher wirkenden Schritten kamen sie auf Saphira zu. Sie betrachtete jeden Einzelnen von ihnen, versuchte zukünftige Stärken und Schwächen einzuschätzen. Bereits vor diesem Abend hatte sie jedem der fünf Jungen einen Auftrag erteilt, um ihre Eigenschaften als Mitglieder der *famiglia* zu testen. Emilio hatte jeden von ihnen begleitet und ihre Arbeit überprüft. In diesem Jahr hatte sie entschieden, dass die Jungen bei alten Geschäftspartnern Schulden eintreiben sollten. Emilio hatte ihr berichtet, dass keiner gezögert hatte zum Messer oder zur Pistole zu greifen. Einer von ihnen, der Älteste, dessen Statur bereits jetzt auf einen hervorragenden Schläger schließen ließ, war sogar handgreiflich geworden. Saphira war zufrieden gewesen. Sonst hätten sie die Aufnahme nicht bestanden.

»Willkommen in meinem Haus«, verkündete sie mit erhobener Stimme, als die jungen Männer sich vor ihr aufgestellt hatten. Ihre *uomini d'onore* hatten sich in einem losen Kreis um sie herum aufgestellt und beobachteten das Geschehen.

»Heute Abend werde ich euch ein Geschenk machen. Ein Geschenk, das euer Leben unwiederbringlich verändern wird.«

Saphira sah, dass drei der Anwärter heftig schluckten, während die anderen beiden die Schultern strafften.

»Ihr werdet zu Mitgliedern meiner *famiglia*. Zu Mitgliedern der Cosa Nostra. Von nun an werdet ihr daran euer Leben ausrichten. Es gibt keinen Ausweg. Einmal ein *uomo d'onore*, immer ein *uomo d'onore*. Verstanden?«

Sie nickten zum Teil etwas zögerlich, aber sie nickten alle. Saphira sah jedem einzelnen Anwärter so lange in die Augen, bis er nervös den Blick senkte. Erst dann fuhr sie fort.

»Die Regeln und Gesetze der normalen Gesellschaft gelten für euch nicht mehr. Sie dürfen euch nicht interessieren. Jetzt zählen nur noch die Regeln der *famiglia*.«

Sie machte einen Schritt auf die jungen Männer zu. In ihren Blicken standen Angst und Aufregung.

»Regel Nummer eins: Mein Wort ist Gesetz. Ihr hinterfragt meine Befehle nicht. Ihr führt sie aus. Regel Nummer zwei: Wenn ein Mitglied dieser *famiglia* eure Hilfe benötigt, helft ihr. Egal, worum es dabei geht. Regel Nummer drei: Die Frauen und Töchter eurer *fratelli* sind tabu. Regel Nummer vier: Ihr dürft niemals die Polizei einschalten. Dafür gibt es keine Ausnahmen. Regel Nummer fünf: Respekt und Ehre stehen an erster Stelle. Ihr seid jetzt ein Teil der Cosa Nostra. Benehmt euch auch so. Regel Nummer sechs: Über die Cosa Nostra und die Geschäfte dieser *famiglia* wird niemals mit Außenstehenden gesprochen.« Sie machte eine Pause, um ihre Worte auf die Anwärter wirken zu lassen. »Ein Regelverstoß wird mit dem Tod bestraft. Habt ihr alles verstanden?«

Erneutes Nicken.

»Der Cosa Nostra tritt man mit seinem Blut bei«, fuhr Saphira fort. »Und nur durch den Tod könnt ihr sie wieder verlassen. Wollt ihr jetzt dieser *famiglia* beitreten?«

Einstimmig antworteten die jungen Männer mit Ja. Saphira lächelte und wandte sich zu Emilio um, der ganz in der Nähe stand. Auf ihr Zeichen hin trat er vor und stellte sich neben sie, ein mit rotem Samt bedecktes Tablett in den Händen. Darauf lagen ein Dolch, Streichhölzer und fünf Heiligenbilder der Jungfrau Maria, der Schutzpatronin der Cosa Nostra.

Mit einem Wink ihrer Hand rief sie den ersten der Jungen zu sich heran.

»Mit welcher Hand schießt du?«, fragte sie ihn.

»Mit dieser«, antwortete er und reichte ihr seine linke Hand.

Saphira umfing sein Handgelenk, nahm das Messer und stach ihm in die Fingerkuppe, bis Blut hervorperlte. Sie zog seine Hand über das Abbild der Jungfrau Maria und ließ ein paar Blutstropfen darauffallen. Dann nahm sie das Bild in die Hand und legte es dem Jungen in die ausgestreckten Hände. Nachdem sie das Messer gegen die Streichhölzer getauscht hatte, sah sie ihn eindringlich an.

»Du wirst jetzt wiederholen, was ich dir vorsage.«

Als er nickte, entzündete sie das Streichholz und steckte das Bildchen damit in Brand.

»Sollte ich jemals die Gebote der Cosa Nostra brechen, werde ich verbrennen wie dieses Bild der Jungfrau Maria.«

Der Junge schluckte, wiederholte aber mit leiser Stimme die

Worte, während das Papier sich in seinen Händen zu Asche verwandelte. Dabei musste er immer wieder kurz innehalten und tief Luft holen, um den Schmerz durch die Hitze ertragen zu können.

Saphira wiederholte die Prozedur mit den anderen vier Anwärtern, bevor sie sich wieder vor sie stellte.

»Jetzt seid ihr *uomini d'onore*. Mitglieder der Cosa Nostra und dieser *famiglia*. Seid stolz darauf!«

Damit trat sie einen Schritt zurück und überließ die jungen Männer den Glückwünschen der Anwesenden. Saphira suchte eine ruhigere Ecke der Eingangshalle auf und beobachtete das Schauspiel einen Moment lang, bevor sie sich umdrehte und in einen der angrenzenden Salons trat. Dort hielt sich im Moment zum Glück niemand auf, und sie konnte kurz durchatmen. Es machte sie immer ein wenig nervös, wenn so viele Menschen in ihrer Nähe waren. Ihre Paranoia spielte dann immer verrückt und ließ sie befürchten, dass sich jeden Moment jemand auf sie stürzte.

Ein Luftzug kündete einen Besucher an, und im nächsten Moment spürte sie eine raue Hand auf ihrem bloßen Rücken.

»Dieses Kleid gefällt mir«, raunte Madox ganz nah an ihrem Ohr, und ein Schauer rann über ihre Wirbelsäule. Das Abendkleid, das sie trug, hatte am Rücken einen tiefen V-Ausschnitt bis zu ihrem Lendenwirbel, und die Ränder waren mit unzähligen kleinen und größeren Diamanten verziert.

»Es wird mir eine Freude sein, es dir später auszuziehen.« Madox' Stimme war tief und rau, streichelte über ihre Haut und sorgte dafür, dass ihre Körpertemperatur merklich anstieg.

»Dieses Halsband allerdings …« Plötzlich war seine Hand an dem samtenen Band und zog leicht daran. »Das wirst du tragen, während ich meinen Schwanz tief in dich stoße.«

Sie erzitterte, und Hitze sammelte sich zwischen ihren Schenkeln.

»Ach ja?«, hauchte sie. Irgendwie schaffte es Madox, dass sie ihre Fähigkeit verlor, ihm eine schlagfertige Antwort zu verpassen.

»Ja. Es macht mich wahnsinnig zu wissen, dass du es nur trägst, um meine Male zu verbergen. Ich konnte an nichts anderes denken, seit wir uns vorhin begegnet sind.«

Bevor sie noch etwas erwidern konnte, spürte sie, dass seine Wärme in ihrem Rücken verschwand. Sie drehte leicht den Kopf und sah, dass er nun in Leibwächterhaltung einen Meter von ihr entfernt stand. Gerade wollte sie etwas dazu sagen, als Emilios Stimme an ihr Ohr drang.

»Saphira. Du wirst erwartet.«

Sie warf Madox, dessen Mundwinkel fast unmerklich nach oben gebogen waren, einen schnellen Blick zu. Er hatte Emilio also gehört und sich deswegen zurückgezogen. Die Fähigkeiten und Instinkte dieses Mannes waren wirklich außergewöhnlich.

Sie drehte sich zu Emilio um und setzte ein Lächeln auf, während sie versuchte die Gedanken an Sex mit Madox zu verdrängen.

»Natürlich. Lass uns gehen.«

In der Eingangshalle wurden sie von dezenter Musik und Stimmengemurmel empfangen, obwohl sich die Menge wieder etwas zerstreut hatte.

Sie plauderte kurz mit einem Bekannten und entschuldigte sich gerade dezent aus dem Gespräch, als eine Hand nach ihrem Ellbogen griff und sie in eine andere Richtung zog. Überrascht sah Saphira auf, entspannte sich aber wieder, als sie feststellte, dass es Rabia war.

»Eine gelungene Party«, sagte ihre Freundin und lächelte,

nachdem sie sich bei Saphira untergehakt hatte. Gemeinsam schlenderten sie durch den Raum.

»Es ist keine Party. Es ist eine Einführung«, korrigierte Saphira sie.

»Wortklauberei.« Rabia wischte ihren Einwand mit einer Handbewegung beiseite.

»Wo ist Leandro?«

»Der unterhält sich gerade mit irgendjemandem, und du weißt, wie furchtbar langweilig ich diese Geschäftsgespräche immer finde. Da bist du mir wirklich die angenehmere Gesellschaft.«

Saphira lächelte leicht. »Ich verstehe.«

Rabia hielt einen vorbeigehenden Kellner an – ein Mitglied der *famiglia*, das letztes Jahr aufgenommen worden war – und nahm zwei Champagnergläser von dem Tablett, das er trug. Eines davon reichte sie Saphira, und diese nippte daran. Die kühle Flüssigkeit hinterließ ein Prickeln auf ihrer Zunge.

»Was ist in letzter Zeit eigentlich mit dir los?«, fragte Rabia, nachdem sie ein paar Schritte weitergegangen waren.

Saphira ließ sich nichts anmerken. »Was meinst du?«

»Kann ich nicht genau sagen«, meinte Rabia achselzuckend. »Du wirkst irgendwie … angespannter als sonst. Und da deine Make-up-Künste längst nicht so ausgereift sind wie meine, kann ich deine Augenringe sehen. Schläfst du schlecht?«

Saphira warf einen Blick auf Rabias perfekt gestyltes, blondes Haar, das makellose Make-up und das gold glitzernde Cocktailkleid. Ihre beste Freundin verstand wirklich mehr von solchen Dingen.

»Du weißt, dass wir an diesem großen Deal arbeiten. Gesunde Anspannung. Das ist alles.«

Rabia warf ihr einen zweifelnden Blick zu. »Und was ist mit deiner neuen *guardia*? Madox?«

Jetzt wurde sie wirklich etwas nervös, und es war schwer für Saphira, das ihrer Freundin gegenüber zu verbergen. »Er macht sich gut. Warum fragst du?«

Ein süffisantes Grinsen schlich sich auf Rabias Lippen. »Hast du inzwischen herausgefunden, ob er wirklich so geschickte Hände hat?«

»Rabia.« Saphira warf ihr einen tadelnden Blick zu und nippte an ihrem Champagner.

»Was denn?«

»Er gehört zur *famiglia*. So etwas gehört sich nicht.«

Rabia zuckte mit den Schultern. »Hey, ich bin auch mit deinem Cousin verlobt.«

»Das ist etwas anderes«, sagte Saphira, und ihr Ton fiel etwas strenger aus, als sie es beabsichtigt hatte. »Ich bin der *capo*, er nur eine *guardia*.«

»Er könnte mit dir zusammen das Kommando über die *famiglia* übernehmen.«

Etwas in Rabias Stimme klang merkwürdig, aber Saphira konnte nicht genau sagen, was.

»Ich bin der *capo,* und daran wird sich auch nichts ändern«, sagte sie.

Einer ihrer *uomini d'onore* sprach Saphira an und verwickelte sie in ein Gespräch. Im nächsten Moment war Rabia verschwunden, und Saphira war nicht mehr Freundin, sondern nur noch *capo*. Ein Wechsel, der ihr leicht gelang.

Die Party dauerte bis weit nach Mitternacht an, dann verließen die letzten Gäste das Haus. Saphira erwartete Adrian am nächsten Morgen zurück, um letzte Details für die Übergabe in ein paar Tagen zu klären. Im Anschluss würde ihr Besucher endlich wieder nach Amerika zurückkehren.

Sie wollte gerade nach dem Reißverschluss des Kleides greifen, als die Tür zu ihren Räumen geöffnet und wieder geschlossen wurde. Der Schlüssel wurde umgedreht, sie war nun mit ihrem Besucher im Raum eingeschlossen.

Ein Lächeln schlich sich auf ihre Lippen, während sich die Schritte näherten. Schon spürte sie Hände auf ihren Hüften und Lippen, die ihren Nacken küssten. Ihre Hand wurde beiseitegeschoben und der Reißverschluss nach unten gezogen. Ein leichtes Schulterzucken, und das Kleid rutschte mit leisem Rascheln zu Boden.

»Versprechen Nummer eins eingelöst«, murmelte Madox an ihrem Ohr. »Das Kleid ist weg.« Seine Finger strichen über ihren Hals direkt über dem Choker.

»Und jetzt?«, flüsterte sie.

»Jetzt gehörst du mir.«

Er packte ihren Hals mit einer Hand, zog sie nach hinten. Die andere legte er zwischen ihre Brüste und zog sie zurück an seinen muskulösen Körper. Mit den Lippen strich Madox über ihren Nacken und hinunter zu ihrer Schulter. Plötzlich zuckte heißer Schmerz durch sie hindurch, als er sie in die zarte Haut am Hals biss. Ihre Nippel richteten sich auf, und ihre Bauchmuskeln spannten sich an.

»Wie verläuft der Heilungsprozess?« Sein Atem strich über ihre Haut, als er vorsichtig ein Nippelpiercing berührte.

»Beinahe vollständig verheilt.«

»Sehr gut«, raunte Madox an ihrem Ohr und biss sie leicht ins Ohrläppchen. Der verheißungsvolle Ton in seiner Stimme ließ sie erzittern.

»Kein BH?«, fragte er, während sein Daumen um eine Brustwarze strich.

»Bei dem Kleid? Wohl eher nicht.«

»Wenn ich das gewusst hätte, hätte ich nicht so lange gewartet.«

Sie lachte leise und bog den Kopf zur Seite, bot ihm ihren Hals dar.

»Du vergisst, dass du das nicht zu entscheiden hast«, gab sie zurück.

Sofort wurde Madox' Griff fester, bis es beinahe zu schmerzhaft war.

»Wirklich?«

Sie schluckte, ein leichtes Zittern ergriff von ihr Besitz und sie rieb ihren Hintern an Madox' Erektion. »Wirklich.«

Sein raues Lachen bescherte ihr eine Gänsehaut. Bevor sie wusste, was er vorhatte, drängte er sie nach vorne, bis ihr Brustkorb gegen einen der Bettpfosten drückte. Er riss ihre Hände beinahe brutal nach oben, und sie blickte überrascht hinauf, während er ein geflochtenes Seidenband um ihre Handgelenke schlang und sie in kürzester Zeit an den Pfosten fesselte. Sie zog einmal probeweise daran, aber Madox hatte ganze Arbeit geleistet. Sie konnte sich nicht befreien. Sie konnte ihm nicht entkommen.

»Nach heute Nacht wirst du nicht mehr infrage stellen, wer hier das Sagen hat.«

Angst und Erregung mischten sich in ihrem Inneren, sorgten dafür, dass sie sich erwartungsvoll auf die Unterlippe biss.

»Was hast du vor?« Ihre Stimme klang zittrig, verriet ihre Aufregung.

»Das wirst du schon noch sehen.«

Im nächsten Moment wurde kühler Stoff über ihre Augen geschoben und die Welt versank in Dunkelheit. Madox hatte ihr eine Augenbinde angelegt. Sofort beschleunigte sich ihre Atmung, ihre Haut prickelte und eine Gänsehaut überzog ihre Arme.

Sein Duft nach Sandelholz, Limone und Minze füllte ihre Lungen. Sie konnte hören, wie er sich hinter ihr bewegte.

Plötzlich spürte sie seine Hand an ihrem Hintern und zuckte überrascht zusammen. Der hauchzarte G-String aus feiner Spitze ließ Madox freies Spiel. Ganz sanft strich er über ihre Haut, massierte ihren Po, bevor seine Hand über ihre Wirbelsäule nach oben glitt. Als er sich wieder hinabbewegte, gesellte sich kühler Stoff zu seiner Berührung. Er fühlte sich ganz ähnlich an wie das Seil um ihre Handgelenke – nur war er … nass.

Dann war Madox' Hand weg, und Saphira konzentrierte all ihre Sinne darauf zu erahnen, wo er sich befand und was er als Nächstes tun würde. Sie konnte bereits Feuchtigkeit zwischen ihren Schenkeln fühlen. Das Holz hatte sich durch den Kontakt mit ihrem Körper erwärmt und drückte gegen ihre Brüste. Sie zitterte leicht. Hin und wieder zuckten ihre Muskeln vor Nervosität.

Saphira konnte seinen Atem hören, seine Schritte, das Rascheln von Stoff, als er sich eines Teils seiner Kleidung entledigte. Dadurch, dass er ihr die Sicht genommen hatte, schienen all ihre anderen Sinne bis aufs Äußerste gespannt zu sein.

Sie hörte ein leises Zischen und schrie im nächsten Moment auf, als das Seil, das sie nur Augenblicke zuvor noch gestreichelt hatte, hart auf ihren Hintern traf. Der nächste Schlag folgte unmittelbar, und sie drehte den Kopf, presste ihren Mund auf den Oberarm, um die Lautstärke ihrer Schreie zu dämpfen.

Ihr Po brannte, dort, wo Madox sie mit dem nassen Seil geschlagen hatte. Wassertropfen perlten über ihre Haut, und ein Schauer rann über ihren gesamten Körper. Sie atmete heftig. Plötzlich war da wieder Madox' Hand, und sie zuckte in Erwartung eines weiteren Schlags zusammen. Stattdessen rieb er jedoch sanft über ihre geschundene Haut. Langsam aber sicher wich die Anspannung aus ihrem Körper, und ihre Atmung wurde ruhiger.

Sie lehnte die Stirn auf ihren Oberarm und atmete einmal tief durch. Gerade als sie die Luft wieder entweichen ließ, knallte das Seil erneut auf ihren Körper. Dieses Mal direkt über ihrem Po, auf den unteren Rücken. Ein Ruck ging durch sie hindurch, und Saphira stellte sich auf die Zehenspitzen, um dem Schmerz zu entkommen. Immer lauteres Zischen erfüllte die Luft, als Madox in schneller Abfolge das Seil auf ihren Körper niedersausen ließ. Schmerz ließ sie lautstark fluchen, ihre Haut brannte und ihre Klit pulsierte im Takt ihres wilden Herzschlags. Sie konnte spüren, dass der Stoff ihres Strings bereits von ihrer Erregung durchnässt war.

Jeder Zentimeter ihres Hinterns und ihres unteren Rückens stand in Flammen. Das Wasser perlte in winzigen Rinnsalen über ihren Körper, kühlte ihre erhitzte Haut ein klein wenig. Daher dauerte es eine Weile, bis sie bemerkte, dass sie Madox nicht mehr hörte. Außer ihren eigenen Atemzügen herrschte absolute Stille im Raum.

»Madox?«, fragte sie mit rauer Stimme, bekam aber keine Antwort. Sofort ergriff sie leichtes Unwohlsein, und Angst machte sich in ihrer Magengegend breit. Wo war er? Was hatte er vor? Ein schrecklicher Gedanke ließ sie erneut erzittern. Dieses Mal nicht vor Erregung, sondern vor Angst. Hatte sie sich getäuscht? Stellte Madox doch eine Gefahr dar? Würde er sie umbringen?

❄

MADOX

In diesem Moment wäre es so einfach. Saphira stand nackt und gefesselt vor ihm. Sie konnte nichts sehen, sich nicht wehren. Es wäre so verflucht einfach, sie jetzt zu töten und zu verschwinden. Madox hielt sogar bereits das Messer in der Hand. Er müsste ihr einfach nur die Klinge zwischen die Rippen stoßen, und sie wäre so gut wie tot. Aber so funktionierte Rache nicht. Er wollte ihr in die Augen sehen, ihr Geständnis hören. Erst dann würde er sie töten.

»Madox?« Ihre samtige Stimme klang unsicher, als sie nach ihm rief. Aber er antwortete nicht, ließ sie weiterzappeln. Stattdessen betrachtete er ihren Körper, die roten Male, die von der nassen Seide auf ihrer Haut zurückgeblieben waren. Der schwarze String verhüllte die Striemen nicht, und Madox konnte bereits Feuchtigkeit auf den Innenseiten ihrer Schenkel glitzern sehen. Und das schwarze Halsband, das ganz eng an ihrer Haut lag, trieb ihn wirklich in den Wahnsinn. Sie sah damit so unglaublich heiß aus.

Sein Schwanz drückte schmerzhaft fest gegen den Stoff seiner Hose, bettelte geradezu um Aufmerksamkeit. Aber er war noch nicht fertig. In dieser Nacht wollte Madox sie endlich unterwerfen. Sie sollte sich ihm vollständig hingeben und jedem seiner Befehle willenlos folgen.

Er wollte auch ihre Tränen.

War das pervers? Definitiv. Absolut abgefuckt? Unbedingt. Aber genau das war es, was er wollte. Und er würde es bekommen.

Saphira begann sich unruhig zu bewegen und zog an ihren Fesseln. Aber er war kein Anfänger, und ohne seine Hilfe würde sie niemals freikommen. Gänsehaut überzog ihren schönen Körper.

»Madox …?« Angst schwang in ihrer Stimme mit, und er lächelte. Er bewegte sich lautlos, holte aus. Das geflochtene Seidenband, das er mit Wasser getränkt hatte, um die Intensität der Schläge und damit auch der Schmerzen zu steigern, schnellte durch die Luft und traf mit einem Knall auf die

Rückseiten ihrer Oberschenkel. Saphira warf den Kopf in den Nacken, einen lautlosen Schrei auf ihren Lippen, als alle Luft aus ihren Lungen entwich. Er gab ihr keine Sekunde Zeit, sich zu erholen, stattdessen schlug er noch drei weitere Male auf die zarte Haut ihrer Oberschenkel, bevor er ganz nah an sie herantrat.

Sachte strich er über die geröteten Erhebungen auf ihrer Haut. Das würde sie noch tagelang spüren, und er kam beinahe allein dadurch zum Höhepunkt, dass er sich vorstellte, wie sie sich nach außen hin ganz kühl gab, während ihr gesamter Körper bei jeder Bewegung schmerzte. Seinetwegen. *Nur* seinetwegen.

Madox streifte ihr den String vom Körper und warf das winzige Kleidungsstück beiseite. Das würde sie in dieser Nacht sowieso nicht mehr brauchen.

»Spreiz die Beine.« Es waren die ersten Worte, die er an sie richtete, seit er sie an den Bettpfosten gefesselt hatte, und Saphira erzitterte leicht. Sie schob die Füße auseinander, stellte sich breitbeinig hin. In ihrem Kopf mochte sie sich vielleicht noch gegen seine Dominanz wehren, aber ihr Körper reagierte bereits ganz instinktiv auf ihn, wollte sich unterwerfen.

Madox nahm das Seil und führte es einmal zwischen ihren Beinen hindurch. Mit einer Hand spreizte er ihre nassen Schamlippen und unterdrückte ein Stöhnen, als er spürte, wie bereit sie schon für ihn war. Dabei hatte er sie noch nicht einmal dort berührt. Er positionierte das Seil so, dass es genau über ihren Kitzler strich. Dann zog er es einmal schnell und hart vor und zurück. Saphira stöhnte, legte den Kopf zurück und bog ihm den Hintern entgegen, wollte die Berührung verlängern.

»Schon bereit, dich zu unterwerfen, Eisprinzessin?«, flüsterte er an ihrem Ohr.

»Nein«, keuchte sie.

»Na gut.« Er ließ das Seil fallen und sah, wie sich Saphira vor Enttäuschung auf die Unterlippe biss.

Mit einem großen Schritt stieg er über sein Hemd hinweg, das er bereits ausgezogen hatte, und streifte sich die Schuhe von den Füßen. Jetzt trug er nur noch seine Hose. Und die musste er auch noch eine Weile anbehalten, sonst würde er sich wahrscheinlich nicht mehr beherrschen können und Saphira einfach direkt an den Pfosten gefesselt ficken.

Madox griff nach der Kerze, die er zu Beginn angezündet hatte, und pustete sie vorsichtig aus. Er betrachtete das flüssige Wachs, und ein Lächeln schlich sich auf seine Lippen. Er trat wieder hinter Saphira, die noch immer mit durchgebogenem Rücken und vorgestrecktem Po an dem Pfosten lehnte. Er hielt die Kerze über ihren Rücken und neigte sie leicht. Fasziniert betrachtete er, wie das Wachs auf Saphiras Rücken tropfte. Sie holte laut zischend Luft, versuchte dem Schmerz auszuweichen. Sofort griff er nach ihrer Hüfte und hielt sie fest, ließ sie nicht entkommen. Mehr Wachs tropfte auf ihre Haut und floss zäh bis hinunter zu ihrem Steißbein, bevor es hart wurde. Saphira zitterte am ganzen Körper.

»Dreh dich um«, befahl er.

»Aber die Fesseln ...«

»Ich sagte, dreh dich um!«

Saphira zögerte, dann drehte sie sich einmal um die eigene Achse, bis sie mit dem Rücken gegen den Pfosten lehnte. Er hatte sie extra so gefesselt, dass sie genügend Spielraum für diese eine Bewegung hatte. Jetzt waren ihre Handgelenke zwar überkreuzt, aber nicht so, dass die Position zu unangenehm für sie war.

Ihre Atmung ging heftig, ihre Brüste hoben und senkten sich in schneller Abfolge. Ihre Haut war gerötet, ein feiner

Schweißfilm überzog ihren Körper. Die Seidenbinde verbarg ihre dunklen, geheimnisvollen Augen. In diesem Moment war sie einfach perfekt. Sein perfektes Sexspielzeug. Und er konnte mit ihr machen, was er wollte.

Schnell warf er noch einen prüfenden Blick auf die Brustwarzenpiercings. Aber die Wunden waren gut verheilt und würden das Schmerzempfinden gerade so weit steigern, dass Saphira ihn anflehen würde aufzuhören.

Madox stellte sich direkt vor sie, zwang ihre Beine auseinander und positionierte sich dazwischen. Seine freie Hand legte er auf ihren unteren Rücken, um sie zu stabilisieren. Dann hielt er die Kerze nacheinander über ihre Brüste und ließ den Rest des flüssigen Wachses auf ihre Nippel tropfen.

Saphira schrie unterdrückt auf, dann schien ihr einzufallen, dass man sie nicht hören durfte, und sie biss sich auf die Lippe. Ein Stöhnen, irgendwo zwischen Schmerz und Ekstase, drang tief aus ihrer Kehle.

Madox ließ die Kerze achtlos auf den Boden fallen und beugte sich über Saphiras Brüste, damit er sie beißen konnte. Hart. Saphira keuchte, wimmerte. In einem Moment versuchte sie zu entkommen, im nächsten presste sie sich näher an seinen Körper. Ihre Haut glühte, und ihre Muskeln zitterten unkontrolliert. Er wunderte sich, dass sie sich überhaupt noch auf den Beinen halten konnte. Aber das würde er ändern.

»Bereit mir zu gehorchen?«, fragte er mit sanfter Stimme.

Ihre süße, rosa Zungenspitze schnellte hervor, benetzte ihre Lippen. »Nein.«

Er lächelte, obwohl sie es nicht sehen konnte. »Sicher?«

Seine Hand glitt über ihren Körper, streichelte ihre Rippen und ihren geschundenen Po. Er drückte seine schmerzhafte Erektion gegen ihre Scham. Saphira keuchte, zögerte mit ihrer Antwort.

Aber schließlich richtete sie sich etwas auf und nickte leicht. »Ja, ich bin sicher.«

Madox lachte leise und beobachtete zufrieden, wie eine Gänsehaut Saphiras Körper überzog. Er glitt mit der Hand von ihrem Hintern zu ihrem Bauch und dann hinunter zwischen ihre Beine. Ganz sanft spreizte er ihre feuchten Schamlippen und glitt dazwischen. Sie war nass. Mit dem Daumen rieb er über ihren Kitzler und ließ gleichzeitig zwei Finger in sie gleiten. Sie bäumte sich auf und keuchte leise seinen Namen, was ihn beinahe die Beherrschung verlieren ließ. Auch wenn er inzwischen schwitzte und glaubte jeden Moment explodieren zu müssen, hielt er durch. Hier ging es um mehr als nur um seinen Orgasmus. Er wollte Saphiras Unterwerfung. Und dafür würde er alles tun.

SAPHIRA

Ihr Körper stand in Flammen. Jeder Zentimeter ihrer Haut prickelte und spannte, ihre Klit pulsierte schmerzhaft. Madox' Finger bewegten sich quälend langsam in ihr, erzeugten gerade genug Reibung, um sie an der Klippe des Höhepunktes schweben zu lassen, aber zu wenig, um sie über den Rand zu stoßen.

Hinter der Seidenbinde hatte sie die Augen fest zusammengepresst. Alles schmerzte, und gleichzeitig fühlte sie sich wie berauscht von den Sinneseindrücken, die sie zu überwältigen drohten.

»Madox, bitte«, flehte sie und biss sich gleich darauf auf die Lippe. Sie hasste es zu betteln.

»Wirst du dich unterwerfen?« Seine Stimme war ein dunkles Knurren direkt an ihrem Ohr.

Ihr Körper schrie *Ja!*, aber ihr Kopf weigerte sich. Sie wimmerte, als Madox die Finger in ihr krümmte, schüttelte aber den Kopf.

»So stur«, murmelte er, und im nächsten Moment spürte sie, wie Madox sie durch den Choker in den Hals biss. Sie keuchte, bäumte sich auf. Ihre Nippel schmerzten von dem Wachs, genauso wie ihr Rücken. Alles prickelte und brannte, dort wo er sie mit dem Seidenband geschlagen hatte. Alles war zu viel. Zu stark. Zu intensiv.

Saphira spürte Tränen hinter ihren geschlossenen Lidern brennen. Ihr Herz drohte ihr aus der Brust zu springen. Ihre Muskeln verkrampften sich sehnsuchtsvoll um seine Finger und ein Stöhnen, irgendwo zwischen Verzweiflung und Ekstase, drang über ihre Lippen.

Plötzlich wurde die Augenbinde gelöst, und sie blinzelte heftig. Ihr Blick fokussierte sich auf Madox, dessen helle Augen sie mit einer Intensität anstarrten, die ihr Angst machte. Mit einer schnellen Bewegung rammte er seine Finger in sie, und sein Daumen rieb hart über ihre Klit. Sie bäumte sich auf, konnte die erste Welle des Orgasmus schon fühlen, aber dann zog Madox die Finger zurück und presste seinen Körper an sie. Eine Hand schloss sich um ihren Hals, schnitt ihr einen Großteil der Luftzufuhr ab.

»Gib nach, Eisprinzessin.«

Ihre Lippen öffneten sich in einem stummen Schrei, ihre Lungen protestierten und ihr Herzschlag legte noch einmal an Tempo zu. Madox beugte sich noch näher zu ihr, legte mehr Gewicht auf die Hand, die ihren Hals umklammerte. Beinahe berührten seine Lippen ihre.

»Unterwirf dich!«

Sie konnte nicht genau sagen, woran es lag. Vielleicht am mangelnden Sauerstoff, am Schmerz, der ihren Endorphinspiegel in schwindelerregende Höhen katapultierte, oder an Madox' eindringlichem Blick aus hellblauen Augen. Aber in diesem Moment flossen wenige, vereinzelte Tränen über ihre Wangen. Madox beugte sich vor und leckte sie ab. Und bevor sie wusste, was sie tat, nickte sie.

»Sag es«, flüsterte er.

»Ich unterwerfe mich«, hauchte sie. Ihre Stimme nicht mehr als ein Flüstern.

Sie konnte sein Lächeln an ihrer Wange spüren. »Braves Mädchen.«

Er glitt mit beiden Händen an ihrem Körper nach oben, dann spürte sie, wie er sich an ihren Fesseln zu schaffen machte. Schon sanken ihre Arme herab, und Madox massierte sanft ihre Handgelenke. Dann trat er einen Schritt zurück.

»Auf die Knie«, befahl er.

In ihrem Kopf schrillten alle Alarmglocken, aber ihr Körper hatte genug von ihren Bedenken. Er wollte, was nur Madox ihm geben konnte. Dominanz. Ekstase. Erfüllung.

Sie hielt den Augenkontakt, als sie langsam auf die Knie sank und auf weitere Befehle wartete.

»Öffne meinen Gürtel.«

Sie musste ein paar Zentimeter auf den Knien nach vorne rutschen, damit sie ihn erreichen konnte. Aber dann legte sie die Hände an die Gürtelschnalle, die mit einem metallischen Klicken aufschnappte.

»Jetzt die Hose.«

Der Knopf glitt mühelos durch die Öse, der Reißverschluss ließ sich leicht herunterziehen, Stoff raschelte. Madox trug keine Unterwäsche. Sein beeindruckender Schwanz sprang ihr förmlich entgegen. Er trat aus der Hose heraus und kickte das Kleidungsstück beiseite.

Seine Hand griff in ihre Haare, packte ihren Hinterkopf und

dirigierte sie vorwärts. »Nimm ihn in den Mund. Und sieh mir dabei in die Augen, Eisprinzessin.«

Ihre Lippen öffneten sich bei seinen Worten, als hätte Madox die vollständige Kontrolle über ihren Körper übernommen. Da war kein Zögern, kein Nachdenken. Sie handelte einfach.

Langsam glitten ihre Lippen über seine Erektion, dabei blickte sie die ganze Zeit zu ihm auf. Sein salziger Geschmack entlockte ihr ein Stöhnen. Madox' Griff wurde fester, die Bewegungen, mit denen er ihren Kopf dirigierte, wurden härter, schneller.

»Fuck, Saphira!«

Sie strich mit der Zunge über die Unterseite seines Schafts, saugte daran, und Madox warf stöhnend den Kopf in den Nacken. Ihre Hände lagen auf seinen Oberschenkeln, und sie drückte ihre Nägel in sein Fleisch.

Ohne Vorwarnung zog Madox sich zurück und schien wie aus dem Nichts ein Kondompäckchen hervorzuzaubern, das er ihr in die Hand drückte.

»Streif es mir über«, befahl er.

Ihre Hände zitterten ein wenig durch die Intensität des Augenblicks, dennoch genoss sie das leise Zischen, das er von sich gab, als ihre Finger ihn berührten.

Plötzlich riss er sie an den Schultern zu sich hinauf. Sie schnappte nach Luft. Ihr Körper protestierte und jubilierte zugleich. Im nächsten Moment warf er sie aufs Bett und war einen Moment später über ihr. Bevor sie auch nur Luft holen konnte, hatte er sich mit einem harten Stoß tief in ihr vergraben. Sie keuchte auf, wölbte den Rücken und legte dann die Beine um seine Hüften.

Sein Tempo war schnell, seine Bewegungen brutal, und doch hätte sie es nicht anders gewollt. Saphira hob ihr Becken jedem seiner Stöße entgegen. Wimmernd vergrub sie die Nägel in seinem Rücken und legte den Kopf zurück, bot ihm ihren Hals dar. Und Madox nahm die Einladung an. Erst drückte er seinen Mund auf ihre Haut, dann auf den Samt des Chokers. Schließlich küsste er die Haut bis zu ihren Brüsten und biss hinein. Hart und andauernd. Sie öffnete den Mund, um zu schreien, doch ihr fiel gerade noch rechtzeitig ein, wo sie sich befanden, und sie presste die Lippen aufeinander. Aus ihrem Schrei wurde ein Wimmern, und ihr ganzer Körper bäumte sich auf. Jeder Muskel war bis zum Zerreißen gespannt.

Als Madox den Kopf hob, fing sie seinen Blick auf und sah Blut auf seiner Unterlippe glitzern. Das war der Funke, der sie explodieren ließ. Sie warf den Kopf zurück, ihre Muskeln zogen sich rhythmisch um seinen Schwanz zusammen und schwarze Sterne funkelten vor ihren Augen.

Madox vergrub den Kopf an ihrem Hals, sein Körper erzitterte in ihren Armen, sein heißer Atem floss in raschen Stößen über ihre Haut.

Saphira lag einfach da, gestattete sich zu genießen, wie Madox auf ihr lag. Sein Geruch vermischt mit dem Duft nach Sex hüllte sie ein, wie von selbst strich sie gedankenverloren über seinen Rücken. Und irgendwie fühlte sich dieser Moment angenehm an. Gut. Richtig.

So etwas hatte sie noch nie erlebt. Niemand hatte bisher ihre vollständige Kapitulation errungen. Madox jedoch hatte die komplette Kontrolle über sie übernommen, und es hatte sich gut angefühlt. Erfüllend. Seit Jahren hatte sie zum ersten Mal die Kontrolle abgegeben, hatte sich erlaubt einfach nur zu fühlen und jemand anderen entscheiden zu lassen.

Sie hatte sich geschworen, dass sie sich niemals von einem Mann dominieren lassen würde. Sie war ein *capo*. Sie gab Befehle und empfing sie nicht. Und dennoch hatte Madox es geschafft, sie zu unterwerfen.

Bevor sie über die Tragweite dieses Gedankens nachdenken konnte, rollte Madox sich zur Seite. Sie drehte den Kopf und sah ihn an. »Du solltest gehen.«

Die Intensität seines Blickes schüchterte sie ein, aber sie hielt ihm stand. Jetzt lagen die Dinge wieder anders. Der Sex war vorbei. Sie war wieder der *capo* und er ihre *guardia*.

»Sei still.«

Sie runzelte die Stirn. »Madox …«

»Ich sagte, sei still. Wir sind noch nicht fertig.«

Sie wollte ihn gerade zurechtweisen, aber da stand er auch schon auf und hob sie auf seine Arme. Sie war unglaublich erschöpft und konnte nur wenig Gegenwehr aufbringen. Madox trug sie in die Dusche und stellte das Wasser auf die perfekte Temperatur ein. Seufzend schloss sie die Augen, als er mit einem weichen Schwamm über ihren Körper glitt und sie einseifte, die Spuren des Kampfes um ihre Unterwerfung abwusch.

Nur noch einen Augenblick. Dann schicke ich ihn weg, versprach sie sich selbst.

Schon spürte sie seine Hände in ihrem Haar. Er wusch sie wirklich von Kopf bis Fuß, war dabei äußerst sanft und zärtlich. Weswegen sie lieber die Augen geschlossen hielt, damit sie seinen Blick nicht auffing. Stattdessen genoss sie einfach den Moment.

Nach der Dusche trocknete er sie vorsichtig ab und trug sie zurück zum Bett. Dort legte er sie erst auf den Rücken und verschwand wieder im Bad. Sie starrte zu dem seidenen Himmel ihres Bettes auf und hörte, wie Madox im Bad anscheinend nach etwas suchte. Dann kam er zurück und hielt eine Tube Salbe in der Hand. Sie öffnete den Mund, um etwas zu sagen, aber Madox' Blick ließ sie innehalten. Da war eine Dominanz in seinen Augen, der sie nichts entgegenzusetzen hatte.

Mit einer Sanftheit, die in krassem Kontrast zu dem gewalttätigen Sex stand, versorgte Madox erst ihre wunden Nippel. Dann drehte er sie vorsichtig auf den Bauch und kümmerte sich auch um die geschundene Haut ihrer Kehrseite. Am Ende war sie erschöpft, fühlte sich vollkommen umsorgt und verspürte das Bedürfnis, sich in Madox' Arme zu kuscheln. Und sie hasste das.

»Jetzt verschwinde«, murmelte sie, da sich die Müdigkeit in ihren Knochen breitmachte.

»Ich hatte dir gesagt, dass du still sein sollst. Zwing mich nicht dazu, dich zu bestrafen.«

Als Reaktion auf seine Worte bekam sie eine Gänsehaut, und Madox' leisem Lachen nach zu urteilen, hatte er es bemerkt.

Sie schüttelte nur kraftlos den Kopf, als Madox sich neben ihr ins Bett legte. Er zog Saphira an sich, schlang einen Arm um sie und bettete ihren Kopf auf seine Brust. Sein Herzschlag beruhigte sie, was sie nur noch mehr verwirrte. Das letzte Mal, als sie gehalten worden war, hatte ihre engste Familie noch gelebt. Ihre Welt war noch in Ordnung gewesen. Das war Jahre her.

Unwillkürlich spannte sie ihren Körper an.

»Denk nicht darüber nach, Eisprinzessin«, raunte Madox an ihrem Ohr. »Alles ist okay.«

Das war es nicht. Ganz und gar nicht. Aber in diesem Moment glaubte sie ihm. Und schlief an Madox gekuschelt und mit seinem Herzschlag im Ohr ein.

Kapitel 14

SAPHIRA

Am nächsten Tag zur Mittagszeit begegnete sie Madox auf dem Weg zu ihrem Büro. Er folgte ihr und schloss die Tür hinter ihnen, als sie den Raum betreten hatten.

Sie wich seinem Blick aus. »Was willst du?«

»Du bist mitten in der Nacht verschwunden.« Sein Tonfall sagte ihr, dass er nicht erfreut über diesen Umstand war, aber das interessierte sie nicht. Zumindest sollte es das nicht.

»Na und?«

Madox trat einen Schritt auf sie zu, aber sie hielt ihn mit einem Blick davon ab, noch näher zu kommen.

»Vergiss deinen Platz nicht.«

»Meinen Platz?«, knurrte er. »Ich werde dir zeigen …«

»Sei still!« Im Gegensatz zur letzten Nacht unterbrach sie ihn nun scharf. »Du vergisst dich. Ich bin dein *capo*. Ich habe hier das Sagen. Was bei Nacht in meinem Schlafzimmer passiert, spielt bei Tageslicht keine Rolle.« Sie trat ganz nah zu ihm heran, begegnete seinem unerbittlichen Blick. »Hast du das verstanden?«

Es war ihm deutlich anzusehen, dass er äußerst unzufrieden und ziemlich wütend war. Er biss die Zähne fest aufeinander, und ein Muskel zuckte in seiner Wange.

»Ich habe dich etwas gefragt, *cerbero*.«

Das war das erste Mal, dass sie den Spitznamen benutzte, den er als Killer erhalten hatte.

»Verstanden … *capo*.« Er spuckte das letzte Wort nahezu verächtlich aus.

»Jetzt tritt einen Schritt zurück und verhalte dich angemessen. Ich habe gleich einen Termin. Danach begleitest du mich in die Stadt.«

Mit einem wütenden Knurren trat Madox zurück und positionierte sich neben der Tür. Sie betrachtete ihn mit einem überlegenen Lächeln. Er hingegen starrte sie an, als wüsste er in diesem Moment nicht, ob er ihr die Kleider vom Leib reißen oder ihr den Hals umdrehen sollte. Sie hielt seinem Blick stand, forderte ihn stumm auf sie herauszufordern. Schon drehte sie ihr Handgelenk in die Position, in der das Messer, das wie immer an ihrem Unterarm befestigt war, mit einer weiteren Bewegung mühelos in ihre Hand gleiten würde. Madox spannte die Muskeln an, seine Hände ballten sich zu Fäusten. Seine ganze Körperhaltung zeigte einen bevorstehenden Angriff.

Es klopfte an der Tür.

Binnen Sekunden fielen sie beide wieder in ihre üblichen Rollen zurück, die Anspannung ließ nach und Saphira zog sich hinter ihren Schreibtisch zurück.

»Ja, bitte?«

Adrian trat ein und sah mit den strubbligen, blonden Haaren, der gebräunten Haut und der zerrissenen Jeans aus wie ein Surfer, der gerade vom Strand kam. Madox würdigte er keines Blickes, sondern lächelte nur Saphira strahlend an.

»Saphira. Was für eine Freude, dich zu sehen!«

Sie zwang ein freundliches Lächeln auf ihre Lippen, kam um den Schreibtisch herum und ließ sich von Adrian auf beide Wangen küssen.

»Möchtest du etwas trinken?«, fragte sie ihn.

»Ein Wasser, bitte.«

Saphira bedeutete ihm, in einem der Besucherstühle Platz zu nehmen und ging dann zu dem kleinen, Holz verkleideten Kühlschrank, der neben dem Sofa stand. Sie spürte die Blicke beider Männer auf sich, als sie in die Hocke ging und eine Flasche San Pellegrino herausholte. Aus der Glasvitrine daneben nahm sie zwei Gläser und stellte sie auf ihren Schreibtisch, schenkte ihnen beiden etwas ein und setzte sich dann neben Adrian auf den zweiten Besucherstuhl.

»Erzähl mir, was es Neues gibt«, bat sie.

»Das Schiff kommt in sechs Tagen an. Auch weiterhin keinerlei Zwischenfälle. Alles läuft glatt.«

»Gut. Heute Abend wollen wir uns den Hafen ansehen. Wir treffen uns dort. Ich habe vorher noch etwas zu erledigen.« Hatte sie nicht, aber sie wollte auf jeden Fall verhindern, dass Adrian sie begleitete. Schließlich wollte sie nicht mehr Zeit als nötig mit ihm verbringen.

Adrian nickte. »Ich habe nichts anderes vor.« Er zwinkerte ihr zu. »Wollen wir danach noch etwas essen gehen?«

Saphira suchte nach einem Grund, um nicht gehen zu müssen. Sie konnte hören, wie Madox sich hinter ihr leicht bewegte.

Schließlich seufzte sie leise. »Natürlich. Lass uns essen gehen.«

Adrian war deutlich anzusehen, wie zufrieden er mit ihrer Antwort war, während Madox leise räuspernd vortrat. Saphira drehte den Kopf, sah ihn warnend an.

»Saphira …«, setzte er an.

»Hol schon einmal den Wagen. Ich komme gleich«, fiel sie ihm ins Wort und hoffte, dass Madox sie in diesem Moment durch seine Leidenschaft nicht verraten würde, sondern einfach ihrem Befehl folgte. Als sie sah, wie er den Mund zu einer Erwiderung öffnete, kam sie ihm zuvor.

»Sofort.« Ihre Stimme klang so schneidend, dass er den Mund wieder schloss und den Raum verließ. Dabei drückte seine ganze Körperhaltung Wut und Anspannung aus. Hinter ihm schloss sich die Tür mit einem leisen Klicken.

❄

MADOX

Madox starrte auf das Meer, dessen rauschende Wellen sich am Ufer brachen. Noch immer loderten Flammen der Wut und Eifersucht in seinem Inneren. Er konnte nicht fassen, dass Saphira ihn so vorgeführt hatte. Vor wenigen Stunden hatte sie sich ihm noch komplett unterworfen und jetzt behandelte sie ihn wieder wie einen x-beliebigen *soldato*.

Kurz, nachdem sie ihn aus dem Büro geschickt hatte, war Emilio bei ihm gewesen und hatte ihm mitgeteilt, dass er Saphira an diesem Abend begleiten und auf sie aufpassen sollte. Emilio hatte andere Dinge für den Deal in der Stadt zu erledigen. Er würde die Route vom Hafen zum Lagerhaus überprüfen und dann später zu ihnen stoßen.

Madox holte sein Handy aus der Hosentasche und wählte Damianos Nummer.

Sein bester Freund ging beinahe sofort dran. »Hey, Arschloch. Was gibt's?«

»Ich fahre heute Nacht mit Saphira zum Hafen. Langsam komme ich nah genug an sie heran. Es ist nur noch eine Frage der Zeit, bis ich herausfinde, ob sie meinen Vater getötet hat, oder nicht.«

»Klingt gut. Ich sage es Guiseppe.«

»Mach das.« Madox hielt kurz inne. »Wie geht's der Wunde?«

»Sieht gut aus. Wusste gar nicht, dass du so gut nähen kannst.«

»Übung macht den Meister.«

Er konnte eine weibliche Stimme im Hintergrund etwas sagen hören.

»Von Clara soll ich dir schöne Grüße ausrichten«, gab Damiano das weiter, was Madox nicht genau hatte verstehen können.

»Schöne Grüße zurück«, erwiderte er und musste lächeln, als Damiano den Gruß durch den Raum zu seiner Frau rief. »Wie geht es ihr?«

»Die Schwangerschaft läuft gut. Ich kann es kaum erwarten, bis die Kleine endlich da ist.«

Er konnte die Freude seines besten Freundes durchs Telefon spüren.

»Okay, du Waschlappen. Ich muss jetzt los.«

Damiano lachte. »Bis dann.«

Madox steckte das Handy wieder weg und drehte sich zum Haus um. Genau in diesem Moment trat Saphira nach draußen. Das heutige schwarze Ensemble schmiegte sich an ihre Kurven wie eine zweite Haut. Ihre Lippen glänzten dunkelrot. Madox ballte eine Hand zur Faust.

Noch bevor sie wieder das Anwesen betraten, würde er diese Lippen küssen. Bis Saphira leise seinen Namen stöhnte und verstanden hatte, dass sie ihm nicht entkommen konnte.

GUISEPPE

Guiseppe betrachtete den Neuzugang seiner *famiglia* und konnte seinen Unwillen kaum unterdrücken. Er hasste Angst. Und dieser kleine Mistkerl stank förmlich danach. Dennoch hatte er sich in sein Büro getraut. So viel musste man ihm zumindest zugestehen. Trotzdem kannte Guiseppe nicht einmal seinen Namen.

»Also, du wolltest mich sprechen?« Der *capo* lehnte sich auf seinem Lederstuhl zurück.

»Ich habe gesehen, dass Saphira De Angelis in einer Seitengasse in der Stadt einen Mann geküsst hat.«

Sofort horchte Guiseppe auf. »Wann?«

»Vor einer halben Stunde. Ich bin sofort gekommen, um es dir zu erzählen.«

Guiseppe lächelte breit und verschränkte die Hände auf seinem Bauch. Sollte er endlich eine Schwachstelle in den Mauern gefunden haben, die Saphira um sich errichtet hatte? Er musste alles wissen, was er gegen diese Frau verwenden konnte.

»Wie sah der Mann aus?«

»Groß. Muskulös. Kurze, dunkle Haare.«

Eine ungute Vorahnung machte sich in Guiseppe breit, und seine Hände verkrampften sich.

»Wolfstattoo auf dem rechten Handrücken«, fuhr der Bote fort.

Heiße Wut pulsierte durch Guiseppes Adern, und er schickte den Neuling mit einer Handbewegung aus dem Raum. »Verschwinde!«

Minutenlang starrte er auf das bauchige Glas, das auf seinem Schreibtisch stand, griff danach und warf es mit einem wütenden Brüllen einmal quer durch den Raum.

»Dieser elende Mistkerl!«, schrie er.

Sein saudämlicher Neffe küsste doch tatsächlich die Frau, die er umbringen sollte! Was zum Teufel ging da vor sich? Kurz fragte er sich, ob das irgendeine Technik sein könnte, um Saphira schlussendlich in ihr Verderben zu führen. Aber im nächsten Moment verwarf er den Gedanken wieder. Wie sollte ein Kuss Madox auch dabei helfen, diese Frau umzubringen?

Diese ganze Geschichte dauerte sowieso schon viel zu lange. Er hatte Madox einen einfachen Auftrag gegeben. Töte Saphira De Angelis. Der Mord an seinem Vater hätte eigentlich genug Motivation sein müssen.

Wütend drehte Guiseppe sich einmal mit dem Stuhl um und betrachtete das Gemälde von sich, das dort an der Wand hing. Er hatte so viel getan, um endlich seinen rechtmäßigen Platz an der Spitze der *famiglia* einzunehmen, und jetzt drohte sein verfluchter Neffe, alles zu ruinieren.

Warum hatte er nicht einfach in Amerika bleiben können? Dort hätte er weitaus weniger Probleme verursacht. Aber nein, Madox' verficktes Ehrgefühl hatte ihn zurück nach Palermo gezogen. Guiseppe interessierte Ehre nicht. Er wollte Ergebnisse.

Offenbar war es höchste Zeit, dass er dem Ganzen Einhalt gebot.

In diesem Moment klopfte es an seiner Bürotür.

»Was?«, schnauzte er.

Damiano betrat den Raum und deutete eine leichte Verbeugung an.

»Was willst du?«

Guiseppe mochte den Kerl nicht besonders. Er war zu fröhlich, zu lebhaft und irgendwie zu anständig für einen Mafioso. Und sie beide teilten ein schwerwiegendes Geheimnis.

»Madox lässt ausrichten, dass er heute Abend mit Saphira

zu einem Meeting unterwegs ist – allein. Er ist zuversichtlich, dass er bald alle Informationen hat.«

Kurz fragte Guiseppe sich, ob der Kuss nicht doch Teil einer Taktik war. Aber selbst wenn, was scherte es ihn? Sein Neffe war ihm schon lange ein Dorn im Auge, da Guiseppe befürchtete, dass Madox ihm eines Tages die Führung der *famiglia* streitig machen würde. Seit er von dem Kuss gehört hatte, war ihm die perfekte Idee gekommen, um all seine Probleme endlich aus dem Weg zu räumen.

Wenn Madox und Saphira erst einmal aus dem Weg geräumt waren, konnte er auch endlich die Geschäfte der anderen *famiglia* für seine eigenen Zwecke nutzen. Es würde nicht leicht sein und einige Leben kosten, aber das war es wert.

»Danke für die Mitteilung.« Er winkte Damiano beiseite, nachdem dieser ihm näher erklärt hatte, wann und wo das Meeting stattfinden würde. »Du kannst jetzt gehen.«

Guiseppe wartete, bis der *soldato* wieder verschwunden war und er sicher sein konnte, dass er nicht belauscht wurde, bevor er zum Handy griff und einen seiner *capodecina* anrief. Ein *capodecina* stand einer kleinen Gruppe von *uomini d'onore* als eine Art Gruppenführer vor, und erhielt seine Anweisungen direkt vom *capo*, um die Aufträge dann an die *soldati* weiterzugeben.

»Guiseppe. Was kann ich für dich tun?«

»Ich habe einen Auftrag für dich, Daniele. Eine Bombe mit Zeitzünder muss heute noch an einem Auto platziert werden.« Er erklärte ihm, um welche Zielperson es ging. »Geh und finde heraus, wo der Standort des Wagens ist. Und sorge dafür, dass die Sache gründlich erledigt wird.«

»Natürlich.«

Guiseppe lehnte sich zurück und lächelte, deutlich entspannter als noch vor einer Stunde. Sein Problem war so gut wie gelöst.

DAMIANO

Damiano rückte den Rucksack zurecht und checkte die Straße. Es war nicht viel los. Die Sonne ging bereits unter, und das rosafarbene Licht der Abenddämmerung verlieh der Szene eine beinahe romantische Atmosphäre. Das Café an der Ecke war nicht gut besucht. Blassgelbe Sonnenschirme spannten sich über schwarze, schmiedeeiserne Stühle und Tische.

Er überprüfte noch einmal, ob der Fahrer tatsächlich noch im Café war, und ging dann auf die andere Straßenseite. Unauffällig blickte er sich um, kniete sich dann hin und rollte sich in einer geschmeidigen Bewegung unter den Wagen. Mit routinierten Handbewegungen öffnete er den Rucksack, zog die bereits fertig präparierte Bombe heraus und platzierte sie am Unterboden, genau auf Höhe der Rückbank. Wen auch immer Guiseppe damit loswerden wollte, die Person würde den Abend nicht überleben. Schnell schaltete er noch den Zeitzünder an. Von jetzt an würde es noch zwei Stunden dauern, dann ginge die Bombe hoch.

Damiano rollte sich wieder unter dem Wagen hervor und überprüfte, ob ihn jemand gesehen hatte. Aber die Straße war menschenleer und so entsorgte er den Rucksack im nächsten Mülleimer und machte sich dann auf den Weg, um seinem *capodecina* Bericht zu erstatten.

Er grinste. Aber vorher würde er seiner wunderbaren Frau noch einen kleinen Besuch abstatten.

Etwas später betrat Damiano das Büro seines *capodecina* und ließ sich in den Besucherstuhl sinken.

»Und wie lief es?«

»Alles wie immer, Daniele. Bombe platziert. Zeitzünder scharf.«

»Sehr gut. Auf dich ist Verlass.«

»Sag mal, wessen Auto war das überhaupt?«

Daniele rückte seine Krawatte zurecht, und ein Lächeln erschien auf seinen etwas zu breiten Lippen. »Es gehört Saphira De Angelis.«

Damiano erstarrte, und eine eisige Faust griff nach seinem Herzen. Binnen Sekunden erfasste er die gesamte Situation. In dreißig Minuten würde eine Bombe explodieren. Unter einem Auto, in dem Saphira De Angelis und sein bester Freund saßen.

»Entschuldige mich bitte«, murmelte er und verschwand, ohne auf eine Antwort zu warten, aus dem Raum. Auf dem Weg nach draußen machte er an der kleinen Waffenkammer halt und schnappte sich ein Scharfschützengewehr. Noch bevor er wieder draußen war, hatte er Madox' Nummer gewählt. Es klingelte und klingelte. Aber dieser gottverfluchte Idiot ging nicht ans Telefon!

Damiano warf das Gewehr ins Auto und sprang förmlich hinterher. Der Motor erwachte brüllend zum Leben, und mit einem Ruck sprang der Wagen nach vorne.

Das Büro seines *capodecina* lag nahe an der Grenze zu Saphiras Revier, und trotzdem brauchte er mindestens zwanzig Minuten, um ihr Haus zu erreichen. Immer wieder wählte er Madox' Nummer, aber der ging einfach nicht ran!

Damianos Puls raste, er schwitzte. Und er befürchtete, dass er bald den zweiten großen Fehler seines Lebens begangen haben würde. An dem ersten konnte er nichts mehr ändern, aber er konnte immer noch das Leben seines besten Freundes retten.

Es interessierte ihn nicht, dass er damit Verrat an den Vargas beging. Ja, er verdankte dieser *famiglia* sein Leben. Aber seit Salvatore tot war, ging es mit den Vargas zum Teufel. Guiseppe war ein grauenvoller Anführer, und immer öfter hatte Damiano Dinge tun müssen, die er nicht mit seinem Gewissen vereinbaren konnte. Schon längst hatte er mit Madox sprechen wollen, um ihn darum zu bitten, ihm und Clara bei der Flucht zu helfen. Es gab kein Entkommen aus der Cosa Nostra, aber er hatte es dennoch versuchen wollen. Damiano wollte ein sicheres, normales Leben für seine Frau und seine ungeborene Tochter. Im Gegenzug hätte er Madox endlich von seinem Geheimnis erzählen können.

Als das Anwesen in Sichtweite kam, lenkte er den Wagen von der Straße und parkte ihn zwischen den Bäumen, um ihn vor neugierigen Blicken zu verbergen. Die Zeitanzeige auf dem Armaturenbrett teilte ihm mit, dass ihm noch sieben Minuten blieben, bevor die Bombe hochging. Damiano wusste, dass man ihn niemals auf das Anwesen lassen würde, um Madox zu warnen. Aber genau dafür hatte er ja sein Gewehr dabei.

Er wagte sich so weit vor, wie er es riskieren konnte, und versuchte dabei, ein letztes Mal Madox zu erreichen. Natürlich erfolglos. Mit einem wütenden Knurren steckte er das Handy wieder ein und kletterte blitzschnell den nächsten Baum hinauf.

Damiano suchte sich eine gute Position und lud das Gewehr. Durch das Zielfernrohr konnte er die Eingangstür erkennen und davor parkte, auf dem hellen Kies, inzwischen der von ihm präparierte Wagen. Er atmete zweimal ruhig ein und aus, zwang sein Herz dazu, langsamer zu schlagen. Die Tür ging auf, und Saphira kam in Sicht. Direkt hinter ihr lief Madox.

Ein weiterer Atemzug. Luft anhalten.

Damiano feuerte.

Die Kugel schlug direkt neben Saphiras Kopf in das Gemäuer des Hauses ein. Sofort brach ein Tumult aus, und Madox griff nach Saphira, zog sie zurück ins Innere des Hauses.

Damiano konnte sich gerade noch den Gedanken erlauben, dass die geradezu instinktive Reaktion seines besten Freundes ihm alles über dessen Beziehung zu Saphira verriet, was er wissen musste, da explodierte das Auto in einem rot glühenden Feuerball.

Eine riesige Rauchwolke stieg zum Himmel empor. Selbst aus der Entfernung konnte er die lauten Rufe der Sicherheitsleute hören. Damiano nahm sich noch die Zeit, um durch das Zielfernrohr seines Scharfschützengewehrs zu checken, ob Madox und Saphira unverletzt waren, dann sah er zu, dass er seinen Arsch wegschaffte.

Es war entschieden, er hatte gerade Verrat an den Vargas begangen, Guiseppe betrogen. Er musste so schnell wie möglich nach Hause, denn Clara und er mussten das Land verlassen. Und irgendwann würde er Madox die Wahrheit sagen.

Kapitel 15

SAPHIRA

In ihren Ohren schrillte es, alles bis auf den kühlen Boden unter ihrem Rücken fühlte sich heiß an. Sie hörte laute Rufe, spürte warmen Atem an ihrem Ohr. Ein schweres Gewicht auf ihrer Brust schien ihr die Luft abzudrücken.

Saphira fühlte Panik in sich aufsteigen.

Es war wie vor vielen Jahren im Auto. Nach dem Aufprall, als der Sicherheitsgurt so fest in ihr Fleisch schnitt, dass sie nicht mehr richtig Luft bekam. Und eine Stimme ihren Namen rief. Eine zarte, helle Jungenstimme. Wieder rief jemand ihren Namen. Nur dass die Stimme jetzt viel tiefer und eindringlicher klang.

Sie blinzelte.

»Saphira!«

Mit einem Ruck kehrte sie in die Realität zurück und blickte in hellblaue Augen.

»Sag was!«

Irgendetwas in seinem Tonfall klang merkwürdig. Beinahe wie … Sorge.

»Mir geht es gut«, murmelte sie und betastete behutsam ihren schmerzenden Hinterkopf. »Was ist passiert?«

Erst jetzt bemerkte sie, dass Madox auf ihr lag. Schon im nächsten Moment stand er auf und zog sie mit sich. Um sie herum herrschte Chaos. Als sie an Madox vorbeisah, konnte sie das verkohlte Wrack eines Autos erkennen. Ihres Autos. In das sie beide vor wenigen Minuten beinahe eingestiegen wären.

Plötzlich tauchte Emilio neben ihnen auf, sein Gesicht wirkte angespannt und ernst.

»Du musst hier weg!« Er drückte ihr eine Waffe in die Hand, und jetzt kehrte sie endgültig in die Wirklichkeit zurück.

»Was ist passiert?«, verlangte sie zu wissen. Das vertraute Gewicht der Waffe gab ihr Sicherheit.

»Ein Schuss wurde abgefeuert und hat dich nur knapp verfehlt. Kurz danach ist das Auto in die Luft geflogen«, erklärte Emilio.

Neben dem Auto, von dem noch immer Rauch aufstieg, lag eine Leiche. Ihr Fahrer.

»Jemand hat versucht mich umzubringen«, sagte Saphira mit unbewegter Stimme.

»Sieht ganz danach aus«, bestätigte Emilio.

Madox stand wie ein dunkler Schatten neben ihr. Sie erinnerte sich an den Schuss und daran, wie er sie danach zurückgezogen hatte. Und an die Explosion. Er hatte sie herumgewirbelt und sie mit seinem Körper abgeschirmt.

»Wir müssen dich wegbringen«, fuhr ihr Chefleibwächter fort. »Zumindest, solange ich die Situation nicht geklärt habe.«

»Das hier ist meine *famiglia*. Mein Haus. Mein Leben. Ich bleibe«, sagte sie mit fester Stimme.

Emilio sah aus, als würde er jeden Moment explodieren. »Und mein Job ist es, dein Leben zu beschützen. Gerade ist ein Auto auf unserem Grundstück explodiert, und nur wenige Zentimeter neben deinem Kopf schlug eine Kugel ein. Auf – unserem – Grundstück!«, knurrte er. »Du verschwindest jetzt hier, und ich kümmere mich um alles.« Er wendete sich Madox zu. »Du kennst das Protokoll. Nehmt den Hinterausgang. Ich melde mich.«

Bevor sie protestieren konnte, griff Madox nach ihrer Hand und zog sie durch die Eingangshalle in einen der Gänge. Saphira wusste, wenn sie einen Kampf verloren hatte, aber sie würde sich trotzdem nicht herumkommandieren lassen. Mit einer energischen Bewegung entzog sie Madox ihr Handgelenk. Dann ging sie an ihm vorbei und schlug mit der Hand gegen die Holzvertäfelung neben einem Schwarz-Weiß-Foto vom Meer. Die Wand sprang einen Spalt weit auf, enthüllte einen Geheimgang. Mit einer blinden Sicherheit, die sie den vielen Jahren in diesem Haus verdankte, fand sie den Lichtschalter und zog Madox hinter sich her in den Gang. Die Tür sprang mit einem leisen Klicken zurück in ihre Position. In den Boden eingelassene Lampen erhellten den Weg vor ihnen.

Saphira atmete tief durch. Sie konnte Madox in ihrem Rücken spüren. Zwar hasste sie es, ihr Haus zu verlassen, aber sie verstand auch, dass ihre Sicherheit vorging. Immerhin war sie der *capo* – ohne sie wäre ihre *famiglia* führungslos.

»Lass uns gehen.«

Etwa eine Stunde später standen sie vor einer schlichten Eingangstür. Während sie den Code in das versteckte Tastenfeld eingab, hallten noch die Vibrationen von Madox' Motorrad nach. Sie presste die letzte Zifferntaste, und die Tür gab mit einem Klicken nach. Madox wollte sich an ihr vorbeischieben, die Waffe im Anschlag, aber sie hielt ihn auf.

»Niemand außer mir und Emilio, und jetzt dir, weiß von diesem Versteck. Es ist sicher«, wies sie ihn zurecht und betrat vor ihm das alte Lagerhaus kurz vor der Stadtgrenze von Palermo.

Von außen sah es heruntergekommen und schäbig aus. Scheiben waren zersprungen, einige Fenster waren vernagelt, und die rostfarbenen Steine des Gemäuers bröckelten. Von innen allerdings war es das genaue Gegenteil. Mauer und Fenster waren mit Stahl verkleidet, eine moderne Alarmanlage sicherte jeden Zentimeter des zweistöckigen Gebäudes, und alle Räume konnten individuell abgeriegelt werden. Es gab eine Waffenkammer und Vorräte für mindestens einen Monat. Die Lagerhalle war quasi eine kleine Festung.

Saphira betätigte den Lichtschalter, und erst bei voller Beleuchtung zeigte sich, wie groß der Raum war. Im hinteren Teil befand sich eine Küche mit schwarzen Hochglanzfronten samt großem Esstisch. Eine Metalltreppe führte ins höher gelegene Stockwerk, und sie steuerte genau darauf zu.

»Oben gibt es zwei Schlafzimmer mit eigenen Bädern. In dem kleineren findest du Kleidung für dich. Dort drüben«, sie deutete links an der Treppe vorbei, »gibt es eine Waffenkammer. In der Küche sind Lebensmittel, und hinter der kleinen Holztür dort«, sie deutete neben den Kühlschrank in der Küche, »ist die Speisekammer. Bedien dich.«

Sie hatte gerade einen Fuß auf die Treppe gesetzt, als sie seine Hand an ihrer Hüfte spürte.

Sie atmete seufzend aus. »Tu mir einen Gefallen und aktiviere die Alarmanlage. Der Code ist PDV2206«

»Und was machst du?«, fragte Madox, und sie war überrascht, wie sanft seine Stimme klang.

»Ich gehe duschen.« Sie schob seine Hand weg und ging nach oben. Der Flashback nach der Explosion war zwar nur kurz gewesen, aber seitdem quälte sie die Erinnerung an ihren kleinen Bruder Pippo. Sie brauchte einfach einen Moment für sich alleine.

MADOX

Madox starrte Saphira hinterher, bis sie aus seinem Sichtfeld verschwunden war. Dann drehte er sich um und aktivierte zuerst die Alarmanlage, bevor er sich im Erdgeschoss umsah. Dabei lauschte er die ganz Zeit nach oben, um zu hören, ob sie seine Hilfe brauchte. Aber es blieb ruhig.

In der Waffenkammer fand er alles, um einen kleinen Krieg zu beginnen. Und in der Küche alles für ein Gourmetdinner. Er holte eine Flasche Wasser aus dem Kühlschrank und ging dann nach oben.

Von dem Flur, der nur spärlich von einer Lampe erleuchtet wurde, gingen zwei Türen ab. Eine war nur angelehnt, und als er einen Blick riskierte, entdeckte er ein großes Bett, einen Schrank und eine weitere Tür, hinter der, den Geräuschen von rauschendem Wasser nach zu urteilen, das Badezimmer lag.

Er entschied sich dafür, dass er Saphira besser einen Moment zum Durchatmen gab, und ging in das andere Schlafzimmer, stellte aber vorher die Wasserflasche und zwei Gläser auf ihrem Nachttisch ab.

Das zweite Schlafzimmer war nur unwesentlich kleiner, aber in der Kommode fand er frische Kleidung in verschiedenen Größen, und wie sie gesagt hatte, gab es auch hier ein eigenes Bad, das mit dem Nötigsten ausgestattet war. Im Spiegelschrank fand er Zahnbürsten, Zahnpasta, einen Erste-Hilfe-Kasten und andere Drogerieartikel. Er legte die Pistole beiseite, wusch sich die Hände und nahm seine Waffe wieder an sich, bevor er sich aufs Bett setzte.

Seit die Kugel in der Mauer eingeschlagen war, hatte er nun

zum ersten Mal Zeit, wieder richtig durchzuatmen. Was zum Teufel war in der vergangenen Stunde passiert? Sofort dachte er an seinen Onkel. Bestimmt steckte er dahinter. Wer sonst sollte Saphira etwas anhaben wollen?

Madox lebte jetzt schon eine Weile bei den De Angelis, und jeder einzelne *uomo d'onore* war Saphira treu ergeben. Das war kein Verrat aus den eigenen Reihen. Jemand von außerhalb steckte dahinter, und das konnte nur Guiseppe sein.

Aber warum? Sie hatten einen Plan. Madox würde Saphira töten, sobald er den endgültigen Beweis fand, dass sie seinen Vater ermordet hatte. So einfach. Aber so weit war er noch nicht. Und das würde bedeuten, dass Guiseppe der Sache auf eigene Faust ein Ende bereiten wollte. Und dass er dabei in Kauf nahm, Madox ebenfalls zu töten. Warum zum Teufel hatte sein Onkel ihn nicht eingeweiht? Madox musste so schnell wie möglich mit Damiano sprechen.

Aber zuerst musste er sich um Saphira kümmern. Er hatte ihren Blick gesehen, direkt nach der Explosion. Und der Schmerz darin hätte ihn beinahe in die Knie gezwungen. Woran hatte sie gedacht?

Ärgerlich fuhr er sich durchs Haar. Warum zur Hölle interessierte ihn das überhaupt? Er hätte sie ja nicht mal schützen müssen. Dennoch hatte er sie an sich gezogen, hatte sie mit seinem Körper vor der Druckwelle abgeschirmt. Das hätte er nicht tun müssen, immerhin verfolgte er ja insgeheim andere Ziele, als sie vor Schaden zu bewahren.

Trotzdem hatte er eine Welle von Beschützerinstinkt verspürt, die ihm völlig fremd war. Und die er definitiv nicht empfinden durfte. Egal, was zwischen ihm und Saphira geschehen war, am Ende musste er bereit sein, sie zu ermorden.

Madox hob den Kopf, als er nebenan Schritte hörte. Er stand auf und ging nach nebenan. Dort saß Saphira in bequemer

Kleidung auf dem Bett und fuhr sich mit einem Kamm durch die nassen Haare. Sie hob den Blick, als er den Raum betrat.

»Hast du alles gefunden?«, fragte sie.

Er nickte und setzte sich neben sie aufs Bett, ließ aber einen gewissen Abstand zwischen ihnen beiden.

»Wie geht es dir?«

»Gut. Aber wir müssen einen Plan schmieden. Es gefällt mir gar nicht, dass ich mich verstecken muss. Das zeigt nur Schwäche. Ich möchte, dass du Emilio morgen anrufst, denn ich will so schnell wie möglich ein Update der Situation. Handys funktionieren hier drinnen allerdings nicht, damit man uns nicht orten kann. Also wirst du rausgehen müssen, um Emilio zu erreichen.«

»Saphira«, unterbrach er sie und legte ihr eine Hand auf den Oberschenkel.

Sie sah ihn nicht einmal an.

»Auf dich wurde geschossen«, fuhr er fort.

»Das war nicht das erste Mal.«

Er seufzte. »Dein Auto wurde in die Luft gesprengt.«

»Man hat schon einmal versucht mich in einem Auto umzubringen.«

Er horchte auf. Am Ende des Satzes war ihre Stimme leiser geworden, ein Hauch von Schmerz hatte darin mitgeschwungen. Natürlich wusste er von dem Autounfall, der ihre gesamte Familie getötet und den nur sie überlebt hatte. Aber er hatte sie noch nie darüber reden hören und auch sonst niemanden. Immer wenn er das Thema gegenüber einem Mitglied der *famiglia* erwähnte, bekam er die gleiche Antwort: »Es ist tragisch. Aber wir werden Rache nehmen.«

Eine Bewegung von Saphira holte ihn in die Gegenwart zurück, und er beobachtete, wie sie aufstand und den Kamm ins Bad brachte. Als sie zurückkam, wollte sie an ihm vorbeigehen und den Raum verlassen, aber so leicht würde er es ihr nicht machen.

Madox griff nach ihrem Handgelenk und zog sie in einer geschmeidigen Bewegung auf seinen Schoß. Er legte einen Arm um sie und die andere Hand an ihren Hals, streichelte mit dem Daumen ihren Puls.

»Erzähl mir davon.«

Sie schien direkt durch ihn hindurchzusehen, ihr Puls blieb ruhig.

»Wovon?«

»Von dem Autounfall.«

Jetzt fokussierte sich ihr Blick auf ihn, und er war überrascht von der Kälte darin. Da war kein Schmerz. Nur Wut, eiskalte Wut.

»Es war kein Unfall«, stieß sie hervor.

»Erzähl mir dennoch davon.« Er achtete darauf, dass seine Stimme sanft genug klang, damit sie sich ihm öffnete. Warum ihm das wichtig war, wollte er lieber nicht ergründen.

Sie tastete ihn mit ihren Blicken ab, so als wollte sie herausfinden, ob sie ihm trauen konnte. Es kam ihm so vor, als ob sie in ihrem Inneren gerade einen Kampf mit sich selbst ausfocht. Wenn sie wüsste, wer er wirklich war, würde sie ihn wahrscheinlich auf der Stelle erschießen, statt ihm ihr tiefstes Geheimnis zu offenbaren. Schließlich stieß sie einen langen, leisen Seufzer aus und lehnte den Kopf an seine Schulter.

»Ich war fünfzehn«, begann sie, und dabei strich ihr warmer Atem über seine Haut. »Wir hatten uns gerade ein Theaterstück angesehen. Ich weiß nicht einmal mehr, wovon es handelte. Es war eine ruhigere Zeit als heute. Salvatore Varga war ein besserer *capo* als sein Nachfolger.«

Madox stockte. Sie hatte seinen Vater für einen guten *capo* gehalten? Aber warum sollte sie ihn dann umgebracht haben?

Sie seufzte. »Jedenfalls hat mein Vater einmal im Monat einen Familienabend veranstaltet. Wir ließen die Leibwächter zu Hause und genossen die Zeit als normale Familie, ohne an die Cosa Nostra zu denken.« Sie machte eine kleine Pause, und er blieb einfach ruhig, gab ihr die Zeit, die sie brauchte.

»Wir waren gerade auf dem Heimweg. *Papà* fuhr den Wagen. Es war dunkel. Ich erinnere mich nur noch an das Aufblitzen von Scheinwerfern. Dann war da dieser laute Knall, metallisches Klirren und das Geräusch von splitterndem Glas. Ich wurde davon wach, dass jemand meinen Namen rief. Als ich die Augen öffnete, sah ich meinen kleinen Bruder Pippo. Er war sieben Jahre alt, und sein Gesicht war blutbefleckt. Pippo streckte die Hand nach mir aus, und ich versuchte, sie zu ergreifen, aber ich konnte den Arm nicht bewegen. Ich rief nach meinen Eltern, aber die antworteten nicht. Kurz danach hörte auch mein Bruder auf, nach mir zu rufen. Als Nächstes wurde ich im Krankenhaus wach, und meine Familie war tot.«

Madox widerstand dem Drang, sie enger an sich zu ziehen. Dieser Moment war kostbar, und er wollte ihn nicht durch eine unbedachte Bewegung zerstören. Er fühlte sich seltsam mit ihr verbunden. Es war das erste Mal, dass sie Zeit miteinander verbrachten und dabei ein echtes Gespräch führten. In diesem Moment hatte er nicht einmal das Bedürfnis, mit ihr zu schlafen. Da war eine Intimität zwischen ihnen, die nichts mit körperlicher Nähe zu tun hatte. Und die ihm eine Heidenangst einjagte. So etwas hatte er noch mit keiner Frau erlebt.

Sie schwieg, und er dachte daran, wie ruhig ihre Stimme geklungen hatte. Abgeklärt, so als würde sie gerade von etwas anderem sprechen als von der Ermordung ihrer gesamten Familie.

Doch bei ihren nächsten Worten klang ihre Stimme so dunkel und grausam, dass sogar er ein wenig Angst bekam. »Der Mörder läuft noch frei herum. Aber irgendwann werde ich Rache nehmen.«

Dessen war Madox sich sicher.

Wenn er ihr nicht zuvorkam.

Kapitel 16

GUISEPPE

Die Nachricht über das fehlgeschlagene Attentat hatte Guiseppe kurz nach der geplanten Explosion erreicht. Seitdem war er auf der Suche nach dem Schuldigen. Der *capodecina* hatte ihm versichert, dass die Bombe ordnungsgemäß angebracht worden war. Aber wer hatte geschossen?

Dabei war er sich so sicher gewesen, mit dem Anschlag gleich zwei Probleme aus der Welt zu schaffen. Die Gefühle seines Neffen für Saphira konnten zu einer Katastrophe führen, an deren Ende Guiseppes eigener Tod stand.

Das erste Problem war Saphira. Die einzige Überlebende des Attentats auf ihre Familie, das er arrangiert hatte. Er war es leid zu warten. Wenn er Saphira erst aus dem Weg geräumt hätte, wäre ihre *famiglia* ohne Führung – der richtige Moment, um zuzuschlagen. Endlich hätte er Saphiras *famiglia* endgültig zerschlagen und wäre der mächtigste Mann in Palermo.

Das zweite Problem war Madox. Er würde niemals die Beweise finden, die er suchte. Denn Saphira De Angelis hatte seinen Vater nicht umgebracht. Je länger Guiseppe ihn suchen ließ, desto mehr Misstrauen würde Madox entwickeln. Das konnte Guiseppe nicht riskieren. Außerdem hatte er alle Informationen über den Waffendeal, die er brauchte, um ihn zu sabotieren.

Es wäre perfekt gewesen, wenn sie beide bei dem Attentat umgekommen wären. Denn dann hätte er ganz einfach den Deal übernehmen und ihn zum Vorteil seiner eigenen *famiglia* nutzen können. Doch sie hatten überlebt.

Und jetzt sah Guiseppe sich einem weitaus größeren Problem gegenüber. Sein Neffe war nicht dumm. Madox würde schnell darauf kommen, dass das fehlgeschlagene Attentat Guiseppes Idee gewesen war. Und das würde dann Fragen aufwerfen, die zu beantworten er nicht bereit war.

Während er in Gedanken noch einmal seinen Plan mit der Bombe durchging, trank er einen Schluck Whiskey und ließ sich in seinem ledernen Bürostuhl nach hinten sinken. Schließlich griff er zum Telefon und rief den *capodecina* erneut an.

»Erklär mir bitte noch einmal ganz genau, wie alles abgelaufen ist«, sagte er mit trügerisch ruhiger Stimme.

»Es tut mir leid. Ich weiß nicht, was vor Ort passiert ist. Und ich konnte auch noch nicht mit Damiano sprechen …«

»Warte. Du hast Damiano den Auftrag erteilt?«

»Ja. Er ist immer zuverlässig.«

Ohne ein weiteres Wort beendete Guiseppe das Gespräch und stand auf. Es war an der Zeit, dass er seinen *soldato* zur Rechenschaft zog.

Die Limousine hielt vor dem kleinen, gemütlichen Haus von Damiano und seiner Frau. Im Vorgarten blühten rote und weiße Rosen, alles sah friedlich aus. Als Guiseppe ausstieg, spürte er die heiße Mittagssonne auf seiner Haut, aber er war viel zu eitel, um auch nur daran zu denken, sein Sakko auszuziehen.

Zwei *guardie* standen an Guiseppes Seite, und einer berührte ihn in diesem Moment an der Schulter, machte ihn auf ein unscheinbares Auto aufmerksam, das vor dem Haus stand.

Durch die Scheiben konnte der *capo* gepackte Koffer sehen, die auf der Rückbank lagen.

Schon öffnete sich die Haustür, und Damiano trat mit einer vollen Reisetasche, die er sich über die Schulter gehängt hatte, ins Freie. Als er Guiseppe und seine Leibwächter entdeckte, glitt ihm die Tasche von der Schulter. Ein Ausdruck von Resignation zeigte sich auf seinem Gesicht. Er wusste ganz genau, dass er nicht entkommen konnte. Und seine Reaktion teilte Guiseppe alles mit, was er wissen musste. Damiano war schuld, dass die Bombe Madox und Saphira nicht getötet hatte.

Gemessenen Schrittes kam Damiano auf Guiseppe zu und sah ihm direkt in die Augen.

»Ich denke, dass wir ein Problem haben«, sagte der *capo* gefährlich leise.

»Die Bombe hätte auch Madox getötet, das konnte ich nicht zulassen.« Damiano hielt seinem Blick stand, aber Guiseppe sah das nervöse Flackern. Sein *soldato* hatte Angst, und dazu hatte er auch allen Grund.

»Ach wirklich? Und das gibt dir das Recht, sich einem Befehl zu widersetzen?«

Damiano sah ihn ungläubig an. »Er ist dein Neffe.«

Guiseppe zuckte mit den Schultern. »Wir müssen alle Opfer bringen. Und da du dich einem Befehl widersetzt hast, ist es jetzt an der Zeit, dass *du* ein Opfer bringst.«

Ein Muskel zuckte in Damianos Wange. »Das solltest du nicht tun.«

Guiseppe lachte. »Du hintergehst mich und drohst mir dann auch noch?« Er machte einen Schritt auf seinen *soldato* zu. »Wir gehen jetzt.«

Damiano wich zurück, aber auf Guiseppes Zeichen hin griffen die *guardie* nach seinen Armen. Er wehrte sich, wollte zurück zum Haus und zu seiner Frau. Aber die Leibwächter hatten ihn fest gepackt und zogen ihn zu der wartenden Limousine. In diesem Moment ging die Tür erneut auf, und die schwangere Clara kam in Sicht. Sie starrte auf die Szene vor sich.

»Damiano!«, schrie sie.

Dieser wirbelte herum, wehrte sich jetzt heftiger, konnte sich aber nicht befreien. Die Frau stürzte auf ihn zu.

»Clara, nein!«, rief Damiano. »Geh zurück ins Haus. Du weißt, was du zu tun hast!«

Die Frau blieb wie angewurzelt stehen. Guiseppe sah sie lächelnd an. Es war ihm egal, wie viel Lärm sie veranstalteten. Das hier war sein Teil der Stadt, und niemand würde es wagen, sich einzuschalten oder die Polizei zu rufen. Tatsächlich sah er sogar, wie einige Fenster geschlossen und Vorhänge zugezogen wurden. Sein Grinsen wurde breiter.

Tränen strömten über Claras Gesicht, und sie hielt sich am Türrahmen fest, als hinge ihr Leben davon ab.

»Nein, bitte! Tu das nicht!« Mit flehendem Gesichtsausdruck sah sie ihn an, und Guiseppe hob eine Hand. Seine Leibwächter hielten inne. Hoffnung zeichnete sich auf dem Gesicht der Frau ab.

Guiseppe drehte sich um und sah Damiano an. Seit Jahren teilten sie beide ein Geheimnis, und bis jetzt war Damiano immer treu und zuverlässig gewesen. Es hatte nicht ein einziges Mal eine Beschwerde über ihn gegeben. Aber jetzt wusste er, dass Guiseppe Madox nach dem Leben trachtete. Und er hatte das Leben seines besten Freundes über die Treue zur *famiglia* gestellt. Wie lange würde es da wohl noch dauern, bis er auch ihr gemeinsames Geheimnis ausplauderte? Das würde Guiseppe zerstören und das Risiko konnte er nicht eingehen.

»Du hast einen Fehler gemacht, Damiano«, sagte er mit ruhiger Stimme.

Der *soldato* starrte ihn unverwandt an. »Du wolltest deinen Neffen umbringen.«

Guiseppe lächelte. »Und du weißt, warum.«

Damiano knirschte mit den Zähnen. Er wusste, was ihn erwartete, und hatte dennoch genug Mut, Guiseppes Blick zu erwidern. Hätten ihm solche Dinge etwas bedeutet, müsste Guiseppe ihm jetzt Respekt zollen. Gut, dass dem nicht so war.

Er schlug das Sakko zurück und zog seine Pistole aus dem Hosenbund. Hinter ihm hörte er Clara nach Luft schnappen. Damianos Blick ging an ihm vorbei.

»Clara«, rief er, »geh ins Haus!«

»Aber …«

»Geh ins Haus!«, schrie Damiano und dann, mit sanfterer Stimme, fügte er hinzu: »Ich liebe dich.«

Guiseppe rollte mit den Augen. Er hatte genug von diesem Schauspiel. Er hatte schließlich noch andere Dinge zu erledigen. Er hob die Waffe, zielte und schoss. Durch den Schalldämpfer, war nur ein kurzes Zischen zu vernehmen, und Damiano hatte ein Loch in der Stirn.

Clara begann hinter ihm zu kreischen. Ohne einen weiteren Blick auf sie zu werfen, ging er zur Limousine.

Mit einem Kopfnicken deutete er auf die Leiche, und seine Leibwächter hoben den leblosen Körper hoch und verfrachteten ihn in den Kofferraum. Zufrieden, dass er dieses Problem gelöst hatte, stieg Guiseppe ins Auto.

SAPHIRA

Saphira starrte an die gegenüberliegende Wand, ohne wirklich etwas zu sehen. Wieso hatte sie Madox am Abend zuvor etwas über den Unfall erzählt? Und wieso hatte sie von Pippo gesprochen? Seit elf Jahren hatte sie mit niemandem mehr über ihn gesprochen.

Sie hatte ihren Onkel damals einzig und allein gefragt, ob ihre Familie tot war. Seitdem hatte sie kein weiteres Wort dazu gesagt. Und gestern hatte ihr *soldato* sie mit einer Frage dazu gebracht, ihm ihr Herz auszuschütten. Das war beunruhigend.

Sie hatte drei ihrer vier Regeln gebrochen. Sie hatte Gefühle gezeigt. Sie hatte Schwäche gezeigt. Sie hatte nicht jeden getötet, der eine Bedrohung darstellte. Und Madox stellte definitiv eine Bedrohung für sie dar. Zumindest, was ihre Gefühle betraf.

Und was war die Konsequenz? Jemand hatte versucht sie umzubringen.

Der Mann, dem sie unwillentlich ihr Innerstes offenbart hatte, kam aus der Küche und setzte sich neben sie auf die Couch. Madox reichte ihr eine Dose Limonade und lehnte sich zurück. Mit einem langen Atemzug schob Saphira ihre Gefühle beiseite.

»Also, was gibt es Neues?«, fragte sie.

»Nichts. Ich war eine Weile spazieren, aber ich konnte niemanden erreichen. Ich werde es heute Abend wieder versuchen.«

Sie nickte. »Wahrscheinlich ist Emilio mit Aufräumarbeiten beschäftigt. Also, ich will so schnell wie möglich von hier verschwinden. Deswegen müssen wir herausfinden, wer mich töten wollte.« Der Gedanke daran, mehrere Tage mit Madox alleine in diesem Versteck zu verbringen, sorgte dafür, dass sie sich unwohl fühlte. »Es kann nur Guiseppe gewesen sein. Die Vargas wollen mich tot sehen.«

Madox schwieg.

»Aber was ist mit dem Schuss? Waren das ebenfalls die Vargas oder jemand anderes?« Sie hielt inne, als ihr ein Gedanke kam. Aber war das möglich? Oder wurde sie jetzt langsam verrückt?

»Worüber denkst du nach?«, wollte Madox wissen.

Sie warf ihm einen Seitenblick zu. Konnte sie ihm genug vertrauen, um ihn an ihrer Theorie teilhaben zu lassen? Sie hatte sich schon einmal gefragt, ob sie ihm vertrauen konnte, aber damals war es nur um ihren Körper gegangen. Jetzt ging es auch um ihr Imperium. Allerdings hatte Madox bereits mehrere Gelegenheiten verstreichen lassen, sie zu töten. Und er wäre vermutlich damit davongekommen. Schließlich war er ein ausgebildeter Killer. Die ließen sich nur selten erwischen.

»Warum bist du hier?«, fragte sie.

Madox stockte. Ein Ausdruck von Unsicherheit huschte für den Bruchteil einer Sekunde über sein Gesicht. »Weil das meine Aufgabe ist.«

Das war die richtige Antwort auf die Frage, ob sie ihm trauen konnte, aber irgendetwas daran war auch falsch. Allerdings konnte sie nicht genau sagen, was.

Sie wandte den Blick ab und starrte wieder auf die stahlverkleidete Wand. Sie hatte damals auf ihre Gefühle gehört, als sie sich für die Affäre mit Madox entschied. Und auch jetzt wusste sie instinktiv, dass sie ihm vertrauen konnte. Sie konnte nur hoffen, dass sie damit richtiglag.

»Wie weit ist die Grundstücksgrenze vom Hauseingang entfernt? Achthundert Meter?«

Madox gab ein zustimmendes Brummen von sich. »So in etwa.«

»Eine durchaus machbare Entfernung für einen Scharfschützen. Mit dem richtigen Gewehr sogar geradezu einfach. Die Sicht wurde durch nichts blockiert, kein Hitzeflirren in der Luft, Windstille. Wie wahrscheinlich ist es, dass da jemand danebenschießt?«

Sie sah ihn an. Madox öffnete den Mund, um etwas zu sagen, schloss ihn aber wieder. Sie konnte beinahe sehen, wie es hinter seiner Stirn arbeitete und er schließlich das Gleiche schlussfolgerte wie sie.

»Vielleicht wollte dich jemand warnen.«

Sie nickte. »Es war klar, dass man mich zurück ins Haus und damit weg vom Auto ziehen würde, wenn geschossen wird. Und deswegen saßen wir nicht drin, als es in die Luft geflogen ist.«

»Also suchen wir nach jemandem, der von dem Attentat gewusst hat und es verhindern konnte …« Madox' Stimme verlor sich am Ende des Satzes.

Sie hatte sein Zögern bemerkt und sah ihn fragend an. »Ist alles in Ordnung?«

Madox nickte, schien aber in Gedanken meilenweit weg zu sein. Sie runzelte die Stirn und legte ihm eine Hand auf die Schulter.

»Was beschäftigt dich?«, fragte sie, diesmal eindringlicher. Sie duldete keine Geheimnisse.

Er schüttelte den Kopf. »Ich überlege nur, welche Person das sein könnte.« Er sah sie an. »Hast du Spione bei den Vargas?«

»Wir haben es versucht, aber Guiseppe ist dermaßen misstrauisch, dass wir nie an brauchbare Informationen gelangen konnten.«

Abrupt stand er auf. »Ich sollte noch einmal nach draußen gehen und versuchen Emilio zu erreichen.«

Sie nickte und ließ ihn gehen. Zurück blieb nur das merkwürdige Gefühl, dass er ihr etwas verschwieg.

❄

MADOX

Fieberhaft versuchte er Damiano zu erreichen, aber der ging einfach nicht an sein verdammtes Handy. Madox versuchte es sogar bei Clara, aber auch die konnte er nicht erreichen. Außerdem war sie schwanger, und er wollte sie nicht unnötig aufregen. Es war schließlich durchaus im Bereich des Möglichen, dass Damiano sich nur auf einer Mission für die Vargas befand.

Doch er hatte das dumpfe Gefühl, dass Saphiras Theorie gar nicht so abwegig war. Damiano hatte immerhin von dem Treffen gewusst, das am Abend stattfinden würde. Er hatte außerdem gewusst, dass Madox sie begleitete. Hatte Damiano Guiseppe davon erzählt, und sein Onkel hatte daraufhin den Auftrag gegeben, die Bombe in Saphiras Auto zu platzieren? Wieso jedoch sollte Guiseppe ihm schaden wollen?

Gerade als er Damiano noch einmal anrufen wollte, klingelte sein Handy. Emilios Name erschien auf dem Display, und Madox nahm den Anruf entgegen.

»Was gibt es Neues?«, fragte Madox ohne Umschweife.

»Hier herrscht immer noch ziemliches Chaos. Die Schäden am Haus sind größer als erwartet. Einige Wachleute haben mittlere bis schwere Brandwunden. Der Fahrer war sofort tot. Adrian geht es allerdings gut. Wir haben ihn in ein Hotel in der Stadt gebracht, und ich lasse ihn von ein paar *soldati* bewachen. Wie geht es Saphira?«

»Gut, so weit. Sie ist unverletzt. Allerdings wäre sie lieber auf ihrem Anwesen.«

Emilio schnaubte. »Natürlich. Allerdings ist es hier noch nicht wieder sicher. Ich habe weder Informationen über den Schützen noch über die Autobombe. Ich sage es nicht gerne, aber es könnte jemand aus unseren eigenen Reihen gewesen sein. Vielleicht hat Guiseppe einen seiner Leute bei uns eingeschleust. Ich halte das für sehr unwahrscheinlich, aber ich werde Saphiras Leben keiner Gefahr aussetzen. Bis ich nicht alles überprüft habe, bleibt ihr in dem Versteck.«

Madox schwieg zu dem von Emilio geäußerten Verdacht. Schließlich war *er* der von Guiseppe geschickte Spion in den eigenen Reihen. »Sie wird nicht sehr glücklich darüber sein«, meinte er stattdessen.

»Dann bin ich ja froh, dass ich ihr die Nachricht nicht überbringen muss«, gab Emilio zurück.

Madox rollte mit den Augen. »Na, danke.« Er wurde wieder ernst. »Saphira hatte übrigens noch eine Theorie zu dem Schuss.« Er erzählte Emilio von ihrem Verdacht.

»Hm, durchaus möglich. Ich werde es bei meinen Untersuchungen in Betracht ziehen.« Madox konnte im Hintergrund jemanden nach Emilio rufen hören. »Okay, ich muss los. Ich melde mich wieder.«

Damit war das Gespräch beendet. Madox versuchte es noch einmal bei Damiano, erreichte aber wieder nur die Mailbox. Er hinterließ eine Nachricht, dass er sofort mit ihm sprechen musste. Dann kehrte er zu Saphira zurück. Es war an der Zeit, eine falsche Fährte zu legen.

Kapitel 17

SAPHIRA

Saphira wickelte ein Handtuch um ihren nassen Körper und ging wieder in das angrenzende Schlafzimmer. Dort fand sie Madox, der auf dem Bett saß. Er hatte die Ellbogen auf die Knie gestützt und starrte auf seine Hände. Das schwarze T-Shirt spannte sich über seinen breiten Schultern. Als er den Kopf hob und sie ansah, blieb sie stehen. Wie immer fesselte sie der Blick aus seinen hellblauen Augen.

»Ich habe nachgedacht«, begann er, und sie sah ihn abwartend an. »Emilio hat angedeutet, dass jemand aus unserer *famiglia* für den Anschlag verantwortlich sein könnte.«

Sie runzelte die Stirn. »Ein Verräter?«

Er nickte. »Also habe ich mich gefragt, wer einen Grund hätte, dich zu töten.«

Sie verschränkte die Arme vor der Brust. Ihre *famiglia* war der Ausgangspunkt ihrer Existenz. Einfach alles drehte sich darum. Dass jemand aus ihren eigenen Reihen sie tot sehen wollte, war kein angenehmer Gedanke.

»Leandro.«

Saphira musste ein Lachen unterdrücken. »Wirklich? Mein Cousin, der sich lieber hinter Büchern und Zahlen versteckt, soll eine Bombe in meinem Auto platziert haben?«

»Aber er ist der Vizerepräsentant und die *uomini d'onore* stehen auch hinter ihm. Wenn du stirbst, rückt er nach. Er wäre dann der *capo.*«

»Du machst dich lächerlich.« Saphira drehte sich um und wollte den Gedanken, dass ihr Cousin ihr nach dem Leben trachten könnte, verdrängen. Aber Madox hatte es laut ausgesprochen und ein erster Zweifel keimte in ihr. Konnte es wahr sein? Wollte Leandro sie töten?

Aber Saphira traute Leandro nicht zu, einen solchen Plan allein zu schmieden. War er mit jemandem im Bunde? Jedenfalls nicht mit ihrem Onkel, denn sie vertraute Vito. Er würde nie etwas tun, was ihr oder der *famiglia* Schaden zufügte. Oder entschied er sich im Zweifelsfall etwa doch für seinen Sohn?

Sie ballte eine Hand zur Faust. Warum hatte Madox nicht einfach den Mund halten können? Jetzt misstraute sie sogar schon ihrer Blutsfamilie.

»Saphira?«

Sie hörte, wie er aufstand und hinter sie trat.

»Sei still«, antwortete sie leise.

»Was?«

Sie wirbelte herum, eine plötzliche Welle von eiskalter Wut rollte über sie hinweg.

»Ich habe gesagt, dass du den Mund halten sollst!« Sie stieß ihn mit der flachen Hand gegen die Brust. »Ich habe dich *nicht* nach deiner Meinung gefragt!«

Sie holte aus, um ihn noch einmal zu schlagen, aber jetzt schien Madox genug zu haben. Er bewegte sich so schnell, dass sie der Bewegung mit den Augen nicht folgen konnte. Plötzlich umfasste eine seiner Hände ihr Handgelenk, die andere lag an ihrem Hals. Mit einer kraftvollen Bewegung schubste er sie rückwärts, und sie knallte mit dem Hintern gegen die Kommode. Aber Madox war noch nicht fertig mit ihr. Stattdessen drückte er auch noch ihren Kopf zurück, bis sie damit gegen die Wand knallte. Schmerz ließ sie nach Luft schnappen, und sie funkelte ihn wütend an.

»Einmal lasse ich dir so einen Schlag durchgehen, aber beim zweiten Versuch werde ich wütend«, knurrte er. »Außerdem habe ich nur versucht, dir zu helfen!«

Mit ihrer freien Hand griff sie nach Madox' Handgelenk und drückte ihre Nägel in sein Fleisch, aber er zuckte nicht einmal mit der Wimper. Ihr Rücken war in einem schmerzhaften Winkel nach hinten gebogen, die Kante der Kommode drückte hart in ihren Po. Und sie befürchtete, dass ihr Handtuch jeden Moment zu Boden sinken könnte.

»Ich brauche deine Hilfe nicht«, gab sie zurück.

»Ach, wirklich? Und wieso versteckst du dich dann gerade mit mir?« Seine Hand um ihren Hals drückte fester zu.

»Das war nicht meine Entscheidung, Emilio hat dich geschickt«, brachte sie mühsam hervor. »Ich wäre mit jedem anderen lieber hier als mit dir!«

Madox' Augen blitzten, und er presste seine Lippen zu einer schmalen Linie zusammen. Dann beugte er sich nach vorne, brachte sein Gesicht ganz nah an ihres. Dadurch waren ihre Körper der Länge nach aneinandergedrückt, und sie konnte deutlich seine Erektion an ihrem Geschlecht spüren.

Im nächsten Moment drückte er seinen Mund auf ihren, zwang seine Zunge einfach in ihren Mund. In seinen Bewegungen war deutlich seine Wut spürbar. Saphira fühlte, wie sich ihr eigener Zorn mit ihrer Erregung mischte. Ihre Klit pulsierte im Rhythmus ihres Herzschlags.

Sie küssten sich nicht besonders häufig, und Saphira nutzte den Moment, als Madox den Winkel veränderte, um den Kuss zu unterbrechen. Das war eindeutig zu viel Intimität für sie, die sie mit Madox nicht eingehen wollte.

Dafür ließ sie sein Handgelenk los und riss sich das Handtuch vom Körper. Als Nächstes griff sie nach seiner Jeans, öffnete Knopf und Reißverschluss, und ließ eine Hand in seine Hose gleiten. Madox keuchte an ihrem Ohr, als sie seinen Schwanz umfasste. Sie drückte zu, bewegte die Hand langsam auf und ab. Sein Stöhnen schien direkt zwischen ihre Beine zu schießen, und sie schloss die Augen, bog sich ihm näher entgegen.

Madox ließ ihr Handgelenk los und schob sich die Jeans über die Hüften. Im nächsten Moment hob er sie an und schob sie auf die Kommode. Saphira legte beide Beine um ihn und biss ihn in den Hals.

»Kondom, hintere Hosentasche«, kommandierte Madox mit rauer Stimme.

Sie ließ seine Erektion los und musste einen Augenblick lang suchen, bis sie das Folienpäckchen gefunden hatte. Madox war ihr dabei nicht gerade eine Hilfe, denn er hatte den Kopf gebeugt und saugte an ihren aufgerichteten Nippeln.

Saphira griff zwischen ihre Körper, öffnete die Verpackung und streifte Madox das Kondom über. Er zögerte keine Sekunde, packte ihre Hüfte und zog sie mit einem Ruck nach vorne an die Kante. Sein Schwanz drückte gegen ihre Öffnung. Sie biss sich auf die Unterlippe, als heiße Erregung durch ihren Körper wogte und sie erzittern ließ.

»Sieh mich an!« Madox' Stimme glich einem Knurren, als er den Befehl zwischen zusammengebissenen Zähnen hervorpresste.

Saphira öffnete blinzelnd die Augen. Ihre Atmung beschleunigte sich noch, als sie die Hitze in seinen Augen sah.

Mit einer langsamen Bewegung ließ Madox sich in sie gleiten, hielt dabei ihren Blick gefangen. Saphira zitterte, ihre Hände glitten zu seinen Schultern, und sie drückte die Nägel in seine Muskeln, zog sie über seine Haut, bis sie warme Flüssigkeit an ihren Fingerspitzen fühlte.

Seine Pupillen weiteten sich, und er rammte die letzten Zentimeter in sie, hielt erst inne, als er bis zum Anschlag in ihr vergraben war. Sie starrten sich an, beide atmeten schwer, und ihre Wut war wie eine elektrische Ladung in der Luft spürbar. Der Moment zog sich in die Länge, die Sekunden tickten dahin. Dann spannte sie ihre Muskeln um seine Erektion herum an, und Madox verlor die Kontrolle.

Mit harten, schnellen Bewegungen stieß er in sie. Ihr Hintern rieb über das glatt polierte Holz der Kommode. Madox' Hand um ihren Hals hielt sie weiterhin nach hinten gebeugt, und so konnte sie nur das Becken seinen Stößen entgegenheben.

Seine Bewegungen wurden brutaler, und Madox griff mit der freien Hand nach ihrer Hüfte, drückte schmerzhaft fest zu und nagelte sie in einer Position fest, die alles andere als bequem für sie war.

Aber seine vollkommene Dominanz sorgte trotzdem dafür, dass ihr immer heißer wurde. Er gab ihr keine Chance zu entkommen und erzwang sich ihre Unterwerfung.

Sie konnte spüren, wie sich ihr Orgasmus aufbaute und ihre Haut prickeln ließ. Ihre Muskeln spannten sich an, und ihre Lippen öffneten sich für ein lustvolles Stöhnen. Madox beschleunigte sein Tempo noch weiter, rieb bei jeder Bewegung über ihre Klit und entlockte ihr dadurch ein Wimmern. Ihre Zehen krümmten sich, und sie beugte den Rücken durch, wollte die Augen schließen, was Madox dazu veranlasste, ihr die Luftzufuhr mit der Hand abzuschneiden.

»Sieh mich an!«

Sie musste husten und zwang ihren Blick zu Madox zurück. Er drückte weiter zu, bis kleine schwarze Funken in ihrem Sichtfeld tanzten. Adrenalin pushte ihre Erregung auf ein neues Level, und sie verspürte einen Hauch von Panik, als Madox immer noch nicht losließ. Ihre Hände hoben sich von seinen Schultern an sein Handgelenk, und sie zog daran. Erst da lockerte er seinen Griff und dringend benötigter Sauerstoff strömte in ihre Lungen. Im gleichen Moment strich Madox über ihre Klit und rammte sich hart in sie. Ihr Orgasmus explodierte und ließ ihren gesamten Körper erzittern. Ihre Muskeln zuckten unkontrolliert, und durch den Sauerstoffmangel brachte sie nicht mehr als ein heiseres Stöhnen zustande, als die Erlösung sie von innen heraus zerriss. Mit einem rauen Knurren folgte Madox ihr auf den Gipfel.

Mit deutlichen langsameren, sanfteren Bewegungen verlängerte er die Wellen ihrer Höhepunkte, bis sie mit einem leisen Wimmern die Augen schloss.

In dieser Position verharrte sie, als Madox sich zurückzog und im Bad verschwand. Sie hörte Wasser rauschen und dann war er zurück und säuberte sie mit einem lauwarmen Waschlappen. Als er sie auf den Arm nehmen wollte, hielt sie ihn jedoch davon ab. Stattdessen glitt sie selbst von der Kommode und ging zum Bett, um sich hinzulegen. Sie zog das dünne Laken über ihren Körper und starrte zur Decke.

Für einen Moment hatte der Sex ihre düsteren Gedanken vertreiben können, aber jetzt waren sie mit voller Wucht wieder da.

Madox legte sich neben sie, aber sie sah ihn nicht an. Eine Weile schwiegen sie, und Saphira konzentrierte sich auf ihren langsamer werdenden Herzschlag.

»Woran denkst du?«, fragte er irgendwann.

Sie schloss die Augen. »Wenn Leandro dahintersteckt, werde ich ihn töten.«

»Ich will mit Emilio sprechen«, sagte sie am nächsten Morgen, als sie gerade beim Frühstück in der Küche saßen.

»Ich halte das für keine gute Idee«, gab Madox zurück. »Du solltest besser im Lagerhaus bleiben. Es könnte noch immer jemand hinter dir her sein, und es wäre nicht gut, wenn dich draußen jemand sieht.«

»Vergiss nicht, mit wem du sprichst, Madox!«, fuhr sie ihn an. Es war der zweite Tag, den sie im Versteck verbrachten, und schon jetzt fiel ihr die Decke auf den Kopf. Außerdem stand der Deal in vier Tagen an, und es machte ganz sicher keinen guten Eindruck auf Adrian, dass sie so kurz vorher verschwand.

Ganz zu schweigen von dem Ruf, den sie sich als *capo* hart erarbeitet hatte. Die Menschen in ihrem Einflussgebiet, ihre Freunde und Gegner, hielten sie für eine gewissenlose Anführerin. Inzwischen dürfte sich der Anschlag auf ihr Leben jedoch bis über die Grenzen von Palermo hinaus verbreitet haben, und dass sie sich danach verkroch wie ein ängstliches Häschen war ein so starkes Zeichen von Schwäche, dass ihr allein bei dem Gedanken daran schlecht wurde. Wenn es eins gab, was sie über alle Maßen hasste, dann war es Schwäche. Schwäche bedeutete den Tod.

»Ich treffe hier die Entscheidungen«, stellte sie klar, »das solltest du nie vergessen. Und jetzt gib mir das Handy.«

»Saphira …« Madox sah sie zweifelnd an, und ihr platzte endgültig der Kragen. Sie ging zu dem Schrank direkt neben dem Kühlschrank, hockte sich hin, öffnete das unterste Fach und tastete nach der dort versteckten Pistole. Binnen Sekunden fühlte sie das kalte Metall und stand wieder auf. Sie richtete die Waffe auf Madox, der sie überrascht ansah. Allerdings nicht sonderlich besorgt. In diesem Moment bereute sie, jemals mit ihm geschlafen zu haben. Jetzt nahm er sie nicht mehr ernst, glaubte nicht, dass sie ihn erschießen würde, wenn er ihren Befehlen nicht Folge leistete.

Saphira zwang sich dazu, ruhig zu bleiben und zielte direkt auf sein Herz. »Gib mir das Handy.«

Madox trat einen Schritt auf sie zu. Der Lauf der Waffe drückte jetzt direkt gegen seine Brust. »Würdest du mich wirklich wegen eines Handys erschießen?«

»Nein.« Bei diesem Wort bogen sich Madox' Mundwinkel leicht nach oben. Saphira entsicherte die Waffe, und sein Grinsen verschwand. »Aber ich würde dich erschießen, wenn du dich mir widersetzt. Wir wollen eine Sache klarstellen. Und das ist das letzte Mal, dass ich dir das sage. Wir haben Sex, ja. Aber das bedeutet noch lange nicht, dass du dich mir widersetzen kannst. Egal, ob wir alleine oder in der Öffentlichkeit sind.«

Sie wartete, denn sie wusste, dass jede Faser von ihm sich gegen diesen Befehl aufbäumte. Alles an Madox war Dominanz. Er war nicht dafür geeignet, Befehle entgegenzunehmen. Und dennoch hatte er sich bis jetzt gut geschlagen. Er hatte als *soldato* alle Anforderungen erfüllt. Aber seit er als ihre *guardia* arbeitete, schien er immer weniger bereit *ihre* Befehle zu befolgen. Und das konnte eher früher als später in einer absoluten Katastrophe enden. Sie musste immer die Kontrolle haben. Niemand durfte ihre Macht infrage stellen – oder die gesamte *famiglia* war angreifbar. Und das konnte sie nicht zulassen. Niemals. Das war das Erbe ihrer Eltern. Ihr Vater hatte all das, was sie seit etwas mehr als einem Jahrzehnt zu beschützen versuchte, erschaffen.

Madox zog das Handy aus der Hosentasche und reichte es ihr. Saphira ließ die Waffe sinken und griff danach. In dem Moment umfasste Madox ihr Handgelenk und zog sie ganz nah an sich heran. Seine Lippen strichen über ihr Ohr.

»Wenn es um deine Sicherheit geht, werde ich mich dir immer widersetzen. Wenn es um Sex geht, werde ich immer die Kontrolle haben. Damit wirst du leben müssen, Eisprinzessin.«

Saphira schloss die Augen. Sie sollte jetzt einfach die Pistole heben und abdrücken. Das würde ihr Leben sehr viel einfacher machen. Aber sie konnte nicht. Und das machte ihr mehr Angst als alles andere.

Seufzend nahm sie Madox das Handy ab und ließ ihn in der Küche stehen. Draußen empfingen sie warme Luft, Vogelzwitschern und Sonnenschein. Sie befanden sich in einer verlassenen Gegend außerhalb von Palermo. Der Weg, der zur Lagerhalle führte, war nicht einmal gepflastert, sondern nur ein besserer Trampelpfad.

Um sie herum gab es nichts außer einer Hügellandschaft, in der die Halle vor Blicken weitgehend verborgen war, ein paar vertrocknete Bäume und ein altes Autowrack sorgten für zusätzliche Tarnung. Niemand würde sie hier vermuten oder finden können.

Sie wählte Emilios Nummer und hielt sich das Handy ans Ohr. Es klingelte ein paarmal, dann ging ihr Chefleibwächter dran.

»Madox, was gibt's?«

»Hier ist Saphira«, stellte sie klar.

»Saphira! Warum bist du draußen unterwegs? Das ist zu gefährlich! Geh sofort …«

»Ruhe!«, fuhr sie ihm dazwischen. »Warum muss ich in letzter Zeit eigentlich jeden daran erinnern, dass *ich* hier das Sagen habe?«

»Musst du nicht«, meinte Emilio, stockte dann aber. »Wem musstest du das denn noch sagen? Gibt es Probleme mit Madox?«

»Vergiss es«, fuhr sie ihn an. »Wie sieht es aus?«

Ein langes, leidgeprüftes Seufzen war zu hören. »Ich habe bereits eine Firma mit der Reparatur des Hauses beauftragt. Adrian ist ein bisschen ungehalten und fragt nach dir. Alle Verletzten wurden versorgt, und es geht allen so weit gut. Die Explosion war tatsächlich nur auf das Auto begrenzt, deswegen ist vergleichsweise wenig zerstört.«

»Irgendwelche Hinweise, wer es getan hat?«

»Nein. Leider nicht«, gab Emilio zu. Ihm war deutlich anzumerken, dass er damit sehr unzufrieden war.

»Was ist mit Vito, Stella, Leandro und Rabia? Wo sind sie?«

»Ich habe sie in einem anderen Versteck untergebracht. Allen geht es gut. Sie waren ja nicht in der Nähe der Explosion.«

»Okay, das ist gut.« Sie nahm einen tiefen Atemzug. »Hör zu. In vier Tagen wird der Deal stattfinden. Du hast achtundvierzig Stunden, um die Sache aufzuklären, dann komme ich zurück. Egal, ob du den Schuldigen gefasst hast oder nicht. Außerdem schicke ich Madox zu dir. Ich komme hier auch allein klar.«

»Nein.«

Sie stockte. »Wie bitte?«

»Madox bleibt bei dir«, sagte er mit fester Stimme. »Ich brauche ihn hier nicht, und du solltest nicht alleine bleiben.«

»Emilio, ich kann gut auf mich selbst aufpassen.«

»Das weiß ich. Aber mein Job ist es, dein Leben zu schützen und deswegen werde ich darüber nicht diskutieren. Madox bleibt.«

Da sie sich kannten, seit sie Kinder waren, wusste sie, dass er in dieser Sache nicht nachgeben würde.

»Achtundvierzig Stunden, Emilio«, sagte sie und legte auf.

Zurück in der Lagerhalle hatte sie Madox das Handy zugeworfen und war ohne ein Wort an ihm vorbeimarschiert. Diese ganze Situation zerrte an ihren Nerven und sorgte dafür, dass sie es an jemandem auslassen wollte. Aber das konnte sie erst, wenn klar war, wer ihr nach dem Leben trachtete.

Saphira hatte sich in einen der leer stehenden Räume im Erdgeschoss zurückgezogen, um zu trainieren, und beendete gerade ihre Aufwärmübungen. Sie hätte zwar lieber auf jemanden geschossen, aber vorerst musste sie ihre Aggressionen wohl mit Schattenboxen abbauen.

Manchmal fragte sie sich, was normale Menschen eigentlich den ganzen Tag lang so machten. Und wie ihr Leben ausgesehen hätte, wenn sie nicht als Prinzessin und Thronerbin einer Mafiafamilie geboren worden wäre. Vielleicht hätte sie dann auf eine normale Schule gehen können, anstatt zu Hause von Privatlehrern unterrichtet zu werden. Und sie wäre mit Freunden ins Kino gegangen, anstatt von den Leibwächtern ihres Vaters darin unterwiesen zu werden, wie man schoss und wohin sie am besten zielte, um jemanden so schnell wie möglich zu töten. Wahrscheinlich wäre ihr erster Freund nicht in einem Müllsack über Bord geworfen worden, weil er ihr gegenüber die Hand erhoben hatte und sie zu Dingen zwingen wollte, für die sie noch nicht bereit gewesen war.

Aber diese Wahl hatte sie nicht gehabt. Sie war in einer Familie aufgewachsen, die ihr Geld mit Mord, Erpressung, Glücksspiel und Waffenhandel verdiente. Eine Familie, die Mörder hervorbrachte und keine braven Arbeiter. Eine Familie, die sie zu einer starken, Furcht einflößenden Frau gemacht hatte. Eine Familie, die *sie* nach dem Tod ihrer Eltern und ihres Bruders wieder aus dem Dreck geholt hatte und der sie neuen Ruhm und neue Ehre verschafft hatte.

Eine Familie, die sie mit Stolz erfüllte.

Saphira hielt schwer atmend inne. Sie war schweißbedeckt, und ihre Muskeln taten von der Anstrengung weh. Mit einem tiefen Atemzug schloss sie die Augen und legte den Kopf in den Nacken.

Ja, sie hatte nie die Chance auf ein normales Leben gehabt. Stattdessen war sie in einem goldenen Käfig aufgewachsen, hatte Menschen erpresst, ermordet und gefoltert. Und sie bereute keine Sekunde davon.

Die Berührung eines Handtuchs auf ihren Schultern riss sie aus ihren Gedanken. Sie wirbelte auf dem Absatz herum, bereit zuzuschlagen. Hinter ihr stand Madox und sah sie ruhig an. Saphira ließ die Faust wieder sinken.

»Ich mag es nicht, wenn du dich an mich heranschleichst.«

»Ich bin dazu ausgebildet worden, dass man mich nicht bemerkt«, entgegnete er.

Sie trat einen Schritt zurück, brachte mehr Abstand zwischen sich und ihn.

»Was willst du hier, Madox?«, fragte sie und rieb sich mit dem Handtuch über das schweißnasse Gesicht.

»Du bist schon eine ganze Weile hier drin, und du hast heute kaum etwas gegessen. Du solltest …«

Sie warf ihm einen scharfen Blick zu, und Madox hielt inne. Kurz flackerte ein Ausdruck des Unmuts über sein Gesicht, aber dann entspannte er sich wieder. »Ich denke, dass es dir guttun würde, wenn du nach oben gehst und dich duschst. In der Zeit bereite ich das Essen vor.«

Sie hob eine Augenbraue. »Du kannst kochen?«

»Wenn du niemanden hast, der dir etwas zu essen macht, lernst du zwangsläufig, wie du es dir selbst zubereitest«, gab er schulterzuckend zu.

Saphira lag die Frage nach seiner Vergangenheit auf der Zunge, aber sie hielt sich zurück. Sie wusste, dass Madox aus Amerika kam und dort zum Killer ausgebildet worden war. Allerdings kannte sie keine Details. Sie hatte nur von ihren amerikanischen Kontakten bereits vor Jahren gehört, dass es dort so etwas wie einen Menschenhändlerring gab. Dort wurden Kinder zu gnadenlosen Auftragsmördern ausgebildet. Sie vermutete, dass Madox eines dieser Kinder gewesen war. Das konnte sie zwar nicht direkt gutheißen, aber sie wusste zu schätzen, welch effektiven Killer es aus Madox gemacht hatte.

Sie sah ihn an. Die muskulöse Statur. Der unnachgiebige Zug um seinen Mund. Die Tattoos. Die vom vielen Kämpfen schwieligen Hände. Und der absolut kalte Ausdruck seiner Augen.

Man konnte einem Menschen nur in begrenztem Maße etwas beibringen, egal, wie früh man damit anfing. Aber die Lust am Töten, der Killerinstinkt, das konnte man niemandem antrainieren. Und Madox besaß ihn zweifelslos. Und das machte ihn unwiderstehlich für sie.

»Gib mir eine halbe Stunde«, sagte sie zu ihm und ging dann nach oben, um zu duschen.

Kapitel 18

SAPHIRA

Bereits bei Sonnenaufgang wachte Saphira mit klopfendem Herzen auf. Sie hatte die Traurigkeit bereits während der letzten Tage gespürt, aber das Attentat hatte sie abgelenkt. Jetzt aber waren ihre Gedanken klar auf den Jahrestag gerichtet.

Da sie nicht mehr einschlafen konnte, ging sie hinunter und setzte sich im Erdgeschoss aufs Sofa, starrte vor sich hin und spielte mit dem Saum ihres schwarzen Tanktops. Sie konnte es kaum erwarten, bis dieser Tag endlich vorbei war, doch die Minuten flossen zäh vor sich hin. Jedes Jahr fühlte sie sich für diese vierundzwanzig Stunden roh und verletzlich.

Es war nicht mehr als eine Stunde verstrichen, als sie hörte, wie Madox die Treppe hinunterkam. Saphira ließ den Saum des Shirts los und richtete sich gerade auf.

»Wir machen gleich einen kurzen Ausflug«, sagte sie, als sie sicher war, dass Madox sie hören konnte.

»Ich denke nicht …«

»Danach habe ich nicht gefragt, Madox. Iss etwas. Dann gehen wir los.« Ihr Tonfall war schneidender, als sie beabsichtigt hatte, aber es funktionierte. Madox schwieg und ging in die angrenzende Küche.

Kurze Zeit später verließen sie gemeinsam die Lagerhalle. Vor ihnen erstreckte sich nichts außer einsamer Landschaft.

Die Luft war noch relativ kühl, und die Feuchtigkeit des Morgens legte sich auf ihre Haut.

Sie ging voran um die Ecke des Gebäudes herum und blieb schließlich vor einer unauffällig aussehenden Tür stehen, die den Eindruck erweckte, dass sie bei der nächsten Benutzung aus den Angeln brechen würde.

Auch hier gab es ein Tastenfeld neben dem Eingang und Saphira gab den Code ein. Es klickte, und die Tür schwang nach innen auf. Drinnen erwartete sie ein kleiner, hellblauer Renault. Nicht das, was Saphira normalerweise benutzte, aber das war ja genau der Sinn der Sache.

Sie ging an dem Auto vorbei und war sich dabei sehr wohl bewusst, dass Madox jeden ihrer Schritte genau beobachtete.

In der hinteren linken Ecke befand sich ein verrosteter Metallschrank. Sie kniete sich hin und öffnete eine der schmalen Schubladen, tastete mit den Fingern den Boden der darüberliegenden Schublade ab und fand schließlich den Autoschlüssel. Nachdem sie das Klebeband gelöst hatte, kehrte sie zu Madox und dem Auto zurück.

»Wohin fahren wir?«, fragte Madox. Das waren die ersten Worte, die er wieder an sie richtete, seit sie ihm gesagt hatte, dass sie einen Ausflug machen würden.

»Erfährst du früh genug«, gab sie zurück. Ohne ihn anzusehen, deutete sie auf den Wagen. »Steig ein.«

Saphira konnte seinen Blick auf sich spüren, aber sie starrte weiter einfach auf den Fußboden. Ihr Herz hämmerte in ihrer Brust, und ihre Handflächen waren bereits jetzt schweißnass. Jedes Jahr setzte dieser Tag ihr zu, verlangte beinahe übermenschliche Überwindung von ihr.

Steine knirschten unter Madox' Schuhen, als er zur Beifahrertür ging und einstieg. Sie nahm noch einen tiefen Atemzug und setzte sich dann ebenfalls in den Wagen. Mit der Fernbedienung, die im Handschuhfach lag, öffnete sie das Tor und fuhr los.

Madox hatte offenbar endlich verstanden, dass sie an diesem Tag nicht reden wollte, denn er schwieg. Die Landschaft, durch die sie fuhren, veränderte sich innerhalb weniger Minuten von kargem Bewuchs zu üppigen Bäumen und Sträuchern, und sie öffnete ein Fenster. Frische Luft strömte herein, und Saphira atmete tief ein. Sie war sich sicher, dass Madox Fragen hatte. Dankenswerterweise behielt er sie bis jetzt für sich, aber sie befürchtete, dass das nicht mehr lange anhalten würde.

Was sie wirklich ängstigte, sie regelrecht in Panik versetzte, war die Möglichkeit, dass sie Gefühle für ihn entwickelte. Gefühle, die über Leidenschaft und Begierde hinausgingen. Und was sollte sie damit anfangen?

Selbst wenn es ihr möglich gewesen wäre, eine Beziehung zu führen, dann wäre Madox ganz sicher der falsche Mann dafür. Wenn sie als Partner eine *guardia* wählte, würde das ein falsches Zeichen setzen. Man würde sie für eine schwache Frau halten. Jemanden, der sich von einem Mann aus ihrer eigenen *famiglia* herumkommandieren ließ. Und das würde ihre Machtposition erheblich schwächen.

Saphira fragte sich, warum sie Madox dann überhaupt mitgenommen hatte. Normalerweise durfte sie an diesem Tag nur Emilio begleiten. Der war heute natürlich nicht verfügbar, aber sie hätte sich auch ohne Madox aus dem Versteck schleichen können, und er hätte sie nicht gefunden. Jedenfalls nicht schnell genug. Und um ihre Sicherheit war sie nicht dermaßen besorgt, dass es eine Notwendigkeit war, ihn mitzunehmen. Hatte sie also etwa *gewollt*, dass er sie begleitete? Hatte sie sich instinktiv gewünscht, dass er heute an ihrer Seite war? Dieser Gedanke war äußerst beunruhigend. Ihre Affäre durfte sich nicht in diese Richtung entwickeln.

Sie hatte von ihrem Vater gelernt, dass sie niemals die Kontrolle verlieren durfte. Und Madox nahm ihr diese Kontrolle. Er löste in ihr die Versuchung aus, sich ihm anzuvertrauen, sich hinzugeben und ihn für eine Weile die Last auf ihren Schultern tragen zu lassen.

Ihre Hände verkrampften sich um das Lenkrad, bis ihre Knöchel weiß hervortraten, als sie eine Erinnerung überrollte.

Saphira saß auf dem Schoß ihres Vaters in seinem Büro. Vor ihnen war eine Karte von Palermo ausgebreitet. Ein Teil der Stadt war grau, der andere bunt und mit einem roten Stift umrahmt worden.

»Siehst du das?«, fragte ihr papà, *als er mit einem Finger die rote Umrandung nachfuhr.*

Sie nickte.

»Das ist unser Palermo. Dieser Teil der Stadt steht unter unserem Schutz. Irgendwann einmal werden Pippo und du an der Spitze dieser famiglia *stehen und dann wird es eure Aufgabe sein, die Menschen hier zu beschützen. Du musst darauf aufpassen, dass es ihnen gut geht und dass niemand ihnen ein Leid zufügt. Und auch die Mitglieder unserer* famiglia *musst du versorgen. Du musst sicherstellen, dass sie wiederum ihre Familien ernähren können, dass sie Arbeit haben. Manchmal musst du dafür sogar böse Dinge tun.«*

»Böse Dinge?«, fragte sie.

Ihr papà *küsste ihre Schläfe. »Ja, böse Dinge,* mio angelo. *Aber dafür werden all diese Menschen auch auf dich aufpassen.«*

Sie drehte sich zu ihrem Vater um und sah ihn lächelnd an. »So wie du immer auf mich aufpasst?«

»Genau.« Er nahm sie fest in die Arme und lehnte sich mit ihr auf dem alten Lederstuhl zurück. »Deswegen darfst du nie vergessen, dass du stark sein musst, mio angelo.*«*

»Und wie ist man stark, papà?*«*

»Indem du die Kontrolle behältst. Du musst allen klarmachen, dass du jemand bist, den man respektieren muss. Dafür ist alles er-

laubt. Sie werden dir mit Zweifel begegnen, weil du eine Frau bist, Saphira. Und sie werden denken, dass du von deinen Gefühlen kontrolliert wirst. Deswegen darfst du in der Öffentlichkeit niemals Emotionen zeigen. Du musst sie hier«, er tippte auf die Stelle, wo ihr Herz schlug, »einschließen. Zeige keine Angst. Sei mutig.«

Saphira blinzelte, und die Realität holte sie wieder ein. Wie durch ein Wunder hatte sie es geschafft, keinen Unfall zu bauen. Sie stoppte den Wagen vor einem großen Gelände, das von einer steinernen Mauer umgeben war.

Sie zog den Schlüssel aus dem Schloss und lehnte sich einen Moment mit geschlossenen Augen zurück.

»Ist alles in Ordnung?«, fragte Madox, und seine Stimme klang besorgt. Plötzlich spürte sie seine Hand auf ihrem Bein und schnell schob sie diese beiseite.

»Du kannst hier warten«, sagte sie kühl. »Ich bin bald zurück.«

Sie öffnete die Augen, legte den Schlüssel aufs Armaturenbrett und stieg aus. Ihre Beine zitterten, aber sie schaffte es dennoch, mit sicherem Schritt aufs Tor zuzugehen. Das Metall quietschte, als sie es öffnete und den Friedhof betrat.

Niemand außer Emilio wusste, wo ihre Eltern begraben waren. Also musste sie auch nicht fürchten, dass man hier auf sie wartete, um sie anzugreifen.

Alte Bäume ragten hoch hinaus, und ihre Kronen überspannten den Himmel, warfen Schatten auf den Boden. Dort, wo die Sonne auf den Rasen schien, war er an einigen Stellen verbrannt, das Gras war dort braun und trocken.

Sie hielt den Blick gesenkt. Diesen Weg hätte sie selbst im Schlaf gefunden. Überall ragten Grabsteine in verschiedenen Formen und Größen aus der Erde. Damals hatte sie sich dagegen entschieden, ihre Familie auf dem Friedhof ihrer Gemeinde zu begraben, wie es Tradition war. Die Cosa Nostra war letztendlich Schuld an ihrem Tod, deswegen hatte sie ihnen Ruhe und Frieden verschaffen wollen. Dieser Friedhof lag außerhalb der Stadt und war in privaten Händen. Ein ehemaliger Priester und seine Frau betreuten dieses Stückchen Land. Der Friedhof war klein und beschaulich, und deswegen hatte sie damals das Gefühl gehabt, es sei genau der richtige Ort für die Bestattung.

Schließlich kam der große, marmorne Engel in Sicht, in dessen Schatten drei oben abgerundete Grabsteine standen. Saphira blieb in gewissem Abstand stehen und sah zu dem Engel hinauf. Es war eine Frau und sie hatte ihre Flügel ausgebreitet und leicht nach vorne gebeugt, als würde sie die Gräber unter sich beschützen. Nach einer Weile neigte Saphira den Kopf, schloss die Augen und ließ ihren Tränen freien Lauf.

Sie musste alle Kraft zusammennehmen, um die Augen zu öffnen und die Namen zu lesen, die sie nur noch selten laut aussprach. Die Namen der Menschen, die sie nie wieder lachen hören würde, mit denen sie nie wieder sprechen könnte und die sie nie wieder in den Arm nehmen würden.

Schließlich sah sie zu den Grabsteinen. Ihr Blick glitt über die per Hand eingravierten Namen und Daten.

Links befand sich der Stein ihrer Mutter. *Viola De Angelis.* Daneben lag ihr Bruder begraben. *Pippo De Angelis.* Und rechts dann der Grabstein ihres Vaters. *Davide De Angelis.* Verschiedene Geburtsdaten, das gleiche Sterbedatum. Es so vor sich zu sehen, zerriss ihr erneut das Herz. Sie trat einen Schritt vor, als sie plötzlich bemerkte, dass sie etwas Entscheidendes vergessen hatte: Blumen. Sie hatte nichts, was sie auf die Gräber ihrer Familie legen konnte.

Tränen sammelten sich in ihren Augen, und sie spürte einen Schluchzer in ihrer Kehle aufsteigen. In diesem Moment hörte sie Schritte hinter sich und drehte sich wütend um, damit sie

Madox sagen konnte, dass er sich zum Teufel scheren sollte. Stattdessen blickte sie in das faltige Gesicht einer alten Frau. Sie trug ein grünes T-Shirt und eine ausgeblichene Jeanslatzhose. Das graue Haar war kurz geschnitten und fiel ihr in wilden Fransen in die Stirn. Ihre Augen strahlten und sie lächelte Saphira an. In ihren Händen hielt sie einen Strauß bunter Blumen.

»Hallo, Saphira.«

Sie schluckte und lächelte die Besitzerin des Friedhofs an. »Julia, es ist schön, dich zu sehen.«

Die alte Frau kam näher und reichte ihr den Blumenstrauß. »Ich habe dich ankommen sehen und dachte mir, dass du das hier vielleicht gebrauchen könntest.«

Dankbar nahm Saphira die Blumen entgegen. »Ich danke dir. In ein paar Tagen werde ich dir Geld vorbeibringen lassen.«

Julia winkte ab. »Es ist ein Geschenk, *bella*.« Sie drückte Saphiras Arm und lächelte sie an. »Ich lasse euch jetzt wieder alleine.« Sie nickte den Grabsteinen zu, als würden dort tatsächlich Menschen stehen. Dann drehte Julia sich um und verschwand hinter dem nächsten Hügel.

Saphira blieb allein zurück und legte auf jedes Grab ein paar Blumen, dann kniete sie sich auf den Boden, bekreuzigte sich und sprach leise ein Gebet.

»Es ist schwierig ohne euch«, murmelte sie dann, ihre Stimme kaum lauter als ein Flüstern. »Manchmal weiß ich nicht, was ich tun soll, und ich kann euch nicht fragen. Ihr hättet mich nicht allein lassen dürfen.« Sie biss sich auf die Unterlippe, als sie erneut Tränen in den Augen spürte.

»Ich weiß nicht, wem ich vertrauen kann. Und was ist mit Madox?« Sie sah zum Grabstein ihrer Mutter. »Was würdest du von ihm denken, *mamma*? Würdest du ihn mögen?« Saphira strich sich eine Haarsträhne zurück. »Irgendwie spüre ich, dass er mir gefährlich werden könnte. Aber ich kann nicht sagen, ob es an meiner Paranoia liegt oder ob er wirklich eine Gefahr darstellt. Bedroht er nur mein Herz oder auch mein Leben und unser Imperium?« Saphira wartete, aber natürlich kam die Antwort, das Zeichen, das sie sich so sehnlich wünschte, nicht.

Sie schloss die Augen, als eine einzelne Träne über ihre Wange lief, wischte diese mit dem Daumen weg und atmete tief durch. Als sich ihr Herzschlag wieder beruhigt hatte und sie keine Tränen mehr kommen spürte, öffnete sie die Augen wieder und stand auf.

»Ich hoffe, dass ihr stolz auf mich seid. Ich gebe mir wirklich Mühe.«

Saphira drehte sich um, um zum Auto zurückzugehen, hielt jedoch noch in der Bewegung inne. Ein paar Meter von ihr entfernt stand Madox und beobachtete sie.

MADOX

Madox hatte es vielleicht fünf Minuten in dem Auto ausgehalten, bevor er Saphira folgte. Alles an diesem Morgen war merkwürdig. Schon als er die Treppe hinunter ins Wohnzimmer gegangen war, hatte er gespürt, dass etwas anders war. Die Stimmung war gedrückt gewesen, Saphira hatte ihm knappe Anweisungen gegeben und beinahe jeden Augenkontakt vermieden. Erst als sie den abgelegenen Friedhof aufgesucht hatten, war ihm klar gewesen, warum sie sich so seltsam benahm.

Es war der Todestag ihrer Familie.

Er hatte Saphira Zeit geben wollen, um mit ihren Eltern und ihrem Bruder zu sprechen oder sich erneut von ihnen zu verabschieden, was auch immer sie an diesen Gräbern tun wollte. Doch lange hatte er es nicht ausgehalten, war ausgestiegen und ihr gefolgt.

Er musste sich eingestehen, dass es echte Sorge war, die ihn dazu trieb. Etwas hatte sich seit der Autoexplosion verändert. Die Dynamik zwischen ihnen hatte sich verändert. Und in seine Begierde für diese Frau mischten sich immer öfter andere Emotionen. Er begann sie zu respektieren und irgendwie zu … mögen. Eine Unmöglichkeit, wenn Saphira seinen Vater wirklich kaltblütig erschossen hatte. Doch je mehr Zeit er in ihrer Nähe verbrachte und je besser er sie kennenlernte, desto unwahrscheinlicher erschien es ihm, dass sie das getan haben sollte. Sie hatte mit Respekt von seinem Vater gesprochen, und all ihre Handlungen schienen nur dem Zweck zu dienen, ihre *famiglia* und die Menschen auf ihrem Gebiet zu beschützen. Warum also sollte sie seinen Vater getötet haben? Saphira war klug. Sie hätte gewusst, dass das einen Krieg auslösen würde – und dieser Preis wäre ihr zu hoch gewesen.

Andererseits war sie auch nicht gerade für ihre Gnade bekannt, und er war dabei gewesen, als sie erst vor einigen Tagen, ohne zu zögern, einen Mann erschossen hatte. Hätte sie seinen Vater für den Mord an ihrer Familie verantwortlich gemacht, dann wäre das natürlich das perfekte Motiv für einen Mord gewesen. Aber Saphira hatte ihm gesagt, dass der Mörder ihrer Familie noch frei herumlief.

Die ganze Situation hatte sich von einer einfachen Aufgabe zu einer höchst komplizierten Geschichte entwickelt, und er war sich nicht sicher, ob er sie entwirren konnte. All das löste in ihm den Wunsch aus, einfach wild um sich zu schlagen. Allerdings würde ihm das nun wirklich nicht helfen.

Um seine Gedanken zum Schweigen zu bringen, sah er sich auf dem Friedhof um. Er stand im Schatten eines Baumes, an den Stamm gelehnt, die Arme vor der Brust verschränkt. Die alte Frau, die Saphira Blumen gebracht hatte, war in einer Holzhütte am Friedhofstor verschwunden.

Madox lenkte seinen Blick zurück zu Saphira, die nun mit gesenktem Kopf vor den Grabsteinen kniete. Am liebsten wäre er in diesem Moment zu ihr gegangen und hätte sie in den Arm genommen, hätte versucht etwas von dem Schmerz von ihr zu nehmen. Verärgert über diesen Wunsch, biss er die Zähne zusammen. Er durfte sein eigentliches Ziel nicht aus den Augen verlieren.

Genau in diesem Moment vibrierte sein Handy, und er zog es aus der Hosentasche in der Hoffnung, dass es Damiano wäre. Doch sein Onkel schrieb ihm.

Guiseppe: Wir müssen uns unterhalten. Können wir uns treffen?

Er sah zu Saphira hinüber. Heute konnte er sie schlecht alleine lassen, aber morgen würden sie das Versteck verlassen und dann könnte er bestimmt für eine Weile verschwinden.

Madox: Morgen. 12 Uhr. Ich komme zum Anwesen.

Er schickte die Nachricht ab und verstaute das Handy wieder in der Tasche. Sicher würde sein Onkel ihm auch sagen können, wo Damiano war und wieso er ihn nicht erreichen konnte.

Kapitel 19

MADOX

Madox ließ sich keine Regung anmerken, als Saphira ihn entdeckte. Sie kam mit langen Schritten auf ihn zu. Er ließ den Blick über ihren kurvigen, trainierten Körper gleiten, der heute in schwarzen Jeans und Tanktop steckte.

Sie blieb dicht vor ihm stehen. Ihre Augen waren gerötet, und er nahm an, dass sie geweint hatte. Madox unterdrückte den Impuls, sie an sich zu ziehen, denn das Feuer, das jetzt in ihrem Blick loderte, ließ ihn darauf schließen, dass sie davon nicht begeistert wäre.

»Ich wollte, dass du im Auto wartest«, zischte sie. »Kannst du nicht ein verfluchtes Mal das tun, was ich dir sage?«

Madox blieb ruhig. Er ging davon aus, dass sich ihre Wut nicht wirklich gegen ihn richtete. Sie war auf jemand anderen wütend, aber diese Menschen konnte sie nicht mehr anschreien. »Ich wollte nur auf dich aufpassen, Saphira.«

»Das habe ich aber nicht von dir verlangt!«

»Ich habe mir aber Sorgen gemacht.«

Saphira stockte, und er war sich nicht sicher, wer von ihnen beiden überraschter über seine Antwort war.

»Lass uns zurück zum Lagerhaus fahren«, sagte er.

Sie funkelte ihn noch einen Moment lang wütend an, dann setzte sie sich in Bewegung und er folgte ihr.

Zurück im Lagerhaus hatte Saphira sich direkt in ihr Zimmer zurückgezogen und die Tür hinter sich geschlossen. Seitdem waren Stunden vergangen. Was ihn am meisten irritierte, war die Unruhe und Besorgnis, die stetig wuchs und seinen Magen in einen Knoten verwandelten.

Obwohl er sich selbst dafür hasste, fand er sich irgendwann vor Saphiras Tür wieder und klopfte an. Es blieb still. Er klopfte erneut, aber auch dieses Mal folgte keine Reaktion. Deswegen drückte er einfach die Klinke herunter und betrat den Raum.

Es war dunkel, und nur die Lampe auf einem der Nachttische tauchte das Schlafzimmer in diffuses Licht. Saphira saß auf dem Bett, die Beine angewinkelt, die Arme darum geschlungen. Ihr Kopf ruhte auf ihren Knien und sie schaute von ihm weg.

Madox bewegte sich langsam auf das Bett zu. Er hatte sie noch nie so verletzlich gesehen. Und er wusste wirklich nicht, wie er damit umgehen sollte. Normalerweise kümmerte er sich nicht um Frauen. Er legte sie flach und verschwand. Mit Beziehungen kannte er sich nicht aus. Was also sollte er mit einer Frau tun, die den Tod ihrer Familie betrauerte?

Vorsichtig setzte er sich auf die Bettkante, wagte es jedoch nicht Saphira zu berühren, so zerbrechlich sah sie aus.

»Eine geschlossene Tür bedeutet in der Regel, dass man nicht, gestört werden möchte.« Ihre Stimme klang kraftlos.

Unschlüssig sah er sie an, doch Saphira wandte sich ihm nicht zu. Da er nicht wusste, was er sagen sollte, entschied er sich dafür, etwas zu tun. Er erinnerte sich, dass sein Vater und seine Mutter das früher mit ihm gemacht hatten, bevor sein Onkel ihn nach Amerika gebracht hatte und jegliche Wärme aus seinem Leben verschwunden war.

Er rückte näher an Saphira heran, und sie hob den Kopf und sah ihn überrascht an.

»Was tust du da?«

»Schhh.«

Ohne auf ihre leichte Gegenwehr zu achten, nahm Madox Saphira in den Arm und hob sie auf seinen Schoß. Er legte die Arme um sie und drückte sie an sich, bettete ihren Kopf an seine Brust, zog sie mit sich, sodass er mit dem Rücken am Kopfteil des Bettes lehnte.

»Madox, lass mich los!«

Er ignorierte ihre Proteste und hielt sie einfach fest. Sie kämpfte noch eine Weile gegen ihn, versuchte sich aus seinem festen Griff zu winden. Aber nach einer Weile ließ ihre Gegenwehr nach. Ihr Körper erschlaffte, und sie ließ sich an ihn sinken. Das war der Moment, in dem er die Arme enger um sie legte und einen Kuss auf ihren Scheitel drückte. Er spürte, wie Saphira leise seufzte. Ihr Atem strich über seine Haut.

Madox streckte den Arm aus und drückte auf den Schalter der Nachttischlampe. Nun war es vollkommen dunkel im Raum, und in der Stille waren nur ihre ruhigen Atemzüge zu vernehmen. Er lehnte den Kopf zurück gegen die Wand und schloss die Augen. In seinen Armen fühlte Saphira sich ganz klein und zart an. Der Gedanke, dass sie sich nur so von ihm halten lassen würde, wenn sie gerade unendlich litt, machte ihn wütend. Wütend, weil er ihr nicht helfen konnte, und wütend, weil er überhaupt so empfand.

Plötzlich spürte Madox, wie eine kleine Erschütterung durch ihren Körper ging. Zuerst dachte er, dass er sich das nur eingebildet hatte, aber dann passierte es erneut. Es war fast unmerklich, aber da er sie fest an sich gedrückt hielt, spürte er es dennoch. Es dauerte einen Moment, aber dann fühlte er nasse Wärme auf seinem Shirt. Sie weinte. Saphira De Angelis, *capo* einer mächtigen Mafiafamilie, Feindin und vielleicht Mörderin seines Vaters, weinte in seinen Armen.

Da es vermutlich nichts gab, was er sagen konnte, was es besser machte, hielt er sie einfach weiter in den Armen.

Es dauerte eine Weile, aber am Ende holte Saphira tief Luft und schien sich zu beruhigen. Sie hob einen Arm und wischte sich über das Gesicht.

»Willst du darüber reden?«, fragte er schließlich.

»Nein.« Ihre Stimme war leise, aber bestimmt.

Madox war dankbar für ihre Antwort, denn reden war wirklich nicht seine Stärke. Dafür konnte er andere Dinge besser. Er ergriff ihr Kinn und bog ihren Kopf nach hinten. Ihre dunklen Augen waren noch immer feucht und blinzelten ihn unsicher an. Entschlossen beugte er sich zu ihr, teilte ganz sanft ihre Lippen und drang in ihren Mund ein. Seine Zunge streichelte ihre, und er konnte ihre Trauer beinahe schmecken. Saphira hielt sich zurück, aber sie leistete auch keinen Widerstand.

Noch mit ihr in den Armen beugte er sich vor, ließ Saphira mit dem Rücken auf die Matratze sinken. Dabei küsste er sie die ganze Zeit, bis sie seine Küsse schließlich erwiderte. Sie legte die Arme um seinen Nacken und zog ihn näher an sich. Ihre Brüste strichen über seinen Oberkörper, und er spürte, dass sie keinen BH trug.

Madox unterbrach den Kuss und arbeitete sich langsam an ihrem Hals hinab. Währenddessen griff er mit den Händen nach dem Saum ihres Oberteils und zog es ihr dann über den Kopf. Er senkte den Mund wieder auf ihre Haut, küsste sich langsam einen Weg nach unten. Saphiras Atmung hatte sich beschleunigt, als er ihre Brüste erreichte. Vorsichtig leckte er über die bereits aufgerichteten Spitzen, zupfte mit den Zähnen leicht an den Piercings. Saphiras leichtes Wimmern war seine Belohnung.

Er küsste und leckte sich weiter nach unten, dippte die Zunge in ihren Bauchnabel und genoss es, wie sie sich ihm entgegenbog. Als er den Saum ihrer Jeans erreichte, öffnete er zuerst Knopf und Reißverschluss, bevor er auch dieses Kleidungsstück an ihren Beinen nach unten streifte. Zu seinem Bedauern musste er die Wärme ihres Körpers verlassen, damit er die Jeans ganz ausziehen konnte. Als er so vor dem Bett stand, betrachtete er Saphira, die nun nichts weiter als einen einfachen schwarzen Slip trug. Ihre dunklen Haare waren um ihren Kopf ausgebreitet wie ein Fächer. Ihre vollen Brüste hoben sich mit jedem Atemzug. Die Dunkelheit des Zimmers verweigerte ihm all die wunderbaren Details, aber seine Erinnerung füllte die Lücken aus.

Schnell entledigte er sich auch seiner Kleidung, zog aber vorher noch ein Kondom aus der Tasche. In einer schnellen Bewegung streifte er es sich über, bevor er sich wieder zu Saphira aufs Bett legte. Bereitwillig spreizte sie die Beine für ihn und hieß ihn willkommen.

Ihre Haut war warm und einladend, ihre Lippen strichen über seinen Kiefer, küssten seinen Hals. Seine Erektion drückte gegen ihre feuchten Falten, und er biss sie leicht in die weiche Stelle zwischen Schulter und Hals, als er ihre Hitze spürte. Ihre Nässe ließ sein Blut kochen, verlangte ihn danach, sie sofort in Besitz zu nehmen. Seltsamerweise hatte er dieses Mal aber nicht das Bedürfnis, sie vollkommen zu dominieren, ihren Körper an die Grenze des Erträglichen zu bringen.

Erneut eroberte er ihren Mund, genoss das Gefühl ihrer Zunge an seiner. Sie schmeckte süß und gleichzeitig salzig von ihren Tränen. Mit den Händen strich er über ihren Körper, streichelte jeden Zentimeter, den er erreichen konnte. Dabei strich er mit seinem Schwanz an ihrem heißen Eingang entlang, fuhr über ihren Kitzler und entlockte ihr damit ein lustvolles Stöhnen. Mit jeder Berührung beschleunigte sich ihre Atmung, und ihr Wimmern wurde lauter. Ihre Bewegungen wurden unruhiger, und sie legte die Beine um seine Hüften.

»Madox«, hauchte sie leise, biss ihn sanft ins Ohrläppchen.

Madox stöhnte und griff zwischen ihre Körper. Er umfasste seinen Schwanz, brachte sich in Position und glitt dann langsam in sie hinein.

Samtige Hitze umschloss ihn, und Saphiras Muskeln verkrampften sich um ihn herum, entlockten ihm ein heiseres Knurren. Ihr heißer Atem strich über seine Haut, als er ein sanftes Tempo anschlug. Die köstliche Reibung ließ ihn erschauern, und an Saphiras leisen Lauten erkannte er, dass sie es genauso genoss wie er.

Madox griff ans Kopfende und schnappte sich eines der Kissen. Er richtete sich auf und hob ihre Hüfte an, sodass er das Kissen unter ihren Hintern schieben konnte. Der neue Winkel ließ ihn noch tiefer in ihren Körper gleiten, und sie beide stöhnten laut auf.

Das war das erste Mal, dass sie ungestört waren und nicht auf ihre Lautstärke oder Umgebung achten mussten. Madox genoss jede Sekunde davon, trank ihr Stöhnen und saugte die Reaktionen ihres Körpers förmlich in sich auf.

Ihre Haut rieb aneinander und bei jedem Stoß strich er über ihren Kitzler, und brachte Saphira so dazu, ihm bei jeder Bewegung die Hüften entgegenzuheben.

Er beschleunigte das Tempo, und sie passte sich ihm sofort an. Sie verschmolzen zu einer perfekten Einheit, als würden sie perfekt zusammenpassen. Als würden sie zusammen*gehören*.

Mit jedem Stoß stieg seine Erregung weiter an, und er griff nach Saphiras Brust, rollte den Nippel zwischen Zeigefinger und Daumen, zupfte leicht an dem Piercing. Saphira keuchte, und ihre Muskeln begannen, sich um seinen Schwanz zu verengen.

Er erhöhte erneut das Tempo. Dieses Mal waren seine Stöße schon härter, und er rieb sich an Saphiras Körper. Sie hatte die Augen geschlossen und die Beine um seine Hüften gelegt. Sie bewegten sich zusammen, steigerten ihre Erregung gegenseitig immer weiter.

Madox vergrub das Gesicht an ihrem Hals, leckte über die salzige Haut und biss sie leicht. Das war der Moment, in dem Saphira den Kopf zurückwarf und sich ihre Muskeln in rhythmischen Wellen um seine Erektion verkrampften. Sie stöhnte laut und tief. Er zog das Tempo weiter an, trieb sich in wilder Art und Weise in ihren Körper, bis auch ihn die Erregung überrollte. Sein Schwanz pulsierte tief in ihr, und Madox schloss stöhnend die Augen.

Er bewegte sich nun langsam, verlängerte die Nachwehen ihrer Höhepunkte, bis sie beide völlig außer Atem waren. Erst da hielt er inne. Er lauschte Saphiras Atemzügen und genoss die kleinen Beben, die ihren Körper erschütterten.

Erst als sein Herzschlag sich wieder beruhigt hatte, glitt er vorsichtig aus ihr heraus und stand auf. Im Badezimmer entsorgte er das Kondom und nahm einen feuchten Waschlappen mit, um Saphira zu säubern.

Er legte sich wieder neben sie und fuhr mit dem Waschlappen zwischen ihren Beinen hindurch. Als er mit seinem Werk zufrieden war, warf er den Lappen beiseite und zog die dünne Decke über ihre beiden Körper. Er nahm Saphira in die Arme, und sie protestierte erneut, aber auch jetzt ließ er es ihr nicht durchgehen, sondern hielt sie einfach fest.

Dieses Mal erstarb ihre Gegenwehr deutlich schneller, und sie seufzte leise.

»Das hier ist falsch«, murmelte sie leise.

Madox vergrub den Kopf in ihrem Nacken und atmete ihren Geruch ein. »Ja, das ist es.«

SAPHIRA

Saphira wachte auf und war im ersten Moment von der Hitze irritiert, die sie umgab. Normalerweise fror sie nachts meistens. Als ihr schlaftrunkener Verstand langsam zu sich kam, spürte sie die Arme, die um sie geschlungen waren, und den Atem, der über ihren Nacken strich.

Ihr Herz setzte kurz aus, als ihr bewusst wurde, dass sie die Nacht in Madox' Armen verbracht hatte. Das hatte sie noch nie getan, normalerweise schickte sie ihre Partner sofort nach dem Akt weg. Sie erinnerte sich daran, wie zärtlich der Sex mit ihm gewesen war. Was war denn nur los mit ihr?

Zwar hatte sie einen schwierigen Tag hinter sich gehabt, aber das war noch lange kein Grund dafür, dass Madox sich um sie kümmern durfte. Sie hätte ihn wegschicken, es ihm verbieten müssen. Sie hätte stark sein müssen. Die Ermahnung ihres Vaters erklang so klar und deutlich in ihrem Verstand, als würde er direkt neben ihr stehen.

Gefühle sind eine Schwäche. Und Schwäche kannst du dir nicht erlauben. Lehre sie, dich zu fürchten.

Aber das hatte sie nicht getan. Nicht mit Madox. Sie hatte sich Schwäche erlaubt.

Die Frage war nur, was sie jetzt dagegen tun sollte?

Vorsichtig versuchte Saphira sich unter Madox' Arm hervorzurollen und aufzustehen. Aber sie war noch nicht besonders weit gekommen, als eine dunkle Stimme sie verharren ließ.

»Du bereust es.«

Es war keine Frage. Nur eine Feststellung. Und sie sah keinen Grund, es zu leugnen. Madox hatte den Nagel auf den Kopf getroffen. Sie bereute die letzte Nacht, allerdings konnte sie es auch nicht mehr rückgängig machen. Bis sie wusste, wie sie mit der Situation umgehen sollte, würde sie also so tun, als wäre das Ganze nicht passiert.

»Wir sollten uns fertig machen«, sagte sie stattdessen und stieg aus dem Bett. »Emilios achtundvierzig Stunden sind abgelaufen. In zwei Tagen geht der Deal über die Bühne. Es wird Zeit, dass ich zurückkehre.«

Ein paar Stunden später rollte das Motorrad auf ihr Anwesen. Als Madox den Motor abstellte, wurde die Tür geöffnet und Emilio kam heraus. Sein sandfarbenes Haar leuchtete in der Sonne. Die Krawatte saß ein wenig schief, und die Hemdsärmel waren unterschiedlich weit nach oben geschoben. Es war ihrem Chefleibwächter deutlich anzusehen, welch schwierige Zeit er hinter sich hatte.

Saphira stieg aus dem Auto und warf einen kritischen Blick auf die Schäden an der hellen Fassade ihres Hauses. An manchen Stellen war das Mauerwerk beschädigt, an anderen befleckten schwarze Aschereste die Außenmauer, und es arbeiteten bereits einige Männern daran, die Schäden zu beheben, so wie Emilio es ihr erzählt hatte. Der Gedanke, dass sich Personen auf dem Gelände aufhielten, die sie nicht kannte, machte sie im ersten Moment ein wenig nervös. Allerdings wusste sie, dass Emilio ganz sicher vertrauenswürdige Leute ausgesucht hatte und die Bauarbeiter ihr daher wohl kaum gefährlich werden würden.

Ohne sich noch einmal umzudrehen, ging sie die Stufen zur Eingangstür hinauf und blieb neben Emilio stehen.

»Achtundvierzig Stunden und keine Sekunde länger«, begrüßte sie ihr Chefleibwächter.

»Lass uns in mein Büro gehen. Dort kannst du mich auf den neuesten Stand bringen.«

Saphira betrat vor Emilio ihr Haus. Es war ihr Reich, und sie würde sich von niemandem vertreiben lassen. Das wurde ihr in diesem Moment erneut klar.

Sie war Saphira De Angelis. Und sie würde dafür sorgen, dass man sie wieder fürchtete.

Kapitel 20

❄

MADOX

Dass Saphira eine Weile mit Emilio beschäftigt sein würde, spielte Madox in die Hände. So konnte er sich in Ruhe mit seinem Onkel treffen, ohne dabei Verdacht zu erregen.

Nachdem er sichergestellt hatte, dass ihm niemand Aufmerksamkeit schenkte, machte er sich auf den Weg zum Anwesen der Vargas. Dem Ort, der rechtmäßig eigentlich ihm gehörte.

Er hätte seinem Onkel die Position als *capo* natürlich streitig machen können, immerhin war er der Kronprinz der *famiglia*. Aber das hatte er nie gewollt. Er mochte die Verantwortung nicht, die damit einherging. Und die schmierigen Spiele, die er mit anderen spielen musste und die in dieser Welt gang und gäbe waren. Es hätte ihn schrecklich gelangweilt, ständig zu irgendwelchen Treffen mit anderen *uomini d'onore* zu gehen, Verhandlungen führen zu müssen und aufgeblasenen Idioten Geld dafür zu zahlen, damit man ihn und seine *famiglia* in Ruhe ließ.

Da war ihm seine Arbeit als Auftragskiller viel lieber. Er bekam einen Auftrag, besorgte sich alle notwendigen Informationen über die Zielperson und brachte die Sache dann über die Bühne. Dass er sich dabei selbst die Hände schmutzig machen musste, störte ihn nicht im Geringsten. Seine Arbeit war klar und geradlinig, anders als die Arbeit eines *capo*, die er als verworren empfand. Das konnte er nicht ausstehen.

Früher als ihm eigentlich lieb war, kam das Anwesen der Vargas in Sicht. Da er nicht entdeckt werden wollte, machte er es sich zunutze, dass er das Haus aus seiner Kindheit noch wie seine Westentasche kannte. Guiseppes Sicherheitsvorkehrungen waren weitaus schlampiger als die von Saphira, weswegen er über den Zaun springen und ohne große Anstrengung durch eines der Fenster im Erdgeschoss schnell das Innere des Hauses erreichen konnte. Dort umging er die üblichen Wege der Sicherheitsleute und stand schließlich vor dem Büro seines Onkels.

Auf sein Klopfen hin folgte ein unwirscher Ruf, und Madox trat ein. Guiseppe thronte wie immer hinter seinem Schreibtisch, auch um diese Uhrzeit bereits ein Glas Hochprozentiges in der Hand.

»Madox!« Sein Onkel winkte ihn herein. »Setz dich.«

Madox rollte wegen des Befehlstons, den sein Onkel anschlug, mit den Augen. Dennoch setzte er sich in Bewegung und ließ sich auf einem der Besucherstühle nieder.

»Kann ich dir etwas anbieten?«, fragte sein Onkel.

Er schüttelte den Kopf. »Nein, danke. Ich sollte nicht zu lange weg sein.«

»Natürlich. Wir wollen ja nicht, dass Saphira dich vermisst.«

Ein harter Ausdruck trat in Guiseppes Augen, der Madox misstrauisch werden ließ. Bisher war sein Onkel ihm immer mit Freundlichkeit begegnet. Natürlich war Madox von Anfang an bewusst gewesen, dass zumindest ein Teil davon nur gespielt war. Doch bis jetzt hatte ihm das nie Anlass zur Sorge gegeben, weil er für seinen Onkel keine Bedrohung darstellte. Schließlich wollte Madox seine Position ja nicht übernehmen.

Jetzt aber hatte er eine Affäre mit Saphira De Angelis, der Todfeindin seines Onkels. Und er hegte Zweifel, ob sie wirklich seinen Vater ermordet hatte. Wenn Guiseppe etwas davon ahnte, würde er in Madox eine Bedrohung sehen.

Bei diesem Gedanken meldete sich erneut der Verdacht, dass sein Onkel vielleicht doch etwas mit dem Attentat auf Saphira zu tun hatte – und in Kauf genommen oder sogar beabsichtigt hatte, dass Madox dabei draufging. Und das wiederum bedeutete, dass er in diesem Moment keinem Verbündeten gegenübersaß, sondern einem Feind.

Er musste wirklich dringend mit seinem besten Freund sprechen, um seinen Verdacht mit ihm zu besprechen.

»Wo ist eigentlich Damiano? Ich kann ihn nicht erreichen.«

Guiseppe trank einen Schluck von der klaren Flüssigkeit in seinem Glas. »Er erledigt einen speziellen Auftrag für mich außerhalb der Stadt. Hat er dir das nicht gesagt?«

Äußerlich blieb Madox entspannt, aber etwas an dem Tonfall seines Onkels ließ ihn hellhörig werden. Er musste sich dringend in den nächsten paar Tagen etwas Zeit verschaffen und Clara besuchen. Sie würde ihm sagen, was in der Zwischenzeit geschehen war. Allerdings befürchtete Madox, dass er erst wieder dazu kommen würde, wenn der Deal über die Bühne gegangen war.

»Ich verstehe«, sagte er. »Und wem soll ich dann die Informationen weiterleiten?«

»Besprich einfach alles mit mir persönlich.« Guiseppe lächelte leicht.

Madox lehnte sich zurück. »Gibt es sonst noch etwas, das du mit mir besprechen wolltest, Onkel?«

»Ja, ich wollte mich nach weiteren Details zu dem Waffendeal erkundigen. Du warst eine Weile sehr schweigsam.«

»Ich habe Damiano bereits gesagt, wann und wo die Sache über die Bühne geht. Was willst du noch wissen?«

»Details zu den Sicherheitsvorkehrungen, die Uhrzeit, die Zahl der Männer, die Saphira De Angelis zur Bewachung abgestellt hat. Und ich will wissen, ob es sich lohnt, der Polizei einen Tipp zu geben – falls sie diese nicht ohnehin bestochen hat. Solche Dinge. Einfach alles, was du in Erfahrung bringen kannst.«

Langsam, aber sicher war Madox' Geduld am Ende. »Sonst noch etwas?«

Sein Onkel schüttelte den Kopf. »Wenn du keine weiteren Informationen für mich hast, wären wir hier fertig.«

»Wirklich?« Er lehnte sich vor, stützte die Ellbogen auf seinen Knien ab. Er hasste es, um den heißen Brei herumzureden. Madox kam lieber direkt auf den Punkt.

Sein Onkel sah ihn fragend an. Jetzt stand ihm das Misstrauen offen ins Gesicht geschrieben.

»Worauf willst du hinaus?«

Er entschloss sich, es darauf ankommen zu lassen. »Vor vier Tagen hast du eine Bombe in Saphiras Auto platzieren lassen. Ein Auto, in das auch ich eingestiegen wäre.«

Ein Hauch von Überraschung zeigte sich in den Gesichtszügen seines Onkels. Beinahe zu schnell, um es zu bemerken. Aber eben nur beinahe. Ein ungutes Gefühl machte sich in Madox' Magengegend breit.

»Wie kommst du auf die Idee, dass ich eine Bombe platziert habe?«

Madox schnaubte. »Ich bitte dich. Wer sonst sollte es gewesen sein?«

Sein Onkel zuckte mit den Schultern. »Saphira hat sich in den letzten Jahren genug Feinde gemacht, die sie tot sehen wollen.«

»Du behauptest also, dass du das nicht gewesen bist?«

Guiseppe schüttelte den Kopf. »Warum sollte ich dich in Gefahr bringen? Unsere Abmachung war eine andere, und daran halte ich mich. Warum sollte ich sie selbst töten? Das wirst du doch erledigen. Finde endlich die Beweise, dass Saphira Salvatore umgebracht hat und zieh sie zur Rechenschaft.«

Madox wünschte sich, seinen Onkel besser zu kennen, denn dann hätte er besser einschätzen können, ob Guiseppe ihm Lügen auftischte. Aber da er erst wenige Jahre wieder in Palermo war, konnte er nicht mit Sicherheit sagen, ob dieser log oder nicht. Nur sein Instinkt sagte ihm, dass etwas merkwürdig war. Er hatte nichts gegen Guiseppe in der Hand.

»Ich sollte gehen«, sagte Madox und erhob sich dabei.

»Natürlich.« Guiseppe nippte an seinem Getränk. »Melde dich, wenn du weitere Informationen für mich hast.«

GUISEPPE

Guiseppe blickte Madox hinterher, als dieser sein Büro verließ. Sobald sein Neffe aus seinem Blickfeld verschwunden war, ballte er die freie Hand zur Faust und stürzte den restlichen Wodka hinunter.

So eine verfluchte Scheiße!

Warum hatten Madox und Saphira nicht mit der dämlichen Bombe in die Luft fliegen können? Das hätte alles viel einfacher gemacht. Dann müsste er sich jetzt nicht mit den Konsequenzen herumschlagen.

Guiseppe konnte nur hoffen, dass Madox ihm die Lüge geglaubt hatte und nicht weiter nachforschen würde. Es war schließlich die Wahrheit, dass Saphira außer ihm noch mehr Feinde hatte.

Dass Madox nach Damiano gefragt hatte, war jedoch ein Problem. Guiseppe befürchtete, dass sein Neffe sich nicht allzu lange mit der Erklärung zufriedengeben würde, dass Damiano mit einem Auftrag beschäftigt war. Falls er tatsächlich Damianos Frau aufsuchte und diese sich immer noch in dem Haus befand, würde Madox schnell wissen, dass er gelogen hatte. Und das konnte Guiseppe nicht riskieren.

SAPHIRA

Auf dem Lederstuhl zu sitzen, der bereits ihrem Vater gehört hatte, gab ihr Sicherheit. Emilio hatte sich ihr gegenüber hingesetzt und sah sie aufmerksam an.

»Wie geht es dir?«, fragte er sie.

»Wie immer. Erzähl mir, was während meiner Abwesenheit passiert ist.«

»Sag mir lieber, wie es dir geht, gestern war immerhin …«

»Ich möchte nicht darüber reden«, unterbrach sie ihn. »Mir geht es gut. Jetzt bring mich auf den neuesten Stand.«

Emilio seufzte. »Das Haus wird innerhalb der nächsten zwei Wochen wieder wie neu aussehen. Leandro und Rabia möchten wissen, wann sie aufs Anwesen zurückkehren können. Adrian wünscht ein sofortiges Treffen mit dir. Anscheinend gab es auf dem Schiff keinerlei Zwischenfälle. Außer dem Anschlag auf dein Leben lief alles wie immer. Das Lagerhaus für die Waffen ist so weit vorbereitet, die weiteren Abnehmer sind bereit. Es gab keine Hinweise auf denjenigen, der die Bombe platziert hat. Das Auto ist bei der Explosion vollständig ausgebrannt, sodass wir keine Spuren sichern konnten. Wir haben allerdings eine Patronenhülse gefunden, die zu dem Scharfschützen gehören dürfte. Sie befand sich kurz vor unserer Grundstücksgrenze nahe eines Baumes. Wir haben alles abgesucht, konnten aber keine weiteren Spuren sichern. In beiden Fällen waren Profis am Werk.«

Saphira ließ die Informationen auf sich wirken und nickte schließlich. »Na schön. Es gefällt mir zwar nicht, dass wir den Anschlag unbeantwortet lassen müssen, aber ich werde nicht auf deinen Verdacht hin gegen die Vargas vorgehen. Es bringt nichts, wenn wir ohne Beweise einen Krieg anzetteln, das würde zu viel Blut vergießen. Außerdem steht der Deal an, darauf sollten wir unsere Gedanken richten.« Emilio wollte sie unterbrechen, aber sie brachte ihn mit einer Handbewegung zum Schweigen. »Morgen findet das Treffen mit dem Polizeichef statt. Stell sicher, dass wir genügend Geld mitnehmen. Ich möchte nicht, dass irgendetwas schiefgeht. Es steht viel auf dem Spiel.«

Saphira hielt inne und atmete einmal tief durch. »Wenn du das erledigt hast, möchte ich, dass du Leandro und Rabia zurück nach Hause bringst. Schick die beiden dann zu mir. Das sollte bis heute Nachmittag erledigt sein. Danach fahren wir zu Adrian. Ruf ihn an und teil ihm mit, dass wir kommen.«

»Wird erledigt.« Er erhob sich. »Bis heute Nachmittag.«

Saphira nickte ihm zum Abschied zu. Als sie alleine war, drehte sie den Stuhl in Richtung des Fensters und betrachtete die Landschaft davor. Das hatte sie vermisst, während ihrer Zeit im Lagerhaus. Dort hatte es keine Fenster gegeben.

Dafür war sie dort nicht alleine gewesen, so wie sie es jetzt war. Sie hatte kein Problem damit, alleine zu sein, sie war es gewohnt. *Lass niemanden zu nah an dich heran. Dann kannst du auch nicht verletzt werden.* Das war ihr Motto gewesen. Bis

Madox in ihr Leben getreten war. Und jetzt fühlte sie Dinge, mit denen sie nicht umgehen konnte und die ihren sorgfältig angelegten Panzer durchlässig machten.

Und sie wusste beim besten Willen nicht, was sie dagegen unternehmen sollte.

Nachdem Emilio gegangen war, hatte Saphira sich umgezogen und trug ihre gewohnte Kleidung: ein schwarzes, knielanges Kleid und schwarze High Heels. Ihre Haare hatte sie zu einem strengen Pferdeschwanz gebunden. Jetzt fühlte sie sich wieder sicherer, als hätte sie eine Uniform angelegt. Und die letzte Nacht mit Madox erschien ihr wie ein lang vergangener Traum.

Plötzlich wurde die Tür zu ihrem Büro mit einem Schwung geöffnet, und Rabia kam herein, wie üblich mit offenen blonden Haaren und in einem rosa Kleid. Leandro folgte ihr und schloss die Tür hinter ihnen.

»Was ist geschehen?« Rabias Stimme überschlug sich fast. »Da war dieser ohrenbetäubende Knall, und bevor ich wusste, was passierte, schob Emilio uns in einen bereitstehenden Wagen und wir mussten von hier verschwinden. Und dann durften wir dich nicht anrufen!« Rabia kam um den Schreibtisch herum und zog sie in eine Umarmung, die Saphira über sich ergehen ließ. »Wir haben uns solche Sorgen um dich gemacht!«

»Mir geht es gut, Rabia. Es ist alles in Ordnung.«

Jetzt kam auch Leandro zu ihr und legte ihr eine Hand auf den Oberarm, beugte sich zu ihr und gab ihr einen Kuss auf die Wange. »Geht es dir gut?«

Er sprach ruhiger als Rabia, aber sein Gesichtsausdruck zeigte deutlich die Sorge, die er empfand.

»Es ist alles in Ordnung, Leandro.« Sie sah die beiden an

und deutete auf die Besucherstühle. »Setzt euch bitte. Dann können wir über alles reden.«

Sie ließ sich wieder in den Lederstuhl gleiten und sah ihre Besucher ruhig an.

»Es gab einen Anschlag auf mein Leben.«

Rabia schlug sich eine Hand vor den Mund, die Augen weit aufgerissen. Leandro ergriff die freie Hand seiner Verlobten.

»Deswegen musste ich für ein paar Tage untertauchen«, fuhr Saphira fort. »Jetzt bin ich zurück, und alles läuft wie immer.« Sie sah Leandro an. »Du begleitest mich morgen zum Treffen mit dem Polizeichef.«

Ihr Cousin nickte, nur Rabia starrte sie unverwandt an.

»Saphira. Ein Anschlag? Aber wer steckt dahinter? Etwa Guiseppe Varga? Das können wir nicht unbeantwortet lassen!«

Saphira hob eine Hand, um ihre beste Freundin zu unterbrechen. Manchmal war Rabia einfach zu leidenschaftlich. »Wir haben keine konkreten Beweise. Und ich werde auf einen Verdacht hin keinen Krieg vom Zaun brechen. Der Anschlag ist fehlgeschlagen. Ich habe überlebt. Das ist alles, was zählt.«

»Aber …«

»Rabia, lass es gut sein.« Saphira schlug einen Tonfall an, der ausdrückte, dass sie keinen Widerspruch mehr duldete. Ihre Freundin überschritt von Zeit zu Zeit eine Grenze, und auch wenn Saphira sie nicht immer auf ihren Platz verweisen wollte, so musste sie es manchmal doch tun.

Rabia entzog Leandro ihre Hand und verschränkte die Arme vor der Brust. Ihr Gesichtsausdruck zeigte deutlich, dass sie nicht zufrieden war. Aber darauf konnte Saphira im Moment keine Rücksicht nehmen. Sie war jetzt in der Rolle des *capo* und nicht in der einer besten Freundin.

Ohne Rabia weiter zu beachten, wandte sie sich an ihren Cousin, da er der Vizerepräsentant der *famiglia* war. »Also, in zwei Tagen läuft das Schiff mit den Waffen ein. Emilio hat gesagt, dass alles vorbereitet ist, aber ich werde mir morgen noch einmal selbst einen Eindruck verschaffen. Du begleitest mich. Wir fahren nach dem Treffen mit dem Polizeichef zum Hafen.«

Leandro nickte. »Wie du wünschst, Saphira.«

»Am nächsten Tag, bei dem Deal selber, möchte ich aber, dass du im Haus bleibst. Ich werde ein paar *guardie* und *soldati* abstellen, die auf euch aufpassen. Du solltest bis dahin aber alle Verträge für die nächsten Abnehmer ausgestellt haben. Bereite unsere Konten vor. Die Überweisungen darf man nicht zurückverfolgen können.«

»In Ordnung.« Leandro nickte.

Saphira lehnte sich zurück. »Nach dem Anschlag auf mein Leben kann ich nicht ausschließen, dass bei der Übergabe etwas passiert. Und sollte etwas schiefgehen, möchte ich, dass du in Sicherheit bist. Falls mir etwas passiert, musst du die Führung übernehmen.«

Sie konnte sehen, dass ihm die Vorstellung Angst machte. Leandro war einfach nicht durch die gleiche Schule gegangen wie sie. Vito war immer sehr sanft zu seinem Sohn gewesen, hatte ihn von den schlimmsten Seiten der Cosa Nostra ferngehalten, während Saphira mittendrin gewesen war. Aber sie vertraute ihm. Falls sie starb, würde Leandro mit der Hilfe seines Vaters sicher alles in den Griff bekommen.

Es klopfte, und Emilio betrat das Büro. Er nickte Saphira auffordernd zu.

»Wenn ihr mich jetzt entschuldigen würdet.« Sie erhob sich, und Leandro tat es ihr gleich. Rabia schien immer noch zu schmollen und blieb sitzen. »Wir sehen uns dann beim Abendessen.«

Saphira stieg aus der Limousine und ließ ihren Blick an der restaurierten Fassade des Hotels, in dem Adrian untergebracht war, emporgleiten.

Der Page nickte ihr zu, als sie mit Emilio das Hotel betrat und die Aufzüge ansteuerte. Leise Musik erklang im Lift, als sie ganz nach oben zum Penthouse fuhren. Dort glitten die Aufzugtüren auseinander, und Saphira betrat die elegante Suite.

Die Ausstattung mit den hellen Möbeln, dem dunklen Holzfußboden und den warmen Beigetönen der Dekoration war geschmackvoll. Am Ende eines kurzen Flurs trat man in ein großes Wohnzimmer, das in der Mitte einen tiefer gelegten Bereich hatte, den man über zwei Stufen erreichen konnte. Dort standen zwei Sofas, ein Sessel und ein großer Fernseher. Links davon befand sich eine offene Küche, in der das Chrom der unbenutzten Armaturen glänzte. Vor der hinteren Fensterfront, in der eine Schiebetür geöffnet war, lag ein großer Balkon. Eine leichte Brise wehte in der Suite, bauschte die transparenten weißen Vorhänge. Rechts von ihr befanden sich die Schlafräume und bestimmt auch mehr als ein Badezimmer.

Emilio folgte ihr auf dem Fuße, als sie das Wohnzimmer betrat. Saphira nickte den beiden Leibwächtern zu, die dort Wache hielten.

»Wo ist Adrian?«, fragte sie.

Der kleinere der Leibwächter deutete auf den Balkon, und Saphira begab sich nach draußen. Ihre Absätze klickten auf den hellen Fliesen. Adrian hatte die Unterarme auf das verschnörkelte Eisengeländer gestützt. Er trug Jeans und ein weißes Hemd, dessen Ärmel aufgekrempelt waren. Als er sie hörte, drehte er den Kopf, und ein zurückhaltendes Lächeln umspielte seine Lippen.

»Schön zu sehen, dass es dir gut geht, Saphira.«

»Das kann ich nur zurückgeben, Adrian.«

Sie beugte sich zu ihm, legte ihm eine Hand auf den Oberarm und ließ sich von ihm auf beide Wangen küssen.

»Ich möchte mich aufrichtig für die Unannehmlichkeiten entschuldigen«, sagte sie. »Ich hoffe, dass das nichts an unserem Deal ändert.«

Adrian stützte sich erneut aufs Geländer und ließ den Blick über die Innenstadt von Palermo gleiten. Die Sonne schien auf die Gebäude herab, ließ hier und da Fenster blinken.

»Saphira, du weißt, dass ich dich sehr schätze. Leider war mein Vater gar nicht erfreut über die Neuigkeiten. Er hat Bedenken, was die Sicherheit der Übergabe angeht.«

Sie unterdrückte ein Seufzen. Genau das hatte sie befürchtet. »Ich kann dir versichern, dass absolut nichts schiefgehen wird. Emilio hat alles noch einmal überprüft. Es gibt nicht die geringsten Anzeichen für weitere Komplikationen.«

Jetzt sah Adrian sie wieder an. »Habt ihr den Verantwortlichen denn gefunden?«

Saphira lächelte. »Natürlich. Derjenige wurde zur Rechenschaft gezogen und wird uns nicht länger Probleme bereiten.« Wenn es um mehrere Millionen Euro ging, dann war es manchmal nötig, dass man sich die Wahrheit ein wenig zurechtbog.

»Sicher?«

»Adrian.« Saphira lehnte sich mit der Hüfte gegen das Geländer. »Du kennst mich. Natürlich bin ich sicher.«

»Das freut mich zu hören.« Adrian richtete sich auf. »Ich werde das mit meinem Vater besprechen, aber wenn du sagst, dass alles in Ordnung ist, dann glaube ich dir.«

Sie lächelte. »Bleibt es denn bei unserem Zeitplan?«

Adrian nickte. »Übermorgen läuft das Schiff in den Hafen ein.«

»Sehr gut.«

»Möchtest du noch ein Glas Wein mit mir trinken?«, fragte er.

Saphira sah ihn entschuldigend an und legte ihm die Hand auf den Arm. »Das würde ich wirklich gerne. Leider muss ich noch viel erledigen, wie du dir vielleicht denken kannst. Aber falls Probleme auftreten, kannst du dich gerne jederzeit bei mir melden. Ansonsten sehen wir uns in zwei Tagen.«

Adrian seufzte. »Natürlich. Bis dann, Saphira.«

Er küsste sie auf beide Wangen, bevor sie sich umdrehte und wieder ins Wohnzimmer zurückging, wo Emilio auf sie wartete. Er schloss sich ihr an, als sie in Richtung des Aufzugs ging, schwieg jedoch, bis sie wieder in der Limousine saßen.

»Ist alles gut gelaufen?«, fragte er dann.

»Adrians Vater ist wegen der Explosion misstrauisch geworden. Ich habe ihm versichert, dass wir den Schuldigen getötet haben. Es wäre besser, wenn wir es dabei belassen.« Sie sah ihn ernst an. »Es ist wichtig, dass bei der Übergabe keinerlei Probleme auftreten. Ich möchte, dass du ein paar Männer mit zum Hafen nimmst und sicherstellst, dass absolut nichts schiefgehen kann.«

Kapitel 21

SAPHIRA

Saphira schloss den seitlichen Reißverschluss des Rocks und schlüpfte danach in ihre High Heels. Als sie sich aufrichtete, strich sie noch einmal den Stoff glatt, bevor sie ins Wohnzimmer ging. Im Kopf spielte sie noch einmal den Ablauf des heutigen Tages durch.

Das Treffen mit dem Polizeichef am Vortag war reibungslos verlaufen, Adrian hatte mit seinem Vater gesprochen und auch dieser hatte seine Zweifel abgelegt. Die Waffen würden wie besprochen in den Besitz ihrer *famiglia* übergehen. Die Konten für die Überweisungen waren vorbereitet, und Leandro wartete nur auf ihr Okay. Der Hafen war abgesichert, und sie hatte mehrfach Nachrichten von Emilio erhalten, dass sich niemand außer ihnen in der Nähe des Geländes aufhielt. In den frühen Morgenstunden hatte sie Madox losgeschickt, damit er ihre *soldati* zu den besprochenen Plätzen brachte. So würde ihnen weder bei der Übergabe der Waffen noch bei deren Transport zu den verschiedenen Lagerhäusern jemand in die Quere kommen.

Jetzt wartete sie nur noch darauf, dass Madox sie abholte, dann würde der Waffendeal endlich über die Bühne gehen. Dabei fragte sie sich ein letztes Mal, ob sie an alles gedacht oder eine Sicherheitslücke übersehen hatte.

MADOX

Das Haus war bis auf Rabia, Leandro und zwei Leibwächter leer gewesen, als er zurückgekehrt war. Fast jedes verfügbare Mitglied der *famiglia* war heute mit dem Deal beschäftigt. Entweder sie waren direkt am Hafen positioniert, bewachten die Lagerhäuser, fuhren die Transporter oder sicherten die Straßen.

Madox selbst würde heute den ganzen Tag an Saphiras Seite verbringen und sie während der Übergabe bewachen und unterstützen. Emilio wartete bereits am Hafen, sie würden gleich zu ihm stoßen. Aber vorher musste Madox noch einen Anruf tätigen.

Er zog sich in sein Zimmer zurück und schloss die Tür ab. Dann zog er das Handy aus der Hosentasche und rief über eine gesicherte Leitung seinen Onkel an.

»Madox. Was hast du für mich?«

Aus einem unerfindlichen Grund zögerte Madox in diesem Moment. Bei ihrem letzten Gespräch hatte sein Onkel nicht alle seine Zweifel aus dem Weg räumen können, und er war sich nicht länger sicher, ob er Guiseppe vollständig vertrauen konnte. Aber welche Wahl hatte er denn schon?

Er war ein Varga. Das Blut seines Vaters und damit auch seines Onkels floss durch seine Adern. Er war einzig und allein aus dem Grund zurück nach Palermo gekommen, um den Mörder seines Vaters zur Strecke zu bringen. Und alle Hinweise deuteten auf Saphira De Angelis hin. Deswegen war er hier. Und sollte Saphira jemals von seinem Verrat erfahren, dann würde sie ihm sowieso nie vergeben. Es gab also keinen Platz bei den De Angelis für ihn. Und er hatte auch noch keine Beweise gefunden, die *gegen* Saphiras Schuld am Tod seines Vaters sprachen. All das ließ ihm keine Wahl.

»Madox?«, fragte Guiseppe.

»Der Deal geht heute über die Bühne.«

Sein Onkel machte ein unwirsches Geräusch. »Ich weiß.«

»Ich habe heute Morgen alle verfügbaren *soldati* an den für Saphira wichtigen Standpunkten positioniert. Gleich schicke ich dir eine Nachricht mit den Koordinaten und den Adressen der Lagerhäuser. Danach hole ich Saphira ab, und wir fahren zum Hafen. Allerdings sind ihre Sicherheitsvorkehrungen bis ins Kleinste durchdacht. Was hast du also vor?«

»Ist das dein Ernst?«, fragte Guiseppe, und Madox konnte das Lächeln in seiner Stimme hören. »Mit diesen Informationen wird es ein Kinderspiel sein, den Deal zu übernehmen und zu unseren Gunsten zu wenden.«

»Sollten wir damit nicht warten, bis ich die letzten Beweise für Saphiras Schuld habe?«

»Madox. Das ist unsere Chance, die De Angelis empfindlich zu schwächen. Selbst wenn Saphira deinen Vater nicht umgebracht hat, und glaub mir, das hat sie, dann klebt dennoch das Blut vieler Vargas an ihren Händen. Sie ist unsere Feindin – wir müssen diese Chance nutzen.«

»Ich weiß.« Das tat er wirklich. Wieso also entwickelte er plötzlich ein schlechtes Gewissen? Hatte er sich nicht eben selbst noch erklärt, dass er zum Clan der Vargas gehörte und niemals eine echte Chance bei Saphira hätte? Er musste sich endlich zusammenreißen!

»Wieso zweifelst du dann? Wir haben so lange darauf hingearbeitet. Das Einzige, was anders ist, als in unserer Planung, ist, dass Saphira noch nicht gestanden hat.«

»Du hast recht. Sorg nur dafür, dass Saphira nichts geschieht.« Madox hätte sich in diesem Moment am liebsten selbst geschlagen. Wieso sagte er denn so etwas? Was stimmte nicht mit ihm?

»Wieso?« Das Misstrauen in Guiseppes Stimme war nicht zu überhören.

Da er selbst weder wusste noch ergründen wollte, was der Auslöser für seine Worte gewesen waren, musste er sich schnell etwas einfallen lassen. »Weil ich derjenige sein will, der sie am Ende tötet.« Er legte so viel Kälte und Berechnung in seine Stimme, wie er konnte.

Einen Moment lang herrschte Stille, bevor sein Onkel antwortete. »Natürlich. Was auch sonst? Manchmal vergesse ich einfach, dass du ein Killer bist.«

»Ich muss jetzt los«, sagte Madox nur und beendete das Gespräch.

Einen Moment lang stand er regungslos in der Mitte seines Zimmers, betrachtete die kahlen Wände und Regale. Nichts hier ließ einen Rückschluss auf den Bewohner zu, dennoch hatte er in den letzten Jahren ein Zuhause bei den De Angelis gefunden. Etwas, das er seit seiner Kindheit nicht mehr gehabt hatte. Man begegnete ihm hier mit Respekt und Wertschätzung. Und wenn sie die Wahrheit erfuhren, würden sie ihn hassen und ihn jagen, bis sie sein Blut vergossen hätten.

Madox tippte die Nachricht mit den Koordinaten an seinen Onkel und schickte sie ab. Dann atmete er tief durch und fragte sich dabei, ob er gerade einen schrecklichen Fehler begangen hatte.

SAPHIRA

Die Dämmerung tauchte alles hinter den getönten Scheiben der Limousine in leuchtendes Rot und zarte Rosétöne. Saphira saß auf der Rückbank, Madox an ihrer Seite. Ein leises Summen war zu hören, und er blickte auf sein Handy, schien eine Nachricht zu lesen.

»Emilio lässt ausrichten, dass am Hafen alles ruhig ist«, sagte er dann. »Adrian ist gerade eingetroffen.«

»Sehr gut.«

Erneut senkte sich Schweigen über das Wageninnere, und Saphira dachte daran, wie froh sie war, dass dieser Deal endlich abgewickelt wurde. Danach würde nicht nur viel Geld in den Besitz ihrer *famiglia* übergehen, sondern ihr Leben würde auch endlich wieder in normalen Bahnen verlaufen. Sie konnte sich um Guiseppe Varga kümmern, auch wenn das bedeutete, dass sie die schwere Entscheidung fällen musste, ob sie einen Krieg beginnen wollte. Sie würde sich Rabias und Leandros Hochzeit widmen können und den alltäglichen Geschäften ihrer *famiglia* nachgehen. Außerdem könnte sie endlich in Ruhe über diese Sache mit Madox nachdenken. Sie weigerte sich das Ganze *Beziehung* zu nennen. Denn das war es nicht. Sie hatten nur Sex. Aber intensiv war die Geschichte zwischen ihnen dennoch, und Saphira musste deswegen eine Entscheidung fällen.

Sie wurde aus ihren Gedanken gerissen, als das Auto hielt und Madox ausstieg, um ihr die Tür aufzuhalten. Saphira atmete tief durch, bevor sie seine Hand ergriff und aus dem Wagen stieg. Rechts von ihr glitzerte das Meer in der untergehenden Sonne. Sie konnte bereits die dunkle Silhouette des

Containerschiffs entdecken, auf dem ihre Ware transportiert wurde.

Vor ihr parkte ein schwarzer SUV, an dem Adrian lehnte. Er hatte sich die Sonnenbrille in die Haare geschoben und wurde von seinen beiden Leibwächtern flankiert. Saphira lächelte ihn an, bevor sie sich umsah. Der Frachthafen wurde von großen Gebäuden gesäumt, die größtenteils Lagerhäuser waren. Auf allen Dächern befanden sich im Moment ihre *soldati* und sicherten die Umgebung. Unter ihnen war auch Emilio.

Ein kleiner Teil der Waffen würde in einem der Lagerhäuser am Hafen verbleiben und der Rest in zwei weitere Hallen innerhalb der Stadt weitertransportiert. So entgingen sie der Gefahr, dass bei einer unvorhergesehenen Durchsuchung der Polizei ihre gesamte Ware beschlagnahmt würde. Natürlich hatte Saphira die Behörden bestochen, damit genau das nicht passierte, aber man musste auf alles vorbereitet sein.

Saphira trat zu Adrian.

»Gab es noch irgendwelche Probleme?«

Er schüttelte den Kopf. »Nein, von *meiner* Seite aus läuft alles nach Plan.«

Saphira ignorierte den kleinen Seitenhieb, da es nicht mehr lange dauern würde, bis alles vorüber war.

Gemeinsam sahen sie zu dem näher kommenden Schiff hinüber. Madox stand so dicht hinter ihr, dass sie die leisen Stimmen aus dem Knopf in seinem Ohr hören konnte. Sie war sich sicher, dass Emilio ihn gerade über die Lage informierte.

Im nächsten Moment wurden die Stimmen unerwartet lauter, die schnelle Abfolge von Worten ließ Hektik erkennen. Misstrauisch sah Saphira sich zu Madox um, der die Stirn gerunzelt hatte. Hinter ihm auf einem der Dächer sah sie Metall aufblitzen. Ein Krachen ertönte, und sie spürte einen scharfen

Schmerz an ihrer Wange. Schon griff Madox nach ihr und zog sie nach unten.

Plötzlich schlugen überall Kugeln in den Boden ein. Es dauerte einen Augenblick, in dem ihre Knie und Handflächen auf den heißen Asphalt gedrückt wurden, bis sie verstanden hatte, was hier vor sich ging. Sie wurden angegriffen!

Saphira sah sich nach Adrian um, aber der war bereits von seinen beiden Leibwächtern ins Auto in Sicherheit gebracht worden. Der Motor heulte auf, gefolgt von einem lauten Knall, nachdem Rauch von der Motorhaube aufstieg. Bevor Saphira darüber nachdenken konnte, was die Angreifer mit Adrians Auto angestellt hatten, riss Madox sie hoch und zog sie hinter einen in der Nähe stehenden Container in Sicherheit, dabei schirmte er ihren Körper mit seinem gegen den Kugelhagel ab.

»Was zum Teufel ist hier los?«, schrie sie ihn an.

Madox drückte mit einem Finger gegen sein Ohr, wahrscheinlich um die Stimmen im Empfangsgerät besser zu verstehen, dann sah er sie an.

»Jemand versucht den Deal zu sabotieren. Scheinen die Vargas zu sein.«

Saphira fluchte. »Wie ist die Lage?«

»Kann ich nicht genau sagen, aber es sieht nicht gut aus. Der Kontakt zu Emilio ist abgebrochen.«

»Verdammt!«

Saphira sah über ihre Schulter, hinaus aufs Meer. Dort war das Containerschiff näher gekommen.

In diesem Moment rannten bewaffnete Männer auf den Vorplatz und sahen sich um. Sie beachteten das Auto, in dem Adrian saß, nicht weiter, als sie aber Saphira hinter dem Container entdeckten, hoben sie die Waffen. Sie trat automatisch einen Schritt zurück und prallte gegen Madox, der in diesem Augenblick den Arm hochriss. Als seine Pistole direkt neben ihrem Ohr losging, zuckte sie zusammen. Die ersten Männer fielen zu Boden, aber auch bei ihnen schlugen die Kugeln ein. Madox zog sie hinter seinen Körper und drängte sie schnell weiter zurück.

Überall waren jetzt Schüsse und laute Rufe zu hören. Saphira fehlte der Überblick – sie konnten die Angreifer jeden Moment überwunden haben oder standen kurz davor, all ihre Männer zu verlieren. Sie musste mit Emilio sprechen, aber der war ja nicht zu erreichen!

Endlich hatten sie die Rückseite des Containers erreicht, und Saphira presste sich neben Madox mit dem Rücken gegen das warme Metall. Ihr Auto war nur wenige Meter von ihnen entfernt. Der Motor lief, ihr neuer Fahrer wartete auf sie. Die Scheiben waren kugelsicher, und er war in der Limousine sicher. Außerdem gehörte er zur *famiglia* und würde ihr Leben immer über seins stellen, statt sie hier zurückzulassen.

»Madox, wie sieht es aus?«

Er warf einen Blick um die Ecke des Containers und gab zwei weitere Schüsse ab, bevor er sich wieder zurückzog. »Ich hab nur noch eine Kugel. Das Ersatzmagazin hab ich vorhin verloren, als wir gestürzt sind. Und es sind zu viele, als dass ich sie alle im Nahkampf überwältigen kann. Ich habe immer noch keinen Kontakt zu Emilio, und sie kommen näher.«

Saphira ging die Optionen durch. Sie konnten bleiben und kämpfen. Allerdings waren sie im Moment nur zu zweit und ihnen ging die Munition aus. Wo die anderen waren, wussten sie nicht. Die logische Konsequenz wäre zu fliehen. Aber das Schiff mit den Waffen legte wahrscheinlich in diesem Moment am Hafen an.

Saphira spürte, wie sich ihr Magen in einen einzigen Knoten verwandelte. Wut sprudelte in ihr hoch wie Lava in einem Vulkan. Am liebsten hätte sie in diesem Moment geschrien, aber das wäre nicht hilfreich gewesen. Sie musste eine Entscheidung treffen.

»Wir ziehen uns zurück«, sagte sie gegen ihren Willen.

Madox sah sie an, sein Gesichtsausdruck neutral. »Bist du sicher?«

»Ja. Wir haben keine Wahl. Gib das durch. Vielleicht hört uns ja jemand.«

Madox neigte den Kopf etwas zur Seite und sprach in das Mikrofon, das an seinem Hemdkragen befestigt war. »Rückzug! Wir ziehen uns zurück!«

Plötzlich tauchte einer der Angreifer direkt neben Saphira auf. Der Angreifer zielte mit der Pistole auf ihren Kopf. Mit einer Drehung ihres Handgelenks glitt das Messer in ihre Hand. Saphira wirbelte herum und duckte sich unter den Lauf der Waffe, riss den freien Arm hoch und drückte damit gegen die Hand des Mannes, mit der er die Waffe hielt. Ein Schuss löste sich, aber die Kugel verfehlte sie. In einer fließenden Bewegung hob sie die Hand mit dem Messer und trieb es dem Mann in den Hals. Als sie es wieder herauszog, sprudelte Blut hervor, benetzte ihren Arm und sickerte in den Stoff ihres Oberteils. Der Angreifer sank auf die Knie, ließ die Waffe fallen und presste sich beide Hände auf die Wunde. Saphira riss ihm die Pistole aus der Hand, sah am Container vorbei und erschoss zwei weitere Männer, bevor sie sich wieder nach Madox umsah. Der stand mit erhobener Waffe hinter ihr und sah sie an, sein Blick drückte Respekt aus.

»Wir sollten von hier verschwinden«, sagte sie ruhig. Sie hatte früh gelernt, dass es alles nur noch schlimmer machte, wenn man in solchen Situationen in Panik verfiel.

Ein dunkelroter Fleck auf Madox' Hemd zog ihre Aufmerksamkeit auf sich.

»Du wurdest angeschossen?« Überrascht sah sie ihn an. Er hatte keinen Schmerzenslaut von sich gegeben.

»Halb so wild.«

Saphira betrachtete den langsam größer werdenden Fleck auf seiner rechten Schulter. Von wegen halb so wild. Sie blickte noch einmal zum Auto. Bis jetzt hatte niemand dem Wagen Beachtung geschenkt, und ihr Fahrer tat das Richtige, indem er sich ruhig verhielt. Wäre er auf sie zugefahren, hätten die Angreifer sofort das Feuer eröffnet und womöglich die Reifen zerschossen.

»Wir müssen es zum Auto schaffen«, sagte sie und dachte dabei kurz an Adrian, entschied aber, dass er nicht weiter von Bedeutung war. Die Mitglieder ihrer *famiglia* standen an erster Stelle, und Adrian hatte eigene Leibwächter bei sich. Er würde schon allein klarkommen.

Sie sah wieder Madox an. »Kriegst du das hin?«

Madox nickte. »Kein Problem.«

»Okay, los geht's!«

Saphira schlüpfte aus ihren High Heels und rannte los. Sie konnte Madox direkt hinter sich hören. Sobald sie wieder in Sichtweite waren, hagelte es förmlich Kugeln. Saphira riss die Pistole hoch und feuerte blindlings um sich. Madox tat das Gleiche, und als sie wieder nach vorne blickte, entdeckte sie Emilio, der ebenfalls auf das Auto zurannte. Sein Hemd war zerrissen, und ein roter Fleck prangte mittig auf seinem Bauch.

Er kam im gleichen Moment wie sie am Auto an und riss schwungvoll die Tür auf. Saphira hechtete ins Innere der Limousine und hörte, wie Madox direkt hinter ihr einstieg und die Tür schwungvoll schloss.

»Fahr los!«, brüllte sie ihren Fahrer an.

Der gab sofort Gas, und der Wagen setzte sich mit quietschenden Reifen in Bewegung. Nur einige Minuten, nachdem der erste Schuss abgefeuert worden war, verließen sie den Hafen. Metallisches Klicken ließ darauf schließen, dass ihr Auto beschossen wurde, aber die extra gesicherte Karosserie und die kugelsicheren Fenster hielten dem stand.

Sie blickte aus dem Rückfenster auf den Hafen, der mit der wachsenden Entfernung langsam kleiner wurde. Im letzten Moment entdeckte sie einen Mann, der langsam auf Adrians SUV zuging. Einige Männer folgten ihm.

Guiseppe Varga.

Die Limousine bog um eine Ecke, und die Szene verschwand. Saphira blickte hinüber zu Madox, der mit grimmigem Gesichtsausdruck aus dem Fenster sah. Dann wandte sie sich zu Emilio um, der mit schmerzverzerrtem Gesicht seine Mitte hielt.

»Wirst du es überleben?«, fragte sie.

Er nickte. »Stichwunde, es gab einen Kampf auf dem Dach. Zwar tief, aber ich glaube, es sind keine Organe verletzt.«

»Okay, gut. Dann erklär mir, was zum Teufel da gerade passiert ist. Ich hatte dich doch zur Sicherheit dort positioniert!« Saphira wurde mit jedem Wort lauter. »Weißt du, wie viel Geld wir gerade verloren haben? An den verfluchten Guiseppe Varga? Und die Beziehungen zu Adrians Familie kann ich auch vergessen!«

»Ich weiß nicht, was los war, Saphira. Es war alles ruhig. Plötzlich kamen sie von allen Seiten, als wüssten sie ganz genau, wo wir standen. Wir hatten keine Chance.«

Sie atmete tief durch, um sich zu beruhigen. Allerdings half das kaum. »Was ist mit meinen Leuten?«

»Es gab einige Verletzte. Mindestens fünf sind tot. Ich habe sofort den Rückzug angeordnet, als ich Madox' Funkspruch gehört habe. Alle sind zu den wartenden Autos gerannt, und ich habe euch gesucht. Genaueres kann ich erst sagen, wenn alle zurück im Haus sind.«

Saphira wandte sich ab. Gerade konnte sie die Anwesenheit der beiden Männer kaum ertragen. Vor Zorn über den geplatzten Deal schlug ihr Herz wie wild. Aber sie war der *capo* und das bedeutete, dass sie in diesem Augenblick Ruhe bewahren musste.

»Wenn wir zurück sind, will ich, dass ihr zuerst eure Wunden versorgen lasst. Danach machst du eine Bestandsaufnahme, Emilio. Ich will über jeden Toten und jede Verletzung informiert werden. Sobald alle da sind, werden das gesamte Haus und das Grundstück abgeriegelt. Niemand betritt oder verlässt das Gelände.«

Für einige Momente schwiegen sie. »Wir haben einen Verräter unter uns«, sagte Saphira dann. »Und wir werden ihn finden.«

GUISEPPE

Er war überaus zufrieden. Ein Gefühl, das er in den letzten Jahren nicht besonders häufig verspürt hatte. Die Informationen seines Neffen hatten sich zum ersten Mal als wirklich hilfreich erwiesen.

Beim Überfall auf die De Angelis hatte es weniger Verluste gegeben als erwartet. Seine Männer waren effizient vorgegangen, und nach den ersten Meldungen, die Guiseppe erhalten hatte, waren erfreulich viele De Angelis gestorben. Dass Saphira und sein Neffe auch dieses Mal mit dem Leben davongekommen waren, stellte deswegen nur einen kleinen Wermutstropfen dar, um den er sich später kümmern würde.

Jetzt war es zunächst an der Zeit, sich dem zweiten Teil seines Plans zu widmen.

Gelassen schritt er auf den schwarzen SUV zu. Dabei streckte er die Hände in die Höhe und ließ seine Männer im Hintergrund warten, die Waffen gesenkt. Vorsichtig klopfte er an die Scheibe der Beifahrertür.

»Hallo? Mein Name ist Guiseppe Varga. Wie Sie vielleicht bemerkt haben, sind wir in der Überzahl und Ihre Wahlmöglichkeiten sind eher begrenzt.« Er deutete eine leichte Verbeugung an. »Ich bin also Ihr neuer Geschäftspartner. Und …« Er blickte zu der Stelle, an der gerade das Schiff anlegte. »… wie ich sehe, ist unsere Ware gerade angekommen.«

Er trat einen Schritt zurück und wartete. Jetzt, da die De Angelis verschwunden und die Waffen in Palermo waren, hatte er alle Zeit der Welt.

Es dauerte nicht besonders lange, bevor die Autotür geöffnet wurde, und ein junger Mann mit blonden Haaren, der verdächtig wie ein Surfer aussah, ausstieg. Er wirkte verärgert. Direkt hinter ihm folgten zwei Leibwächter mit Pistolen im Anschlag. Grünbraune Augen funkelten ihn wütend an.

»Besser, jemand erklärt mir innerhalb der nächsten sechzig Sekunden, was sich hier zugetragen hat«, sagte der Mann mit amerikanischem Akzent, »oder das Schiff wird sofort wieder ablegen.«

Der *capo* lächelte. »Wie ich bereits sagte, ist mein Name Guiseppe Varga. Und wie du sehen konntest, sind die De Angelis nicht gerade der zuverlässigste Partner. Mit wem habe ich das Vergnügen?«

»Adrian.« Er verschränkte die Arme vor der Brust. »Du hast die De Angelis unter Beschuss genommen«, gab Adrian zurück.

»Das stimmt wohl. Allerdings hätte eine fähige *famiglia* viel härter zurückgeschlagen und den Gegner bezwungen, anstatt den Schwanz einzuziehen und zu verschwinden.«

Adrian sah von seinen Leibwächtern zu dem Schiff, von dem aus sich gerade weitere bewaffnete Männer näherten. Guiseppe nahm an, dass sie ebenfalls zu dem Amerikaner gehörten.

»Also gut.« Er sah wieder Guiseppe an. »Du hast sechzig Sekunden. Wie lautet dein Angebot?«

Guiseppe musste sich zusammenreißen, um nicht laut zu lachen. Das war ja beinahe lächerlich einfach. Er konnte sein Glück kaum fassen.

»Ich zahle dir das Doppelte von dem, was Saphira gezahlt hätte. Innerhalb der nächsten zwölf Stunden ist das Geld auf einem Konto deiner Wahl.«

»Das Doppelte?«

Guiseppe nickte. »Innerhalb von zwölf Stunden. Und damit du sicher sein kannst, dass ich dich nicht hintergehe, habe ich hier etwas für dich.« Er hob seine Hand und schnipste mit den Fingern. Daraufhin trat einer seiner Männer vor und warf eine große schwarze Tasche vor Adrians Füße. »Eine kleine Anzahlung«, meinte Guiseppe lächelnd.

Einer von Adrians Leibwächtern trat vor und öffnete die Tasche, Stapel lilafarbener Euroscheine waren darin.

Adrian sah ihn an. »Ich muss kurz telefonieren.«

Guiseppe machte eine großzügige Geste mit einer Hand. »Bitte, ich habe heute nichts mehr vor.«

Adrian entfernte sich einige Schritte von ihm und zog ein Handy aus der Hosentasche. Das Gespräch dauerte nicht besonders lange, und der junge Mann gestikulierte wild dabei. Er ging Guiseppe jetzt schon auf die Nerven. Allerdings war er ein notwendiges Übel. Am Ende nickte Adrian einige Male und beendete das Gespräch.

Guiseppe lächelte. »Und?«

Adrian streckte ihm die Hand entgegen. »Wir haben einen Deal.«

Kapitel 22

MADOX

Madox stellte die leere Flasche Whiskey auf den Couchtisch und schloss die Augen, als der Alkohol zu wirken begann. Dazu kamen die Schmerzen von seiner Wunde, die gerade vernäht wurde, und all das hätte ihn eigentlich davon abhalten sollen, über das merkwürdige Grimmen in seiner Magengegend nachzudenken.

Denn das fühlte sich verdammt nach Schuld an. Etwas, das er in den letzten Jahren nicht besonders oft gespürt hatte. Eigentlich sogar nie. Er hatte sich nie schuldig gefühlt, egal, was er getan hatte. Aber jetzt lag die Schuld wie ein Stein in seinem Magen, weil er seinem Onkel die Informationen über den Deal gegeben hatte.

Guiseppe hatte wesentlich brutaler eingegriffen, als Madox es gewollt hatte. Viele *uomini d'onore* der De Angelis hatten ihr Leben verloren und noch mehr waren verletzt worden. Dazu der Verlust des Deals – der ganze Tag hatte Saphiras *famiglia* erheblich geschadet. Eigentlich sollte er sich darüber freuen, aber das tat er nicht. Stattdessen fühlte er sich beschissen.

»Ich bin fertig«, sagte die Krankenschwester, die ihn versorgt hatte. Sie war mit einem Mitglied der *famiglia* verheiratet. Die Kugel hatte noch in Madox' Schulter gesteckt, aber die Krankenschwester hatte sie entfernt, alles gesäubert, vernäht und verbunden.

»Danke«, murmelte er und hievte sich von der Couch hoch, auf der er gesessen hatte.

Überall auf der unteren Etage des Hauses waren provisorische Betten aufgestellt worden. Verbände und Operationsmaterial lagen verstreut auf Tischen und Regalen, und etliche unterschiedlich schwer verletzte Männer saßen da und warteten auf ihre Behandlung. Die Luft war schwer von dem Geruch nach Blut und Desinfektionsmittel. Das würde man die nächsten Wochen noch riechen können, egal, wie oft die Hausmädchen lüfteten.

Madox kniff die Augen zusammen, um die verschwommenen Konturen der Möbel um ihn herum so deutlich erkennen zu können, dass er nicht dagegenknallte. Der Whiskey machte es ihm wirklich schwer, den Weg zurück in sein Zimmer zu finden.

Emilio war bereits seit einiger Zeit mit Saphira in ihrem Büro verschwunden, und Madox hatte nicht das geringste Interesse daran, den beiden zu begegnen.

Ein paarmal musste er sich wegen des Schwindelgefühls an den Wänden abstützen, dann hatte er es endlich in sein Zimmer geschafft. Dort ließ er sich aufs Bett fallen und schloss die Augen, weil sich die Decke zu drehen schien und ihm davon übel wurde.

Er hoffte, dass ihn der Whiskey bald ausknocken würde, damit seine Gedanken endlich zum Stillstand kamen. Denn die einzige Option, um dem Dilemma ein Ende zu setzen, war, sich von Saphira fernzuhalten, damit er endlich wieder lernte, wo sein wahrer Platz war. Und an diese Option wollte er jetzt gerade nicht denken.

SAPHIRA

Saphira spülte die Kopfschmerztablette mit einem Schluck Wasser hinunter und massierte sich danach die Schläfen. In den letzten Stunden hatte sie mit Familienmitgliedern gesprochen, Wunden versorgt und die Sicherheitsvorkehrungen erhöht. Außerdem hatte sie mehrmals versucht, Adrian zu erreichen, allerdings ohne Erfolg. Denn der Mann, der seit seiner Ankunft in Palermo versucht hatte sie flachzulegen, war seit ihrer Flucht aus dem Hafen nicht mehr zu erreichen. Und Saphira ahnte, dass das nichts Gutes bedeuten konnte. Auch Adrians Vater, der *capo* der *famiglia*, ging nicht ans Telefon.

Die ersten Sonnenstrahlen erhellten bereits den Himmel, und sie war sich ziemlich sicher, dass *ihre* Waffen in Guiseppe Vargas Händen gelandet waren.

Wie aufs Stichwort wurde die Tür zu ihrem Büro geöffnet, und Leandro trat mit einem grimmigen Gesichtsausdruck ein.

»Die Abnehmer der Waffen machen Druck«, berichtete er ohne Umschweife. »Sie wollen ihre Ware.«

»Aber ich habe die verfluchten Waffen nicht!«, rief sie aufgebracht.

Saphira, die sonst eigentlich nie die Fassung verlor, drehte sich um und starrte mit vor der Brust verschränkten Armen aus dem Fenster. Jedes Mitglied ihrer *famiglia*, das nicht verletzt irgendwo im Erdgeschoss lag, patrouillierte über das Gelände, um es vor Eindringlingen zu schützen.

Sie und Emilio hatten, nachdem seine Wunde versorgt worden war, mehrere Pläne durchgesprochen, wie sie als Nächstes vorgehen würden. Saphira besaß nicht das Geld, um ihren Vertragspartnern für die entgangenen Waffen eine Entschädigung zu zahlen. Und das bedeutete, dass sie viele Geschäftspartner verlieren und ihr Ruf in der Welt der Cosa Nostra erheblich geschädigt werden würde.

Dafür war Guiseppe jetzt im Besitz einer großen Waffenmenge und würde dadurch nicht nur einen Batzen Geld machen, sondern auch zu einem erheblich gefährlicheren Feind werden.

Und keiner der Pläne, die sie und Emilio erdacht hatten, konnte daran etwas ändern.

»Was soll ich jetzt tun?«, fragte Leandro und erinnerte sie damit an seine Anwesenheit.

Saphira atmete tief durch, um sich zu beruhigen, und sah dann erneut ihren Cousin an. »Du musst ihnen sagen, dass etwas schiefgegangen ist. Denk dir was aus. Es ist mir egal, was du ihnen erzählst, wichtig ist nur, dass sie danach noch Geschäfte mit uns machen wollen. Wir müssen sie auf unsere Seite ziehen, bevor sich herumgesprochen hat, dass wir überfallen wurden.«

»Ich gebe mein Bestes.« Damit drehte er sich um und verschwand wieder.

Saphira hatte ihm seine Müdigkeit ansehen können. Genau wie alle anderen war er die ganze Nacht damit beschäftigt gewesen, den Schaden zu begrenzen.

Seufzend lehnte sie sich mit der Hüfte gegen ihren Schreibtisch. Guiseppe Varga war ein verfluchter Bastard. Und nicht zum ersten Mal wünschte Saphira sich, dass Salvatore Varga noch lebte. Er hätte nicht so hinterhältig gehandelt wie sein Bruder es getan hatte.

Und um die Katastrophe perfekt zu machen, hatte sie auch noch einen Spion der Vargas in ihren Reihen. Anders war es gar nicht möglich, dass Guiseppe alle Standpunkte gekannt hatte, um sie auszuschalten und den Deal zu übernehmen.

Also musste sie jetzt nicht nur mit den Konsequenzen dieses Deals leben, sondern auch noch einen Verräter zur Strecke bringen.

Plötzlich kam ihr ein Gedanke, denn ihr fiel etwas ein, das Adrian vor einer Weile am Telefon zu ihr gesagt hatte, noch bevor er nach Palermo gekommen war. *Erinnerst du dich an Salvatore Varga?*, hatte er sie gefragt. *Sein Sohn war bei einer befreundeten Mafiafamilie in Amerika untergebracht. Als er vom Tod seines Vaters erfuhr, ist er in einer Nacht-und-Nebel-Aktion verschwunden. Ich würde mein halbes Vermögen verwetten, dass er zurück in Palermo ist und den Mörder seines Vaters sucht.*

Damals hatte sie nicht gewusst, was sie mit dieser Information anfangen sollte. Einige Mitglieder ihrer *famiglia* stammten aus Amerika oder hatten zumindest eine gewisse Zeit dort gelebt. Saphira selbst hatte enge Kontakte nach Übersee, aber sie hatte nicht einmal gewusst, dass Salvatore Vater gewesen war. Und sie hatte sich nicht näher für das Gespräch mit Adrian interessiert, da sie mit Gedanken an Madox beschäftigt gewesen war. Außerdem hatte sie nichts mit Salvatores Tod zu tun gehabt. Was interessierten sie da sein Sohn und dessen Rachegelüste? Aber was, wenn Salvatores Sohn das anders sah? Wenn er sie verdächtigte? Das könnte sie sogar nachvollziehen. Sie war die größte Konkurrentin der Vargas, und jeder würde als Erstes sie verdächtigen.

Was war, wenn Salvatores Sohn sich bei ihr eingeschleust hatte und sie zu Fall bringen wollte?

Mehr als zwölf Stunden später betrat Saphira ihre Privaträume und schloss die Tür hinter sich. Jeder Zentimeter ihres Körpers tat weh. Die Schürfwunde auf ihrer Wange, wo eine Kugel sie gestreift hatte, prickelte schmerzhaft, ihre Füße taten vom vielen Stehen weh, ihr Magen fühlte sich an wie ein einziger

Knoten, da sie beinahe vierundzwanzig Stunden lang nichts gegessen und nur sehr wenig getrunken hatte, und ihre Augen brannten und tränten.

Der Tag nach dem geplatzten Deal hatte ihr sehr zugesetzt. Emilio suchte mit Hochdruck nach dem Verräter. Dabei kam er aber nur langsam voran, denn niemand schien irgendetwas zu wissen. Wenige Minuten hatten das jahrelang aufgebaute Vertrauen in ihre *famiglia* zerstört. Jeder konnte der Spion sein. Jeder konnte heimlich planen, das, was sie aufgebaut hatte, zu zerstören. Und wahrscheinlich wollte der Verräter auch ihren Tod. Genauso wie sie den Mörder ihrer Familie umbringen wollte. War es Salvatores Sohn? Aber wo sollte sie anfangen, nach jemandem zu suchen, von dessen Existenz sie bisher nicht einmal gewusst hatte?

Die einzigen Personen, denen sie weiterhin vorbehaltlos vertraute, waren Emilio, Vito, Leandro und irgendwie auch Madox. Emilio würde sie niemals hintergehen. Und Vito und Leandro waren ihre Familie. Sie würden zu ihr halten. Oder? Je länger sie darüber nachdachte, desto mehr war sie geneigt, Vito und Leandro von ihrer Liste vertrauenswürdiger Personen zu streichen. Ihre Paranoia ließ sie einfach in jedem einen möglichen Feind vermuten. Und bei Madox? Das war eine ganz komische Geschichte. Ihr Verstand sagte ihr, dass sie ihm eigentlich nicht vertrauen sollte, aber ihr Herz sagte ihr, dass er nicht gegen sie handeln würde.

Ihre Gedanken wirbelten durcheinander, und sie hätte sich am liebsten vor Frust die Haare gerauft.

Wie sollte sie herausfinden, wem sie wirklich vertrauen konnte und wer sie zerstören wollte?

Saphira stieg aus ihren High Heels und ging in das angrenzende Schlafzimmer. Sie wollte nur noch duschen und dann ins Bett, und am liebsten hätte sie danach zwölf Stunden lang geschlafen. Allerdings würden es wohl nicht mehr als fünf Stunden werden, bevor sie wieder an die Arbeit musste. Es lag einfach zu viel an, als dass sie sich ausruhen konnte.

Während das heiße Wasser ihre verkrampften Muskeln ein wenig lockerte, erwischte Saphira sich dabei, dass sie sich nach Madox sehnte. Eine Weile in seinen starken Armen zu verbringen, hätte ihr dabei geholfen, die Katastrophe aus ihren Gedanken zu verbannen. Allerdings hatte sie ihn nicht mehr gesehen, seit sie wieder nach Hause gekommen waren. Sie wusste, dass seine Schusswunde versorgt worden war, aber das war alles. Sie hatte keine Ahnung, ob er zu ihr kommen würde. Doch sie wünschte sich nichts mehr, als dass er sie fand, und verspürte bei diesem Gedanken gleichzeitig Wut auf sich selbst.

Stunden später lag sie noch immer wach in ihrem Bett und musste einsehen, dass Madox nicht kommen würde. Vielleicht war das auch besser so – sie musste sich jetzt wirklich auf andere Dinge konzentrieren.

Wie aufs Stichwort klopfte es an ihrer Tür.

»Saphira?«

Emilios Stimme.

»Ja?«, rief sie zurück.

»Du wolltest geweckt werden.«

»Ich bin in zehn Minuten da.«

Sie rollte sich aus dem Bett und nahm sich einen Moment Zeit, um ihre schmerzenden Muskeln zu strecken. Madox war schuld, dass sie ihre Chance auf ein wenig Schlaf vertan hatte.

Kapitel 23

SAPHIRA

Einige Tage später saß Saphira in ihrem Zimmer und arbeitete. Als ihre beste Freundin eintrat, klappte sie ihren Laptop zu, um Rabia ihre volle Aufmerksamkeit zu schenken. Das hatte sie in letzter Zeit nicht besonders oft getan.

»Was kann ich für dich tun, Rabia?«

»Es ist mir ein wenig unangenehm, aber …« Rabia biss sich auf ihre vom Lipgloss glänzende Unterlippe und mied Saphiras Blick.

»Du weißt, dass du mir alles sagen kannst.«

»Die Hochzeit rückt näher …«

Saphira lächelte und nickte. »Bist du deswegen nervös?«

Rabia schüttelte den Kopf, und eine blonde Haarsträhne verfing sich in ihrem Ohrring. »Nein«, sagte sie, während sie an ihrer Frisur nestelte. »Ich liebe Leandro und weiß, was ich will. Ich kann es kaum erwarten, endlich seine Frau zu werden.«

»Und worüber möchtest du dann mit mir reden?«

»Ich weiß, dass du in letzter Zeit viel zu tun hattest, aber ich wollte mich nach dem Stand der Hochzeitsvorbereitungen erkundigen.« Rabia sah wirklich aus, als wäre ihr diese Frage äußerst unangenehm. Und es stimmte, Saphira hatte der geplatzte Deal stark in Anspruch genommen. Sie hatte die Abriegelung ihres Hauses nach vierundzwanzig Stunden wieder aufheben müssen, um den Spion nicht weiter aufzuschrecken. Sie wollte, dass der Verräter sich sicher fühlte.

Allerdings hatte Emilio keine Indizien gefunden, um wen es sich dabei handeln könnte. Saphira war es leid, ständig jedem zu misstrauen und alles, was in ihrer *famiglia* geschah, zu hinterfragen. Zu allem Überfluss hatte sich Madox zurückgezogen, und sie hatten seit dem geplatzten Deal keine Zeit zu zweit verbracht. Wenn sie sich sahen, benahm er sich ihr gegenüber merkwürdig kühl. Dieser plötzliche Umschwung strapazierte ihre Nerven zusätzlich.

Der einzige Lichtblick war, dass Guiseppe keinen weiteren Versuch unternommen hatte, ihr zu schaden. Seit er den Deal übernommen hatte, war es ruhig um ihn gewesen, und im Moment konnte sie dafür nur dankbar sein.

Über all diese Dinge hatte sie vollkommen vergessen, mit Rabia zu sprechen.

»Rabia, es tut mir so leid.« Saphira seufzte und lehnte sich zurück. »Es war in letzter Zeit einfach zu stressig.«

»Ich weiß. Deswegen wollte ich eigentlich auch gar nicht fragen, aber …«

Saphira winkte ab. »Ich verstehe das doch. Aber ich kann dich beruhigen. Die Vorbereitungen laufen weiterhin nach Plan. Die Location ist gebucht, die Dekoration vorbereitet und das Essen ausgesucht. Als ich das letzte Mal nachgefragt hatte, haben so gut wie alle eingeladenen Gäste auch zugesagt, und die Tischordnung wurde bereits vorbereitet. Und wie ich gehört habe, wird es auch einige Spiele geben.« Sie zwinkerte Rabia zu, und diese stöhnte.

»Spiele? Oh, du weißt doch, dass ich so etwas nicht leiden kann.«

Saphira zuckte mit den Schultern. »Mir wurde gesagt, dass

es nicht ohne geht. Aber wenn du magst, vereinbaren wir kurzfristig noch ein Treffen mit der Hochzeitsplanerin. Dann können wir zusammen noch einmal alles durchsprechen.«

Rabia lächelte. »Ich denke nicht, dass das nötig ist. Ich vertraue dir. Allerdings gäbe es da noch etwas.«

»Und das wäre?« Der Ton ihrer Freundin ließ Saphira aufhorchen.

»Mir fehlt noch etwas Altes für die Hochzeit und ich dachte, dass ich vielleicht…« Rabia räusperte sich. »Vielleicht könnte ich eine von Violas Ketten tragen?«

Saphira stockte. »Du willst ein Schmuckstück meiner Mutter zu deiner Hochzeit tragen?« Rabia wusste ganz genau, dass Saphira nur noch wenige Erinnerungsstücke an ihre Familie hatte, da sie nach dem Autounfall die Stadt verlassen hatten und das Haus unbeaufsichtigt gewesen war. Und jetzt forderte sie auch noch eines dieser Erinnerungsstücke ein?

»Ich war für Viola beinahe wie eine Tochter. Das weißt du.«

Schmerz durchzuckte Saphira und sie ballte eine Hand unter dem Schreibtisch zur Faust. Dass Rabia überhaupt daran gedacht hatte, sie so etwas zu fragen, verletzte sie. Ja, sie war ihre Freundin, aber das hier ging eindeutig zu weit.

Sie schüttelte langsam den Kopf. »Nein.«

»Saphira…«

»Ich sagte Nein!« Ihr Ton war scharf und duldete keinen Widerspruch.

Einen Moment sah es noch aus, als wollte Rabia widersprechen, aber dann zuckte sie mit den Schultern und lächelte scheinbar ungerührt.

»Na gut. Ich werde schon etwas anderes finden.«

Saphira war von den schnellen Stimmungsumschwüngen ihrer Freundin verwirrt. Lag es an ihr oder war das hier ein sehr merkwürdiges Gespräch?

»Wie geht es dir denn?«, fragte Rabia mit besorgtem Gesichtsausdruck, als Saphira nichts weiter sagte.

Saphira schob ihren Schmerz beiseite und lehnte sich wieder vor, stützte die Unterarme auf der Schreibtischplatte ab. »Ich habe schon bessere Zeiten erlebt«, sagte sie nur und versuchte dabei die Erschöpfung, die sie empfand, aus ihrer Stimme herauszuhalten.

»Es tut mir so leid, Saphira. Kann ich dir irgendwie helfen? Soll ich dir Aufgaben abnehmen oder irgendwelche Termine für dich wahrnehmen?«

»Du kannst ja nichts dafür.« Sie schüttelte den Kopf. »Nein, ich kümmere mich darum. Aber danke.« Saphira seufzte. »Wir können nur hoffen, dass alle diesen Vorfall schnell wieder vergessen und der Schaden sich weiterhin in Grenzen hält. Ein paar verlorene Geschäftspartner kann ich ersetzen, aber einen geschädigten Ruf? Der hält sich länger und hat viel weitreichendere Konsequenzen. Aber wir können nichts mehr tun. Leandro hat versucht, die Abnehmer der Waffen zu beschwichtigen, aber die haben sich noch nicht dazu geäußert, und Adrian ist für mich nicht länger zu erreichen. Jetzt müssen wir weitermachen. Einen neuen Deal vereinbaren und das verlorene Geld wieder reinholen.«

»Was ist mit Guiseppe? Leandro hat gesagt, dass er es war, der den Deal hat platzen lassen.«

Saphira nickte. »Das hat er. Allerdings verhält er sich zurzeit ruhig. Lass uns hoffen, dass es dabei bleibt, bis wir die Risse gekittet haben. Zum jetzigen Zeitpunkt sind wir sehr angreifbar.«

Rabia griff über den Tisch hinweg und drückte die Hand ihrer Freundin. »Das wird schon wieder.«

Saphira brachte ein schwaches Lächeln zustande. Sie wünschte sich wirklich, dass Rabia recht hatte.

MADOX

Madox saß auf seinem Balkon und beobachtete, wie die Sonne unterging und die Landschaft in rotes Licht tauchte, als wäre alles mit Blut übergossen. Ein Gedanke, der dem dunkleren Teil in ihm gefiel.

Er hatte sich heute mit der Ausrede, seine Schulterwunde habe sich entzündet, von der Arbeit entschuldigt und sich in sein Zimmer zurückgezogen. Seitdem quälten ihn seine Gedanken, und er versuchte sie mit Whiskey zu ertränken. Leider mit geringem Erfolg, denn die Stimmen in seinem Kopf wollten einfach nicht schweigen.

Es waren jetzt einige Tage seit dem geplatzten Deal vergangen, und Madox hatte sich in der Zeit von Saphira ferngehalten. Er hatte den Entschluss gefasst, dass er sich wieder auf das besinnen musste, was er war. Ein Varga. Saphiras Feind, und nicht ihr Vertrauter oder Liebhaber. Leider fühlte er sich deswegen kein bisschen besser. Es ging ihm eher mit jedem Tag schlechter, und das verwirrte ihn zusätzlich.

Es war, als wohnten zwei Seelen in seiner Brust. Die eine wusste, dass er das Richtige tat. Er war schließlich nur in Palermo, um denjenigen zu finden, der seinen Vater ermordet hatte. Und er verdächtigte Saphira, genau das getan zu haben. Deswegen gab es auch keinen Grund, sich schuldig zu fühlen, dass er Saphira seit Jahren über seine wahre Identität belogen hatte.

Der andere Teil von ihm fühlte genau das Gegenteil. Es war falsch, Saphira zu verraten, da er sich auf seltsame Weise mit ihr verbunden fühlte. Und sein Instinkt sagte ihm, dass Saphira seinen Vater nicht ermordet hatte und er seine Zeit lieber damit verbringen sollte, den wahren Schuldigen zu finden, statt Saphira weiter ins Verderben zu stürzen.

Als wäre dieses Dilemma nicht schon schlimm genug, musste er sich auch noch mit dem Misstrauen auseinandersetzen, das er inzwischen seinem Onkel gegenüber empfand. Madox glaubte Guiseppe einfach nicht, dass dieser nichts mit dem Bombenanschlag auf Saphira zu tun hatte. Dafür passte einfach alles viel zu gut zusammen. Aber was bedeutete das? Dass Guiseppe ihn auch tot sehen wollte? Aber warum? Und wie sollte er damit umgehen?

Denn wenn er seinen Verdacht ernst nahm, müsste Madox sich fragen, ob die angeblichen Beweise für Saphiras Schuld, die Guiseppe ihm vorgelegt hatte, wirklich echt gewesen waren. Madox musste unbedingt mit Damiano sprechen. So schnell wie möglich. Er war der Einzige, dem Madox noch annäherungsweise vertrauen konnte.

Damiano. Er hatte ihn seit dem misslungenen Attentat nicht mehr erreichen können. Heute hatte er auch versucht, Clara anzurufen, aber vergeblich. So langsam nistete sich Sorge in seinem Herzen ein, dass seinem besten Freund etwas zugestoßen war. Morgen musste er sich Zeit verschaffen und nach Damiano suchen.

Und dann würde er sich endgültig für eine Seite entscheiden. Und egal, für welche – sein Leben stand in jedem Fall auf dem Spiel: Saphiras *famiglia* würde ihn als Spion jagen, und wenn sie ihn fanden, würde Saphira ihm höchstpersönlich die Kehle durchschneiden. Aber auch sein Onkel würde ihn tot sehen wollen, falls er sich gegen seine eigene *famiglia* entschied.

Das jedoch war Madox egal, solange er am Ende seine Hände in das Blut des Mörders seines Vaters tauchen konnte.

SAPHIRA

Mit einem leisen Seufzen klappte Saphira den Laptop zu, an dem sie den ganzen Tag gearbeitet hatte, nachdem Rabia gegangen war. Ihr Rücken knackte, als sie aufstand. Sie verließ ihr Büro und ging den Flur entlang.

Plötzlich hallte der markerschütternde Schrei einer Frau durch das Haus. Saphira rannte zur nächsten Kommode im Flur, riss die oberste Schublade auf und holte eine der Berettas heraus, die überall im Haus deponiert waren. Sie lud und entsicherte die Waffe, bevor sie in Richtung des Schreis rann. Er kam aus dem Gang, an dem die privaten Räume ihrer Familie lagen.

Als sie auf den Flur bog, die Waffe im Anschlag, sah sie Rabia, die direkt gegenüber der Tür zu ihren und Leandros Räumen an der Wand lehnte. Sie hatte eine Hand vor den Mund geschlagen, und Tränen rannen über ihr Gesicht.

»Rabia! Was ist passiert?«, rief Saphira.

Ihre beste Freundin sah sie mit vor Schock geweiteten Augen an. Ganz langsam hob sie eine zittrige Hand und deutete auf die offene Tür.

In diesem Moment öffnete sich eine weitere Tür, und Vito trat mit einer Waffe in der Hand auf den Flur. Hinter ihm lugte Stella hervor. Als sie die tränenüberströmte Rabia entdeckte, begann sie zu zittern. Vito blieb wie angewurzelt stehen.

Saphira näherte sich vorsichtig der Tür. Noch bevor sie das Wohnzimmer betrat, wusste sie, was sie dort vorfinden würde. Sie wappnete sich und trat über die Schwelle.

Leandro lag mit weit aufgerissenen Augen auf dem Boden. Sein Blick war zur Decke gerichtet. Ein blutiges Loch klaffte in seiner Stirn. Saphira musste gar nicht erst nach Lebenszeichen suchen. Eine Kugel im Hirn überlebte niemand. Ihr Blick fiel auf eine protzige goldene Uhr, die auf dem Bett lag.

Plötzlich spürte sie jemanden hinter sich, und als sie sich umdrehte, blickte sie in Emilios grimmiges Gesicht. Er brauchte nur wenige Sekunden, um die Szene zu erfassen.

»Riegel das Haus ab. Niemand verlässt das Gelände. Versammel alle in der Eingangshalle. Sofort.« Ihre Stimme war ein Flüstern, das den Tod versprach.

Ihr Chefleibwächter nickte und verschwand genauso schnell, wie er gekommen war, um ihre Befehle auszuführen.

Saphira atmete tief durch und trat zurück in den Flur, schloss die Tür zu dem Zimmer, in dem ihr ermordeter Cousin lag.

Sie sah ihren Onkel an. Er wusste, was passiert war. Sie schüttelte leicht den Kopf, und Stella brach in Tränen aus. Vito griff nach seiner Frau, die zu dem Zimmer stürzen wollte, und zog sie zurück in ihr eigenes Zimmer. Die Tür fiel mit einem leisen Klicken ins Schloss. Saphira würde sie später aufsuchen. Erst musste sie den Mörder finden.

Einen Moment lang herrschte noch gespenstische Stille, die nur von Rabias leisem Schluchzen unterbrochen wurde, bevor sich der Flur mit *uomini d'onore* füllte. Ganz hinten entdeckte Saphira Madox und winkte ihn zu sich.

Als er sie erreichte, schaute er einmal kurz zu der geschlossenen Tür hinter ihr, bevor er sie wieder ansah.

»Leandro?«

Sie nickte. »Sorg dafür, dass niemand dieses Zimmer betritt. Keine Ausnahme. Verstanden?«

Er nickte und stellte sich neben die Tür.

Langsam trat sie zu ihrer besten Freundin, die immer noch an der Wand lehnte. Rabia zitterte am ganzen Körper, und ihre Mascara hatte Spuren auf ihrem Gesicht hinterlassen.

»Rabia.« Sanft umfasste Saphira ihren Ellbogen. »Sieh mich an.«

Ihre Freundin sah sie mit vom Weinen geröteten Augen an.

»Du musst mir jetzt genau sagen, was passiert ist.«

»Er … Er ist …«

Saphira rüttelte leicht an ihrem Arm. »Rabia, du musst dich konzentrieren. Was ist passiert?«

Ihre beste Freundin holte tief Luft, versuchte sich offenbar zusammenzureißen. »Wir waren essen und kamen vorhin zurück. Leandro fühlte sich nicht wohl, also habe ich ihm gesagt, dass er sich schon einmal hinlegen soll. Ich würde ihm etwas gegen die Kopfschmerzen und die Übelkeit holen.« Rabia öffnete die andere Hand, und Saphira blickte auf einige Tabletten, die in der Handinnenfläche lagen. »Als ich zurückkam …«

»Wie lange warst du weg, Rabia?«

Sie sah Saphira verständnislos an.

»Wie lange hast du gebraucht, um die Tabletten zu holen?«, drängte Saphira erneut.

»Vielleicht fünfzehn Minuten?«, antwortete Rabia mit zittriger Stimme.

Saphira nickte. »Okay, gut. Du musst mir jetzt einen Gefallen tun, in Ordnung?«

»In Ordnung«, gab Rabia leise zurück.

»Du gehst in mein Zimmer und schließt die Tür hinter dir. Lass niemanden rein. Ich komme dich holen, okay?«

Rabia nickte und setzte sich langsam in Bewegung. Immer wieder drehte sie sich um und starrte zu der verschlossenen Tür, hinter der ihr toter Verlobter lag, bis sie am Ende des Flurs angelangt war und um die Ecke bog.

Alles, woran Saphira denken konnte, war die Gefahr, in der ihre *famiglia* schwebte. Würde sie den Mörder finden, bevor es weitere Opfer gab?

Saphira stand auf der obersten Stufe der Treppe, die in die Eingangshalle hinabführte. Emilio, der nicht von ihrer Seite wich, sah sie ruhig an.

»Alle hier?«, fragte sie.

Er nickte. »Das Gelände ist abgeriegelt. Niemand konnte es verlassen. Alle anwesenden *uomini d'onore* sind hier.«

Saphira atmete tief durch. »Dann muss einer von ihnen Leandro umgebracht haben.«

Sie spürte, wie Wut, Verzweiflung und Trauer nach ihrem Herzen griffen. Und sie musste daran denken, dass sie schon einmal an diesem Punkt gewesen war. Als sie Pippos Hand nicht hatte ergreifen können, und nach dem Unfall, als man ihr gesagt hatte, dass ihr kleiner Bruder und ihre Eltern tot waren. Zwar hatte sie Leandro nie so nahegestanden wie Pippo, dafür hatte sie sich zu sehr abgeschottet, aber er hatte dennoch einen Platz in ihrem Herzen besetzt. Er war ihr Cousin, und sie verdankte seinem Vater, ihrem Onkel, viel. Hatte sie Vito nicht erst vor Kurzem noch versprochen, dass sie seinen Sohn stets beschützen würde?

Saphira hatte ihre Eltern und ihren Bruder nicht retten können. Sie hatte Leandro nicht retten können.

Stattdessen schien der Tod mit ihr zu spielen und alle Menschen, die ihr etwas bedeuteten, in die Dunkelheit zu reißen.

Sie war sich sicher, dass Guiseppes Spitzel dahintersteckte. Sie hatten einen Verräter in den eigenen Reihen, und dieser hatte nicht nur für den geplatzten Deal gesorgt, sondern jetzt auch noch den Vizerepräsentanten ihrer *famiglia*, ihren Cousin, ermordet. Dafür würde sie diese Person und Guiseppe leiden lassen.

»Achte genau auf ihre Gesichter. Vielleicht verrät sich jemand.«

Emilio nickte, und gemeinsam schritten sie die große Treppe hinab. Zwei Stufen vor dem Ende blieb Saphira stehen, während Emilio sich an den Fuß der Treppe stellte. Sie sah jedem einzelnen Mitglied ihrer *famiglia* ins Gesicht, versuchte auf jede noch so kleine Regung zu achten. Plötzlich wünschte sie sich, dass sie Madox nicht als Wache am Tatort zurückgelassen hätte. Er war ein exzellenter Beobachter.

»Gerade eben wurde Leandro ermordet«, sagte sie mit lauter, fester Stimme.

Ein Raunen erhob sich in der Eingangshalle. Und der Gesichtsausdruck vieler Männer wechselte von Neugier zu Bestürzung und Wut.

»Ich will, dass ihr jeden Zentimeter des Geländes absucht«, fuhr Saphira fort. »Meldet alles, was euch irgendwie verdächtig vorkommt. Ich will den Mörder auf Knien vor mir sehen.«

Sie beobachtete, wie einige grimmig nickten, dann zerstreute sich die Menge. Sie wartete, bis sich die Eingangshalle geleert hatte, bevor sie Emilio ansah.

»Ist dir etwas aufgefallen?«

Er schüttelte den Kopf. »Nein. Sie schienen alle aufrichtig bestürzt zu sein.«

Saphira ballte eine Hand zur Faust. »Aber einer von ihnen muss der Mörder sein. Es ist mehr als unwahrscheinlich, dass irgendjemand Leandro umgebracht hat und in der kurzen Zeit verschwunden ist, bevor wir alles abgeriegelt haben. Oder?«

Emilio nickte. »Richtig.«

Er schwieg einen Moment, während sie beide ihren Gedanken nachhingen.

»Rede mit ihnen. Mit jedem Einzelnen. Ich will wissen, wer wann wo gewesen ist. Jedes Detail.«

»Und was wirst du jetzt tun?«

Ihr Magen verkrampfte sich. »Ich werde mit Vito und Stella reden.«

Sie klopfte sachte, beinahe zaghaft.

»Ich bin es. Saphira«, sagte sie sanft.

Vor über einem Jahrzehnt hatte ihr Onkel das gleiche Gespräch mit ihr geführt, das sie jetzt gleich mit ihm und Stella führen musste.

Die Tür wurde geöffnet, und sie sah sich Vito gegenüber. Er schien in weniger als einer halben Stunde um Jahre gealtert zu sein. Die Falten schienen tiefer als sonst in sein Gesicht eingegraben zu sein. Das Leben war aus seinen geröteten Augen verschwunden, er war schier in sich zusammengesunken.

»Saphira.«

Sie neigte den Kopf. »*Zio.*«

»Komm herein.«

Saphira betrat das Wohnzimmer ihres Onkels und ihrer Tante. Stella saß in sich zusammengesunken auf der Couch, ein zerfleddertes Taschentuch in ihren Händen. Sie hatte bereits ihre Schlafkleidung getragen, als das Unglück geschehen war, und hatte jetzt einen dunklen Morgenmantel übergeworfen. Das gesamte Zimmer und auch das angrenzende Schlafzimmer waren hell erleuchtet, als könnten die beiden die Dunkelheit nicht ertragen.

Saphira wartete, bis Vito sich wieder neben seine Frau gesetzt hatte, bevor sie in einem Sessel den beiden gegenüber Platz nahm. Ihr Onkel legte den Arm um Stella, aber sie schien ihn gar nicht zu bemerken. Den Blick auf ihren Schoß gerichtet, starrte sie auf ihre Hände, die kleine Stückchen des Taschentuchs abzupften.

Saphira hatte sich selten unwohler in ihrer eigenen Haut gefühlt.

»Vito, Stella. Es tut mir leid, dass wir Leandro nicht mehr helfen konnten.«

Ihr Onkel zog Stella enger zu sich heran, aber sie reagierte gar nicht. Die offene Trauer in Vitos Blick verursachte Saphira beinahe körperliche Schmerzen, und zum ersten Mal seit einer sehr langen Zeit sehnte sie sich nach einer Rasierklinge auf ihrer Haut. Ihr Onkel sah sie an, als läge seine Welt in Trümmern. Saphira wollte ihm und Stella so viele Dinge sagen. Dass sie sich schämte, weil sie ihr Versprechen nicht hatte halten können, dass sie den Mörder finden und leiden lassen würde, dass ihr Herz gebrochen war und sie am liebsten schreien würde. Aber sie sagte nichts von alldem. Denn in diesem Moment war sie nicht ihre Nichte. Sie war ihr *capo*.

»Die Beerdigung wird in ein paar Tagen stattfinden. Ich werde mich darum kümmern.«

Das schien Stella aus ihrer Trance zu reißen, denn plötzlich hob sie den Kopf und sah Saphira mit tränenverschleierten Augen an.

»Du«, flüsterte sie. »Du hast meinen Sohn umgebracht!« Stella sprang auf, warf dabei das Glas Wasser um, das vor ihr auf dem Couchtisch stand. Glas splitterte.

»Du bist verantwortlich für den Tod meines Sohns!«, schrie sie, und Saphira zuckte zusammen. »Du bist schuld!«

Stella machte Anstalten, auf Saphira loszugehen, und sie stand schnell auf, trat einige Schritte zurück, denn sie wollte Stella nicht wehtun. Endlich schien auch Vito zu sich zu kommen und sprang auf und legte beschwichtigend die Arme um seine Frau. Stella begann zu schreien, ihr Gesichtsausdruck war wild und Tränen strömten über ihre Wangen.

»Du hast versprochen, auf ihn aufzupassen!« Sie schluchzte. »Du hast versagt! Du hast meinen Sohn umgebracht!«

Saphira sah Vito an und konnte die gleiche Anklage in seinen Augen entdecken. Er hätte es niemals ausgesprochen, dafür war sein Pflichtgefühl gegenüber seinem *capo* zu stark, aber dass er seiner Frau nicht widersprach, sagte ihr, dass er das Gleiche dachte.

»Ich werde mich um alles kümmern«, murmelte sie noch einmal, bevor sie sich umdrehte und den Raum verließ.

Sie hielt den Blick gesenkt, während sie auf direktem Weg zu ihren Räumen ging. Dort angekommen, schickte sie eine ungewöhnlich stille Rabia in eins der Gästezimmer, wo eine *guardia* sich um sie kümmern würde. Danach schloss sie die Tür hinter sich ab und ging direkt durch das Schlafzimmer ins Badezimmer. Auch dort schloss sie die Tür hinter sich, nahm ein Handtuch und starrte in den Spiegel. Ihr eigenes, trostloses Abbild sah ihr entgegen. Ihre Augen waren vollkommen emotionslos, nur eine leichte Röte auf ihren Wangen erzählte von den zurückgehaltenen Tränen.

Sie sah Leandro als kleinen Jungen vor sich, vor vielen Jahren. Er war nur ein Jahr älter als Pippo gewesen, und sie erinnerte sich genau daran, wie die beiden Jungen im Garten Ball spielten. Fröhliches Kindergelächter erfüllte die Luft, und ihre Mutter und Stella standen etwas abseits, beobachteten die beiden. Die Szene vor ihrem inneren Auge wechselte, und sie sah Pippo vor sich, blutüberströmt, wie er seine kleine Hand nach ihr ausstreckte, dann Leandro, dessen leblose Augen zur Decke blickten, ein blutiges Loch in seiner Stirn.

Jetzt waren sie beide tot. Und beide Male hatte Saphira versagt.

Saphira presste das Handtuch aufs Gesicht und schrie, bis sie das Gefühl hatte, dass ihre Kehle blutete und ihre Tränen das Handtuch getränkt hatten. Erst dann warf sie das Stück Stoff beiseite und starrte wieder ihr eigenes Spiegelbild an. Ihre Mascara verschmiert, die Augen rot und tränennass. Wütend auf sich und die Welt hob sie die Hand und schlug mit der Faust auf den Spiegel. Erst zeigte sich nur ein schmaler Riss einmal quer über das Glas. Schmerz schoss von ihren Fingerknöcheln bis zu ihrem Ellbogen. Aber das war noch nicht genug. Saphira holte erneut aus, und als ihre Faust dieses Mal auf den Spiegel traf, zersplitterte das Glas. Kleine Stücke schnitten in ihre Haut, die Fingerknöchel waren aufgeplatzt. Blut und Scherben fielen ins Waschbecken, und Saphira starrte darauf hinab.

»Geht es dir jetzt besser?«, fragte eine dunkle Stimme neben ihr.

Erschrocken wirbelte sie herum, bereit nach einer Scherbe zu greifen und ihren Besucher zu attackieren. Aber als sie in Madox' helle Augen blickte, wich die Anspannung aus ihrem Körper.

»Madox.« Schnell wischte Saphira sich übers Gesicht, obwohl sie wusste, dass sie ihre Verzweiflung nicht verbergen konnte. Sie versuchte sich zusammenzureißen. »Was willst du hier?«

MADOX

Madox sah in Saphiras tränenverschmiertes Gesicht, auf dem sie gerade auch noch das Blut ihrer aufgeschnittenen Hand verteilt hatte. Er war hergekommen, um Saphira etwas mitzuteilen. Aber sie hatte nicht auf sein Klopfen reagiert, also hatte er das Schloss geknackt und war den dumpfen Geräuschen gefolgt. So hatte er Saphira dann gefunden – das Gesicht im Handtuch vergraben, schreiend. Er hatte zugesehen, wie sie den Spiegel zerschlagen hatte. In diesem Moment wollte er seinen Onkel töten. Denn er war sich sicher, dass Guiseppe es irgendwie geschafft hatte, Leandro umzubringen. Saphira litt deswegen offensichtliche Qualen, und das machte Madox wütend. Geradezu mordlüstern.

»Ich wollte dir nur sagen, dass die Leiche abgeholt wurde.«

Bei dem Wort Leiche zuckte sie ganz leicht zusammen.

»Danke.« Sie runzelte die Stirn. »Wie bist du hier reingekommen? Ich hatte abgeschlossen.«

Er zuckte mit den Schultern.

»Du hast das Schloss geknackt.« Wut vertrieb die Verzweiflung aus ihren Gesichtszügen. »Kann ich nicht eine einzige verfluchte Sekunde für mich sein?«

Madox sah ihren Schlag kommen und tat nichts, um ihre Faust aufzuhalten. Ihre blutigen Knöchel trafen auf sein Kinn. Er biss die Zähne zusammen, als der Schmerz einsetzte. Sie holte erneut aus, aber dieses Mal hielt er sie auf, umschloss das Handgelenk ihrer verletzten Hand mit hartem Griff.

Voller Zorn sah Saphira ihn an. »Was machst du?« Sie versuchte ihm ihre Hand zu entwinden. »Lass mich los!«

»Ich helfe dir.«

»Nein, lass das. Ich muss …«

Madox schüttelte den Kopf. »Nein. Du musst jetzt gar nichts.«

Er drehte den Wasserhahn auf, nahm sich eines der bereitliegenden Handtücher und benetzte es. Danach zog er sie zu sich heran. Vorsichtig betupfte er ihr Gesicht mit dem Handtuch, entfernte Blut, Wimperntusche und Tränen von ihrer Haut. Saphira hielt dabei den Blick gesenkt. Sie atmete langsam aus, und die Wut verließ ihren Körper zusammen mit ihrem Atem.

»Es ist meine Schuld«, murmelte sie irgendwann leise.

Madox wusste, dass es nicht ihre Schuld war. Aber das wollte sie jetzt sicher nicht hören, deswegen schwieg er.

Er hatte ihr Gesicht längst vollständig gesäubert, rieb aber weiter sanft mit dem Handtuch über ihre Haut, wollte den Moment der Nähe nicht unterbrechen.

»Ich habe einen Verdacht, wer der Verräter sein könnte«, sagte sie auf einmal leise.

Madox hielt für einen kurzen Moment inne, bevor er weitermachte.

»Wer?«

Saphira schüttelte leicht den Kopf. »Keinen Namen. Aber Adrian hat vor einiger Zeit etwas zu mir gesagt, das ich zu dem Zeitpunkt nicht sehr ernst genommen habe.«

»Was denn?«

»Dass Salvatore einen Sohn hat.« Sein Herz setzte einen Schlag lang aus. »Und dass der, nachdem er vom Tod seines Vaters gehört hat, seine Zelte in Amerika abgebrochen hat und zurück nach Palermo gekommen ist. Ich wette, dass er nach dem Mörder seines Vaters sucht. Und bestimmt verdächtigt er mich. Jedenfalls würde ich das an seiner Stelle tun.«

Madox achtete darauf, ruhig weiterzuatmen. Kurz fragte er sich, was er tun sollte, falls ihm diese ganze Scheiße um die Ohren flog. Er könnte innerhalb weniger Stunden einen Flug nach Amerika buchen und für immer von hier verschwinden. Allerdings war er noch nie jemand gewesen, der weglief. Und den Mörder seines Vaters würde er dann auch nicht zur Rechenschaft ziehen können.

Madox ließ das Handtuch sinken, als Saphira einen Schritt zurücktrat und ihm in die Augen sah.

»Hast du Salvatore Varga umgebracht?«, fragte er, und sein Herz schlug viel zu schnell.

Sie sah ihm direkt in die Augen. »Nein.« Sie schüttelte den Kopf. »Aber das weiß sein Sohn nicht. Was ist, wenn er für alles verantwortlich ist? Für den geplatzten Deal und jetzt für Leandros Tod? Was, wenn ich einen Varga in den eigenen Reihen habe?«

Madox musste an sich halten, um sich nichts anmerken zu lassen. Konnte er ihren Worten Glauben schenken? Würde sie ihm überhaupt die Wahrheit sagen oder wäre ein solches Geheimnis nicht eher etwas, das sie mit ins Grab nahm?

Sein Instinkt sagte ihm, dass sie nicht log. Aber vor seinem inneren Auge sah er noch immer die Bilder, die Guiseppe ihm gezeigt hatte.

»Denkst du denn, das wäre möglich?«, fragte er vorsichtig.

Saphira seufzte. »Ich weiß es nicht. Es wäre ein herber Schlag, falls ich erfahre, dass ich seit Jahren einen Varga in meinem Haus beherberge. Dann hätte ich versagt.«

Ein Stich durchfuhr sein Herz, aber Madox ignorierte das ungute Gefühl. »Hast du das schon mit Emilio besprochen?«

»Nein. Ich bin noch nicht dazu gekommen.«

Da er nicht wusste, was er sagen sollte, zog er Saphira in seine Arme und entging dadurch auch ihrem Blick.

»Was, wenn ich dem Verräter schon öfters über den Weg gelaufen bin?«

Madox schloss die Augen. *Du hast keine Ahnung, wie nah du ihm bist.*

Kapitel 24

SAPHIRA

Die Sonne schien durch die Glasfenster und tauchte die versammelte Gesellschaft, die ordentlich aufgereiht auf den Kirchenbänken saß, in buntes Licht. Die letzten Klänge der Orgel verstummten in diesem Moment.

Auf der rechten Seite erhoben sich vier Männer, darunter Emilio und Vito. Sie gingen geschlossen zu dem Sarg hinüber, griffen nach den Halterungen und hoben Leandro auf ihre Schultern, um ihn auf seinem letzten Weg zu begleiten.

Saphira saß in der ersten Reihe neben Stella, die zwar nicht mehr schluchzte, aber seit dem Tod ihres Sohnes nicht mit ihr gesprochen hatte. Neben ihr saß Rabia und hielt sich an ihrer Handtasche fest, als würde ihr Leben davon abhängen. Ihre Augen waren rot und geschwollen, immer wieder drangen leise Schluchzer über ihre Lippen. Die beiden Frauen beobachteten, wie der dunkle Sarg auf sie zukam. Saphira erhob sich als Erste und sofort folgten alle Anwesenden ihrem Beispiel.

Als die Träger sie passiert hatten, trat Saphira vor und reihte sich hinter ihnen ein. Stella und Rabia folgten ihr, und gemeinsam verließen sie die Kirche. Ihnen folgten alle anwesenden *uomini d'onore*. Wie ein schwarzer Fluss zogen sie zwischen den Gräbern entlang. Das eisige Schweigen nur durchbrochen von dem leisen Schluchzen einiger Frauen.

Saphiras Blick hing an Vitos Rücken. Die einst starken Schultern wirkten eingesunken und kraftlos, so als könnten sie jeden Moment unter dem Gewicht des Sarges zusammenbrechen.

Seit ihrem Gespräch waren nur wenige Tage vergangen und doch fühlte es sich an, als wären es Jahre. Saphira spürte die Leere, die Vito in ihrem Leben hinterlassen hatte, stärker als erwartet. Denn genau das hatte er getan. Ihr Onkel, der immer an ihrer Seite gewesen war, hatte sie ausgeschlossen. Einfach so. Als hätte er ihr die Tür vor der Nase zugeschlagen. Auch wenn sie nicht jeden Tag miteinander gesprochen hatten, so war ihr doch immer klar gewesen, dass sie sich an ihn wenden konnte. Dieses Gefühl war nun verschwunden und hinterließ eine klaffende Wunde.

Sie erreichten das vorbereitete Grab, und Saphira versuchte sich innerlich gegen das zu wappnen, was als Nächstes folgen würde. Der Priester stand schon bereit, um die letzten Worte für Leandro zu sprechen. Rote Rosen und ein Metalleimer mit Erde und einer Schaufel standen bereit.

Wie aus weiter Ferne beobachtete Saphira den Sarg, der in die Erde hinabgelassen wurde. Ein Schauer lief ihr über den Rücken, und sie wendete sich vom Sarg ab und sah die versammelten Menschen an. Die anwesenden Frauen konnte sie ausschließen, da Adrian von einem Sohn gesprochen hatte. In der Hoffnung, dass sich der Spion durch seinen Gesichtsausdruck oder irgendetwas anderes verraten würde, ließ Saphira ihren Blick über die Männer gleiten. Die meisten kannte sie seit Jahren, hatte mit ihnen zusammengearbeitet und ihnen zu einem gewissen Maße vertraut.

Doch einer von ihnen gehörte wahrscheinlich zu Guiseppe Varga. Allein der Gedanke sorgte dafür, dass ihr schlecht wurde.

In letzter Zeit schien mit jedem Tag, der verging, ein weiterer Teil ihres Eispanzers zu zerbrechen und legte damit Teile ihres Innersten offen, die zerbrechlich und verletzlich waren. Es wurde für sie immer schwieriger, die Kälte zu wahren, die andere das Fürchten lehrte und durch die sie sich den Respekt ihrer Männer verschafft hatte.

Außerdem brauchte sie diese Gefühllosigkeit, um die Erinnerungen und den Schmerz in Schach zu halten. Denn sie wusste, dass sie sonst daran zerbrechen könnte.

In diesem Moment wünschte Saphira sich, dass Madox hier wäre. Aber das war er nicht. Seine Schulter bereitete ihm Probleme, und er hatte an diesem Morgen noch einmal einen Arzt aufsuchen wollen. Zuerst hatte Saphira das ein wenig merkwürdig gefunden, weil Madox sonst nicht den Eindruck machte, er würde wegen so etwas zum Arzt gehen. Allerdings wollte sie auch nicht, dass ihr bester Killer nicht mehr einsatzfähig war.

Kurz drohte die Einsamkeit, die sie plötzlich verspürte, sie niederzudrücken und sie spürte Tränen in ihren Augen aufsteigen. Aber dann erinnerte Saphira sich daran, dass sie und Madox keine Beziehung führten und das auch niemals tun würden. Sie konnte sich dieses Zeichen von Schwäche nicht erlauben. Besonders jetzt nicht, da ihre *famiglia* besonders angreifbar war.

»Saphira.«

Sie blickte auf, als der Priester ihren Namen sagte und sie damit aus ihren Gedanken riss. Er deutete auf die Rosen und die Erde, und sie trat einen Schritt vor. Es war an der Zeit, dass sie Leandro die letzte Ehre erwies.

❄

MADOX

Madox betrat die geheime Wohnung von Damiano, in der Hoffnung, dass er seinen besten Freund dort fand. Heute war die Beerdigung von Leandro De Angelis, und er hatte aus mehreren Gründen nicht daran teilnehmen wollen. Zum einen war er kein De Angelis und wollte keine Trauer für jemanden vorspielen, den er nicht einmal hatte leiden können. Und zum anderen hallten Saphiras Worte noch in seinem Kopf nach. *Salvatores Sohn*. Sie hatte die Wahrheit herausgefunden. Und sie wusste, dass er in Amerika gelebt hatte. Das einzige Puzzlestück, das noch fehlte, war, dass *er* Salvatores Sohn war. Deswegen brauchte er Abstand. Er musste sich neu sortieren. Einen neuen Plan schmieden.

Und sein alter Plan – Beweise für Saphiras Schuld an dem Mord an seinem Vater finden? Von diesem Weg war er inzwischen vollkommen abgekommen. Er glaubte einfach nicht mehr, dass Saphira seinen Vater wirklich umgebracht hatte. Stattdessen verdächtigte er jetzt seinen Onkel, der ihm nichts von dem Bombenanschlag erzählt hatte. Was, wenn Guiseppe die ganze Zeit sein eigenes Spiel gespielt hatte?

Deswegen musste Madox dringend mit Damiano sprechen. Aber den konnte er ausgerechnet jetzt nicht mehr erreichen! Dabei brauchte er dringend Antworten.

»Damiano?«, rief Madox, als er die Tür hinter sich schloss.

Die Wohnung war verlassen, und es sah auch nicht danach aus, als wäre in letzter Zeit jemand hier gewesen. Da er auf Nummer sicher gehen wollte, checkte Madox noch einmal jedes einzelne Zimmer, ohne Erfolg. Seufzend ließ er sich auf das Sofa sinken.

Seine nächste Station war Damianos und Claras Haus. Selbst wenn sein bester Freund auf einer anderen Mission für Guiseppe war, dauerte diese ungewöhnlich lange, und es war außerdem untypisch, dass Damiano auch telefonisch nicht zu erreichen war. Je länger die Funkstille andauerte, desto stärker wurde das mulmige Gefühl, das Madox verspürte.

Bevor er sich wieder auf den Weg machte, zog er noch einmal das Handy aus der Hosentasche und wählte Damianos Nummer. Es klingelte gerade zum zweiten Mal, als ein Zwischenton ihm signalisierte, dass soeben ein weiterer Anruf einging.

In der Hoffnung, es könnte sein Freund sein, nahm er den Anruf entgegen, der von einer ihm unbekannten Nummer kam.

»Ja?«

»Spreche ich mit Madox Varga?«, fragte eine männliche Stimme ruhig.

Er runzelte die Stirn. »Wer will das wissen?«

»Mein Name ist Fabrice Mancini. Ich bin Anwalt und rufe Sie im Auftrag von Damiano Santoro an. Es gibt etwas, das ich mit Ihnen besprechen muss. Können Sie heute in meinem Büro vorbeikommen?«

Sein Magen schien sich zu einem einzigen, schmerzhaften Knoten zu verhärten. Es gab nicht besonders viele Gründe, warum ihn Damianos Anwalt anrufen sollte, und keiner davon war gut.

»Hallo?«

Madox wurde bewusst, dass er noch nicht geantwortet hatte. »Ja, natürlich.« Er räusperte sich. »Ich bin Madox Varga. Wann soll ich bei Ihnen sein?«

»Wenn Sie Zeit haben, können Sie gleich vorbeikommen. Es ist wirklich wichtig.«

»Ich mache mich sofort auf den Weg.«

Madox beendete das Gespräch und verließ die Wohnung. Sein Motorrad wartete bereits auf ihn. Als er den Motor startete, zitterten seine Hände. Alles an dem bevorstehenden Besuch fühlte sich falsch an. Dennoch machte er sich auf den Weg.

Fabrice Mancini war ein kleiner, untersetzter Mann, dessen schwarzes Haar bereits an den Schläfen ergraut war. Eine Brille mit Metallgestell saß tief auf seiner Nase, und ein grau gemaserter Schnauzbart thronte über seinem Mund. Der Anzug war hochwertig, genau wie das Inventar seines Büros. Insgesamt passte sowohl Mancinis Erscheinung wie auch sein Umfeld zu der ruhigen Stimme am Telefon.

»Madox Varga?« Der Anwalt erhob sich von seinem Stuhl, als Madox das Büro betrat.

Madox nickte und trat an den Schreibtisch heran, schüttelte die Hand des Anwalts.

»Bitte, nehmen Sie Platz.«

Mancini setzte sich, und Madox tat es ihm gleich. Er beobachtete, wie der Anwalt ein paar Papiere auf seinem Schreibtisch sortierte, bevor er die Hände darauf faltete und Madox ansah.

»Wieso bin ich hier?«, fragte Madox.

»Vor einigen Jahren kam Damiano Santoro auf mich zu. Er gab ein paar Dinge bei mir in Auftrag, um die ich mich in einer bestimmten Situation kümmern sollte.«

»Und welche Situation wäre das?«

Mancini seufzte. »Es tut mir leid, Ihnen das mitteilen zu müssen, *Signor* Varga, aber heute Morgen wurde die Leiche von Damiano Santoro gefunden.«

Madox versuchte, ruhig zu bleiben. Das Büro schien auf einen winzigen Punkt zusammenzuschrumpfen, und alle Geräusche reduzierten sich auf ein Pfeifen in seinen Ohren.

Die Leiche von Damiano Santoro.

Immer und immer wieder hörte er diese fünf Worte in seinem Kopf. Sein bester Freund war tot. Der einzige Mensch, dem er Vertrauen geschenkt hatte, war tot. Und Madox war nicht für ihn da gewesen. Er hatte ihn nicht beschützen können. Er hatte ihn nicht gerettet. Was zum Teufel war nur passiert?

»Wo wurde seine Leiche gefunden?«

»Am Hafen. Nach den Informationen der Polizei sah es danach aus, als hätte jemand versucht, den Leichnam zu entsorgen, und als wäre er dabei nicht besonders umsichtig vorgegangen.«

Heiße Wut drohte sich in seinem Körper auszubreiten, mit jedem Wort, das der Anwalt von sich gab. Madox befürchtete, dass er die Antwort auf seine nächste Frage bereits kannte, aber er wollte dennoch Gewissheit haben.

»Todesursache?«

»Kopfschuss.« Aus dem Mund des Anwalts klang es sachlich, wenig bedrohlich.

Madox war wütend. Der Drang, Blut zu vergießen erhitzte sein eigenes Blut. Aber er blieb äußerlich ruhig, verlor nicht die Beherrschung. Stattdessen entstand in seinem Kopf bereits ein Plan.

»... um Clara Santoro gekümmert.«

Madox blinzelte, als ihm bewusst wurde, dass Mancini weitergeredet hatte.

»Entschuldigung. Können Sie das wiederholen?«

»Ich hatte gesagt, dass ich mich bereits um Clara Santoro gekümmert habe. *Signor* Santoro hatte mich damit beauftragt, seine Frau im Falle seines gewaltsamen Todes sofort aus der Stadt und schnellstmöglich aus dem Land zu schaffen. Heute Morgen ging ihr Flug nach Amerika. Sie hat dort Verwandtschaft, die sich um sie kümmern wird.«

Das dämpfte einen Teil von Madox' Wut. Es war gut, dass Clara bereits in Sicherheit war.

»Für Sie gab *Signor* Santoro mir diesen Brief.« Mancini zog einen schmalen Umschlag aus der Akte, auf die er zuvor seine Hände gebettet hatte, und reichte ihn Madox.

Der nahm den Brief entgegen. Die letzten Worte seines besten Freundes.

»Was ist mit der Beerdigung?«, fragte Madox, während er die leicht unebene Handschrift von Damiano auf dem Umschlag betrachtete.

»*Signor* Santoro wünschte keine Beerdigung. Er wird eingeäschert.«

»Und die Asche?« Noch immer starrte Madox auf die schwarze Tinte.

»*Signora* Santoro möchte sie haben.«

Madox nickte und sah endlich wieder den Anwalt an. »Gibt es sonst noch etwas?«

Mancini schüttelte den Kopf. »Nein, das wäre alles.«

Darauf erhob sich Madox und verließ ohne ein weiteres Wort oder einen Blick das Büro. Draußen schaltete er sein Handy aus und stieg wieder auf sein Motorrad, um erneut zu Damianos Geheimwohnung zurückzufahren.

Es war so still wie zuvor, als Madox erneut die Wohnung betrat. Allerdings fühlte er sich dieses Mal anders als vor dem Anruf des Anwalts. All seine Befürchtungen waren wahr geworden. Damiano war tot und alles, was Madox von ihm blieb, war ein Brief.

Mit dem Umschlag in den Händen setzte sich Madox auf die Couch und starrte eine ganze Weile einfach nur den Brief an. Sein Name war mit schwarzer Tinte auf das weiße Papier geschrieben.

Schließlich öffnete er den Umschlag und zog eine einzelne Seite hervor, die Damiano eng beschrieben hatte.

Madox,
wenn du diesen Brief liest, habe ich nicht mehr die Chance gehabt, dir die folgenden Dinge persönlich zu sagen.
Ich hoffe, dass du am Ende dieses Briefes nicht schlechter über mich denkst als zu Beginn. Allerdings ist diese Hoffnung nicht sehr groß. Deshalb sollst du vorher wissen, wie viel mir unsere Freundschaft bedeutet hat. Du warst mir immer ein guter Freund, und ich wünschte, ich wäre dir ein besserer gewesen.
Es gibt Dinge, die du nicht weißt, aber unbedingt wissen musst, damit du in Zukunft die richtigen Entscheidungen treffen kannst.
Guiseppe war nie ein guter capo. Er ist zu machtbesessen und selbst für einen uomini d'onore *zu bösartig. Er vergisst, dass es bei uns um Ehre und Respekt geht. Er ist hinterhältig und verschlagen. Die einzige Person, der er Respekt zollt, ist er selbst.*
Du hattest nie die Gelegenheit deinen Onkel wirklich kennenzulernen. Deswegen schreibe ich dir das hier.
Und es gibt noch etwas, das ich dir schreiben muss.
Guiseppe hat deinen Vater umgebracht.

Der Brief zitterte in seinen Händen, als Madox diese Worte las. Zum ersten Mal drohte sein Zorn in kopflose Wut umzuschlagen. All die Jahre hatte Guiseppe ihn belogen, hatte ihm falsche Tatsachen vorgespielt und dafür gesorgt, dass Madox an der falschen Stelle nach dem Mörder seines Vaters suchte.

Er musste tief durchatmen, bevor er weiterlesen konnte.

Ich wollte mich gerade auf den Heimweg machen, als ich auf einem Parkplatz Stimmen hörte. Ich wusste sofort, dass es Sal-

vatore und Guiseppe waren. Und es war selbst aus der Entfernung klar, dass die beiden sich stritten.
Ich wollte mich nicht einmischen, aber ich war neugierig und schlich mich ein wenig näher heran. Plötzlich zog Guiseppe eine Waffe und schoss Salvatore nieder. Einfach so.
Ich wollte mich gerade verstecken, als Guiseppe mich entdeckte. Zuerst hatte er wohl vor, auch mich umzubringen, und ich weiß nicht, was ihn davon abhielt. Er starrte mich einfach nur an und sagte mir dann, dass er Clara und alle, die mir etwas bedeuteten, umbringen würde, wenn ich irgendjemandem davon erzählte.
Also schwieg ich. Und ich belog dich.
Damals habe ich die falsche Entscheidung getroffen, und auch in all den Jahren, die seitdem verstrichen sind, habe ich es ebenfalls getan. Ich kann nur hoffen, dass du es verstehst. Dass du meine Beweggründe nachvollziehen kannst. Ich wünschte, dass es anders gelaufen wäre. Wenn ich noch einmal in der Zeit zurückreisen könnte, würde ich dir sofort die Wahrheit sagen. Aber ich kann die Vergangenheit nicht mehr ungeschehen machen.
Wenn ich eines gewaltsamen Todes sterbe, dann könnte Guiseppe seine Finger mit im Spiel gehabt haben. Wahrscheinlich habe ich einen Fehler gemacht und ihm gegenüber meine Deckung fallen lassen. Ich hoffe nur, dass ich dir mit diesem Fehler helfen konnte.
Madox, du musst aufpassen. Auf dich und auch auf Saphira. Bevor Guiseppe zum capo wurde, wollte Salvatore mit den De Angelis Frieden schließen. Und auch Saphiras Vater hatte ursprünglich diesen Plan.
Aber Guiseppe wollte nichts davon wissen. Er war auch derjenige, der das Auto fuhr, das Saphiras Eltern und ihren Bruder getötet hat. Er will, dass ganz Palermo ihm gehört. Und er wird dafür auch vor nichts zurückschrecken. Ihm ist nichts

heilig. Ich bin mir sicher, dass er früher oder später Jagd auf dich machen wird. In seinen Augen stellst du eine Gefahr für ihn dar.
Du kannst ihm nicht vertrauen.
Ich hoffe, dass du mir verzeihen kannst.

Damiano

Madox starrte die Worte an. Sein Onkel hatte seinen eigenen Bruder umgebracht, Madox' Vater. *Und* er trachtete Madox nach dem Leben.

Plötzlich erschienen ihm die ganzen letzten Jahre, seit er nach Palermo zurückgekehrt war, wie eine einzige große Lüge.

Sorgfältig faltete Madox den Brief wieder zusammen und schob ihn in den Umschlag. Er legte ihn auf dem Couchtisch ab und stand auf. Draußen ging die Sonne unter, als er ins angrenzende Schlafzimmer trat und die unterste Schublade der Kommode öffnete. Dort hatte Damiano seine Waffen verstaut. Madox bediente sich daran, als würde er einen kleinen Krieg führen wollen.

Er sah seinen Plan bereits kristallklar vor sich. In dieser Nacht würde er endlich den Mörder seines Vaters zur Rechenschaft ziehen.

Kapitel 25

SAPHIRA

Saphira starrte in das leere Wohnzimmer, das die letzten Jahre über immer von Leben erfüllt gewesen war. Jetzt war es verlassen, alle persönlichen Gegenstände waren entfernt worden.

Sie hörte Schritte hinter sich und drehte sich um. Emilio stand im Türrahmen.

»Sie sind weg«, sagte sie mit einem traurigen Lächeln. »Vito und Stella sind gegangen.«

Emilio nickte. »Rabia auch. Sie hat gesagt, dass sie Zeit für sich braucht.«

»Ich kann es ihr nicht verdenken.«

»Was wirst du jetzt tun?«

Saphira erwiderte nichts darauf, denn ihr fehlten noch immer Antworten auf die wichtigsten Fragen: Wer hatte Leandro umgebracht? Wer hatte Guiseppe über den Deal informiert? Wer hatte eine Bombe in ihrem Auto platziert und auf sie geschossen?

»Ich will, dass du weiter nach dem Mörder von Leandro suchst. In der Zwischenzeit werde ich mich um Guiseppe kümmern. Es ist an der Zeit, dass die Vargas endlich lernen, mich in Ruhe zu lassen.«

Emilio trat einen Schritt vor. »Brauchst du mich?«

Sie schüttelte den Kopf. »Nein. Das werde ich allein regeln.«

Saphira machte eine kurze Pause, als ihr noch etwas anderes einfiel. »Wie geht es Madox?«

Ein Muskel zuckte in Emilios Wange. »Das ist etwas, das ich mit dir besprechen wollte. Er ist nicht auf seinem Zimmer, und ich kann ihn nicht erreichen. Niemand hat ihn seit dem Morgen gesehen.«

In diesem Moment fiel es Saphira schwer, überhaupt noch einen klaren Gedanken zu fassen. Wo zum Teufel war Madox? »Ich kann wirklich keine weiteren Probleme gebrauchen«, murmelte sie. Am liebsten wäre sie in diesem Moment ebenfalls verschwunden, hätte zu gerne alles hinter sich gelassen. Aber für sie gab es diese Möglichkeit nicht.

»Gib ihm bis zum Morgengrauen«, sagte sie zu Emilio, »wenn er bis dahin nicht wieder da ist, weißt du, was zu tun ist. Du wirst ihn finden und töten.«

Ihr Chefleibwächter nickte grimmig. »Verstanden.«

Sie entließ ihn mit einem Wink ihrer Hand und blieb noch eine Weile in dem stillen Zimmer stehen, bevor sie sich auf den Weg zu ihren eigenen Räumlichkeiten machte.

Dort angekommen ging sie direkt in ihr Schlafzimmer und öffnete den Kleiderschrank. In der hintersten Ecke in einem versteckten Geheimfach befand sich ein Handy, das nur eine Nummer eingespeichert hatte – die des Privatdetektivs, den sie mit der Suche nach dem Mörder ihrer Eltern und ihres Bruders beauftragt hatte. Sie hatte seit einer Weile nichts mehr von ihm gehört und wollte nachsehen, ob es Neuigkeiten gab. Außerdem sollte er ihr helfen, nach dem Bombenattentäter und dem Schützen zu suchen. Denn damit konnte sie Emilio nicht auch noch beauftragen.

Was sie aber auf dem Handydisplay sah, sorgte dafür, dass ihr Herzschlag sich stark beschleunigte. Seit dem Mittag waren mehrere Anrufe und Nachrichten eingegangen. Die letzte war von ihrem Privatdetektiv, und sie lautete: »Saphira, ich muss Sie dringend sprechen. Rufen Sie mich sofort zurück!«

Saphira setzte sich auf die Bettkante und drückte mit zittrigen Fingern auf den Rückruf. Bereits nach einem Rufton wurde das Gespräch entgegengenommen.

»Saphira?«

»Savio, was haben Sie für mich?«

»Ich habe den Mörder Ihrer Familie gefunden.«

Das Zittern erfasste nun ihren gesamten Körper, und ihr Magen fühlte sich an wie ein eisiger Klumpen. Die feinen Härchen auf ihren Armen und in ihrem Nacken richteten sich auf.

»Wie sicher sind Sie?«

Er räusperte sich. »Sehr.«

»Wer war es?«

»Guiseppe Varga.«

Saphira schloss die Augen. Zuerst durchlief sie eine Welle der Erleichterung, weil sie nun endlich wusste, wer der Schuldige war, doch diese war gefolgt von einer heißen Woge des Zorns.

»Wie haben Sie es herausgefunden?«

»Ich habe einen Anwalt aufgespürt, der ein Mitglied der Vargas vertrat. Dann bin ich in sein Büro eingestiegen und habe mir die Unterlagen angesehen. Darunter war ein Brief, in dem steht, dass Guiseppe Ihre Eltern umgebracht hat. Und da der Verfasser dieses Briefes jetzt tot ist, erscheint er mir sehr glaubwürdig. Und da ist noch etwas, das Sie wissen sollten.«

»Und das wäre?«

»Guiseppe hat anscheinend auch seinen eigenen Bruder umgebracht, um *capo* zu werden.«

Saphira schloss die Augen. »Danke, Savio. Lassen Sie mir den Brief zukommen.«

»Natürlich, ich habe ihn abfotografiert. Bis dann, Saphira.«

Sie beendete das Gespräch und legte das Handy beiseite. Alles, woran sie denken konnte, war, dass Guiseppe ihre Eltern und Pippo umgebracht hatte. Und sie würde ihn dafür bezahlen lassen.

Kapitel 26

SAPHIRA

Saphira befestigte das Waffenholster an ihrer Hüfte, bevor sie sich Emilio zuwandte, der gerade ihr Büro betrat.

»Was konntest du in Erfahrung bringen?«

Nachdem ihr Gespräch mit Savio beendet gewesen war, hatte sie Emilio zu sich gerufen und ihm den Auftrag gegeben, herauszufinden, wo sich Guiseppe gerade aufhielt. Danach hatte sie ihre Businesskleidung gegen Sneakers, Jeans und einen dünnen Pullover getauscht.

»Einer der Vargas hat heute Geburtstag. Guiseppe ist bei der Feier. Ich habe jemanden von uns dort gelassen, der uns informiert, sobald er das Fest verlässt. Dann müssen wir nur noch den richtigen Moment abpassen, die Limousine stoppen, Fahrer und *guardie* überwältigen, und wir haben freie Bahn. Das sollte uns nicht vor ein Problem stellen. Unser Auto steht bereit. Die Männer warten.«

Saphira überprüfte ihre Beretta und sicherte sie, bevor sie die Waffe ins Holster schob.

»Wo findet das Fest statt?«, fragte sie Emilio dann.

»In der Nähe des Orto Botanico di Palermo.«

Saphira lächelte. Das war gut. Der botanische Garten war nicht weit von ihrem eigenen Gebiet entfernt.

»Okay. Ich möchte, dass du zwei Männer losschickst und sie

an der Ecke Via Oreto und Via Buonriposo postierst. Sobald die Limousine steht, wird einer den Fahrer töten und die anderen vier werden die *guardie* unschädlich machen. Um Guiseppe werde ich mich kümmern.«

Saphira blickte Emilio an, dessen Blick Besorgnis ausdrückte.

»Sag, was du zu sagen hast, Emilio.«

»Wie sicher sind die Informationen, die du erhalten hast?«, fragte er.

»Sehr sicher.« Sie lächelte schmal. »Savio ist der Beste. Er hat absolut keine Verbindungen zur Cosa Nostra und ist nicht käuflich. Er hat ein Gewissen und würde seinen Auftraggeber, in diesem Fall mich, niemals hintergehen. Ich vertraue ihm.«

Emilio nickte. In diesem Moment vibrierte sein Handy, und er zog es heraus und blickte einen Moment lang darauf.

»Es geht los«, sagte er dann. »Guiseppe ist unterwegs.«

Zorn und Entschlossenheit vermischten sich und ließen sie ruhig werden, verdrängten die Aufregung zugunsten kalter Präzision. Sie hatte ein Ziel vor Augen, und nichts und niemand würde sie in dieser Nacht davon abhalten.

»Dann lass uns Guiseppe Varga töten.«

Die Dunkelheit umhüllte sie wie einen Mantel, während sie darauf warteten, dass Guiseppes Limousine vorbeifuhr. Sie hatten Nachricht erhalten, dass der Wagen jeden Moment auf die Straße einbiegen würde. Auf der Straße war eine Nagelsperre ausgelegt, die das Auto stoppen würde, indem sie die Reifen durchbohrte.

Saphira hielt sich hinter einer Häuserecke versteckt, neben ihr Emilio und eine weitere *guardia*. Auf der anderen Straßenseite warteten drei weitere *guardie* auf ihren Einsatz.

Saphira hätte Madox gerne bei sich gewusst, aber er war nach wie vor nicht aufzufinden gewesen. Seine Abwesenheit verärgerte sie, und sie schwor sich, dass er seine Strafe dafür bekommen würde. Nur nicht in dieser Nacht.

In wenigen Augenblicken würde sie endlich Genugtuung für den Mord an ihrer Familie bekommen. Sie würde ihren Vater, ihre Mutter und ihren kleinen Bruder endlich rächen können. Mit dem vergossenen Blut ihres Mörders würden ihre Liebsten endlich in Frieden ruhen können.

Am Ende der Straße leuchteten Scheinwerfer auf, und ihr Herzschlag beschleunigte sich. Eine dunkle Limousine näherte sich, und sie alle drückten sich näher an die Häuserwand, um den Lichtkegeln zu entgehen.

Als die Vorderreifen über die Nagelsperre rollten, ertönte ein Zischen, und die Luft entwich, gefolgt von quietschenden Reifen und weiterem Zischen, als auch die Hinterreifen platzten. Ein paar Meter hinter ihrer Blockade blieb der Wagen liegen. Auf ein Handzeichen von Saphira stürmten ihre Männer los.

Wie dunkle Schatten huschten sie zum Wagen. Als Erster starb der Fahrer, als eine *guardia* die Tür mit einem Ruck aufriss und ihn sofort erschoss. Da gingen auch schon die hinteren Türen auf, und Guiseppes Leibwächter stürzten hinaus. Lichtblitze zuckten durch die Nacht, als mit Schalldämpfern versehene Pistolen abgefeuert wurden.

Als Guiseppes Leibwächter zu Boden gingen, trat Saphira vor. In der Nähe hörte sie ein Motorrad, aber die Geräusche erstarben wieder, sodass sie keine Zuschauer fürchtete. In gemessenem Schritt ging sie zu der Limousine, die von ihren Männern umstellt war. Guiseppe musste noch im Inneren sitzen. Sie zog ihre Waffe.

»Guiseppe. Steig aus.«

Die Nacht war still, und sie musste ihre Stimme nicht einmal anheben.

Ein Geräusch von Stoff, der über Polster rutschte, und Guiseppe Varga stieg aus dem Wagen. Er sah sich einmal kurz um, registrierte seine toten Leute und die Waffen ihrer Männer, die auf ihn zeigten. Dennoch sah er sie mit einem falschen Lächeln an.

»Saphira. Was für eine unerwartete und leider äußerst unschöne Überraschung.«

»Schluss mit den Spielchen, Guiseppe. Ich bin es leid.«

Er hob beide Hände in einer gespielt unterwürfigen Geste. »Ich weiß nicht, wovon du redest.«

Ohne den Blick von ihm abzuwenden, sprach Saphira zu ihren *guardie.* »Lasst uns alleine.«

»Saphira …«, hob Emilio an.

»Nein. Das hier ist privat. Zieht euch zurück.«

Ihr Ton duldete keinen Widerspruch, und Emilio und die anderen zogen sich zurück. Sie war sich sicher, dass sie in der Nähe bleiben würden, auch wenn sie ihr genug Raum ließen, um alleine mit Guiseppe zu sprechen.

Saphira hob den Arm mit der Waffe und zielte direkt auf Guiseppes Gesicht.

»Warum?«, fragte sie einfach. Sie musste es wissen, den Grund kennen, warum sich ihr gesamtes Leben auf einen Schlag verändert hatte.

»Da musst du schon etwas genauer werden.«

»Du weißt genau, wovon ich spreche. Du hast meine Eltern und meinen Bruder umgebracht.« Es bereitete ihr beinahe körperliche Schmerzen, das laut auszusprechen.

Bei diesen Worten verzog sich Guiseppes teilnahmsloses Gesicht zum ersten Mal. Aber bevor er etwas sagen konnte, hörte Saphira Schritte hinter sich. Sie wollte gerade Emilio sagen, dass er verschwinden sollte, als sie sah, dass sich ein Grinsen auf Guiseppes Lippen ausbreitete.

Ein mulmiges Gefühl kroch ihre Wirbelsäule entlang, und die feinen Härchen in ihrem Nacken richteten sich auf. Eine Gänsehaut überzog ihre Arme. Es gab nur eine Person in Palermo, auf die sie so reagierte. Und diese Erkenntnis ließ sie beinahe erleichtert aufatmen. Das Einzige, was sie davon abhielt, war Guiseppes Grinsen.

Madox trat neben sie, die Waffe auf Guiseppe gerichtet. Sie wollte ihn fragen, wo zum Teufel er gewesen war und wie er sie hatte finden können, aber dafür war später auch noch Zeit.

Saphira warf ihm einen schnellen Seitenblick zu, aber er beachtete sie gar nicht. Also sah auch sie wieder Guiseppe an, der seine Aufmerksamkeit jetzt von ihr abgewandt hatte und Madox ansah.

»*Nipote*«, sagte Guiseppe, an Madox gewandt.

Saphira blinzelte.

Ihr Verstand versuchte zu verstehen, was sie gerade gehört hatte.

Neffe.

Guiseppe hatte Madox gerade Neffe genannt.

Es fühlte sich an wie in Zeitlupe, als sie sich von Guiseppe abwandte und ihre *guardia* ansah. Ihre *guardia*. Ihr Leibwächter. Der Mann, der ihren Körper besessen hatte wie noch niemand zuvor. Der Mann, dem sie sich anvertraut hatte. Dieser Mann war gerade von ihrem Erzfeind, dem Mörder ihrer Familie, Neffe genannt worden. Sie konnte es nicht glauben. Ihr Verstand weigerte sich einfach, die Tatsachen zu akzeptieren.

Madox' Gesichtsausdruck war steinern. Er würdigte sie keines Blickes, sah unverwandt Guiseppe an. Den Finger am Abzug seiner Waffe.

»Madox?«, fragte sie, und ihre Stimme zitterte dabei ein wenig.

Er sah sie immer noch nicht an. Aber seine Kiefermuskeln spannten sich an.

»Erklär mir das«, forderte sie leise.

Madox schwieg, und Guiseppe lachte. »Du willst nichts sagen, *Neffe*? Dann werde ich das übernehmen. Saphira, darf ich vorstellen. Madox Varga, auch *cerbero* genannt. Er hat sich in meinem Auftrag in deine *famiglia* eingeschleust, mit dem Ziel, dich zu töten.«

»Halt die Klappe!«, befahl Madox mit stählerner Stimme. Seine Worte ließen ihre letzte Hoffnung sterben.

»Wieso? Hast du Angst, dass deine kleine Schlampe dann sauer auf dich wird?«

Ein Geräusch, das einem Knurren ähnelte, kam aus Madox' Kehle und endlich, *endlich*, sah er sie an.

»Saphira.«

Sie spürte, wie ihre Hand mit der Waffe zu zittern begann.

»Erklär mir das«, befahl sie und legte so viel Kraft in ihre Stimme, wie sie konnte.

»Ich dachte, dass du meinen Vater umgebracht hast.«

Das war's. Mehr sagte er nicht. Aber mehr brauchte es auch nicht. Plötzlich setzten sich vor ihrem inneren Auge so viele Puzzlestücke zusammen. Und sie konnte nicht glauben, wie dumm sie gewesen war.

»Du bist der Spion«, flüsterte sie. »Du hast Guiseppe über den Deal informiert. Wusstest du auch über die Bombe Bescheid? Geht das auch auf euer Konto? Und Leandro? Hast du ihn umgebracht?«

Sie spürte, wie die Verzweiflung und der Verrat wie eine Flutwelle über ihr zusammenschlugen. Alles, woran sie die letzten Jahre geglaubt und gearbeitet hatte, war null und nichtig. Alles zwischen ihnen war eine einzige große Lüge. Sie hatte Gerechtigkeit für ihre Familie gewollt und stattdessen hatte sie nur Schande über sie gebracht.

Madox schüttelte den Kopf. »Ich habe deinen Cousin nicht umgebracht.«

Sie lachte, aber es klang hohl und falsch.

»Und das soll ich dir glauben? Nachdem alles, was aus deinem Mund kam, nichts weiter als eine elende Lüge war?«

Zorn huschte über Madox' Gesichtszüge, verlieh ihm etwas Dunkles, Bedrohliches.

»Ich habe nur gelogen, weil *er* mir weisgemacht hat, dass du meinen Vater umgebracht hast!«

»Aber ich habe Salvatore nicht getötet!«, schrie sie.

»Nein«, sagte Madox, jetzt wieder ganz ruhig. »Das hast du nicht.« Er blickte seinen Onkel an. Als er sprach, war sein Ton nicht weniger mordlüstern, als der von Saphira zuvor. »Das warst du, Guiseppe! Genauso, wie du Damiano getötet hast!«

Grinsend zuckte Guiseppe mit den Schultern. »Was hast du denn erwartet? Dass ich mich ewig mit der Position des Vizerepräsentanten zufriedengebe? Dein Vater war ein Idiot. Er wollte Frieden.« Guiseppe lachte. »Frieden in der Welt der Cosa Nostra? Das war ein schlechter Scherz. Ich musste ihn aus dem Weg räumen. Palermo sollte mir gehören! Und Damiano, dieser kleine Bastard?« Er schnaubte. »Der hat gesehen, was ich getan habe. Jahrelang hat er geschwiegen, und dann hat er sich gegen mich gewendet und das Bombenattentat verhindert. Dafür musste er sterben. Niemand hintergeht mich!« Guiseppes Wangen färbten sich rot, er ballte die Fäuste. »Diese Stadt gehört mir! Und es war mein Recht, sie mir zu nehmen. Mein Bruder ist dafür gestorben. Genauso wie die Familie De Angelis. Beinahe wäre der ganze Clan in die Bedeutungslosigkeit versunken, aber leider hat diese kleine Schlampe hier überlebt und ihre *famiglia* wieder aufgebaut.«

Anklagend sah er Saphira an, aber sein Blick berührte sie nicht im Geringsten. Sie konnte nur an eines denken: Madox' Verrat. Auf die schlimmste Art und Weise hatte er ihr Vertrauen missbraucht.

»Du hast mich belogen«, wiederholte sie, sah Madox an und hob den Arm mit der Beretta, richtete sie jetzt auf ihn. Guiseppe hatte sie vollkommen vergessen. Denn in diesem Moment wurde ihr klar, wie viel Madox ihr inzwischen bedeutete. Dass er sich in ihr kaltes, trostloses Herz geschlichen hatte.

Doch er hatte sie nur belogen. Von Anfang an. Alles war eine große Lüge gewesen.

Sie hatte immer gewusst, dass es sie ins Verderben stürzen würde, wenn sie ihre Regeln brach.

1. Zeige keine Gefühle.
2. Erlaube dir keinerlei Schwäche.
3. Töte alles, was eine Bedrohung darstellt.
4. Verliebe dich niemals.

Seinetwegen hatte sie jede dieser Regeln gebrochen:

Sie hatte Gefühle gezeigt, indem sie sich Madox anvertraut hatte. Er hatte sie weinen gesehen und eine Leidenschaft entfacht, die nur schwer zu kontrollieren war. Sie hatte sich eine Schwäche erlaubt, indem sie die Affäre mit Madox begonnen hatte, und nicht eine einzige Bedrohung getötet. Weder Madox, der, wie sie jetzt wusste, eine größere Gefahr für sie gewesen war, als sie jemals erahnt hatte, noch Guiseppe. Und sie hatte sich verliebt. In Madox Varga. Ihren Feind.

»Saphira …«, begann er.

Sie schüttelte den Kopf, wollte nichts davon hören. Sie

glaubte so etwas wie Verzweiflung in seinen hellblauen Augen erkennen zu können, aber was wusste sie schon? Sie kannte diesen Mann ja gar nicht.

»Ich habe dir vertraut«, murmelte sie mit zittriger Stimme und spürte, wie ihr eine einzelne Träne über die Wange lief.

Plötzlich ertönte ein metallisches Klicken, als der Hahn einer Pistole gespannt wurde.

Madox und sie wirbelten beide herum, und Saphira blickte direkt in den Lauf von Guiseppes Waffe. Er lächelte sie an.

»Endlich kann ich auch die letzte De Angelis töten.«

Ein Schuss zerschnitt die Stille der Nacht.

Saphiras und Madox' Liebesgeschichte geht weiter:

Fire Queen

(erscheint August 2018)

DANKSAGUNG

Wow. Kannst du glauben, dass ich die Handlung genau an dieser Stelle unterbrochen habe? Wirklich fies, oder? Ich musste mich selbst ein paarmal vergewissern, ob ich das tatsächlich gewagt habe. Überhaupt habe ich ganz neue Abgründe an mir entdeckt, als ich *Cold Princess* geschrieben habe. Ein bisschen Furcht einflößend, aber auch extrem aufregend.

Deswegen möchte ich mich für alle heftigen Emotionen, die du sicher beim Lesen erfahren hast, entschuldigen. Na ja, eigentlich nicht wirklich. Es hat ja auch ein bisschen Spaß gemacht, oder?

Und im August geht es schon weiter! Also tief durchatmen und ruhig bleiben.

Kommen wir nun zu den Menschen, die mir bei dieser nervenaufreibenden Reise geholfen haben:

Vielen Dank an Christiane Hops und Nicole Dauchenbeck, die Leandro seinen Namen gegeben haben. Es tut mir wirklich leid, dass ich ihn nicht leben lassen konnte.

Ein super-duper-monstermäßig-großer Dank geht raus an meine herzensgute Lektorin Ann-Kathrin! Dieses Mal war es ein ganz schönes Stück Arbeit, oder? Und ich war vermutlich nicht immer ganz einfach. Danke, dass du durchgehalten hast.

Danke, dass du alle Schwachstellen gefunden und ausgemerzt hast. Danke, dass du mich ertragen hast.

Außerdem vielen Dank an Katharina und Ruza vom LYX Verlag. Danke, dass ihr mir genug vertraut habt, um dieses Projekt zu starten. Danke, dass ihr Saphira und Madox Platz für ihre Geschichte gegeben habt. Ich hoffe, dass ihr genauso stolz auf diese Geschichte seid wie ich.

Vielen Dank an meinen wunderbaren Papa! Danke, dass du mir zugehört hast, als ich am liebsten den Laptop aus dem Fenster geworfen hätte. Danke, dass du meine Launen ertragen hast, während ich diesen Roman geschrieben habe.

Aber wer ist am aller-, allerwichtigsten? Ja, genau. Du! Danke, dass du dieses Buch gelesen hast. Ich hoffe, dass Saphira und Madox dich begeistern konnten. Ein Dank geht an dich und an alle meine wundervollen Leserinnen und Leser!

Vanessa Sang

Er beherrscht die Nacht - doch sie hat die Macht über ihn

Vanessa Sangue
DARK HOPE -
GEBIETER DER NACHT
432 Seiten
ISBN 978-3-7363-0486-4

Seit dem Wendejahr 2024, als sich magische Wesen auf der ganzen Welt der Menschheit zu erkennen gaben, arbeitet Empathin Hailey Williams als Vermittlerin zwischen den Arten. Doch mit Vampirfürst Kyriakos und Rave Jones, dem Anführer der Wolf-Gestaltwandler, stehen sich zwei erbitterte Feinde in ihrem Büro gegenüber. Und wie soll Hailey als unparteiische Instanz vermitteln, wenn der geheimnisvolle Kyriakos eine Leidenschaft in ihr weckt, der sie unmöglich widerstehen kann?

»Spannend und mit einem Hauch der Black Dagger. Mich hat das Buch einfach in seinen Bann gezogen.« BOOKRECESSION

LYX

NICHT FÜR JEDE LIEBE GIBT ES EINE ZWEITE CHANCE

Meredith Wild
ALL FOR YOU
– SEHNSUCHT
Aus dem amerikanischen
Englisch von
Stefanie Zeller
384 Seiten
ISBN 978-3-7363-0588-5

Maya Jacobs hat ein Geheimnis. Vor fünf Jahren zwang es sie, die schmerzhafteste Entscheidung ihres Lebens zu treffen: Sie sagte Nein, als Cameron Bridge – ihre erste und einzige große Liebe – um ihre Hand anhielt. Noch heute leidet sie unter dem Verlust, fragt sich, was gewesen wäre, wenn … Doch da steht Cameron plötzlich wieder vor ihr. Wie damals raubt er ihr mit einem einzigen Blick den Atem, all die Gefühle – und all die Sehnsucht – sind sofort wieder da. Aber ist ihre Liebe dieses Mal stark genug?

Nach HARD – die neue Reihe von Spiegel-Bestseller-Autorin Meredith Wild

LYX

Wer die Wahl hat ...

April Dawson
PICK THE BOSS -
LIEBE IST CHEFSACHE
170 Seiten
ISBN 978-3-7363-0489-5

Was tust du, wenn du nach einer durchzechten Nacht neben deinem One-Night-Stand aufwachst und panisch feststellst, dass du ausgerechnet an deinem ersten Arbeitstag zu spät kommst? Als wäre das noch nicht genug, übersieht ein Kerl die rote Ampel und fährt dir direkt ins Auto. Mit Müh und Not schaffst du es noch ins Büro, und vor dir stehen deine neuen Chefs, die dir sehr bekannt vorkommen: rechts Mr Autounfall, der Rot von Grün nicht unterscheiden kann, und links Mr One-Night-Stand, dessen Name dir einfach nicht einfallen will ...

»Eine Autorin, die man sich merken sollte, und ein Buch, das man nicht verpassen darf.« KLEEBLATTS BÜCHERBLOG

Noch nie war Macht so sexy!

Katy Evans
MR. PRESIDENT –
MACHT IST SEXY
Aus dem amerikanischen
Englisch von
Nina Restemeier
352 Seiten
ISBN 978-3-7363-0589-2

Charlotte Wells wollte nie in die Politik gehen. Als sie das Angebot erhält, dem Wahlkampfteam von Matthew Hamilton beizutreten, gerät ihr Entschluss jedoch ins Wanken. Denn er ist nicht nur skrupellos, sondern könnte als Präsident der USA tatsächlich etwas bewegen. Charlotte hat nicht mit der Anziehungskraft gerechnet, die von Anfang an zwischen Matthew und ihr herrscht. Dabei ist beiden klar, dass ein Skandal Matthews junge Karriere augenblicklich zerstören könnte …

»Umwerfend sexy und wunderbar poetisch! *Mr. President* hat mich von der ersten Seite an nicht mehr losgelassen!« AUDREY CARLAN, SPIEGEL-BESTSELLER-AUTORIN

LYX